NO LIMITE DA OUSADIA

Katie McGarry

NO LIMITE DA OUSADIA

Tradução
Cláudia Mello Belhassof

4ª edição

Rio de Janeiro-RJ / Campinas-SP, 2016

VERUS
EDITORA

Editora: Raïssa Castro
Coordenadora editorial: Ana Paula Gomes
Copidesque: Maria Lúcia A. Maier
Revisão: Raquel de Sena Rodrigues Tersi
Diagramação: Eva Maria Maschio
Capa e projeto gráfico: © Harlequin Enterprises Limited, 2013
Arte da capa utilizada mediante acordo com Harlequin Enterprises Limited.

Título original: *Dare you to*

ISBN: 978-85-7686-323-6

Copyright © Katie McGarry, 2013
Todos os direitos reservados.
Edição publicada mediante acordo com Harlequin Enterprises II B.V./S.à.r.l.

Tradução © Verus Editora, 2014
Direitos reservados em língua portuguesa, no Brasil, por Verus Editora. Nenhuma parte desta obra pode ser reproduzida ou transmitida por qualquer forma e/ou quaisquer meios (eletrônico ou mecânico, incluindo fotocópia e gravação) ou arquivada em qualquer sistema ou banco de dados sem permissão escrita da editora.

Verus Editora Ltda.
Rua Benedicto Aristides Ribeiro, 41, Jd. Santa Genebra II, Campinas/SP, 13084-753
Fone/Fax: (19) 3249-0001 | www.veruseditora.com.br

CIP-BRASIL. CATALOGAÇÃO NA FONTE
SINDICATO NACIONAL DOS EDITORES DE LIVROS, RJ

M112L

McGarry, Katie
  No limite da ousadia / Katie McGarry ; tradução Cláudia Mello Belhassof. - 4. ed. - Campinas, SP : Verus, 2016.
  23 cm.

  Tradução de: Dare you to
  ISBN 978-85-7686-323-6

  1. Romance americano. I. Belhassof, Cláudia Mello, 1965-. II. Título.

14-09859 .   CDD: 813
                                        CDU: 821.111(73)-3

Revisado conforme o novo acordo ortográfico

Impresso no Brasil pelo Sistema Cameron da Divisão Gráfica da
DISTRIBUIDORA RECORD DE SERVIÇOS DE IMPRENSA S.A.

É o pássaro belo que é enjaulado.
— Antigo provérbio chinês

A Deus — Isaías 61,1
Ao Dave — porque eu ainda tenho o primeiro boné de beisebol que vi você usando

Agradecimentos

A Kevan Lyon. Todo mundo devia ter alguém como você por perto. Seus conselhos e orientações foram extremamente valiosos para mim. Obrigada. Eu nunca vou esquecer que tudo isso começou com você.

A Margo Lipschultz, por se preocupar tanto quanto eu com os meus personagens. Você é absolutamente brilhante, e eu sou uma escritora melhor por sua causa.

A todo mundo que trabalhou nos meus livros na Harlequin Teen, especialmente a Natashya Wilson. Vocês tornaram essa experiência fantasticamente memorável!

A Matt Baldwin e Mike Baldwin, da Future Pro, por me receberem em seu centro de treinamento e por responderem às minhas perguntas sobre beisebol.

A Angela Annalaro-Murphy, por amar a Beth em primeiro lugar. Sua fé e sua amizade me mantiveram escrevendo.

A Shannon Michael. Quantas vezes fui parar na sua varanda dos fundos com a cabeça entre as mãos, me perguntando se estava indo pelo caminho certo com a história? Obrigada pelas risadas e pela amizade.

A Kristen Simmons. Eu não conseguiria fazer isso sem você. É maravilhoso pensar nos riscos e nas lágrimas que compartilhamos desde que nos conhecemos. Este livro é para você.

A Colette Ballard, Kelly Creagh, Bethany Griffin, Kurt Hampe e Bill Wolfe. Vocês são mais do que um grupo de críticos; são uma família. Kelly e Bethany, obrigada por segurarem a minha mão ao longo do meu ano de estreia. Kurt e Bill, obrigada por me mostrarem quando "um cara não faria isso". Colette, obrigada pelas horas sem fim de risadas, apoio e leituras adicionais.

Ao Louisville Romance Writers. Vocês me colocaram no caminho da publicação pela primeira vez. Obrigada por continuarem a iluminar o caminho.

Mais uma vez, obrigada aos meus pais, à minha irmã, à minha família de Mt. Washington e aos meus sogros. Amo vocês.

Meu maior agradecimento vai para os autores fantásticos que conheci, os livreiros, bibliotecários, professores, blogueiros de literatura e aos meus leitores. Obrigada por usarem seu tempo para divulgar as boas-novas e pelas mensagens, tuítes e e-mails que vocês me enviam. Vocês me fazem lembrar por que eu escrevo.

A A., N. e P. Vocês sabem quem são e sabem que eu amo vocês mais do que minha própria vida.

RYAN

Não estou interessado no segundo lugar. Nunca estive. Nunca vou estar. Não é o estilo de alguém que quer jogar nos grandes times. E, por causa da minha filosofia pessoal, esse momento é uma droga. Meu melhor amigo está a segundos de conseguir o telefone da garota que trabalha no balcão da Taco Bell, e isso o faz ficar na frente.

O que começou como um simples desafio se transformou num jogo que já dura a noite toda. Primeiro, o Chris me desafiou a pedir o telefone da garota na fila. Depois eu o desafiei a pedir o telefone da garota nas gaiolas de rebatida. Quanto mais tínhamos sucesso, mais o jogo ganhava força. Infelizmente, o Chris tem um sorriso malicioso que derrete o coração de todas as garotas, incluindo as que têm namorado.

Detesto perder.

A Garota da Taco Bell fica vermelha quando o Chris pisca para ela. Caramba. Eu escolhi essa garota porque ela chamou a gente de caipiras otários quando fizemos nosso pedido. O Chris coloca o braço no balcão, se aproximando aos poucos dela, enquanto eu sento à mesa e observo a tragédia se desenrolar. Ela não devia ter uma epifania bem agora? Se não, ela não consegue ter um pouco de respeito próprio e mandar o Chris cair fora?

Todos os músculos da minha nuca ficam tensos quando a Garota da Taco Bell dá uma risadinha, escreve alguma coisa num papel e desliza sobre o balcão para ele. Droga. O resto do nosso grupo uiva de tanto rir, e alguém me dá um tapinha nas costas.

Hoje à noite não se trata de conseguir telefones de garotas. Trata-se de curtir a última noite de sexta-feira antes do início das aulas. Já curti de tudo — a liberdade do ar quente do verão no jipe sem capota, a paz das estradas escuras do interior que levam à interestadual, o brilho intenso das luzes da cidade quando pegamos a estrada por meia hora até Louisville e, por fim, o gosto de dar água na boca de um taco fast--food gorduroso à meia-noite.

O Chris levanta o número do telefone como um árbitro segurando a luva do campeão.

— Consegui, Ryan.

— Traz aqui. — De jeito nenhum eu cheguei até aqui para o Chris me ultrapassar.

Ele se larga na cadeira, joga o papel na pilha de números que conseguimos ao longo da noite e puxa o boné de beisebol da Escola do Condado de Bullitt sobre o cabelo castanho.

— Vamos ver. Essas coisas precisam ser pensadas. A garota deve ser escolhida com cuidado. E ser atraente o bastante para não se apaixonar por você. Não um cachorrinho que fica contente quando ganha um osso.

Imitando o Chris, eu me ajeito na cadeira, estico as pernas e cruzo as mãos sobre a barriga.

— Pode ir com calma. Tenho todo o tempo do mundo.

Mas não é verdade. Depois desse fim de semana, a vida muda — a minha vida e a do Chris. Na segunda, o Chris e eu seremos veteranos começando a última temporada de outono de beisebol. Tenho apenas alguns meses a mais para impressionar os olheiros dos times profissionais ou o sonho pelo qual trabalhei a vida inteira vai se transformar em cinzas.

Um chute no meu pé me traz de volta à realidade.

— Que cara de sério é essa? — sussurra o Logan. O único calouro da mesa e o melhor receptor do estado faz um sinal com a cabeça em direção ao resto do grupo. Ele conhece o meu jeito melhor do que qualquer um. E devia mesmo. Jogamos juntos desde que éramos crianças. Eu arremessando, ele recebendo.

Pensando no Logan, dou risada de uma piada que o Chris contou mesmo sem ter ouvido o final.

— Vamos fechar daqui a pouco — diz a Garota da Taco Bell, limpando uma mesa perto da nossa e dando um sorriso para o Chris. Ela quase parece bonita no brilho do letreiro de néon vermelho escrito "Aberto" do drive-thru.

— Acho que vou ligar pra essa aí — diz o Chris.

Levanto uma sobrancelha. Ele adora a namorada.

— Não vai, não.

— Eu ligaria, se não fosse a Lacy. — Mas ele tem a Lacy, e ama a garota, então nenhum de nós continua a conversa.

— Tenho mais uma chance. — Faço um drama olhando ao redor do salão decorado no estilo Tex-Mex. — Que garota vocês escolhem pra mim?

Uma buzina no drive-thru anuncia a chegada de um carro cheio de garotas gostosas. O rap pulsa no carro delas, e eu juro que uma delas mostra os peitos para nós. Adoro a cidade. Uma morena no banco de trás acena para mim.

— Você pode escolher uma delas.

— Claro — diz o Chris, sarcástico. — Na verdade, por que não te dou o título agora mesmo?

Dois caras da nossa mesa pulam da cadeira e saem. Então eu, o Logan e o Chris ficamos sozinhos.

— Última chance para as gostosas da cidade antes de a gente voltar pra Groveton, Logan.

Ele não diz nada. Nem mexe o rosto. Esse é o Logan — não se abala por muita coisa. A menos que envolva alguma aventura com risco de morte.

— Lá está. — Os olhos do Chris brilham quando ele olha para a entrada. — Aquela é a garota que eu vou chamar de sua.

Respiro bem fundo. O Chris parece feliz demais para essa garota ser uma boa notícia.

— Onde?

— Acabou de entrar, está esperando no balcão.

Arrisco uma olhada. Cabelo preto. Roupas rasgadas. Totalmente skatista. Droga, essas garotas são difíceis. Bato com a mão na mesa, e nossas bandejas pulam. Por quê? Por que a Garota Skatista tinha que entrar na Taco Bell hoje à noite?

As risadinhas toscas do Chris não ajudam minha agitação crescente.

— Admita a derrota pra não sofrer.

— De jeito nenhum. — Eu me levanto, me recusando a entregar o jogo.

Todas as garotas são iguais. É o que eu digo a mim mesmo enquanto vou até o balcão. Ela pode parecer diferente das garotas da nossa cidade, mas no fim todas querem a mesma coisa: um cara que demonstre interesse. O problema dos caras é ter coragem para isso. Ainda bem que eu tenho.

— Oi. Sou o Ryan.

O cabelo comprido e preto esconde o rosto dela, mas o corpo magro com algumas curvas chama minha atenção. Ao contrário das garotas da nossa cidade, ela não está usando roupas de marca que comprou na liquidação. Não. Ela tem estilo próprio. A camiseta regata preta mostra mais pele do que cobre, e os jeans colados apertam todos os lugares certos. Meus olhos ficam parados num único rasgão, bem abaixo da bunda.

Ela se inclina sobre o balcão, e o rasgo aumenta. A Garota Skatista vira a cabeça para mim e para o drive-thru.

— Alguém vai pegar a porra do meu pedido?

A risada do Chris, vinda da nossa mesa no canto, me joga de volta à realidade. Tiro o boné de beisebol, bagunço o cabelo com a mão e enfio o boné de volta. Por que ela? Por que hoje à noite? Mas está rolando um desafio, e eu vou vencer.

— O balcão está meio lento hoje.

Ela me olha como se *eu* estivesse meio lento.

— Está falando comigo?

O olhar duro me desafia a desviar a cabeça, e um cara fraco faria isso. Mas eu não sou fraco. *Continue encarando, Garota Skatista. Você não me assusta.* Fico atraído pelos olhos dela. São azuis. Azul-escuros. Eu nunca poderia imaginar que alguém com cabelo tão preto pudesse ter olhos tão brilhantes.

— Te fiz uma pergunta. — Ela encosta o quadril no balcão e cruza os braços sobre o peito. — Ou você é tão idiota quanto parece?

É, punk total: atitude, piercing de argola no nariz e um desprezo que pode matar com o olhar. Não é o meu tipo, mas não precisa ser. Eu só preciso do número do telefone dela.

— Você provavelmente conseguiria um atendimento melhor se evitasse os palavrões.

Um toque de diversão toca os lábios dela e dança nos olhos. Não o tipo de diversão que faria alguém rir. O tipo provocante.

— A minha linguagem te incomoda?

Sim.

— Não. — Garotas não falam *porra*. Não deveriam. Não me importo com a palavra, mas sei quando estou sendo testado, e isso é um teste.

— Então a minha linguagem não te incomoda, mas você diz — ela aumenta a voz e se inclina de novo sobre o balcão — que eu conseguiria uma *porra* de atendimento se evitasse os palavrões.

Não seria mal. Hora de mudar de tática.

— O que você quer?

A cabeça dela dá um pulo brusco para cima, como se ela tivesse esquecido que eu estava ali.

— O quê?

— Pra comer. O que você quer comer?

— Peixe. O que você acha que eu quero? Estou numa lanchonete de tacos.

O Chris ri de novo e, dessa vez, o Logan se junta a ele. Se eu não sair dessa, vou ouvir as gracinhas dos dois o caminho todo até em casa. Dessa vez eu me inclino sobre o balcão e aceno para a garota que está trabalhando no drive-thru. Dou um sorriso para ela. Ela sorri de volta. *Aprende comigo, Garota Skatista. É assim que se deve fazer.*

— Pode me dar um minuto?

O rosto da Garota do Drive-Thru se ilumina, e ela levanta um dedo ao mesmo tempo em que continua a pegar o pedido do lado de fora.

— Já vou. Prometo.

Viro para a Garota Skatista, mas, em vez do "obrigada" caloroso que eu deveria receber, ela sacode a cabeça, claramente irritada.

— Atletas...

Meu sorriso vacila. O dela aumenta.

— Como você sabe que eu sou atleta?

Os olhos dela descem até o meu peito, e eu evito uma careta. Em letras pretas na minha camiseta cinza está escrito: Escola do Condado de Bullitt, Campeões Estaduais de Beisebol.

— Então você é idiota — ela diz.

Já chega. Dou um passo em direção à mesa, depois paro. Não sou de perder.

— Como você chama?

— O que eu preciso fazer pra você me deixar em paz?

E aí está — minha abertura.

— Me dar o número do seu telefone.

O lado direito da boca da garota se curva para cima.

— Você está de sacanagem.

— Estou falando sério. Me dá seu nome e seu telefone que eu vou embora.

— Você deve ter algum problema mental.

— Bem-vindo à Taco Bell. Posso anotar seu pedido?

Nós dois olhamos para a Garota do Drive-Thru. Ela me dá um sorriso largo, depois se encolhe ao ver a Garota Skatista. Com as pálpebras abaixadas, pergunta de novo:

— O que deseja?

Pego a carteira e jogo dez dólares sobre o balcão.

— Tacos.

— E uma Coca — diz a Garota Skatista. — Grande, já que ele vai pagar.

— Tuuuuuudo bem. — A Garota do Drive-Thru digita o pedido, pega o dinheiro no balcão e volta para a janela de pedidos.

Nós nos encaramos. Eu juro, essa garota nunca pisca.

— Acho que você me deve um "obrigada" — digo.

— Eu não te pedi pra pagar.

— Me dá seu nome e seu telefone e ficamos quites.

Ela lambe os lábios.

— Não existe absolutamente nada que você possa fazer para eu te dar meu nome ou meu telefone.

Toca o sino. A brincadeira acabou com essas palavras. Invadindo o espaço dela de propósito, roubo um passo em direção a ela e coloco uma das mãos sobre o balcão perto do corpo dela. Isso afeta a garota. Consigo perceber. Os olhos perdem o toque de diversão, e os braços envolvem o próprio corpo. Ela é pequena. Menor do que eu esperava. A atitude dela chama tanto a atenção que não percebi seu tamanho.

— Aposto que eu consigo.

Ela empina o queixo.

— Não consegue.

— Oito tacos e uma Coca grande — diz a garota atrás do balcão.

A Garota Skatista agarra o pedido e gira nos calcanhares antes que eu consiga processar que estou quase perdendo.

— Espera!

Ela para na porta.

— O quê?

Esse "o quê" não tem nem uma fração da raiva do anterior. Talvez eu esteja conseguindo alguma coisa.

— Me dá seu telefone. Quero te ligar.

Não quero, não, mas quero vencer. Ela está em dúvida. Dá para ver. Para não assustar a garota, escondo minha empolgação. Nada me empolga mais do que vencer.

— Vou fazer o seguinte. — Ela me dá um sorriso com um misto de sedução e maldade. — Se você puder ir comigo até o meu carro e abrir a porta, eu te dou meu número.

Consigo.

Ela sai na noite úmida e pula pela calçada até o estacionamento. Eu não teria classificado essa garota como pulante. Ela pula e eu sigo, saboreando a doce vitória.

A vitória não dura muito tempo. Congelo no meio do caminho. Antes de ela atravessar as linhas amarelas que delimitam um carro velho e enferrujado, dois caras ameaçadores saem, e nenhum dos dois parece feliz.

— Posso fazer alguma coisa por você, cara? — pergunta o mais alto, que tem tatuagens nos dois braços inteiros.

— Não. — Enfio as mãos nos bolsos e relaxo a postura. Não tenho a menor intenção de entrar numa briga, especialmente porque estou em desvantagem.

O Cara Tatuado atravessa o estacionamento e provavelmente continuaria vindo se não fosse o outro cara, com cabelo cobrindo os olhos. Ele para bem na frente do Cara Tatuado, mas sua postura sugere que ele também lutaria por prazer.

— Algum problema, Beth?

Beth. Difícil acreditar que essa garota tão dura tem um nome tão delicado. Como se lesse meus pensamentos, os lábios dela deslizam e formam um sorriso maldoso.

— Não mais — ela responde e pula para o banco da frente.

Os dois caras vão até o carro mantendo um olho em mim, como se eu fosse idiota o suficiente para pular neles por trás. O motor liga rugindo, e o carro vibra como se estivesse grudado com fita adesiva.

Sem pressa para entrar e explicar aos meus amigos que eu perdi, fico na calçada. O carro passa devagar por mim, e Beth coloca a palma da mão na janela do carona. Escritas com caneta preta, vejo as palavras que selam minha derrota: *não consegue.*

BETH

Não tem nada melhor do que a sensação de flutuar. Sem peso no calor. Calor de edredom saído da máquina de secar. O calor de uma mão forte no meu rosto, alisando meu cabelo. Se pelo menos a vida pudesse ser assim para sempre...

Eu poderia viver para sempre aqui, no porão da casa da minha tia. Só paredes. Nenhuma janela. O lado de fora mantido lá fora. As pessoas que eu amo do lado de dentro.

Noah — com o cabelo escondendo os olhos, impedindo que o mundo veja sua alma.

Isaiah — uma manga de lindas tatuagens que assusta os normais e atrai os livres.

Eu — a poeta na minha mente quando estou chapada.

Vim para essa casa por segurança. Eles vieram porque o sistema de lares adotivos ficou sem casas. Ficamos porque éramos peças perdidas de outros quebra-cabeças, cansados de nunca nos encaixarmos.

Um ano atrás, o Isaiah e o Noah compraram o sofá, o colchão king-size e a TV na Legião da Boa Vontade. Coisas que outras pessoas jogaram fora. Empurrando tudo escada abaixo para as profundezas da terra, eles criaram um lar para nós. Eles me deram uma família.

— Eu usava fitas no cabelo — digo. Minha voz soa bizarra e distante. E falo de novo só para ouvir a estranheza. — Muitas.

— Adoro quando ela faz isso — diz o Isaiah para o Noah. Nós três relaxamos na cama. Terminando mais uma cerveja, o Noah senta na ponta com as costas na parede. O Isaiah e eu nos tocamos. Só nos tocamos quando estamos chapados ou bêbados ou as duas coisas. Podemos fazer isso porque não conta nessas situações. Nada conta quando você se sente sem peso.

O Isaiah passa a mão no meu cabelo de novo. O toque delicado me faz fechar os olhos e dormir para sempre. Êxtase. Um verdadeiro êxtase.

— De que cores? — A brutalidade usual no tom do Isaiah desaparece, dando lugar a uma profundidade suave.

— Rosa.

— E?

— Vestidos. Eu adorava vestidos.

Parece que estou virando a cabeça dentro da areia para olhar para ele. Minha cabeça está apoiada na barriga dele, e eu sorrio quando o calor da pele dele atravessa a camiseta e chega até o meu rosto. Ou talvez eu esteja sorrindo porque é o Isaiah, e só ele pode me fazer sorrir.

Adoro o cabelo preto dele, raspado bem curto. Adoro os olhos cinza, cheios de bondade. Adoro os brincos nas duas orelhas. Adoro... que ele seja gostoso. Gostoso quando está chapado. Dou uma risadinha. Ele é tragicamente gostoso quando está sóbrio. Eu devia escrever isso.

— Você quer um vestido, Beth? — pergunta o Isaiah. Ele nunca me provoca quando eu me lembro da minha infância. Na verdade, é uma das poucas vezes em que ele faz perguntas sem parar.

— Você me compraria um? — Não sei por quê, mas a ideia deixa meu coração leve. A minúscula parte sóbria do meu cérebro me lembra que eu não uso vestidos, que eu detesto fitas no cabelo. O resto da minha mente, perdida numa névoa de maconha, curte o jogo: a perspectiva de uma vida com vestidos e fitas no cabelo e alguém disposto a transformar meus sonhos mais loucos em realidade.

— Sim — responde ele sem hesitar.

Os músculos ao redor da minha boca ficam pesados, e o resto do meu corpo, incluindo o coração, faz o mesmo. Não. Não estou pronta para a queda. Fecho os olhos e desejo que isso vá embora.

— Ela está muito chapada. — O Noah não está muito chapado, e parte de mim se ressente por isso. Ele largou a maconha e a falta de preocupação quando se formou, e está levando o Isaiah pelo mesmo caminho. — Esperamos demais.

— Não, é perfeito. — O Isaiah se mexe e coloca minha cabeça em alguma coisa macia e fofinha. Um travesseiro. O Isaiah sempre cuida de mim.

— Beth? — O hálito quente roça a minha orelha.

— Sim? — É um sussurro grogue.

— Vem morar com a gente.

Na última primavera, o Noah se formou no ensino médio e no sistema de adoção. Ele vai se mudar, e o Isaiah vai com ele, apesar de o Isaiah não poder sair oficialmente do lar adotivo até se formar no ano que vem e fazer dezoito anos. A minha tia não se importa com o lugar onde o Isaiah more, desde que ela continue a receber os cheques do governo.

Tento fazer que não com a cabeça, mas isso não funciona muito bem na areia.

— Nós dois já conversamos. Você pode ficar com um quarto, e a gente divide o outro.

Eles estão fazendo isso há semanas, tentando me convencer a me mudar com eles. Mas ha! Mesmo chapada eu consigo frustrar os planos deles. Abro os olhos trêmulos.

— Não vai funcionar. Vocês precisam de privacidade pro sexo.

O Noah dá um risinho.

— Temos um sofá.

— Eu ainda estou no ensino médio.

— O Isaiah também. Se você ainda não percebeu, vocês dois estão no último ano.

Espertinho. Dou uma olhada furiosa para o Noah. Ele só dá um gole na cerveja.

O Isaiah continua:

— Como é que você vai pra escola? Vai pegar ônibus?

Claro que não.

— Você vai acordar mais cedo pra vir me pegar.

— Você sabe que eu vou mesmo — ele murmura, e sinto um toque daquele êxtase de novo.

— Por que você não quer vir morar com a gente? — o Noah quer saber.

A pergunta direta me deixa sóbria. *Porque não*, grito na minha cabeça. Eu me viro de lado e me encolho em posição fetal. Segundos depois, alguma coisa macia cobre o meu corpo. O cobertor ajeitado bem debaixo do meu queixo.

— Agora ela foi — diz o Isaiah.

Minha bunda vibra. Eu me espreguiço antes de esticar a mão até o bolso de trás e pegar o celular.

Por um segundo, eu me pergunto se o bonitinho da Taco Bell conseguiu o meu número de algum jeito. Eu sonhei com ele — o Garoto da Taco Bell. Ele ficava em pé do meu lado, todo arrogante e lindo com o cabelo loiro-areia parecendo um esfregão e os olhos castanho-claros. Dessa vez, ele não estava tentando me enganar para conseguir o meu número. Estava sorrindo para mim como se eu realmente fosse importante.

Como eu disse — só um sonho.

A imagem desaparece quando olho a hora e o identificador de chamadas no celular: três da manhã e bar The Last Stop. Merda. Desejo nunca ter ficado sóbria e atendo a ligação.

— Espera um pouco.

O Isaiah está dormindo do meu lado, com o braço casualmente jogado sobre a minha barriga. Levanto o braço dele com delicadeza e saio debaixo. O Noah está desmaiado no sofá, com a namorada, Echo, bem pertinho dele. Merda, quando foi que ela voltou para a cidade?

Em silêncio, subo as escadas, entro na cozinha e fecho a porta do porão.

— Alô.

— Sua mãe está causando problemas de novo — diz uma voz masculina emputecida. Infelizmente, conheço a voz: Denny. Barman/proprietário do The Last Stop.

— Você já cortou as bebidas dela?

— Não consigo impedir que os caras paguem bebida pra ela. Olha, garota, você me pagou pra te ligar antes de chamar a polícia ou jogar sua mãe na sarjeta. Você tem quinze minutos pra arrastar ela daqui.

Ele desliga. Denny realmente precisa melhorar suas habilidades de conversação.

Ando dois quarteirões até o centro comercial, que ostenta todas as conveniências que a gentalha pode desejar: lavanderia automática, loja de 1,99, loja de bebidas, um mercadinho vagabundo que aceita cupons do governo e vende pão mofado e carne vencida, tabacaria, loja de penhores e bar de motoqueiros. Ah, e um escritório de advocacia para o caso de você ser pego roubando ou perturbando um desses lugares.

As outras lojas fecharam horas atrás, colocando grades nas janelas. Grupos de homens e mulheres se reúnem ao redor das inúmeras motocicletas que ocupam o estacionamento. O fedor rançoso de cigarro e o aroma doce de cravo e maconha se misturam no ar quente do verão.

Denny e eu sabemos que ele não vai chamar a polícia, mas não posso arriscar. Minha mãe foi presa duas vezes e está em liberdade condicional. E, mesmo não chamando a polícia, ele vai chutar minha mãe para a rua. Uma explosão de risos masculinos me faz lembrar por que isso não é uma coisa boa. Não são risadas felizes, nem alegres, nem mesmo equilibradas. São cheias de maldade, malícia e desejam a dor de alguém.

Minha mãe faz sucesso com homens doentes. Eu não entendo. Nem preciso. Só preciso limpar a bagunça.

As lâmpadas fracas sobre as mesas de sinuca, as luzes de néon vermelhas sobre o bar e as duas televisões na parede geram a única iluminação do bar. O cartaz na porta avisa duas coisas: proibida a entrada de menores de vinte e um anos e nada de gangues. Mesmo à meia-luz, percebo que nenhuma das duas regras se aplica. A maioria dos homens usa jaqueta com o emblema de alguma gangue de motoqueiros, e metade das garotas que estão com eles é menor de idade.

Empurro dois deles para chegar até o balcão, onde Denny está servindo drinques.

— Onde ela está?

Denny, com sua camisa de flanela vermelha típica, está de costas para mim e serve vodca em dois copos de shot. Ele não serve e fala ao mesmo tempo — pelo menos não comigo.

Obrigo meu corpo a se manter estoicamente rígido quando uma mão aperta minha bunda e um cara fedendo a cê-cê se inclina na minha direção.

— Quer beber?

— Vai se foder, seu imbecil.

Ele ri e aperta de novo. Eu me concentro no arco-íris de garrafas de bebidas alinhadas na parte de trás do bar, fingindo estar em outro lugar. Ser outra pessoa.

— Tira a mão da minha bunda ou eu arranco o seu saco.

Denny bloqueia minha visão das garrafas e desliza uma cerveja para o cara que está a alguns segundos de perder sua masculinidade.

— Chave de cadeia.

O imbecil se afasta do bar enquanto Denny acena com a cabeça na direção dos fundos.

— No lugar de sempre.

— Obrigada.

Atraio olhares e risinhos abafados ao passar. A maioria das risadas vem de clientes habituais. Eles sabem por que estou ali. Percebo a crítica nos olhos deles. A diversão. A pena. Hipócritas de merda.

Ando com a cabeça erguida, os ombros alinhados. Sou melhor do que eles. Não importam seus sussurros e insultos. Foda-se. Foda-se todo mundo.

Quase todos no salão dos fundos estão inclinados sobre um jogo de pôquer perto da entrada, deixando o resto do ambiente vazio. A porta para o beco está escancarada. Daqui, vejo o condomínio onde minha mãe mora e a porta da frente do apartamento dela. Conveniente.

Minha mãe está sentada a uma pequena mesa redonda no canto. Duas garrafas de uísque e um copo de shot estão ao seu lado. Ela esfrega a bochecha, depois afasta a mão. Dentro de mim, a raiva explode.

Ele bateu nela. De novo. A bochecha dela está vermelha. Marcada. A pele debaixo do olho já está inchando. Esse é o motivo pelo qual não posso ir morar com o Noah e o Isaiah. O motivo pelo qual não posso ir embora. Preciso ficar a dois quarteirões da minha mãe.

— Elisabeth. — Minha mãe engole o *a* e acena bêbada para mim. Ela pega uma garrafa de uísque e vira sobre o copo, mas não sai nada. O que é bom, porque ela teria errado o copo por dois centímetros.

Vou até ela, pego a garrafa e a coloco na mesa ao lado.

— Está vazia.

— Ah. — Ela pisca os olhos azuis sem expressão. — Seja uma boa menina e pegue outra pra mim.

— Tenho dezessete anos.

— Então pegue alguma coisa pra você também.

— Vamos embora, mãe.

Minha mãe alisa o cabelo loiro com a mão trêmula e olha ao redor como se tivesse acabado de acordar de um sonho.

— Ele me bateu.

— Eu sei.

— Eu revidei.

Não duvido que ela tenha batido nele primeiro.

— Precisamos ir.

— Eu não te culpo.

Essa declaração me atinge de um jeito que nenhum homem poderia. Solto um suspiro longo e procuro um modo de aliviar a dor das palavras, mas não consigo. Pego a outra garrafa, feliz pela quantidade lamentável restante, sirvo um shot e engulo. Depois sirvo outro e empurro na direção dela.

— Culpa, sim.

Minha mãe encara o drinque antes de deixar os dedos de meia-idade traçarem a borda do copo. As unhas estão roídas até o sabugo. As cutículas estão enormes. A pele ao redor das unhas está seca e rachada. Fico me perguntando se um dia minha mãe foi bonita.

Ela joga a cabeça para trás enquanto bebe.

— Tem razão. Eu culpo, sim. Seu pai não teria ido embora, se não fosse você.

— Eu sei. — A queimação do uísque apaga a dor da memória. — Vamos.

— Ele me amava.
— Eu sei.
— O que você fez... obrigou ele a ir embora.
— Eu sei.
— Você arruinou a minha vida.
— Eu sei.

Ela começa a chorar. Um choro bêbado. Do tipo em que tudo sai: as lágrimas, o muco, a baba, a verdade terrível que você nunca deveria contar a outra alma.

— Eu te odeio.

Eu me encolho. Engulo em seco. E lembro a mim mesma que preciso respirar.

— Eu sei.

Minha mãe pega a minha mão. Não me afasto. Não pego a dela em retribuição. Eu a deixo fazer o que quiser. Já passamos por isso muitas vezes.

— Me desculpa, bebê. — Minha mãe limpa o nariz com a pele nua do antebraço. — Eu não queria dizer isso. Eu te amo. Você sabe que sim. Não me deixa, tá?

— Tá. — O que mais posso dizer? Ela é minha mãe. Minha mãe.

Os dedos dela desenham círculos nas costas da minha mão, e ela se recusa a fazer contato visual.

— Fica comigo hoje à noite?

Foi aqui que o Isaiah colocou o limite. Na verdade, ele colocou o limite muito antes, me obrigando a prometer que eu ficaria totalmente longe dela depois que o namorado da minha mãe me espancou. Eu meio que mantive a promessa me mudando para a casa da minha tia. Mas alguém tem que tomar conta da minha mãe — garantir que ela está comendo, que tem comida, que paga as contas. Afinal, é culpa minha o meu pai ter ido embora.

— Vamos pra casa.

Minha mãe sorri, sem perceber que eu não respondi. Às vezes, à noite, eu sonho com ela sorrindo. Ela era feliz quando o meu pai morava com a gente. Mas eu estraguei a felicidade dela.

Seus joelhos tremem quando ela se levanta, mas minha mãe consegue andar. É uma boa noite.

— Aonde você vai? — pergunto, quando ela vai em direção ao bar.

— Pagar a conta.

Impressionante. Ela tem dinheiro.

— Eu pago. Fica aqui e eu te levo em casa.

Em vez de me dar o dinheiro, minha mãe fica encostada na porta dos fundos. Que ótimo. Agora eu tenho que pagar a conta. Pelo menos o Garoto da Taco Bell comprou comida para mim e eu tenho alguma coisa para dar ao Denny.

Empurro as pessoas para chegar até o bar, e Denny faz uma careta quando me vê.

— Tira ela daqui, garota.

— Ela já saiu. Quanto deu a conta dela?

— Já foi paga.

Gelo corre pelas minhas veias.

— Quando?

— Agora mesmo.

Não.

— Quem pagou?

Ele não me encara.

— Quem você acha?

Merda. Estou tropeçando em mim mesma, esbarrando nas pessoas, tirando todas do caminho com um empurrão. Ele bateu nela uma vez. Vai bater de novo. Corro a toda velocidade e saio no beco dos fundos, mas não vejo nada. Nada nas sombras escuras. Nada nas luzes da rua. Grilos cantam em som surround.

— Mãe?

Vidro quebrando. Vidro quebrando de novo. Gritos terríveis ecoam da frente do condomínio da minha mãe. *Meu Deus, ele vai matá-la. Eu sei.*

Meu coração martela, e fica difícil respirar. Tudo treme: minhas mãos, minhas pernas. A ideia do que vou ver quando chegar ao estacionamento me corrói a alma: minha mãe coberta de sangue e o namorado babaca em cima dela. As lágrimas queimam meus olhos e tropeço quando viro a esquina do prédio, ralando a mão no asfalto. Não me importa. Preciso encontrar minha mãe...

Minha mãe balança um taco de beisebol e destrói a janela de trás de um El Camino ferrado.

— O que... o que você está fazendo? — E onde conseguiu um taco de beisebol?

— Ele. — Ela balança o taco e quebra mais vidros. — Me. Traiu.

Eu pisco, sem saber se quero abraçar ou matar minha mãe.

— Então termina com ele.

— Sua vaca maluca! — Do espaço entre dois prédios de apartamentos, o namorado da minha mãe voa na direção dela e atinge o seu rosto com a mão aberta. O tapa vibra na minha pele. O taco de beisebol cai da mão dela e quica três vezes no asfalto. Cada estalo oco da madeira intensifica os meus sentidos. O taco para no chão e rola até o meu pé.

Ele grita com ela. Só xingamentos, mas as palavras se misturam com um zumbido na minha cabeça. Ele me bateu no ano passado. Ele bate na minha mãe. Ele não vai mais bater em nenhuma de nós.

Ele levanta a mão. Minha mãe ergue os braços para proteger o rosto enquanto se ajoelha na frente dele. Eu agarro o taco. Dou dois passos. Balanço-o atrás do ombro e...

— Polícia! Solta o taco! No chão! — Três policiais de uniforme nos cercam. Merda. Meu coração martela com força no peito. Eu devia ter pensado nisso, mas não pensei, e o erro vai me custar caro. Os policiais patrulham o condomínio regularmente.

O babaca aponta para mim.

— Foi ela. Essa garota maluca destruiu o meu carro. A mãe dela e eu tentamos impedir, mas ela ficou doida!

— Solta o taco! Mãos na cabeça.

Impressionada com a mentira absurda, esqueci que ainda estava segurando o taco. O cabo de madeira parece áspero nas minhas mãos. Eu o largo e ouço o mesmo barulho oco quando ele cai no chão. Coloco as mãos atrás da cabeça e olho para minha mãe. Espero. Espero que ela explique. Espero que ela nos defenda.

Minha mãe continua ajoelhada na frente do babaca. Sutilmente, ela balança a cabeça e me fala, sem emitir nenhum som: *Por favor.*

Por favor? Por favor o quê? Arregalo os olhos, implorando que ela explique.

Então ela diz mais uma palavra sem som: *Condicional.*

Um policial chuta o taco para longe e me revista.

— O que aconteceu?

— Fui eu — digo a ele. — Eu destruí o carro.

RYAN

O suor pinga da minha cabeça e desce pela testa, me obrigando a secar a sobrancelha antes de enfiar o boné de volta. O sol da tarde me atinge como se eu estivesse cozinhando num caldeirão do inferno. Os jogos de agosto são os piores.

Minhas mãos suam. Não me importo com a mão esquerda — a que está usando a luva. É a mão de arremessar que eu esfrego repetidas vezes na perna da calça. Meu coração lateja nos ouvidos, e eu luto contra uma onda de tontura. O cheiro de pipoca queimada e cachorro-quente avança do quiosque de conveniência, e meu estômago tem um espasmo. Fui dormir muito tarde ontem à noite.

Olho para o placar e vejo a temperatura subir de trinta e cinco para trinta e seis graus. A sensação térmica deve estar acima de trinta e oito. Teoricamente, no instante em que a sensação térmica chegar a quarenta graus, os juízes vão interromper o jogo. Teoricamente.

Não faria diferença se a temperatura estivesse abaixo de zero. Meu estômago ainda teria espasmos. Minhas mãos ainda estariam suando. A pressão continuaria aumentando, revirando minhas entranhas até o ponto de implosão.

— Vamos lá, Ry! — grita o Chris, nosso interbases, que está entre a segunda e a terceira base.

Seu grito de guerra solitário instiga berros do resto do time — os que estão em campo e os que estão sentados no banco. Eu não diria *sentados*. Todos no banco de reservas estão em pé, com os dedos agarrados na cerca.

Chegando à sétima entrada, estamos com uma corrida, duas bolas fora, e eu estraguei tudo e lancei um corredor para a primeira. Droga de bola curva. Acertei um strike e duas bolas com o rebatedor atual. Não tem mais espaço para errar. Mais dois strikes e o jogo acaba. Mais duas bolas e eu faço um rebatedor andar, dando ao outro time um corredor em posição para marcar.

A multidão se empolga, bate palma, assobia e torce. Ninguém mais alto que o meu pai.

Agarro a bola com força, respiro fundo, jogo o braço direito para trás e me inclino para frente para ver o sinal do Logan. O estresse do próximo arremesso dele pesa em mim. Todo mundo quer que o jogo acabe. Ninguém mais do que eu.

Não sou de perder.

O Logan se agacha na posição atrás do rebatedor e faz uma coisa inesperada. Ele puxa a máscara de receptor até o topo da cabeça, coloca a mão entre as pernas e me mostra o dedo do meio.

Maldito idiota.

O Logan exibe um sorriso malicioso, e seu lembrete faz meus ombros relaxarem. É apenas o primeiro jogo do outono. Um amistoso. Faço que sim com a cabeça, e ele desliza a máscara sobre o rosto e faz o sinal de "paz e amor" para mim duas vezes.

Bola rápida, então.

Olho por sobre o ombro para a primeira base. O corredor está em posição de impulso para alcançar a segunda, mas não o suficiente para tentar roubar. Inclino o braço para trás e arremesso com uma explosão de poder e adrenalina. Meu coração bate forte duas vezes ao ouvir o som da bola atingindo a luva do Logan e as palavras "segundo strike" saindo da boca do juiz.

O Logan joga a bola de volta com força, e eu não perco tempo me preparando para o próximo arremesso. Esse será o último. Meu time pode ir para casa — vitorioso.

O Logan segura o dedo mindinho e o anelar juntos. Balanço a cabeça. Quero fechar o jogo, e uma bola rápida vai fazer isso, não uma curva. O Logan hesita antes de me mostrar dois sinais de "paz e amor". Esse é o meu garoto. Ele sabe que eu posso esquentar as coisas.

Com a mão entre as pernas, ele para, depois aponta para longe do rebatedor, dizendo que minhas bolas rápidas estão indo para fora. Faço que sim com a cabeça. Uma aceitação para manter a localização em mente, assim como a velocidade. A bola voa para longe da minha mão, acerta a luva do Logan bem no meio, e o juiz grita:

— Bola!

Paro de respirar. Foi um strike.

A grade se agita porque os outros membros do meu time batem nela, gritando contra a injustiça. Vociferando com o juiz principal, o treinador está em pé na terra de ninguém, entre o banco dos jogadores e o campo. Meus amigos em campo assobiam contra a arbitragem errada. A multidão murmura e vaia. Na arquibancada, de cabeça abaixada e perdida em orações, minha mãe agarra as pérolas ao redor do pescoço.

Droga. Bato com força na aba do boné, tentando acalmar o sangue que corre rápido nas minhas veias. Arbitragens erradas são um saco, mas acontecem. Tenho mais uma chance para fechar o jogo. Mais uma...

— Aquilo foi um strike. — Meu pai sai da arquibancada e vai até a grade, bem atrás do juiz principal.

Os jogadores e a multidão ficam em silêncio. Meu pai exige justiça. Bom, a versão dele de justiça.

— Volte para a arquibancada, sr. Stone — diz o juiz.

Todo mundo na cidade conhece o meu pai.

— Vou voltar para a minha cadeira quando tivermos um juiz que saiba apitar direito. Você apitou errado o jogo todo. — Apesar de dizer isso alto o suficiente para o campo inteiro ouvir, ele nunca ergueu a voz. Meu pai é um homem de comando e alguém que a cidade toda admira.

De trás da grade, meu pai cresce sobre o juiz baixinho e gordinho e espera alguém corrigir o que ele vê como um erro. Somos cópias idênticas um do outro, meu pai e eu. Cabelo cor de areia e olhos castanhos. Pernas compridas. Ombros e braços largos. Minha avó diz que pessoas como o meu pai e eu foram feitas para o trabalho árduo. Meu pai diz que fomos feitos para o beisebol.

Meu treinador entra em campo com o treinador do outro time. Eu concordo. O juiz está apitando errado para os dois lados, mas acho irônico ninguém ter tido coragem de falar alguma coisa até o meu pai declarar guerra.

— Seu pai é o cara. — O Chris anda até a base de arremesso.

— É. — O cara. Olho de novo para a minha mãe e para o espaço vazio onde o meu irmão mais velho, Mark, costumava sentar. A ausência do Mark dói mais do que eu achei que fosse doer. Estendo minha luva para o Logan, que se afastou um pouco dos quatro homens que estão discutindo os acertos da arbitragem. Ele automaticamente arremessa a bola de volta.

O Chris dá uma olhada na multidão.

— Você viu quem veio ver o jogo?

Não me preocupo em olhar. A Lacy sempre vai aos jogos do Chris.

— A Gwen — ele diz, com um sorriso convencido. — A Lacy ouviu dizer que ela está a fim de você de novo.

Reajo sem pensar e viro a cabeça para procurar a garota na arquibancada. Durante dois anos, a Gwen e o beisebol eram a minha vida. A brisa sopra o cabelo loiro e comprido da Gwen, e, como se sentisse o meu olhar, ela me encara e sorri. No último ano, eu adorava esse sorriso. Um sorriso que era reservado para mim. Vários meses se passaram desde essa época. Minha mãe ainda adora a Gwen. Eu não sei mais como me sinto. Um cara escala a arquibancada e coloca o braço ao redor dela. É, pode esfregar na minha cara, babaca. Eu sei que a Gwen e eu terminamos.

— Podem jogar! — A voz de um novo juiz ressoa da caixa do rebatedor. O antigo juiz aperta a mão do meu pai do outro lado da grade. Como eu disse, meu pai acredita em fazer o que é certo e também acha que a justiça deve ser cumprida com o orgulho de um homem ainda intacto. Bom, para todos os homens que não sejam o meu irmão.

Todo mundo do lado de fora do campo bate palma e observa meu pai voltar para a cadeira dele. Algumas pessoas esticam a mão para ele. Outras dão tapinhas nas costas. Fora do campo, meu pai é o líder da comunidade. No campo, eu sou o cara.

Saindo da caixa, o rebatedor pratica alguns swings. Dois strikes. Três bolas. E o garoto sabe que eu posso esquentar as coisas. Eu assobio e faço um gesto para o Logan.

Ao meu lado, o Chris ri. Ele sabe que estou com más intenções. O Logan se aproxima com a máscara de receptor no alto da cabeça.

— O que foi, chefe?

— Fala comigo.

Isso é o que um grande receptor faz.

— O rebatedor estava lerdo, mas fez uma pausa, o que significa que vai dar tudo de si. Suas bolas rápidas têm escapado, e ele sabe disso.

Rolo a bola nos dedos.

— Ele está esperando uma rápida?

— Se eu fosse ele, esperaria uma bola rápida — diz o Chris.

Dou de ombros, e os músculos gritam em protesto.

— Vamos fazer uma inesperadamente lenta. Ele vai entender como rápida e não vai ter tempo de consertar.

Um sorriso desliza pelo rosto do Chris, e ele coloca a luva sobre a boca.

— Você vai detonar o cara.

— Nós vamos detonar o cara — repito, escondendo os lábios com a luva.

Viro em direção ao campo e assobio para chamar a atenção de todo mundo. O Chris volta para a interbase, desliza a mão aberta pelo peito e dá dois tapinhas no braço esquerdo com a mão direita. O defensor externo central corre, e nosso homem na segunda base passa a mensagem adiante. Quando encaro o rebatedor, o Logan já enviou a mensagem para a primeira e a terceira base.

O Logan cobre o rosto com a máscara, se agacha na posição e estende a luva para fazer a recepção. É, vou fechar esse jogo.

— Te vejo à noite, cara.

O Chris chuta o meu pé ao passar por mim. Está com a sacola de tacos em uma das mãos e a mão da Lacy na outra. O Chris e eu conhecemos a Lacy quando estudávamos na mesma escola, no sexto ano. Gostei dela no dia em que ela arranhou o joelho jogando futebol americano com os garotos. O Chris se apaixonou por ela no dia em que ela o empurrou no playground depois que ele a deixou de fora no beisebol. Eles estão juntos desde o segundo ano do ensino médio — o ano em que ele tomou coragem e finalmente a chamou para sair.

A Lacy puxa um elástico do pulso e prende o cabelo castanho num coque bagunçado. Adoro o fato de ela não ser uma menininha. Para aguentar o Chris, o Logan e eu, uma garota tem que ser dura na queda. Não me entenda mal — a Lacy é muito gostosa, mas não dá a mínima para o que os outros pensam dela.

— Nós vamos na festa hoje à noite. Quero conversar, ver gente e dançar. A vida é muito mais do que gaiolas de rebatida e desafios.

Com os dedos congelados ao desamarrar as chuteiras, o Logan e eu levantamos a cabeça. O rosto do Chris fica pálido.

— Isso é um sacrilégio, Lace. Retire o que você disse.

Perto de mim, o Logan calça os tênis Nike e joga as chuteiras na sacola.

— Você não conhece a emoção de vencer um bom desafio.

— Desafios não são divertidos — diz ela, com um forte tom de repreensão. — São malucos. Vocês incendiaram o meu carro.

O Logan levanta a mão.

— Eu abri a janela a tempo. O banco nem chegou a queimar.

O Chris e eu damos risadinhas ao lembrar da Lacy gritando enquanto entrava a sessenta quilômetros por hora numa curva. Resumo da história: uma embalagem de hambúrguer, um isqueiro, um cronômetro e um desafio. O Logan acidentalmente deixou cair a embalagem em chamas, que rolou para baixo do banco da Lacy. Um olhar dela dizendo claramente "vou chutar vocês até caírem" faz a gente calar a boca.

— Queria que vocês tivessem namorada, pra ela dirigir com vocês por aí.

— Não posso. — O Logan sacode as sobrancelhas. — Sou copiloto do Ryan.

— Copiloto. — Ela cospe a palavra, depois aponta uma unha brilhante para mim e para o Logan, mas percebo que se demora mais em mim. — Vocês precisam encontrar uma garota e se comprometer. Estou cansada dessa porcaria de testosterona.

A Lacy detesta as garotas com quem eu saí no verão. Ela morre de medo de que eu influencie o Chris para ele terminar o namoro, embora ela devesse perceber que as coisas não são assim. O Chris venera a Lacy como se ela fosse sua religião pessoal.

— Você não aprovou a que eu escolhi da última vez — digo. — Por que devo tentar de novo?

— Porque você pode escolher uma pessoa que não seja malvada.

Meu tom diminui.

— A Gwen não é malvada. — A Gwen e eu terminamos, mas não tenho motivo para falar mal dela.

— Falando no diabo — murmura o Logan.

— Oi, Ryan. — Viro a cabeça e vejo a Gwen em toda a sua glória. Um vestido de algodão azul balança ao redor de suas pernas bronzeadas, e ela está usando botas de caubói que eu não conhecia. Cachos enrolados à mão saltam nas pontas do cabelo loiro e comprido. Cercada pelas três melhores amigas, ela flutua e passa direto, mas mantém os olhos verdes fixos em mim.

— Gwen — digo de volta. Chegando ao quiosque de conveniência, ela joga o cabelo sobre o ombro ao mesmo tempo em que reconcentra sua atenção. Continuo encarando, tentando lembrar por que terminamos.

— Drama! — A Lacy bloqueia de propósito a minha visão da bunda da Gwen. — Ela não fazia outra coisa além de drama, lembra? Você disse: "Lacy, não tem nada verdadeiro nela", e eu respondi: "Eu sei", e depois joguei na sua cara um alegre "Eu te disse". Depois você falou: "Não deixa eu voltar com ela", e eu disse: "Posso arrancar suas bolas se você tentar?", e você disse...

— "Não." — Eu disse não porque a Lacy faria isso de verdade, e eu prefiro as minhas bolas onde estão, mas pedi a ela para me lembrar dessa conversa se eu amolecesse. O Logan e eu devíamos chamar umas garotas para o cinema na próxima semana. Que inferno, se a Garota Skatista tivesse me dado o número dela, eu podia até pensar em chamá-la. Deus sabe quanto ela era sexy e, quando se trata da Gwen, é sempre útil ter uma distração.

— Vem, Logan — diz o Chris. — Vou te dar uma carona pra casa.

Perto do banco dos jogadores, meu pai passa um braço sobre o ombro da minha mãe enquanto os dois conversam com o treinador e um homem de camisa polo e calça cáqui. Eu me pergunto se alguém percebe como a minha mãe se afasta do corpo do meu pai. Provavelmente não. Ela está no modo "corte do baile", toda sorrisos e risadas.

Por sobre o ombro, meu pai faz sinal para eu me juntar a eles, me dando um dos raros sorrisos "estou orgulhoso de você". Isso não me atinge. É, nós ganhamos, mas a gente sempre ganha. É o que campeões estaduais fazem. Por que a demonstração de orgulho agora?

Como eu disse, meu pai e eu somos clones, exceto pela idade e pela pele. Anos de chuva, sol, calor e frio marcaram o rosto dele. Ser dono de uma construtora exige muito tempo exposto aos elementos da natureza.

— Ryan, esse é o sr. Davis.

O sr. Davis e eu estendemos as mãos ao mesmo tempo. Ele é alto, magro e possivelmente da idade do meu pai, só que o sr. Davis não parece castigado pelo clima.

— Pode me chamar de Rob. Parabéns pelo ótimo jogo. Você tem uma bela bola rápida.

— Obrigado, senhor. — Já ouvi isso antes. Minha mãe diz para todo mundo que Deus me deu um dom, e, embora eu não saiba muito bem o que pensar disso, não nego que aproveito a deixa. Uma pena que meu pai e eu não conseguimos atrair nenhum interesse nos testes de beisebol profissional.

Estou acostumado com encontros e apresentações. Como o meu pai tem a própria empresa e um cargo de vereador na Câmara Municipal, ele adora fazer networking. Não me entenda mal — meu pai não é do tipo faminto por poder. Ele se recusou várias vezes a concorrer para prefeito, embora há anos minha mãe implore para ele pensar nisso. Mas ele gosta muito de ajudar a comunidade.

Rob inclina a cabeça para o campo.

— Você se importa de jogar algumas bolas pra mim?

Minha mãe, meu pai e o treinador compartilham sorrisos espertinhos, e eu me sinto como se alguém tivesse contado uma piada e me deixado de fora do fim. Ou talvez eu seja o fim da piada.

— Claro.

Rob pega um radar de velocidade e um cartão de visitas na sacola. Ele fica com o radar na mão esquerda e me dá o cartão.

— Vim aqui hoje pra observar um jogador do outro time. Não vi nada de especial nele, mas acho que encontrei algo promissor em você.

Meu pai me dá um tapinha nas costas, e sua demonstração pública de afeto faz com que eu olhe para ele. Meu pai não é de tocar. Aliás, ninguém da família faz esse tipo. Pego o cartão e preciso de muita força para não soltar um palavrão na frente da minha mãe. O homem que se dirige à área atrás da base do rebatedor é Rob Davis, olheiro dos Cincinnati Reds.

— Eu te falei que os testes da primavera não eram o fim de tudo. — Meu pai faz sinal para eu seguir o Rob. — Mostre pra ele do que você é capaz.

BETH

O guarda mais velho, o bonzinho, anda ao meu lado. Ele não colocou as algemas tão apertadas quanto o outro guarda idiota. Ele não está em cima de mim tentando me apavorar. Não está tentando reproduzir uma cena de *Cops*. Apenas anda ao meu lado, ignorando minha existência.

Fico totalmente em silêncio depois de ouvir uma garota saindo de uma bad trip de ácido na noite passada.

Talvez tenha sido hoje.

Não tenho ideia de que horas são.

Eles me deram café da manhã.

E falaram em almoço.

Deve ser de manhã. Talvez meio-dia.

O guarda abre a porta de um lugar que só posso descrever como sala de interrogatório. Além da cela que eu compartilhei com a garota de quinze anos que está dopada demais para o meu gosto, é aqui que tenho passado a maior parte do tempo desde que eles me prenderam por danos materiais. O guarda relaxa as costas na parede, e eu sento à mesa.

Preciso de um cigarro.

Muito.

Desesperadamente.

Eu daria o braço por um trago.

— Está com abstinência do quê? — O guarda encara os meus dedos. Paro de batucar na mesa.

— Nicotina.

— É difícil — diz ele. — Nunca consegui largar.

— É. Uma merda.

O policial que me prendeu na noite passada — hoje de manhã — entra na sala.

— Ela fala.

É. Não tive a intenção. Calo a boca. Na noite passada, hoje de manhã — quem sabe essa merda —, consegui ficar em silêncio quando eles me interrogaram sobre a minha mãe, a minha vida em casa, o namorado da minha mãe. Eu me recusei a falar, me recusei a dizer uma palavra, porque, se fizesse isso, eu poderia dizer alguma coisa errada e mandar minha mãe para a cadeia. De jeito nenhum eu conseguiria viver com isso.

Não faço ideia do que aconteceu com ela ou com o namorado depois que colocaram as algemas no meu pulso e me sentaram na traseira da viatura. Se Deus ouviu minhas preces, minha mãe foi inocentada, e o babaca está dividindo um penico com os outros bandidos do mês.

O policial se parece com o Johnny Depp aos vinte anos e tem cheiro de limpeza — sabão com um toque de café. Não foi ele que tentou falar comigo ontem à noite. Só o cara que me prendeu. Ele se acomoda na cadeira à minha frente, e o guarda sai.

— Sou o policial Monroe.

Encaro a mesa.

O policial Monroe estica a mão, abre as algemas e as desliza para o lado dele da mesa.

— Por que não me diz o que realmente aconteceu ontem à noite?

Só um trago. Ai, meu Deus, seria melhor do que um beijo profundo de um cara muito gostoso. Mas não estou beijando um cara gostoso e não tenho um cigarro porque, no momento, estou sendo interrogada no purgatório.

— O namorado da sua mãe, Trent... sabemos que ele é encrenca, mas ele é inteligente. Nunca conseguimos o suficiente pra prender o cara. Talvez você possa nos ajudar e ajudar a si mesma. Ajude a gente a colocar o cara na cadeia, e ele vai ficar longe de você e da sua mãe.

Concordo: ele é Satã. Além do fato de ser um jogador de futebol americano decadente e fracassado que trocou a obstrução a homens no campo pelo espancamento de mulheres, não tenho nada a dizer a eles, apenas os boatos que ouvi nas ruas. Os policiais que andam pelo canto sul conhecem bem as histórias da carochinha sobre O Babaca Conhecido Como Trent. A parte irresistível em que ele bate em mim e na minha mãe poderia nos render uma folha de papel com as palavras Ordem de Proteção Emergencial no topo, mas os praticantes de violência doméstica raramente ficam na cadeia por muito tempo, sem contar que o Trent queima OPEs e cachorrinhos por diversão.

Mesmo antes de a minha mãe se envolver com o Trent, a polícia estava atrás dele, mas ele é a versão de um vazamento de óleo que fala e anda: impossível pegar depois que foi liberado. Ajudar a polícia só vai fazer o vazamento e sua ira nojenta chegarem mais rápido até a nossa porta.

— Ele mora no mesmo condomínio da sua mãe, não é? Não seria legal morar com ela de novo e não ter que se preocupar com ele?

Não imagino como ele sabe que eu não moro com a minha mãe e me esforço para não olhar para ele. Eu me recuso a mostrar que ele está certo.

— Nós nem sabíamos que ele namorava a sua mãe. Ele, hum... sai com outras mulheres.

Evito revirar os olhos. Grande surpresa.

— Elisabeth — ele diz, ao ver que eu não respondo.

— Beth. — Odeio o nome que está na minha certidão. — Meu nome é Beth.

— Beth, sua única ligação telefônica está em pé no saguão desde as cinco da manhã.

Isaiah! Meus olhos correm para o policial Monroe. Os muros que eu construí para me proteger desabam, e o cansaço se instala quando o gelo ao qual me agarrei a noite toda derrete. Medo e dor correm para assumir seu lugar. Quero o Isaiah. Não quero ficar aqui. Quero ir para casa.

Eu pisco, percebendo a sensação ardente das lágrimas. Passo a mão no rosto e tento encontrar força e determinação, mas só encontro um vazio pesado.

— Quando posso ir pra casa?

Alguém bate na porta. O policial Monroe abre e troca alguns sussurros acalorados antes de assentir. Segundos depois, minha tia, uma versão mais velha e mais limpa da minha mãe, entra.

— Beth?

O policial Monroe sai e fecha a porta atrás de si.

A Shirley vem direto na minha direção. Eu me levanto e deixo que ela me abrace. Ela tem o cheiro da minha casa: cigarros fedorentos e amaciante de roupas com perfume de lavanda. Enterro o rosto no ombro da minha tia, e a única coisa que quero é deitar na cama no porão da casa dela por uma semana.

Fumar um cigarro vem em segundo lugar, mas por muito pouco.

— Onde está o Isaiah? — Embora eu esteja agradecida pela minha tia, meu coração queria ver meu melhor amigo.

— Lá fora. Ele me ligou assim que teve notícias de você. — A Shirley me aperta antes de terminar nosso abraço. — Que confusão.

— Eu sei. Você viu a minha mãe?

Ela faz que sim com a cabeça, se inclina para frente e sussurra no meu ouvido:

— Sua mãe me contou o que aconteceu de verdade.

Os músculos ao redor da minha boca endurecem, e tento impedir meu lábio inferior de tremer.

— O que eu faço?

A Shirley passa as mãos para cima e para baixo nos meus braços.

— Mantenha sua história. Eles trouxeram o Trent e a sua mãe pra interrogatório. Como você não falou, eles não conseguiram encontrar nada pra prender os dois. Mas sua mãe está nervosa. Se você falar, eles vão prendê-la por violar a liberdade condicional e por danos materiais. Ela está com medo de ser presa.

Eu também, mas a minha mãe não consegue aguentar a prisão.

— O que vai acontecer comigo?

Os braços dela caem na lateral, e ela coloca a mesa entre nós. Está a apenas alguns passos de distância, mas cria um vazio parecido com um desfiladeiro. Fiz dezessete anos no mês passado. Antes de hoje à noite, eu me sentia uma adulta: velha e grande. Mas não me sinto tão grande agora. Nesse instante, eu me sinto pequena e muito, muito sozinha.

— Shirley?

— Seu tio e eu não temos dinheiro pra pagar o advogado. O Isaiah e o Noah, e até aquela garota que anda com o Noah, ofereceram o que tinham, mas seu tio e eu ficamos com medo, depois que os policiais nos disseram que você ameaçou o Trent com um taco. Aí eu tive uma ideia.

Meu coração afunda como se alguém tivesse aberto um alçapão debaixo dele.

— O que você fez?

— Sei que você não quer nada com o lado da família do seu pai, mas o irmão dele, o Scott, é um homem bom. Saiu daquele time de beisebol e se tornou empresário. Ele tem um advogado. Um advogado caro.

— O Scott? — Fico boquiaberta. — Como... o quê... — Minha respiração fica vazia enquanto tento dar sentido à insanidade que sai da boca da minha tia. — Impossível. *Ele* foi embora.

— Foi mesmo — diz ela devagar. — Mas no mês passado ele voltou pra cidade onde nasceu e me ligou pra te encontrar. Queria que você fosse morar com ele e a esposa, mas nós negamos. Sua mãe falou com ele quando ele insistiu e disse que você tinha fugido.

Meus lábios se contorcem ao pensar nele em algum lugar perto de mim.

— Ótima saída. E por que envolver o Scott agora? Não precisamos dele. Podemos resolver isso sem ele e o advogado caro dele.

— Eles disseram que você ia bater no Trent com um taco — a Shirley repete enquanto entrelaça as mãos. — Isso é sério, e achei que a gente precisava de ajuda.

— Não. Me diz que você não fez isso. — Estou no inferno. Ou muito perto dele.

— A gente teria respeitado a sua vontade em relação a ele, mas aí aconteceu isso e... eu liguei pra ele. Escuta, ele tem uma vida muito boa agora. Muito dinheiro, e ele quer você.

Começo a rir. Só que não é engraçado. Não é nem perto de engraçado. É a porcaria de coisa mais triste que eu já ouvi. Eu me jogo na cadeira e escondo a cabeça nas mãos.

— Não, não quer.

— Ele conseguiu retirar as queixas — ela diz, sem deixar escapar nenhum traço de alegria na voz.

Mantenho o rosto escondido, incapaz de olhar para ela e ver qual é a verdade que ela andou construindo.

— O que você fez? — pergunto de novo.

A Shirley se ajoelha ao meu lado e abaixa bem a voz.

— Quando eu liguei pra ele, seu tio Scott foi ao apartamento da sua mãe. E viu coisas que não deveria ter visto. Coisas que podem prejudicar a sua mãe.

Eu me inclino para o lado como se tivesse sido atingida por uma onda, e o som apressado de ser sugada para o oceano gira no meu ouvido. Meu mundo está desabando. Ele entrou no meu antigo quarto. Minha mãe me disse para nunca entrar lá depois que fui morar com a Shirley. Eu nunca entrei. Tem coisas que nem eu quero saber.

— Ele não contou à polícia — diz ela.

Chocada com a revelação, dou uma espiada entre os dedos.

— Sério?

Os lábios da Shirley se curvam para baixo, e ela aperta a própria testa.

— Sua mãe não teve escolha. Ele entrou na delegacia com o advogado e exigiu: ou ela entregava sua custódia a ele, ou ele contava aos policiais o que viu.

Minha tia me encara com os olhos tristes.

— Ela abriu mão da custódia. Agora ele é seu guardião legal.

RYAN

Graças aos chuveiros no centro comunitário, não há necessidade de voltar para casa. Limpo e vestido com roupas de sair, volto ao paraíso.

Todo mundo foi embora do estádio de beisebol. A arquibancada está vazia. O quiosque de conveniência está fechado. Uma música de Kenny Chesney toca no estacionamento, o que significa que o Chris me ignorou quando eu disse que encontraria com ele mais tarde. O Chris é muito bom em três coisas: jogar interbases, amar a namorada e saber do que eu preciso quando nem eu mesmo sei.

Pelo menos na maior parte do tempo.

Na piscina comunitária, crianças pequenas gritam de alegria com o barulho de água e o balanço do trampolim. Meu irmão, Mark, e eu passávamos a maioria dos nossos verões nadando nessa piscina. A outra parte passávamos jogando bola.

Subo na base de arremesso, só que agora estou usando jeans e minha camiseta preferida dos Reds. O céu do início da noite desbota de azul para laranja e amarelo. Não está mais fazendo um milhão de graus, e a brisa vem do sul para o norte. Essa é a minha parte favorita do jogo — o tempo sozinho depois.

A adrenalina da vitória e a consciência de que tem um olheiro interessado em mim ainda estão no meu sangue. Meus pulmões se expandem com oxigênio limpo, e meus músculos liberam a tensão que pesou sobre mim durante o jogo. Eu me sinto relaxado, vivo e em paz.

Encaro a base principal e, na minha mente, vejo o Logan agachado na posição e o rebatedor praticando a tacada. Meus dedos se encolhem como se eu estivesse agarrando a bola. O Logan pede uma bola curva; eu aceito, só que dessa vez eu...

— Eu sabia que você estaria aqui. — Com suas botas de caubói de couro marrom e seu vestido azul, a Gwen gira no portão e entra no banco dos jogadores.

— Como? — pergunto.

— Você errou a bola curva. — Em um movimento suave, ela senta no banco e dá um tapinha na madeira ao lado. Ela está jogando. Um jogo que eu vou perder, mas meus malditos pés vão em direção a ela.

Ela está bonita. Mais que bonita. Linda. Eu me sento ao seu lado enquanto ela joga os cachos loiros para trás.

— Eu me lembro de você explicando as bases pra mim neste mesmo banco. A melhor conversa que já tivemos sobre beisebol.

Eu me inclino para frente e entrelaço as mãos.

— Talvez você tenha perdido parte da conversa, porque eu não estava explicando beisebol.

A Gwen me lança um sorriso brilhante.

— Eu sei, mas mesmo assim gostei da demonstração.

Nossos olhos se encontram por um instante, e eu desvio o olhar quando o calor sobe pelo meu rosto. A Gwen é a única garota com quem eu tive uma experiência real. Ela costumava ficar vermelha quando falava de coisas sexuais, mas hoje não fica mais. Um enjoo se embola no meu estômago. Quais foram as novas bases que Mike ensinou a ela?

— Você parecia distraído durante o jogo. — O tecido do vestido dela sussurra quando ela cruza as pernas e inclina o corpo na direção do meu. Nossas coxas agora se tocam, gerando calor. Eu me pergunto se ela percebe. — Está tendo problemas com seu pai de novo?

A Gwen e eu passamos incontáveis tardes e noites neste banco. Ela sempre sabia que, quando o meu pai me cobrava demais ou quando eu jogava muito mal, eu vinha para cá em busca de clareza.

— Não.

— Então, o que tem de errado?

Tudo. Minha mãe e meu pai brigando. A ausência do Mark. Eu e o jogo profissional. Meu relacionamento de amigos/não amigos com a Gwen. Por um instante, penso em contar a ela sobre o Mark. Assim como o resto da cidade, ela continua feliz, sem saber. Encaro os olhos dela e busco a garota que conheci no primeiro ano. Ela não teria terminado comigo naquela época. Infelizmente, desde então eu me tornei seu passatempo preferido.

— Não estou no clima pra joguinhos, Gwen.

Ela levanta a mão e enrosca o cabelo no dedo. O brilho de um anel com uma grande pedra vermelha me atinge como um furador de gelo. Eu me mexo para separar nossas coxas.

— O Mike te deu o anel de formatura dele.

Ela desce a mão e cobre com a outra, como se esconder o anel fosse me fazer esquecer que está ali.

— É — diz ela baixinho. — Ontem à noite.

— Parabéns. — Se eu pudesse deixar transparecer mais raiva, teria feito isso.

— O que eu podia fazer?

— Não sei. — Minha voz aumenta a cada palavra. — Pra começar, poderia não estar aqui brincando comigo.

Ela ignora meu comentário, e a voz dela fica mais séria.

— O Mike é um cara legal e está sempre por perto. Ele não some o tempo todo e não tem mil e um compromissos como você.

Durante todo o tempo em que estivemos separados, nós nunca brigamos. Nunca levantamos a voz um para o outro. Antes, eu nunca tinha pensado em gritar com a Gwen; agora é a única coisa que eu quero fazer.

— Eu disse que te amava. O que mais você queria?

— Ser a primeira. O beisebol sempre veio em primeiro lugar na sua vida. Meu Deus! Você quer que eu desenhe? Eu terminava com você no começo das suas temporadas.

Eu me levanto, incapaz de ficar sentado ao lado dela. Se eu quero que ela desenhe? É óbvio que eu precisava de um desenho detalhado, com orientações por escrito.

— Você podia ter me falado que estava se sentindo assim.

— Isso teria mudado alguma coisa? Você teria desistido do beisebol?

Enrosco os dedos no metal da grade e encaro o campo. Como ela pode fazer esse tipo de pergunta? Por que uma garota pediria a um cara para desistir de algo que ele ama? A Gwen está fazendo um joguinho, e eu decido fechar a jogada.

— Não.

Ouço a inspiração barulhenta dela, e a culpa por magoá-la me atinge no estômago.

— É só beisebol — ela solta.

Como posso fazer a Gwen entender? Além da grade tem uma elevação, uma trilha de terra que leva a quatro bases cercadas por um campo verde bem cuidado. Esse é o único lugar ao qual eu sinto que pertenço.

— O beisebol não é só um jogo. É o cheiro de pipoca no ar, a visão de insetos zumbindo ao redor das lâmpadas do estádio, a rigidez da terra sob as travas da chuteira. É a expectativa aumentando no peito quando toca o hino, a explosão de adrenalina quando o taco atinge a bola e a tempestade de sangue quando o juiz grita strike depois que você arremessa. É um time cheio de caras que apoiam cada movimento seu, uma arquibancada cheia de pessoas torcendo por você. É... vida.

As palmas à minha direita me fazem dar um pulo de susto. Com cabelo cor-de-rosa e um roupão combinando por cima da roupa de banho, minha professora de inglês interrompe o barulho desagradável e levanta as mãos até o queixo, como se estivesse rezando.

— Isso foi poesia, Ryan.

Gwen e eu compartilhamos um olhar de "que diabos?" antes de olhar para a sra. Rowe.

— O que a senhora está fazendo aqui? — pergunto.

Ela pega a sacola de praia do chão e balança.

— A piscina já fechou. Eu vi você e a srta. Gardner e decidi lembrar aos dois que o primeiro trabalho individual de vocês deve ser entregue na segunda-feira.

As botas da Gwen batem no chão quando ela cruza as pernas de novo. Um mês atrás, a sra. Rowe tentou estragar as férias de todo mundo com um dever de casa de verão.

— Estou tão empolgada para ler os trabalhos! — continua ela. — Já terminaram o de vocês, não é?

Ainda nem comecei.

— Claro.

A Gwen se levanta e ajeita o anel do Mike no dedo.

— Tenho que ir. — E vai. Sem mais uma palavra. Enfio as mãos nos bolsos e me levanto, esperando a sra. Rowe seguir os passos da Gwen. Tenho um ritual para terminar.

Obviamente sem intenção de ir embora, a sra. Rowe recosta o ombro na entrada do banco dos jogadores.

— Eu não estava brincando sobre o que você disse, Ryan. Você demonstrou ter muito talento nas minhas aulas no ano passado. Entre isso e o que eu acabei de ouvir, eu diria que você tem a voz de um escritor.

Dou uma risada bufada. Claro, a aula dela era mais interessante do que matemática, mas...

— Sou um jogador.

— Sim, e, pelo que sei, um bom jogador, mas isso não quer dizer que não possa ser as duas coisas.

A sra. Rowe está sempre procurando alguém para converter em escritor. Ela até começou um clube literário na escola no ano passado, mas meu nome não está na lista.

— Meu amigo está me esperando.

Ela olha por sobre o ombro na direção da caminhonete do Chris.

— Por favor, diga ao sr. Jones que o prazo do trabalho dele também termina na segunda-feira.

— Claro.

De novo, eu espero que ela vá embora, e, de novo, ela não vai. Só fica ali parada. Incomodado, resmungo um "tchau" e saio para o estacionamento.

Tento afastar a coceira irritante no meu pescoço, mas não consigo. Aquele momento na base de arremesso é sagrado. Uma necessidade. Uma obrigação. Minha mãe chama de superstição. Posso chamar do que ela quiser, mas, para eu vencer o próximo jogo, tenho que ficar nessa base de novo — sozinho — e descobrir onde errei com a bola curva.

Se não fizer isso, dá azar. Para o time. Para o meu arremesso. Para a minha vida.

Com a cabeça inclinada para trás e os olhos fechados, o Chris está sentado no velho Ford preto. A porta está escancarada. O Chris trabalhou pra caralho por essa caminhonete. Ele arou a plantação de milho do avô no verão em troca de uma caminhonete esburacada que saiu de linha quando a gente tinha sete anos.

— Eu te falei pra ir pra casa.

Ele continua de olhos fechados.

— Eu te disse pra esquecer a jogada ruim.

— Eu esqueci.

Nós dois sabíamos que eu não tinha esquecido.

O Chris volta à vida, fecha a porta e liga o motor.

— Entra. Temos uma festa pra ir, e ela vai te fazer esquecer.

— Tenho meu carro. — Aponto para o jipe estacionado perto da caminhonete dele.

— Quero ter certeza que você não vai estar sóbrio pra dirigir até em casa. — Ele acelera para impedir que o motor morra. — Vamos.

BETH

O policial Monroe se afasta da parede no instante em que eu saio do banheiro das meninas.

— Beth.

Não quero falar com ele, mas também não estou muito empolgada com o reencontro com o meu tio perdido há tanto tempo. Paro e cruzo os braços sobre o peito.

— Achei que eu estava livre.

— E está. — O policial Monroe claramente domina a expressão de cachorrinho abandonado do Johnny Depp. — Quando estiver preparada pra me contar o que aconteceu ontem à noite, quero que você me ligue. — E me dá um cartão.

Nunca vai acontecer. Prefiro morrer a mandar minha mãe para a prisão. Passo rápido por ele e entro no saguão. O sol que entra pelas janelas e portas de vidro machuca meus olhos. Pisco para afastar o brilho e vejo o Isaiah, o Noah e a Echo. O Isaiah pula e fica de pé, mas o Noah coloca a mão no ombro dele e sussurra alguma coisa, apontando com a cabeça para a esquerda. O Isaiah fica parado. Os olhos cinza-chumbo imploram que eu vá até ele. É isso que eu quero. Mais que tudo.

Duas pessoas atravessam na frente do Isaiah, e a dor corta meu coração. É a minha mãe. Como uma espécie de macaquinho amestrado, ela se agarra ao namorado babaca. Os olhos dela estão desesperados. Ela encolhe as bochechas como se estivesse tentando segurar as lágrimas. Aquele canalha envolveu a minha mãe na vida nojenta dele. Juro por Deus que vou tirá-la dessa.

O Trent empurra minha mãe porta afora. *Ainda não acabou, seu babaca. Não está nem perto de acabar.*

Estou quase indo na direção do Isaiah quando ouço:

— Olá, Elisabeth. — Um arrepio sobe pela minha espinha. Essa voz me lembra o meu pai.

Viro o rosto para encarar o homem que está determinado a destruir a minha vida. Ele também se parece fisicamente com o meu pai: alto, cabelo castanho-escuro, olhos azuis. A principal diferença é que o Scott tem corpo de atleta, enquanto meu pai tem a massa corporal de um viciado em anfetamina.

— Me deixa em paz.

Ele dá uma olhada crítica para o Isaiah.

— Acho que você ficou em paz por tempo demais.

— Não precisa fingir que se importa. Eu sei que as suas promessas não valem merda nenhuma.

— Por que não saímos daqui, agora que você está livre? Podemos conversar em casa.

O Scott coloca a mão no meu braço e não se abala quando eu puxo.

— Não vou a lugar nenhum com você.

— Vai — ele diz num tom irritantemente regular. — Vai, sim.

Os músculos das minhas costas se contraem como se eu fosse um gato arqueando o dorso para sibilar.

— Você acabou de me mandar fazer alguma coisa?

Dedos se enrolam no meu pulso e gentilmente me puxam para a esquerda. O Isaiah paira sobre mim e fala num tom abafado.

— Alguém precisa te lembrar que você está numa delegacia?

Dou uma olhada e percebo o policial Monroe e outro policial observando nosso reencontro familiar disfuncional. Meu tio fica olhando para mim e para o Isaiah com interesse, mas mantém distância.

Meu corpo está cheio de raiva. Fúria. Ela atinge meus pulmões e se espalha no meu sangue. E o Isaiah está ali na minha frente me dizendo para segurar a onda? Tenho que deixar sair, porque está me consumindo.

— O que você quer que eu faça?

O Isaiah faz uma coisa que nunca fez sóbrio. Ele toca o meu rosto. A palma da mão é quente, forte e firme. Eu me inclino em direção a ela, e a raiva vai embora com esse simples toque. Parte de mim deseja essa raiva. Não me importa o vazio assustador que fica para trás.

— Me escuta — ele sussurra. — Vai com ele.

— Mas...

— Juro por Deus que vou cuidar de você, mas não posso fazer isso aqui e agora. Vai com ele e me espera. Entendeu?

Faço que sim com a cabeça quando finalmente entendo o que ele está tentando me dizer sem palavras. Ele vai me buscar. Um brilho de esperança atravessa o vazio, e me jogo na segurança do abraço forte e protetor do Isaiah.

RYAN

No campo que faz fronteira com três fazendas, uma festa ao ar livre corre solta sem mim, sem o Logan e sem o Chris. Festas são ótimas. Elas têm garotas, garotas que bebem cerveja, danças, garotas que gostam de dançar e caras que odeiam dançar, mas que fazem isso de qualquer maneira na esperança de transar com as garotas que bebem cerveja.

    A Lacy está a fim de dançar, o Chris está a fim de evitar dançar, eu ainda estou queimado com a Garota Skatista de ontem à noite, e o Logan está sempre a fim de algo idiota e maluco. Dez minutos na festa, a Lacy está dançando, e nós três lançamos um desafio. Na verdade, eu lanço um desafio. Perdi na noite passada e não gosto de perder. O Chris e o Logan entram na brincadeira.

    — Você não vai conseguir essa. — O Chris anda ao meu lado em direção aos carros parados em fila. A lua cheia dá ao campo um brilho prateado, e o aroma de fumaça de fogueira paira no ar.

    — Isso é porque você não tem imaginação. — Felizmente, eu tenho muita e conheço alguns caras que adoram ferrar com os amigos.

    — Isso vai ser legal — diz o Logan quando eu mudo de rumo e sigo em direção a um grupo de jogadores de defesa que estão curtindo uma festinha particular.

    Tim Richardson é dono de uma caminhonete do tamanho de um mamute que acaba com o ozônio do planeta, e isso é bom, porque os quatro caras sentados nas cadeiras de praia na traseira pesam facilmente uns cento e vinte quilos cada. O Tim pega uma lata de cerveja do isopor e joga para mim.

— O que houve, Ry?

— Nada. — Coloco a cerveja gelada na traseira da caminhonete. Nada de beber. Tenho negócios a tratar. — Não está no clima pra festa?

A caminhonete dele é uma das poucas que conseguem passar por cima do morrinho e entrar no campo.

— Uma garota lá está revoltada comigo — murmura o Tim. — Toda vez que eu chego perto, ela dispara a falar.

O Logan ri, e o Chris dá um tapa na nuca dele. *Revoltada* é eufemismo. Os boatos na escola dizem que a ex-namorada do Tim o pegou agarrando a irmã gêmea dela. O Tim dá um olhar de alerta para o Logan antes de se concentrar em mim.

— Como está o seu irmão? O time está puto com ele. Ele prometeu que ia ajudar nos treinos de verão quando estivesse em casa, e não na faculdade.

Odeio esse tipo de pergunta. Mudo de posição e enfio as mãos nos bolsos. Meu pai deixou claro que não podemos contar a ninguém o que aconteceu com o Mark.

— Ele está ocupado. — Antes que o Tim possa perguntar mais, mudo de assunto e falo do problema que temos em mãos. — Vocês gostariam de me ajudar com uma... situação?

O Tim se inclina para frente enquanto os outros jogadores de defesa dão risinhos abafados.

— Qual foi o desafio que vocês inventaram pra nós dessa vez?

Balanço a cabeça, como se o que estou preparando não fosse grande coisa.

— Nada importante. O Rick me desafiou a mudar o carro dele de lugar.

O Tim dá de ombros porque realmente não parece grande coisa.

— Sem as chaves — diz o Chris.

O Tim abaixa a cabeça, e risadinhas profundas ressoam no peito dele.

— Vocês três são a definição de malucos. Vocês sabem disso, né?

— Falou o cara que enfrenta os outros por diversão — digo. — Está dentro ou fora?

A cadeira de praia do Tim se levanta com ele. Quando ele fica totalmente em pé, a cadeira desaba na traseira da caminhonete com um barulho alto.

— Dentro.

Dedos encolhidos agarram miseravelmente o metal, e as minhas costas e coxas queimam de dor. Sete caras, um carro de mais de mil quilos e mais um centímetro faltando.

— No três — digo entre dentes. — Um...

— Três — grita o Logan, e eu mal consigo soltar os dedos do para-choque do Chevy Aveo de duas portas quando os outros seis caras soltam o carro no chão. O chassi do carro azul quica como uma mola antes de parar.

— Que impacto — diz o Logan.

O suor encharca a minha camisa. Ofegando em busca de ar, eu me dobro e coloco as mãos nos joelhos. A adrenalina da vitória corre pelas minhas veias, e eu dou uma risada alta.

O Logan admira a nossa obra.

— Um metro e oitenta de deslocamento e estacionado lindamente, paralelo entre duas árvores. — O *lindamente* significa que o para-lama e o para-choque estão beijando a casca das árvores.

O peito do Tim oscila como se ele estivesse tendo um ataque cardíaco.

— Você é um filho da puta maluco, Ry — ele diz, ofegante. — Como o Rick vai tirar essa merda daqui?

— Eu, o Chris e o Logan vamos ficar por perto. Depois que ele parar de surtar, vamos levantar a traseira e mover até ele poder manobrar pra sair.

O Tim ri sacudindo a cabeça.

— Vejo vocês na escola na segunda-feira.

— Valeu, cara.

— Às ordens. Vamos, pessoal. Preciso de uma cerveja.

Afundo até o chão e me recosto na árvore perto do para-choque. O Chris desliza pela porta do carona até a bunda tocar no chão. Nós dois encaramos o Logan, esperando que ele se junte a nós, mas ele está ocupado estudando os dois carvalhos que prendem o carro do nosso jogador da terceira base.

Em qualquer círculo em que não estejamos eu, o Chris e a Lacy, o Logan é conhecido pelo silêncio e pelo constante estado de tédio. No momento, a mente do garoto supostamente silencioso e entediado está girando como uma criança pequena que comeu muito açúcar. É irônico: na escola, as pessoas acham que eu sou o viciado em adrenalina, porque adoro um bom desafio. Cara, não estou procurando um barato — eu simplesmente gosto de vencer. O Logan, por outro lado, adora estar no limite. Tenho que amar um cara assim.

Não sou o único a perceber a paixão insana do Logan pela árvore. O Chris o observa com cuidado.

— Que diabos você está fazendo, Junior?

O Logan pisca para mim.

— Volto daqui a um segundo, chefe. — E escala o velho carvalho. Pequenos ramos mortos que não aguentam o peso dele caem pelos galhos até o chão.

O Chris fica ansioso. Ele não admite, mas tem pavor de altura, e a falta de medo do Logan o apavora ainda mais.

— Desce essa bunda aqui.

— Tudo bem — o Logan grita de algum lugar alto na árvore.

Balanço a cabeça.

— Você não devia ter dito isso.

De cima, ramos da árvore estalam e quebram, e folhas farfalham como se uma brisa forte passasse por elas. Não é o vento. É o Logan — um dia desses ele vai conseguir morrer. Um redemoinho de terra acompanha o barulho da queda. O corpo do Logan esmaga o meu pé. De costas, com o cabelo preto cheio de folhas, o Logan gargalha. Obviamente, não era hoje que ele estava destinado a morrer. Ele vira a cabeça e olha para o Chris.

— Aqui.

Eu chuto o Logan quando tiro o pé debaixo da bunda dele.

— Você é o filho da puta maluco, não eu.

— Maluco? — O Logan rola para sentar. — Não sou eu que sigo uma garota maluca até o estacionamento pra pegar um número de telefone. Aqueles caras podiam ter acabado com você.

Droga. Achei que eles tinham esquecido.

— Eu poderia enfrentar os dois. — Eles teriam acabado comigo, mas, em compensação, eu teria deixado umas marcas roxas neles. Dois contra um não é uma boa chance.

— O problema não é esse — diz o Logan.

— Já que você tocou no assunto... — O Chris tira o boné de beisebol e o segura na altura do coração. — Vou aproveitar este momento para lembrar a todos o seguinte: eu ganhei.

— E eu ganhei hoje à noite. Então estamos empatados de novo.

O Chris enfia o boné de volta.

— Isso não conta.

Ele está certo. Não conta. Os únicos desafios que contam são os que damos uns aos outros.

— Aproveite o breve gosto da vitória. Vou ganhar na próxima.

Caímos no silêncio, o que é ótimo. Nossos silêncios nunca são desconfortáveis. Ao contrário das garotas, os caras não precisam falar. De vez em quando, ouvimos risadas ou gritos vindos da festa. De vez em quando, o Chris e a Lacy mandam mensagens de texto um para o outro. Ele gosta de dar liberdade para ela, mas não confia em caras bêbados perto da namorada.

O Logan brinca com um galho longo que caiu no chão.

— Meu pai e eu fomos a Lexington hoje de manhã pra visitar a U do K.

Prendo a respiração, esperando que a conversa não vá para onde eu acho que vai. O Logan tinha essa visita agendada há semanas. Ele é um maldito gênio, e todas as universidades vão bater na porta dele no próximo ano, incluindo a Universidade do Kentucky.

— Como foi?

— Eu vi o Mark.

Esfrego a nuca e tento ignorar a dor chata na cabeça.

— Como ele está?

— Bem. Ele perguntou de você. Da sua mãe. — Ele para. — E do seu pai.

— Ele está bem? Só isso?

— Sem querer ofender, mas foi estranho. Tudo bem que ele é seu irmão e fez as escolhas dele, mas não vou ficar por perto brincando de psicólogo com seus problemas familiares, especialmente porque tinha público.

— Público? — ecoo.

— É — diz o Logan. — O namorado dele, eu acho.

A pressão acumulada que normalmente é reservada aos jogos atinge o meu estômago. Puxo os joelhos para cima e abaixo a cabeça.

— Como você sabe que era namorado dele?

O rosto do Logan se espreme.

— Sei lá. Ele estava perto de outro cara.

— Podia ser um amigo — diz o Chris. — O cara parecia gay?

— O Mark não parecia gay, seu babaca — solta o Logan. — Quem ia adivinhar que o maldito jogador da defesa estava dando vantagem pro time da casa? E, claro, o outro cara podia ser hétero. Como eu vou saber?

Ouvir meus amigos discutindo o possível namorado gay do meu irmão gay é tão desconfortável quanto convencer a minha mãe mil vezes que eu prefiro garotas e suas partes femininas. Nada faz você achar que pode precisar de anos de terapia como ter que dizer a palavra *seios* na frente da sua mãe.

— Podemos encerrar essa conversa?

Penso em voltar à caminhonete do Tim e pegar aquela cerveja. Só fiquei bêbado de cair na sarjeta duas vezes na vida. Uma vez quando o Mark contou à família que era gay. A segunda quando o meu pai o expulsou de casa por ter feito essa declaração. Os dois incidentes aconteceram no período de três dias. Lições aprendidas: não conte ao meu pai que você é gay, e ficar bêbado não faz com que as coisas sejam mentira. Só faz sua cabeça doer de manhã.

Com um estalo alto, o Logan quebra o galho na mão. Ele está procurando coragem, o que significa que vou odiar as palavras que vão sair da boca dele.

— O Mark estava todo enigmático, mas disse que você ia saber o que ele queria dizer. Falou que não pode vir e que esperava que você entendesse o motivo.

Os músculos do meu pescoço se contraem. Meu irmão nem teve coragem para me contar diretamente. Mandei mensagem de texto para ele semana passada. Enfrentei abertamente os meus pais e mandei a mensagem para ele. Pedi para ele vir jantar em casa amanhã à noite, mas ele nunca me respondeu. Em vez disso, tomou o caminho dos covardes e usou o Logan.

No início do verão, meu pai deu um ultimato: enquanto o Mark preferir homens, ele não faz mais parte da nossa família. O Mark saiu de casa sabendo o que isso significava: deixar a minha mãe... me deixar. Ele nunca pensou em tentar ficar em casa e lutar para manter a nossa família unida.

— Ele fez a escolha dele.

O Logan abaixa a voz.

— Ele sente sua falta.

— E ele foi embora — retruco. Chuto o pneu traseiro do carro. Com raiva. Com raiva do meu pai. Com raiva do Mark. Com raiva de mim. Durante três dias, o Mark falou. Disse a mesma coisa várias vezes seguidas. Ele ainda é o Mark. Meu irmão. Filho da minha mãe. Ele me contou que passou anos confuso porque queria ser como eu. Queria ser como o meu pai.

E, quando eu pedi para ele ficar, quando pedi para ele defender o terreno dele... ele foi embora. Fez as malas e foi embora, me deixando para trás com uma família destruída.

— Foda-se essa conversa — diz o Chris. — Nós vencemos hoje. Vamos vencer na temporada de outono e na de primavera. Vamos nos formar vitoriosos e, quando fizermos isso, o Ryan vai pra liga profissional.

— Amém — diz o Logan.

Dos lábios deles para os ouvidos de Deus, mas às vezes Deus prefere não ouvir.

— Não tenham muitas esperanças. O olheiro de hoje pode ser uma oportunidade única. Na semana que vem eles podem encontrar outra pessoa para adorar. — Eu devia saber. Isso aconteceu nos testes dos times profissionais na última primavera.

— Besteira — diz o Chris. — O destino está batendo na sua porta, Ry, e você precisa levantar a bunda pra atender.

BETH

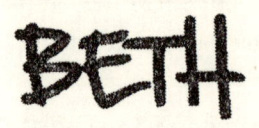

Eu dormi. Ou isso ou o meu querido tio Scott me drogou. Prefiro a primeira opção. O Scott pode ser um babaca, mas é o tipo de babaca que ousa-manter-as-crianças-longe-das-drogas. Eu devia saber. Uma vez ele levou fitas vermelhas de conscientização contra as drogas e um mascote da polícia para o meu jardim de infância.

Adoro a ironia.

A luz da lua atravessa cortinas de renda branca penduradas em uma vara toda trabalhada de metal marrom. Eu me sento, e uma coberta de crochê cor-de-rosa cai. O lençol sob mim ainda está perfeitamente arrumado, e estou usando a mesma roupa que usava na noite de sexta-feira. Alguém alinhou meus sapatos no piso de madeira perto da cama. Mesmo sóbria, eu não teria feito isso. Não trabalho com coisas arrumadinhas.

Eu me inclino e acendo um abajur. Os cristais que decoram a parte inferior da cúpula batem uns nos outros. A luz fraca leva meu foco para a pintura roxa dolorosamente alegre na parede. Fecho os olhos e conto os dias. Vamos ver. Sexta à noite eu saí com o Noah e o Isaiah e coloquei o Garoto da Taco Bell no lugar dele. No começo do sábado, minha mãe tentou virar uma criminosa. No sábado de manhã, o Scott arruinou a minha vida.

Fingi dormir no carro para não ter que falar com o Scott, mas fui péssima e caí no sono de verdade. Ele me acordou, eu acho, e meio que me carregou para dentro de casa. Droga. Por que eu não coloco um cartaz na minha cabeça e anuncio que sou uma perdedora que precisa de ajuda?

Abro os olhos e encaro o relógio fazendo tique-taque na mesa de cabeceira. Meia-noite e quinze. Domingo. Estamos no início da madrugada de domingo.

Meu estômago ronca. Passei um dia inteiro sem comer. Não seria a primeira vez. Não será a última. Saio da cama e enfio meu All Star falso nos pés. Hora de ter um momento da verdade com o tio Scott. Isto é, se ele estiver acordado. Seria melhor se estivesse dormindo. Desse jeito eu posso escapar sem briga.

Acho que vou pegar comida antes de ligar para o Isaiah. Com um quarto desses, aposto que ele compra cereal de marca.

A casa tem aquele cheiro de serragem fresca de recém-construída. Do lado de fora do quarto há um vestíbulo em vez de um corredor. Uma escadaria ampla, do tipo que eu achava que só existia nos filmes, sobe para o segundo andar fazendo uma curva. Um lustre de verdade está pendurado no teto. Parece que o beisebol dá dinheiro.

— Não... — Uma voz de mulher vem dos fundos da casa. Sei que ela ainda está falando, mas abaixou o tom. Será que ele se casou ou será que tem uma transa fixa como tinha quando eu era criança? Deve ser uma transa. Uma vez eu ouvi o Scott dizer ao meu pai que nunca ia se casar.

Sigo as vozes baixas até a extremidade de um quarto grande que está aberto e paro. A parte de trás da casa — desculpa, mansão — é uma enorme parede de janelas. A sala de estar dá direto na copa-cozinha.

— Scott. — A exasperação consome o tom da mulher. — Não foi isso que eu escolhi.

— Mês passado você tinha topado a situação — diz o Scott. Parte de mim se sente vingada. Ele perdeu aquela calma irritantemente suave de ontem.

— Sim, quando você me disse que queria voltar a ter contato com a sua sobrinha. Mas existe uma diferença entre voltar a ter contato e isso invadir a nossa vida.

— Você aceitou a ideia quando eu liguei no mês passado de Louisville e disse que queria que ela morasse com a gente.

A mulher surta.

— Isso foi depois de você dizer que ela fugiu. Eu não achei que você ia realmente encontrá-la. Quando você descreveu o buraco em que ela vivia, achei que ela tinha sumido há muito tempo. Ela é uma criminosa. Você quer que eu me sinta segura com ela na minha casa?

As palavras dela me rasgam. Não sou tão má. Não, não sou do tipo gatinhos e coelhinhos, mas não sou tão má. Olho para minha roupa. Camiseta sem manga. O cabelo preto caído no rosto. Não importa. Ela tomou a decisão antes de me conhecer. Engulo a mágoa, entro na sala e aceito a raiva em mim. Ela que se foda.

— É melhor você escutar essa mulher. Sou uma porra de uma ameaça.

A expressão de choque no rosto deles quase vale estar aqui. Quase. Pressiono os lábios para não rir do Scott. Ele está usando calça cáqui e camisa social de manga curta. Bem diferente das roupas que usava quando eu era criança: jeans largo que mostrava a cueca.

A mulher não se parece nem um pouco com as garotas que o Scott pegava quando tinha dezoito anos. O cabelo dela é loiro natural, não tingido. Ela é magra, mas não do tipo que vive de álcool, e parece meio inteligente. Inteligente do tipo que provavelmente terminou o ensino médio.

Ela está sentada em uma enorme ilha no meio da cozinha. O Scott está apoiado no balcão na frente dela. Ele olha para ela, depois fala comigo.

— É tarde, Elisabeth. Por que você não volta pra cama e conversamos de manhã?

Meu estômago se contorce, e uma leve onda de tontura obscurece o meu cérebro.

— Tem comida?

Ele endireita as costas.

— Tem. O que você quer? Posso fazer uns ovos.

O Scott costumava me fazer ovos mexidos toda manhã. Ovos — um alimento aprovado pelo Programa de Bem-Estar Social do governo. A lembrança dói e gera uma sensação agradável ao mesmo tempo.

— Odeio ovos.
— Ah.

Ah. O homem é um gênio do diálogo.

— Você tem cereal?

— Claro. — Ele entra numa despensa, e eu me jogo num banco da ilha, o mais longe possível da garota do Scott. Ela encara um ponto bem na minha frente. Ha. Que engraçado. Estou ao alcance de um porta-facas cheio. Consigo imaginar os pensamentos revirando em seu cérebro com um neurônio.

O Scott coloca caixas de Cheerios, Bran Flakes e Shredded Wheat na minha frente.

— Você só pode estar de sacanagem. — Cadê a merda do Lucky Charms?

— Lindo palavreado — diz a mulher.

— Obrigada — respondo.

— Não era um elogio.

— Estou com cara de que me importo, porra?

O Scott desliza uma tigela e uma colher para mim, depois vai até a geladeira pegar leite.

— Vamos maneirar o tom?

Escolho o Cheerios e sirvo até alguns círculos crocantes caírem no balcão. O Scott senta na cadeira perto da minha, e os dois me observam em silêncio. Bom, um tipo de silêncio. Minha mastigação é mais alta que a explosão de uma bomba atômica.

— O Scott me disse que você era loira — diz a mulher.

Engulo, mas é difícil fazer isso quando a garganta trava. A garotinha que eu costumava ser, aquela com cabelo loiro, morreu anos atrás, e eu odeio pensar nela. Ela era boazinha. Era feliz. Era... alguém de quem não quero me lembrar.

— Por que seu cabelo está preto? — O enfeite de jardim na outra ponta da ilha oficialmente se tornou desagradável.

— Você é o quê, exatamente? — pergunto.

— Essa é minha esposa, Allison.

O Cheerios fica preso na minha garganta, e eu engasgo, tossindo na mão.

— Você é casado?

— Há dois anos — o Scott responde. Eca. Ele faz aquela coisa do olho arregalado que o Noah faz com a Echo.

Coloco outra colher cheia de Cheerios na boca.

— Quando eu terminar... — mastiga, mastiga, mastiga — ... vou pra casa.

— Aqui é sua casa agora. — O Scott está com aquele tom calmo de novo.

— Não é porra nenhuma.

Os olhos da Allison disparam entre mim e as facas. É, moça, algumas horas na prisão e eu passei de destruidora de propriedade a sociopata.

— Talvez você devesse ouvi-la — diz ela.

— É — digo, entre novas mastigadas —, talvez você devesse me ouvir. Sua esposa está preocupada de eu virar o Charles Manson e cortar a garganta dela enquanto ela dorme. — Sorrio para ela para aumentar o efeito dramático.

A cor some do rosto dela. Às vezes eu adoro ser eu.

O Scott me dá aquela olhada profunda — começa pelos meus cabelos pretos, depois vai até as unhas pretas, o piercing no meu nariz e, finalmente, minhas roupas. Depois vira para a *esposa*.

— Pode nos dar um minuto a sós?

A Allison sai sem uma palavra. Enfio mais cereais na boca e falo com a boca cheia de propósito.

— Você teve que comprar uma coleira pra ela ou já veio no pacote?

— Você não vai desrespeitá-la, Elisabeth.

— Eu faço o que eu quiser, tio Scott. — Imito o tom arrogante dele. — E, quando eu terminar de comer esse cereal de merda, vou ligar pro Isaiah e vou pra casa.

Ele: silêncio. Eu: mastiga, mastiga, mastiga.

— O que aconteceu com você? — ele pergunta com uma voz suave.

Engulo o que está na minha boca, abaixo a colher e afasto a tigela de Cheerios pela metade.

— O que você acha que aconteceu?

Scott: o mestre dos longos silêncios.

— Quando ele foi embora? — ele pergunta.

Não preciso ler mentes para saber que o Scott está perguntando sobre seu irmão aproveitador. O esmalte preto nas minhas unhas está descascando nas pontas. Arranco um pouco. Oito anos depois, ainda tenho dificuldade para falar.

— Quando eu estava no terceiro ano.

Ele se remexe na cadeira.

— E sua mãe?

— Se destruiu no dia em que ele foi embora. — Isso deve significar muito para ele, porque ela não era exatamente uma mãe exemplar antes de o meu pai ir embora.

— O que aconteceu entre eles?

Não é da sua conta.

— Você não foi me buscar como prometeu. — E ele parou de telefonar quando fiz oito anos. A geladeira faz barulho. Arranco mais esmalte. Ele enfrenta o fato de ser um babaca.

— Elisabeth...

— Beth — interrompo. — Meu nome é Beth. Onde está seu telefone? Eu vou pra casa. — A polícia confiscou meu celular e deu para o Scott. No carro, ele me disse que tinha jogado no lixo porque eu "não precisava ter contato com a minha vida antiga".

— Você acabou de fazer dezessete anos.

— Ah, é? Uau. Eu devo ter esquecido, já que ninguém fez uma festa pra mim.

Ele me ignora e continua:

— Essa semana, os meus advogados vão garantir minha guarda legal sobre você. Até você completar dezoito anos, vai morar nesta casa e obedecer às minhas regras.

Ótimo. Se ele não vai me mostrar o telefone, eu encontro. Pulo da cadeira.

— Não tenho mais seis anos, e você não é o centro do meu universo. Na verdade, eu te considero um buraco negro.

— Entendo que você esteja chateada por eu ter ido embora..

Chateada?

— Não, não estou chateada. Você não existe mais pra mim. Não sinto nada por você, então me mostra onde está o maldito telefone pra eu poder ir pra casa.

— Elisabeth...

Ele não entende. Eu não me importo.

— Vai pro inferno. — Não tem telefone na cozinha.

— Você precisa entender...

Ando pela sala de estar extravagante, com móveis de couro extravagantes, procurando o telefone extravagante.

— Pega o que você quer falar e enfia no cu.

— Eu só quero conversar...

Levanto a mão no ar e agito como se fosse a boca de uma marionete.

— Blá-blá-blá, Elisabeth. Eu só vou embora por uns dois meses. Blá-blá-blá, Elisabeth. Vou ganhar dinheiro suficiente pra tirar nós dois de Groveton. Blá-blá-blá, Elisabeth. Você nunca vai ser criada do mesmo jeito que eu. Blá-blá-blá, Elisabeth. Vou garantir que você tenha uma porcaria de comida!

— Eu tinha dezoito anos.

— Eu tinha seis!

— Eu não era o seu pai!

Jogo os braços para o alto.

— Não, não era mesmo. Você devia ser melhor do que ele! Parabéns, você oficialmente se tornou uma réplica do seu irmão inútil. Agora, onde está a porra do telefone?

O Scott bate com força a mão no balcão e ruge:

— Senta essa bunda aí, Elisabeth, e cala a porra dessa boca!

Estremeço por dentro, mas já convivi o suficiente com os namorados babacas da minha mãe para não tremer por fora.

— Uau. Você tira o garoto do estacionamento de trailers e o deixa bonitinho num uniforme da Liga Nacional de Beisebol, mas não tira o estacionamento de trailers do garoto.

Ele respira fundo e fecha os olhos.

— Desculpa. Isso foi desnecessário.

— Não importa. Cadê o telefone?

Uma vez, o Noah me disse que eu tenho um dom que é quase de supervilã — a capacidade de levar as pessoas além do limite da sanidade. O modo como o Scott bufa e esfrega a testa me diz que estou forçando muito. Ótimo.

Ele tenta aquele desagradável tom equilibrado de novo, mas consigo perceber uma pontinha de irritação ali.

— Se você quer o garoto do estacionamento de trailers, posso me encaixar nisso. Você vai viver na minha casa, sob as minhas regras, ou eu mando sua mãe pra cadeia.

— Fui eu que quebrei as janelas do carro, não ela. Você não tem nada contra ela.

Scott estreita os olhos.

— Quer discutir comigo o que tem no apartamento da sua mãe?

Meu corpo se inclina para a esquerda enquanto o sangue me escapa do rosto, deixando uma sensação de tremor e formigamento. A Shirley já tinha me alertado, mas ouvir da boca do Scott ainda é um choque. Ele sabe o que eu não quero saber: o segredo da minha mãe.

— Se você forçar a barra, Elisabeth, eu terei essa mesma conversa com a polícia.

Eu tropeço enquanto tento me empertigar. A parte de trás das minhas pernas colide com a mesinha de centro. Com a batalha perdida, eu sento. Ao meu lado tem um telefone e, por mais que eu queira, não consigo tocá-lo. O Scott me pegou. O canalha trocou a minha vida pela liberdade da minha mãe.

RYAN

Eu me encosto na caçamba fechada da caminhonete do meu pai e o ouço, a duas vagas de distância, recontar para um grupo de homens vadiando do lado de fora da barbearia todos os detalhes do nosso encontro com o olheiro na noite passada. Alguns deles ouviram a história na igreja hoje de manhã. Os que estão ouvindo são, na maioria, herdeiros de fazendeiros, e esse é o tipo de notícia que vale a pena ouvir de novo, mesmo que isso signifique ficar parado no tipo de calor de agosto no qual dá para sentir o cheiro acre de asfalto derretendo.

Na minha visão periférica, percebo um homem parado na calçada e avalio o círculo de ouvintes e meu pai contador de histórias. Não presto atenção em turistas e, se ele fosse da cidade, se juntaria ao grupo. É melhor deixar os turistas de fora. Se você olhar para eles, eles falam.

Groveton é uma cidade pequena. Para atrair turistas, meu pai convenceu os outros vereadores a chamarem os prédios velhos de pedra datados do século XIX de *históricos* e depois acrescentou as palavras *distrito comercial*. Após quatro pousadas e novos passeios turísticos à velha destilaria de bourbon, o povo da cidade enfrenta a estrada de terra cheia de curvas saindo da autoestrada. Isso pode tornar um saco estacionar nos fins de semana, mas dá emprego a muitas pessoas boas quando o dinheiro fica curto.

— Qual é a fofoca local? — pergunta o homem.

Ele está falando, e eu nem fiz contato visual. Isso é ousado para um turista. Cruzo os braços sobre o peito.

— Beisebol.

— Não brinca. — Alguma coisa no tom dele chama minha atenção.

Viro a cabeça na direção dele e sinto meus olhos se arregalarem em câmera lenta. Não creio.

— Você é o Scott Risk.

Todo mundo nessa cidade sabe quem é Scott Risk. O rosto dele é um dos poucos que espiam a população estudantil no Hall da Fama da Escola do Condado de Bullitt. Na posição de interbases, ele levou o time da escola aos campeonatos estaduais duas vezes. Foi para a liga nacional assim que saiu do ensino médio. Mas a conquista de verdade, que o tornou rei nesta pequena cidade, foi sua permanência por onze anos no New York Yankees. Ele é exatamente o que todos os garotos de Groveton sonham em se tornar, inclusive eu.

Scott Risk usa calça cáqui, camisa polo azul e tem um sorriso de bom caráter.

— E você, quem é?

— Ryan Stone — responde meu pai por mim, aparecendo do nada. — Ele é meu filho.

O círculo de homens do lado de fora da barbearia nos observa com interesse. O Scott estende a mão para o meu pai.

— Scott Risk.

Meu pai a aperta com um sorriso convencido mal disfarçado.

— Andrew Stone.

— Vereador Andrew Stone?

— Exatamente — responde meu pai, com orgulho. — Ouvi boatos de que você ia voltar para a cidade.

Ouviu? Esse é o tipo de notícia que o meu pai deveria ter compartilhado.

— Esta cidade sempre adorou uma fofoca. — O Scott mantém o ar amigável, mas o tom suave parece forçado.

Meu pai dá um risinho.

— Algumas coisas nunca mudam. Ouvi dizer que você estava procurando uma casa pra comprar aqui perto.

— Já comprei — diz o Scott. — Comprei a velha fazenda Walter na última primavera, mas pedi ao corretor para manter a venda em segredo até nos mudarmos pra casa que construímos nos fundos da propriedade.

Minhas sobrancelhas pulam para o alto e as do meu pai também. Essa fazenda é bem do lado da nossa. Meu pai se aproxima e se posiciona de modo a formar um círculo com nós três.

— Sou dono da propriedade um quilômetro adiante. O Ryan e eu somos grandes fãs seus. — Não é nada. Meu pai respeita o Scott porque ele é de Groveton, mas odeia todo mundo dos Yankees. — Exceto quando você jogou contra os Reds. O time da casa tem preferência.

— Eu não esperaria nada diferente. — O Scott percebe meu boné de beisebol. — Você joga?

— Sim, senhor. — O que exatamente devo dizer ao homem que admirei a vida toda? Posso pedir um autógrafo? Posso implorar para ele me contar como consegue ficar calmo durante um jogo, quando tudo parece afundar? Devo ficar encarando-o como um idiota porque não consigo encontrar nada mais coerente para dizer?

— O Ryan é arremessador — anuncia o meu pai. — Um olheiro da liga nacional o viu num jogo ontem à noite. Ele acha que o Ryan tem potencial pra ser escolhido pra liga secundária depois da formatura.

O sorriso calmo do Scott se transforma em algo mais sério ao me encarar.

— Impressionante. Você deve arremessar a uma velocidade de uns cento e quarenta por hora.

— Cento e cinquenta — comenta o meu pai. — O Ryan arremessou três seguidas nos cento e cinquenta.

Um brilho alucinado aparece nos olhos do Scott, e nós dois sorrimos. Entendo esse brilho e a adrenalina que o acompanha. Nós dois compartilhamos uma paixão: jogar bola.

— Cento e cinquenta? E só agora você está chamando a atenção dos olheiros?

Ajeito o boné.

— Meu pai me levou ao acampamento de testes dos Reds na última primavera, mas...

Meu pai me interrompe.

— Eles disseram que o Ryan precisava ganhar músculos.

— Você deve ter escutado — diz o Scott.

— Quero jogar bola. — Estou nove quilos mais pesado que na primavera passada. Corro todos os dias e levanto peso à noite. Às vezes meu pai me acompanha. Esse sonho também pertence a ele.

— Tudo pode acontecer. — O Scott olha por sobre o meu ombro, mas seus olhos estão com aquele brilho distante, como se estivesse vendo uma lembrança. — Depende de quanto você quer.

Eu quero. Muito. Meu pai olha para o relógio e estende a mão de novo para o Scott. Ele está se coçando para pegar umas brocas novas de furadeira antes do jantar.

— Foi um prazer conhecer você oficialmente.

O Scott aceita a mão estendida.

— Igualmente. Você se importa se eu pegar seu filho emprestado? Minha sobrinha mora comigo e vai começar a estudar na escola da cidade amanhã. Acho que a transição vai ser mais fácil pra ela se tiver alguém pra acompanhá-la. Se você não se importar, Ryan.

— Seria uma honra, senhor. — Seria mesmo. Isso está além dos meus sonhos mais selvagens.

Meu pai me lança seu sorriso de sabe-tudo.

— Você sabe onde me encontrar. — A multidão perto da barbearia se abre como se Moisés comandasse o mar Vermelho quando meu pai passa em direção à loja de ferramentas.

O Scott vira de costas para a multidão, se aproxima de mim e passa a mão sobre o rosto.

— A Elisabeth... — Ele para, pousa as mãos sobre os quadris e começa de novo. — A Beth é meio difícil, mas é uma boa menina. Ela precisa de amigos.

Faço que sim com a cabeça como se entendesse, mas não entendo. O que ele quer dizer com "difícil"? Continuo acenando com a cabeça porque não me importo. Ela é sobrinha do Scott Risk, e vou garantir que ela fique feliz.

Beth. Um desconforto estranho se instala no meu estômago. Por que esse nome me parece familiar?

— Posso apresentar sua sobrinha às pessoas. Ajudá-la a se adaptar. Meu melhor amigo, o Chris, também está no time. — Porque eu vou tentar colocar o Chris e o Logan em todas as conversas que eu tiver com o sr. Risk. — Ele tem uma namorada muito legal que a sua sobrinha vai adorar, tenho certeza.

— Obrigado. Você não tem ideia de quanto isso significa pra mim. — O Scott relaxa como se tivesse tirado um saco de cinquenta quilos das costas. O sino sobre a porta da loja de roupas toca. Ele coloca a mão no meu ombro e aponta para a loja. — Ryan, eu gostaria que você conhecesse a minha sobrinha, Elisabeth.

Ela sai da loja e cruza os braços sobre o peito. Cabelo preto. Piercing de argola no nariz. Corpo magro com algumas curvas. Camisa branca com apenas quatro botões fechados entre os seios e o umbigo, calça jeans enfeitada e olhos que reviram no instante em que me vê. Meu estômago se contrai como se eu tivesse engolido chumbo. Possivelmente este é o pior dia da minha vida.

BETH

— Prazer em te conhecer — diz o Garoto Arrogante da Taco Bell, como se não me conhecesse. Talvez ele nem se lembre. Atletas não costumam ser inteligentes. Os músculos se alimentam do cérebro.

— Você está me zoando, porra. — Estou no inferno. Não tenho dúvida. Essa versão ruim da cidade de *Amargo pesadelo* certamente é quente como o inferno. O calor nesse lugar abandonado tem uma névoa que me envolve e enche meus pulmões.

O Scott limpa a garganta. Um lembrete sutil de que *porra* não é mais uma palavra aceitável para mim em público.

— Quero que você conheça Ryan Stone.

Houve uma época em que o Scott costumava dizer palavras como *qualé* e *duca*. Variações de *porra* e *foda* eram os únicos adjetivos e advérbios no vocabulário dele. Agora ele fala como um riquinho arrogante e orgulhoso que usa terno. Ah, é, ele é isso mesmo.

— O Ryan se ofereceu pra te mostrar a escola amanhã.

— Claro — resmungo. — Porque a minha vida ainda não ficou ruim o suficiente nas últimas quarenta e oito horas.

Deus deve ter decidido que não tinha cansado de me ferrar. Ele não tinha cansado de me ferrar quando o Scott me chantageou para morar aqui. Ele não tinha cansado de me ferrar quando a mulher do Scott me comprou essas roupas tragicamente conservadoras. Ele não tinha cansado de me ferrar quando o Scott disse que tinha me matriculado na escola local da caipirada, ao estilo *Colheita maldita*. Não, ele ainda não tinha cansado de me ferrar. A maldita cereja do bolo é o babaca convencido que está na minha frente. Ha, porra, ha. A piada sou eu.

— Quero minhas roupas de volta.

— O quê? — pergunta o Scott. Ótimo, sacaneei o cara sem falar um palavrão.

— Ele não está vestido como um retardado, por que eu tenho que me vestir assim? — Aponto para a calça jeans de marca e a camisa engomada de garotinha católica que estragam meu corpo. Depois de o Scott me pedir para ser legal com a Allison, eu saí do provador e vi essa atrocidade em um espelho de corpo inteiro. Quando voltei, minhas roupas tinham sumido. Hoje à noite, vou procurar uma tesoura e um alvejante.

O Scott me censura sacudindo sutilmente a cabeça. Tenho mais ou menos um ano dessa porcaria pela frente e não posso nem ver a mulher que estou tentando proteger: minha mãe. Uma parte do meu cérebro formiga de pânico. Como ela está? Será que o namorado bateu nela de novo? Ela está preocupada comigo?

— Você vai adorar a cidade — diz o Garoto da Taco Bell, ou melhor, Ryan.

— Claro que vou. — Meu tom indica que vou adorar este lugar tanto quanto adoraria levar um tiro na cabeça.

O Scott limpa a garganta de novo, e eu me pergunto se ele se importa de as pessoas acharem que ele está doente.

— O pai do Ryan é dono de uma construtora na cidade e faz parte da Câmara Municipal. — Mensagem subliminar para mim: não ferra esse momento.

— Claro. — Claro. A história da porcaria da minha vida. O Ryan é o riquinho que tem tudo. Papai é dono da cidade. Papai é dono da empresa. Ryan, o garoto que acha que pode fazer tudo que quiser por causa disso.

O Ryan me dá um sorriso calmo, que é meio hipnótico. Como se tivesse sido criado só para mim. É um sorriso glorioso. Perfeito. Pacífico. Com um pouco de covinhas. Promete amizade, felicidade e risadas.

e me faz querer sorrir de volta. Meus lábios começam a se curvar em resposta, mas me interrompo abruptamente.

Por que eu faço isso comigo mesma? Caras como ele não se apaixonam por garotas como eu. Sou um brinquedo para eles. Um jogo. E esse tipo de cara sempre tem as mesmas regras: sorrir, me fazer pensar que ele gosta de mim e me jogar fora depois de me usar. Com quantos perdedores eu tenho que ficar só para me arrepender de manhã? No ano passado foram muitos.

Mas, ao ouvir o Ryan entrar com facilidade numa conversa com o Scott sobre beisebol, eu juro que não quero mais esses perdedores. Chega de me sentir usada. Simplesmente chega.

E, dessa vez, não vou quebrar a promessa, não importa quanto eu fique sozinha.

— É — diz o Ryan para o Scott como se eu não estivesse bem ali, como se eu não fosse importante o suficiente para ser envolvida na conversa. — Acho que os Reds têm chance este ano.

Meu Deus, como eu odeio o Ryan. Em pé ali, todo perfeito, com sua vida perfeita, seu corpo perfeito e seu sorriso perfeito, fingindo que nunca tinha me visto antes. Ele me olha com o canto do olho, e eu percebo por que ele está jogando charme. O Ryan quer impressionar o Scott. Quer saber? O sofrimento adora ter companhia. Minha vida não devia ser a única ruim.

— Ele deu em cima de mim.

Silêncio enquanto minhas palavras matam a conversa idiota sobre beisebol. O Scott esfrega os olhos.

— Você acabou de conhecê-lo.

— Não foi agora. Foi na sexta à noite. Ele deu em cima de mim e ficou secando a minha bunda enquanto fazia isso.

Alegria. Alegria total. Okay, não total, mas a única alegria que eu tive desde a noite de sexta. O Ryan arranca o boné, passa a mão pelo cabelo loiro-areia bagunçado e o enfia de volta. Gosto mais dele sem o boné.

— Isso é verdade? — pergunta o Scott.

— S-sim — gagueja o Ryan. — Não. Quer dizer, sim. Pedi o número do telefone dela, mas ela não me deu. Mas não faltei com o respeito, eu juro.

— Você ficou secando a minha bunda. Muito. — Viro e me inclino um pouco para fazer uma demonstração. — Lembra, tinha um rasgo bem aqui. — Deslizo o dedo ao longo da parte de trás da minha perna. — Você me comprou tacos depois. E uma bebida. Então suponho que tenha gostado do que viu.

Ouço comentários masculinos abafados e dou uma espiada na multidão de homens na calçada. O primeiro sorriso natural aparece no meu rosto. O Scott vai adorar o espetáculo. Talvez, se forçar a barra o suficiente, eu esteja em casa em Louisville na hora do jantar.

— Elisabeth. — O Scott diminui a voz até o tom emputecido do estacionamento de trailers. — Vira.

Doze tons diferentes de vermelho aparecem nas bochechas do Ryan. Ele não olha para a minha bunda, mas para o meu tio.

— Tudo bem... Sim, eu chamei ela pra sair.

O Scott fica estupefato.

— Você chamou ela pra sair?

Ei. Por que ele está surpreso? Não sou um cachorro.

— Chamei — responde o Ryan.

— Você queria sair com ela?

Oh-oh. O Scott parece feliz. Não. Não vou aceitar a felicidade.

— Queria. — O Ryan estende as mãos. — Achei... achei...

— Que eu seria fácil? — solto, e o Scott se encolhe.

— Que ela era engraçada — responde o Ryan.

É. Tenho certeza de que foi exatamente isso que ele pensou.

— Parece mais que seria divertido foder comigo. Ou simplesmente me foder.

— Chega — solta o Scott. Seus olhos azuis apertados me observam com raiva enquanto eu enfio as mãos nos bolsos rígidos da nova calça jeans. O Scott abaixa a cabeça e aperta o alto do nariz antes de forçar aquele falso sorriso relaxado. — Peço desculpas pela minha sobrinha. Ela teve um fim de semana difícil.

Não quero que ele peça desculpas por mim para ninguém. Especialmente para esse babaca arrogante. Minha boca se abre, mas o breve olhar de gentalha que o Scott me dá faz com que ela se feche. O Scott se torna o sr. Superficial de novo.

— Eu entendo se você não quiser ajudar a Elisabeth na escola.

O Ryan está com uma expressão vazia e inocente demais.

— Não se preocupe, sr. Risk. Eu adoraria ajudar a *Elisabeth*. — Ele vira para mim e sorri. O sorriso não é espontâneo nem reconfortante, apenas convencido como o diabo. Manda ver, atletinha. Mesmo se você der seu máximo, não vai conseguir.

RYAN

As paredes da nossa cozinha costumavam ser cor de vinho. Quando crianças, o Mark e eu apostávamos corrida desde o ponto de ônibus e, quando entrávamos correndo na cozinha, éramos recebidos pelo aroma de biscoitos recém-assados. Minha mãe perguntava sobre o nosso dia enquanto mergulhávamos os biscoitos quentinhos no leite. Quando o meu pai voltava para casa do trabalho, pegava a minha mãe no colo e a beijava. A risada da minha mãe nos braços do meu pai era tão natural quanto as constantes brincadeiras minhas e do meu irmão.

Com o braço ainda envolvido na cintura dela, ele virava para nós e dizia:

— Como estão os meus garotos? — Como se o Mark e eu não existíssemos um sem o outro.

Graças à reforma que o meu pai terminou na semana passada, as paredes da cozinha agora são cinza. E, graças ao anúncio do meu irmão e à reação do meu pai a esse anúncio no verão, o som mais alto na cozinha é o tinido de garfos e facas na louça.

— A Gwen foi ao seu jogo — diz a minha mãe. É a terceira vez que ela fala isso nas últimas vinte e quatro horas.

É, com o Mike.

— Ãhã. — Enfio um pedaço de carne assada na boca.

— A mãe dela disse que ela ainda fala de você.

Paro no meio da mastigação e olho de relance para a minha mãe. Orgulhosa por conseguir uma reação minha, ela sorri.

— Deixa ele em paz — diz o meu pai. — Ele não precisa de uma garota para se distrair.

Minha mãe franze os lábios e começamos mais cinco minutos de garfos e facas tinindo. O silêncio dói... como geladura.

Incapaz de aguentar a tensão por muito mais tempo, eu pigarreio.

— O papai te falou que conhecemos o Scott Risk e a sobrinha... — psicótica — ... dele?

— Não. — Minha mãe esfaqueia o tomate-cereja que está rolando pela tigela de salada. No instante em que espeta o vegetal redondinho, ela olha para o meu pai. — Ele tem uma sobrinha?

Meu pai sustenta o olhar dela com uma indiferença irritada e um gole na cerveja long neck.

— Eu te dei uma taça de vinho — lembra a minha mãe.

Ele coloca a garrafinha, que está pingando por causa da condensação, perto da taça mencionada, direto sobre a madeira da mesa — sem um porta-copos. Minha mãe se remexe na cadeira como um corvo espalhando as asas. Só falta o grasnado irritado.

Nos últimos meses, meu pai e eu comemos nossas refeições na sala de estar enquanto vemos TV. Minha mãe desistiu de comer depois que o Mark foi embora.

Minha mãe e meu pai começaram as sessões de terapia de casal poucas semanas atrás, embora ainda não tenham me contado isso diretamente. A necessidade de projetar perfeição não permite que eles admitam uma falha do tipo "o casamento precisa de ajuda especializada". Em vez disso, descobri do mesmo jeito que descubro tudo nessa casa: ouvi os dois brigando na sala de estar enquanto eu estava deitado na cama à noite.

Na semana passada, a terapeuta de casais recomendou que minha mãe e meu pai tentassem fazer algo como uma família. Eles brigaram por dois dias sobre o que seria, até chegarem ao consenso do jantar de domingo.

Foi por isso que eu convidei o Mark. Não jantávamos juntos desde que ele foi embora e, se ele aparecesse, talvez nós quatro pudéssemos encontrar um jeito de nos reconectar.

Eu me pergunto se a minha mãe e o meu pai sentem o vazio da cadeira ao meu lado. O Mark tinha um encanto que evitava que os meus pais brigassem. Se eles estivessem chateados um com o outro, o Mark contava uma história ou uma piada para quebrar o gelo. O inverno ártico na minha casa nunca existiu quando ele estava aqui.

— É, ele tem uma sobrinha — digo, esperando continuar com a conversa e preencher o vazio dentro de mim. — O nome dela é Elisabeth. Beth. — E está transformando minha vida num inferno: não muito diferente do sofrimento deste jantar.

Quebro um biscoito e passo um pouco de manteiga nele. A Beth me envergonhou na frente do Scott Risk, e eu perdi um desafio por causa dela. Largo o biscoito — o desafio. Uma faísca se acende no meu cérebro. O Chris e eu nunca colocamos um limite de tempo, e isso significa que ainda posso ganhar.

Minha mãe ajeita o guardanapo no colo, interrompendo meus pensamentos.

— Você devia ser simpático com ela, Ryan, mas manter distância. Os Risk tinham má reputação há alguns anos.

A cadeira do meu pai arranha o piso novo, e ele faz um barulho nojento na garganta.

— O que é? — minha mãe exige saber.

Meu pai estica os ombros para trás e se concentra no bife em vez de responder.

— Se tem alguma coisa pra dizer — ela provoca —, diz.

Meu pai joga o garfo no prato.

— O Scott Risk tem contatos valiosos. Acho melhor você se aproximar dela, Ryan. Mostra a cidade pra ela. Se você fizer um favor pra ele, tenho certeza que ele fará um pra você.

— Claro — diz minha mãe. — Pode dar conselhos que vão diretamente contra os meus.

Meu pai começa a falar mais alto do que ela, e as vozes altas dos dois fazem minha cabeça latejar. Depois de perder o apetite, afasto a cadeira da mesa. É doloroso ouvir o barulho da minha família se desmanchando. Não existe nenhum som pior na face da terra.

Até o telefone tocar. Meus pais ficam em silêncio enquanto nós três olhamos por sobre o balcão e vemos o nome do Mark aparecer no identificador de chamadas. Uma combinação instável de esperança e dor cria um peso na minha garganta e no meu estômago.

— Deixa pra lá — murmura o meu pai.

Minha mãe se levanta no segundo toque, e meu coração bate dentro dos ouvidos. *Vai, mãe, atende. Por favor.*

— Podíamos falar com ele — diz ela ao encarar o telefone. — Dizer que, se mantiver segredo, ele pode voltar pra casa.

— É — digo, na esperança de que um deles mude de ideia. Talvez dessa vez o Mark pudesse decidir ficar e lutar, em vez de me deixar para trás. — Devíamos atender.

O telefone toca pela quarta vez.

— Não na minha casa. — Meu pai não para de encarar o próprio prato.

E a secretária eletrônica atende. A voz alegre da minha mãe anuncia que estamos fora no momento, mas, por favor, deixe sua mensagem. E ouvimos um bipe.

Nada. Nenhuma mensagem. Nenhuma estática. Nada. Meu irmão não tem culhão para me deixar uma mensagem.

E eu não sou burro. Se ele quisesse falar comigo, teria ligado para o meu celular. Isso foi um teste. Eu o convidei para jantar, e ele estava ligando para ver se eu era o único que o queria em casa. Acho que todos nós fracassamos.

Minha mãe agarra as pérolas ao redor do pescoço, e a esperança em mim vira raiva. O Mark foi embora. E me deixou para lidar com essa destruição sozinho.

Eu me levanto com um pulo da cadeira, e minha mãe vira para me encarar.

— Aonde você vai?

— Tenho dever de casa.

O quadro de cortiça sobre a mesa do computador vibra quando bato a porta do quarto com força. Ando de um lado para o outro do quarto e aperto a cabeça com as mãos. Tenho um maldito dever de casa e a clareza e a calma de um barco sendo jogado pelas ondas. O que eu preciso fazer é liberar a raiva, levantar pesos até meus músculos queimarem, arremessar bolas até meu ombro cair.

Eu não devia estar escrevendo um trabalho de inglês de quatro páginas sobre qualquer coisa que "Eu quero".

A cadeira na frente da mesa rola para trás quando eu me jogo no assento. Ao apertar um botão, o monitor volta à vida. O cursor pisca para mim de um jeito gozador na página em branco.

Quatro páginas. Espaço simples. Margens de dois centímetros e meio. As expectativas da minha professora são altas demais. Ainda mais porque, tecnicamente, ainda estamos nas férias de verão.

Meus dedos martelam as teclas.

Eu jogo bola desde que tinha três anos.

E paro de digitar. Beisebol... É sobre isso que eu devo escrever. É o que eu conheço. Mas as emoções agitadas dentro de mim precisam ser liberadas.

Meu pai e minha mãe virariam bicho se eu escrevesse sobre a verdadeira situação da minha família. As aparências são tudo. Aposto que eles nem contaram à terapeuta de casais o verdadeiro motivo de estarem lá.

Uma percepção súbita alivia um pouco da raiva. Eu não devia fazer isso. Se alguém descobrisse, eu estaria ferrado, mas, neste momento, preciso liberar todo o ressentimento. Apago a primeira linha e dou palavras às emoções que imploram por liberdade.

George acordou com uma vaga lembrança do que costumava ser, mas uma olhada à direita provocou uma compreensão assustadora de qual era sua nova realidade. Do que, especificamente, ele tinha se tornado.

BETH

— Eles podem lembrar de mim. — As segundas-feiras são um saco, e o primeiro dia na escola em Caipirópolis também. Eu me encosto nas janelas do escritório do orientador educacional e olho ao redor. A decoração é dos anos 70: painéis de madeira falsa, mesa e cadeiras compradas em oferta no Walmart. O cheiro de mofo ocupa o ambiente. Esse é o protótipo das escolas do fim do mundo.

— Essa é a questão, Elisabeth. — O Scott folheia um catálogo grosso de disciplinas. — Sua antiga escola de ensino fundamental é uma das três escolas que alimentam esta. Você vai conhecer pessoas e reacender velhas amizades. E as aulas de economia doméstica? Você e eu assamos biscoitos algumas vezes, lembra?

— Beth. Meu nome é Beth. — É como se ele fosse surdo. — E, na última vez em que assei alguma coisa, eram brownies, e eu coloquei...

— Vamos colocar economia doméstica na seção de "não". Mas eu prefiro Elisabeth. Qual era o nome da sua melhor amiga? Eu costumava te levar até a casa dela.

E nós brincávamos de boneca. Várias vezes. A mãe dela deixava a gente usar xícaras de verdade nas festinhas de chá da tarde. Eles tinham uma casa de verdade, com camas de verdade, e eu adorava ficar para jantar. A comida deles era quente. Sinto dificuldade para engolir.

— Lacy.

— Isso mesmo. Lacy Harper.

A porta do escritório se abre, e o orientador educacional coloca a cabeça para dentro.

— Só mais alguns minutos, sr. Risk. Estou falando ao telefone com o Colégio Eastwick.

O Scott apaga o sorriso sem graça.

— Fique à vontade. Tem uma Lacy Harper matriculada aqui?

Alguém me mata. Agora. Agorinha.

— Tem, sim.

A diversão continua. O Scott me olha de relance.

— Isso não é ótimo?

Dou uma resposta bem falsa.

— Fantástico.

Ele prefere ignorar meu sarcasmo ou acredita na minha empolgação.

— Sr. Dwyer, o senhor poderia colocar a Beth em uma das turmas da Lacy?

O sr. Dwyer quase cai no chão de admiração.

— Vamos tentar, pode ter certeza. — Ele sai do próprio escritório e fecha a porta.

— Você foi atingido por um taco na cabeça? — Não acredito que o Scott espera que eu frequente essa escola.

— Só quando eu tinha cinco anos e nos dias que terminam com *a* e *o* — resmunga ele, ainda folheando o catálogo. A resposta dele perfura o meu peito. Fiz o possível para bloquear essa parte da minha infância. Meu avô, pai dele, costumava dar surras nele e no meu pai. O Scott impedia que ele fizesse o mesmo comigo. — E espanhol?

Dou um sorriso de verdade.

— Meu amigo Rico me ensinou um pouco de espanhol. Quando um cara é sensível demais, posso dizer...

— Esquece o espanhol.

Droga. Isso poderia ser divertido.

— Sério, Scott. Você realmente quer que eu estude aqui? Você já pensou bem nisso? Sua bichinha de estimação com uma aliança...

— Allison. O nome dela é Allison. Vamos falar juntos. A-lli-son. Viu, não é difícil.

— Tanto faz. Ela adora como todo mundo te admira. Quanto tempo isso vai durar quando eles lembrarem que você é um lixo do submundo do estacionamento de trailers a poucos quilômetros de Groveton?

Ele para de folhear o catálogo. Apesar de seus olhos estarem grudados no papel, percebo que ele não está mais lendo.

— Não sou mais aquela criança. As pessoas só se importam com quem eu sou agora.

— Quanto tempo você acha que vai levar pras pessoas se lembrarem de mim ou da minha mãe? — Eu queria dizer isso de um jeito maldoso, como uma ameaça, mas saiu suave, e eu me odeio por isso.

O Scott me olha, e eu detesto a simpatia nos olhos dele.

— Eles vão se lembrar de você do mesmo jeito que eu me lembro: uma garota linda que amava a vida.

Revoltada por ele continuar falando dessa pobre garota patética, interrompo o contato visual.

— Ela morreu.

— Não morreu, não. — Ele faz uma pausa. — Quanto à sua mãe, ela se mudou pra cidade no segundo ano do ensino médio e abandonou a escola quando tinha quinze anos. As pessoas não vão se lembrar dela.

Sinto enjoo, e minha mão vai até o estômago. O Scott não estava aqui quando a polícia foi até o trailer e não estava lá para secar minhas lágrimas. Esta é uma cidade pequena, e todo mundo se conhece. Mesmo que eles tenham jurado manter aquela noite em segredo, tenho certeza de que todo mundo contou.

— O que vai acontecer com nós dois quando alguém se lembrar do meu pai? — pergunto. — Ninguém vai te admirar então. Isso é um erro terrível, Scott. Me manda pra casa.

— Sr. Risk. — O orientador educacional de Caipirópolis coloca a cabeça para dentro do escritório. Rugas de preocupação marcam sua testa enorme, e seus dedos agarram uma folha de fax. Eu avisei que tinha diploma em detenção quando estava na Eastwick. — Podemos falar a sós por um instante?

Inclino a cabeça, sabendo quais palavras deixariam o sr. Dwyer desconfortável.

— Qual era aquela aula em que você queria me colocar? Hum... — Batuco o queixo com um dedo. — Inglês especial?

— Senta, Elisabeth. — O Scott está ficando muito bom em exigir coisas num tom de voz baixo. — Okay, sr. Dwyer, vamos discutir a agenda da Beth.

RYAN

Senhoras e senhores, façam uma reverência e digam amém. A sobrinha do Scott Risk vai frequentar a Escola do Condado de Bullitt, e o desafio está valendo de novo. Passeio pelo corredor lotado com uma mola a mais nos passos. *Derrota* é uma palavra horrível. Uma palavra que eu não preciso mais aceitar.

Meu humor leva um golpe quando vejo o Chris agarrado na Lacy contra um armário. A cabeça dele se inclina para baixo enquanto a dela se inclina devagar para cima. Não é uma boa posição quando o diretor-assistente está saindo do escritório. No ano passado, ele deu um sermão para o primeiro ano sobre nossos hormônios, impulsos carnais e as consequências para quem quebrasse a barreira dos limites corporais. Traduzindo: se você for pego perto demais de alguém do sexo oposto, vai passar um dia na detenção. Os campeonatos estaduais exigem treinos, não detenção.

— Bancos traseiros de carro funcionam bem. — Passo para o outro lado do Chris e da Lacy para bloquear a visão do diretor-assistente, que se aproxima. — De preferência, fora do campus.

O Chris geme quando a Lacy coloca a mão no peito dele e o empurra até os dois ficarem a uma distância "aceitável". Ela solta um suspiro frustrado.

— Bom dia, Ry.

— Vai embora — diz o Chris sem emoção.

— O diretor-assistente está rondando, e não vamos mudar o horário do treino como fizemos no ano passado porque você estava na detenção.

O Chris solta um suspiro idêntico ao da Lacy.

— Você precisa de uma namorada.

— Exatamente! — A Lacy joga os braços para frente. — Estou dizendo isso há meses. Não uma namorada do mal. Não vamos lidar com o mal de novo. Eu estava cansada de usar crucifixos. Cheguei a pensar em carregar água benta, mas aí eu teria que entrar numa igreja e...

— Cala a boca — digo a ela. Sempre houve sangue entre a Gwen e a Lace, mas eu namorei a Gwen. Não vou tolerar ninguém desrespeitando a garota.

O primeiro sinal toca e nós três vamos para a aula de inglês. De pé sozinho, com um tédio eterno, o Logan espera por nós no limite entre os armários do primeiro e do segundo ano. Nós quatro fazemos o máximo de aulas possíveis juntos. Por diversão e por camaradagem. Para a Lacy e o Logan ajudarem a mim e ao Chris com o dever de casa.

Como o garoto é mais inteligente que Einstein, e a maioria dos alunos da escola é mais burra que uma porta, o Logan faz aulas do último ano. No próximo ano, não vai haver aulas avançadas o suficiente para ele, então a probabilidade é que eles enfiem o Logan num canto escuro da biblioteca e finjam que ele não existe.

Olho pelo corredor, tentando encontrar a Beth.

— Então, sobre aquele desafio prolongado de sexta-feira.

— Quer dizer a aposta que você perdeu na sexta-feira. — O Chris entra na aula de inglês e senta na cadeira de sempre, perto da janela. A Lacy fica no corredor para conversar com as amigas.

— Não, a aposta que eu vou ganhar.

O Chris me dá um sorriso descrente.

— Logan, está ouvindo a merda que ele está falando?

O Logan se joga na cadeira e fica largado.

— Você perdeu, Ryan. Feio.

— Feio? — pergunto.

— A maior diversão que eu já tive nas últimas semanas — diz o Chris. — Na verdade, vamos reviver o momento. Oi, eu sou o Ryan, quero seu telefone. — E estende a mão para o Logan.

— Deixa eu pensar — diz o Logan. — Ela tinha um jeito elegante de falar. Ah, sim, acho que a resposta dela foi "Foda-se".

— O nome dela é Beth.

— Conseguir o nome não era o desafio. — Determinado a impedir que a sra. Rowe pegue todos os bonés que ele tem, como no ano passado, o Chris enfia o seu no bolso de trás. — Você perdeu. Seja homem. Engole essa. Ou deixa a gente continuar te zoando. Tanto faz.

— Eu gosto de zoar o cara — diz o Logan.

Diminuo a voz e me inclino para o espaço entre as carteiras para que apenas o Logan e o Chris me ouçam. Tenho uma pequena oportunidade, e, quanto mais tempo demorar para as pessoas saberem do tio dela, maiores as minhas chances de conseguir o telefone da garota. O Scott é um deus nessa escola, o que automaticamente a torna uma semideusa.

— O nome completo dela é Elisabeth Risk, e ela é sobrinha do Scott Risk.

— Beth. — Livros caem sobre a minha mesa, e nós três nos encolhemos e olhamos para cima. Cabelo preto, argola no nariz e uma blusa branca justa, imprudentemente desabotoada até a região que os garotos encaram. Bom, pelo menos eu encaro. Meu Deus do céu, a garota é gostosa.

— Vou falar devagar e usar palavras simples, pra ver se você consegue acompanhar. Se me chamar de Elisabeth de novo, vou dar um jeito de você nunca poder ser pai. Se contar a mais alguém de quem eu sou sobrinha, você vai passar a respirar por um tubo na garganta.

O Chris ri, e é aquele tipo de riso profundo, que me diz que a merda em que estamos mergulhando é péssima.

— Prazer em te conhecer. O Ryan acabou de contar pra gente que queria muito te ligar, né, Ry?

Ding-ding, o Chris tocou o sino do segundo round e está violando diretamente as regras do jogo ao interferir. Ótima ideia, porque eu teria feito a mesma coisa.

— Tentei te procurar hoje de manhã, mas a secretária disse que você estava numa reunião com o sr. Dwyer.

Os olhos azuis me perfuram, e uma sobrancelha arqueia lentamente em direção ao cabelo dela. O silêncio que se estende entre nós se torna uma tortura. O Chris se remexe na cadeira, e o Logan afunda um pouco mais. Quero que ela vá embora, mas preciso da presença dela para ganhar o desafio. Eu me concentro em manter o rosto relaxado. Se eu respirar, a Garota Skatista vai saber que está me controlando.

— Ãhã — ela finalmente responde. — Tenho certeza que sim. Puxa-sacos fazem esse tipo de coisa. Vamos combinar o seguinte. Eu te evito, você me evita e, quando o meu tio perguntar se você me ajudou hoje, eu dou um risinho tipo o daquelas garotas patéticas no corredor e falo com entusiasmo que a pobre e indefesa aqui não conseguiria sobreviver sem o grande e forte Ryan pra ajudar.

— Você sabe dar risinhos? — pergunta o Logan.

Ela olha para ele com raiva. Ele dá de ombros.

— Você não me parece do tipo que dá risinhos, só estou comentando.

Droga, o Logan também entrou no jogo, o que significa que ele vai querer colocar mais dinheiro no desafio. Hora de controlar os danos.

— Esses são o Chris e o Logan. Eles jogam beisebol comigo. O Chris tem uma namorada que eu tenho certeza que você vai adorar e, se quiser, você pode sentar com a gente hoje no almoço.

— Meu Deus, você realmente tem problema mental.

O sinal toca, e a Garota Skatista vai para o lado oposto da sala e se esconde no canto. Que ótimo. Meus amigos estão com sorrisos que me fazem querer bater neles.

— Aposto vinte que ela te xinga até a hora do almoço — diz o Chris.

— Aposto trinta que ela te mata até a hora do almoço — acrescenta o Logan.

— Vou conseguir o telefone dela. — Os dois riem, e os músculos dos meus braços se contraem ao pensar em mais uma derrota. Amasso com força o papel do caderno. — Vocês não acham que estou no jogo?

— Não o suficiente pra isso — responde o Logan.

— Vou provar que você está errado. — Pelo canto do olho, dou uma olhada na Beth. Com a cabeça abaixada e o cabelo preto comprido escondendo o rosto, ela rabisca num caderno com uma caneta na mão esquerda. Hum... Canhota.

O Chris balança a cabeça.

— Desculpa, cara. A Beth estar aqui na escola muda todas as regras. Sabe, números de telefone são para aquelas que nunca mais vamos ver. Você tem meses pra trabalhar a garota. Você quer ganhar, então as apostas vão aumentar: você tem que chamar ela pra sair e ela tem que aceitar.

— E o encontro tem que ser num local público, por mais de uma hora — acrescenta o Logan. — Você sabe, pra dar legitimidade à coisa.

Eu não devia aceitar. Se eu fizer besteira, posso irritar o Scott Risk; por outro lado, se eu fizer tudo certo, posso fazer o Scott Risk comer na minha mão. Ele quase me implorou para ficar amigo da filhote de Satã ali. Além do mais, se eu fugir dessa oportunidade, significa que eu perdi, e eu não sou do tipo que perde.

— Ótimo — digo. — Desafio aceito.

Está valendo, Garota Skatista. Está valendo.

BETH

Preciso de um cigarro e de um fumante que confie em mim. Infelizmente, não cruzei com nenhum desses dois nas quatro horas em que estou vivendo na versão adolescente de *Amargo pesadelo*. De longe, enquanto calouros e veteranos vão almoçar, eu sigo dois caras de cabelo comprido e calça jeans folgada. Espero conseguir convencer um deles a me dar um trago.

Eles viram uma esquina, e espero um segundo. Se eu me aproximar antes de acenderem o cigarro, eles vão tentar agir como se não estivessem fazendo nada. E aí nada que eu disser vai convencê-los de que não vou entregar os dois.

Merda, eu não acredito em mim. A garota novata de camisa social branca.

Dei tempo suficiente para eles. Viro a esquina, preparada para dizer para eles ficarem numa boa, mas as palavras ficam presas na minha boca. Eles não estão ali.

É um corredor pequeno, com portas duplas para o lado de fora. Corro até a janela e vejo os dois caras se abaixarem e desviarem pelo estacionamento. Bato a cabeça na porta. Droga. Nunca pensei que eles fossem matar aula. Primeiro dia. Isso é pesado.

Ao som de uma batida na porta, meu coração pula para fora do peito e, com uma olhada pela janela, ele se derrete. Meu corpo fica leve de alívio. É ele. Abro a porta e, no instante em que o sol quente de verão acaricia o meu rosto, o Isaiah me abraça. Normalmente, eu não faria isso: tocar nele estando tão ligada. Hoje, não me importo. Na verdade, eu me enterro nele.

— Está tudo bem. — O Isaiah beija o meu cabelo, e a mão dele envolve a parte de trás da minha cabeça, me mantendo perto. Ele me beijou. Esse abraço devia me incomodar, e eu devia empurrar o cara para longe. Não nos conectamos desse jeito. Não quando estamos sóbrios. Hoje, o toque dele me faz querer abraçar com mais força.

— Como você sabia? — murmuro contra o tecido da camisa dele.

— Imaginei que você ia sair pra fumar em algum momento. Aqui é o único lugar onde vi pessoas fumando.

O coração dele bate num ritmo forte e estável. Houve momentos, em minha busca pela leveza, em que eu forcei demais. Bebi demais. Cheirei mais do que devia. Tive contato físico com caras que não prestavam para mim. Eu ia além da leveza, como um balão preso por um fio que tinha escapado — sozinha num abismo assustador. Com um toque, o Isaiah me trazia para o chão. Ele me impedia de sair voando para longe, com seus braços servindo de âncora. Seu coração ritmado me lembrava que ele nunca iria embora.

Relutando, deixo um espaço entre nós.

— Como você sabia que eu estava nessa escola?

— Isso eu explico mais tarde. Vamos embora antes que alguém nos pegue — ele diz e estende a mão para mim.

— Pra onde? — brinco com ele, sabendo qual será a resposta. Quero a fantasia, nem que seja por um segundo.

— Pra onde você quiser. Uma vez você disse que queria ver o mar. Vamos pra praia, Beth. Podemos morar lá.

O mar. A cena cria vida na minha mente. Eu usando uma velha calça jeans desbotada e uma regata. Meu cabelo voando, selvagem, na brisa. O Isaiah com o cabelo cortado à máquina, sem camisa, as tatuagens assustando os turistas que passam por nós. Eu me sento descalça na areia quente e observo as ondas batendo enquanto ele me observa. O Isaiah sempre fica de olho em mim.

Envolvo meu corpo com os braços e agarro a barra da camisa para me impedir de agarrar o cara.

— Não posso.

Ele mantém o braço estendido, mas o peso das minhas palavras o faz balançar.

— Por que não?

— Porque, se eu fugir, se eu quebrar as regras do Scott, ele vai mandar minha mãe pra cadeia.

A mão do Isaiah se fecha com força, e o braço cai na lateral.

— Foda-se ele.

— Mas é a minha mãe!

— Foda-se ela também. Na verdade, por que você estava com ela na sexta à noite? Você me prometeu que ia ficar longe dela. Ela te machuca.

— Não, foi o namorado dela. Minha mãe nunca me machucaria.

— Ela deixa você levar a culpa pelas merdas dela e não faz nada enquanto ele te usa como uma porra de pinhata. Sua mãe é um pesadelo.

Uma porta de carro bate com força no estacionamento, e pulamos para lados opostos.

— Precisamos conversar, Beth.

Eu concordo. Precisamos mesmo. Faço um sinal com a cabeça em direção ao bosque de pinheiros.

— Vamos pra lá.

O Isaiah coloca a cabeça para fora, avalia a área e acena para eu ir. Não corremos. Andamos em silêncio absoluto. Depois de entrarmos no bosque, eu me viro, esperando a pergunta que deve estar rasgando o Isaiah por dentro.

— Você mentiu pra mim — ele diz, enfiando as mãos nos bolsos da calça jeans e encarando as agulhas de pinheiro marrons no chão. — Você me disse que não conhecia o seu pai.

Tudo bem. Não é uma pergunta, mas uma acusação. E eu mereço.

— Eu sei.

— Por quê?

— Eu não queria falar do meu pai.

Ele continua olhando para as malditas agulhas. Poucos anos atrás, contei ao Isaiah a mesma mentira que contava a qualquer pessoa em relação ao meu pai. O Isaiah ficou tão comovido que me contou uma coisa que nunca tinha falado para ninguém: que a mãe dele não tinha ideia de quem era o pai dele. A mentira que eu contei para o Isaiah o prendeu a mim para sempre. Quando descobri o que cimentava o nosso relacionamento, que ele acreditava que nós dois tínhamos um grande ponto de interrogação no lado paterno, era tarde demais para contar a verdade.

— Você sabe como as pessoas são. — Detesto o desespero na minha voz. — Elas adoram uma fofoca e, quando têm uma história, elas pesquisam, e eu nunca quis pensar no canalha de novo. Quando eu te disse que não sabia quem era o meu pai, eu não tinha ideia de qual era a sua realidade. Eu não sabia que essa era a história que ia nos tornar amigos.

Os olhos dele se fecham ao ouvir a palavra *amigos*, e o maxilar dele pula como se eu tivesse dito alguma coisa para magoar o cara. Mas nós somos amigos. Ele é meu melhor amigo. Meu único amigo.

— Isaiah... — Tenho que dar alguma coisa a ele. Alguma coisa que o faça saber que ele é importante para mim. — O que aconteceu com o meu pai... — Respirar dói. — Quando eu estava na terceira série... — Fala logo!

Os olhos cinza do Isaiah encontram os meus. A bondade neles diminui enquanto eles se tornam meio selvagens.

— Seu pai está por aqui? — Com o movimento predatório de uma pantera, ele dá vários passos na minha direção. — Você está em perigo?

Balanço a cabeça.

— Não. Ele sumiu. O tio Scott e o meu pai se odiavam. O Scott nem sabia que o meu pai tinha ido embora.

— Seu tio?

— Ele é um babaca, mas nunca encostou um dedo em mim. Eu juro.

Ele pisca e a selvageria desaparece, mas os músculos ainda estão tremendo de raiva.

— Eu confiava em você. — Essas palavras simples me matam.

— Eu sei. — Posso ser honesta com ele agora. — Eu queria poder ir com você.

— Então vem.

— Ela é minha mãe. Eu esperava que você entendesse. — É um golpe baixo. Fico em silêncio, parada, esperando que ele engula seus demônios.

— Eu entendo — ele diz numa voz firme —, mas isso não quer dizer que concordo.

Ótimo. Ele me perdoou. A culpa ainda me devora, mas pelo menos os músculos do meu estômago relaxam enquanto a culpa se aproveita.

— Camisa bonita — ele diz, e eu sorrio com o tom de brincadeira.

— Vai se foder.

— Essa é a minha garota. Eu estava me perguntando se tinham arrancado a sua personalidade no primeiro tempo.

— Você não está totalmente errado. — O tempo está correndo. Já perdi muita coisa. Não posso perder o Isaiah. — O que vamos fazer?

— Quais são os termos do seu tio?

— Nada de fugir e nada de ver você nem o Noah. — O Scott disse que queria que eu esquecesse completamente o passado. Que o único jeito de eu começar do zero era me livrar totalmente disso e que, se eu não enterrasse o passado por vontade própria, ele faria isso por mim.

O Isaiah faz uma careta.

— E?

— Nada de matar aula. Nada de desrespeitar a esposa dele, nem os professores e as pessoas.

— Você está ferrada.

— Vai se foder de novo.

— Também te amo, Luz do Sol.

Eu ignoro.

— Boas notas. Nada de fumar. Nada de drogas. Nada de beber. E... nenhum contato com a minha mãe.

— Hum... Concordo com o último. Vai conseguir dessa vez?

Lanço um olhar furioso para ele. Ele me mostra o dedo do meio. Meu Deus, ele está ofendido.

— Nada de xingar. Voltar pra casa no horário certo.

A cabeça dele dá um pulo.

— Ele vai deixar você sair?

— Provavelmente com um GPS grudado na testa. Tenho que dar satisfação pra ele de cada passo. O que você está pensando?

— Estou pensando que você é uma menina inteligente que pode manipular o diabo pra conseguir uma passagem pra sair do inferno. Sai daquela casa e eu venho te pegar. Qualquer dia, qualquer hora. E você vai estar em casa no horário combinado.

Eu me encho de esperança, mas ainda não é o bastante. Preciso de mais do que o Isaiah. Preciso de outra coisa. Brinco com a barra da minha blusa.

— Você me leva pra ver a minha mãe?

Ele suspira.

— Não. Ela não te faz bem.

— Ele vai matar a minha mãe.

— Deixa. Ela fez as escolhas dela.

Tropeço para trás, como se ele tivesse me dado um soco.

— Como você pode falar isso?

A raiva volta para os olhos dele.

— Como? Alguns meses atrás, ela te deixou sangrar na frente dela. Como ela pôde voltar para aquele canalha? Como ela pôde deixar você assumir a culpa por ela? Não me vem com desculpa. Ninguém te sacaneia, está me entendendo?

Faço que sim com a cabeça para acalmar o Isaiah, mas vou encontrar outro jeito. Ele está certo. Posso lidar com o Scott, manter o Isaiah e encontrar uma maneira de cuidar da minha mãe.

Ele pega alguma coisa no bolso de trás e joga para mim. Abro um celular cinza, novinho em folha.

— Nós vimos o Scott jogar seu celular no lixo, por isso eu comprei um novo pra você e te coloquei no meu plano.

Abro um sorriso.

— Você tem um plano?

Ele dá de ombros.

— O Noah e eu temos um plano e colocamos você nele. Fica mais barato assim.

— Que... — inspiração da Echo — ... adultos.

— É. O Noah tem feito isso ultimamente.

— Como você sabia? Que eu estaria aqui? Em Groveton? Na escola?

O Isaiah se concentrou nas árvores.

— A Echo. Na delegacia, ela sentou perto do seu tio e da sua mãe pra ouvir o que estava acontecendo. Depois convenceu a Shirley a dar o resto das informações. O Scott contou os planos dele pra Shirley.

— Ótimo — resmungo. — Estou em dívida com a vaca psicótica. — No instante em que falo isso, sinto uma pontada de remorso. A Echo não é totalmente louca, mas a verdade é que o nosso relacionamento é tenso. Ela é legal e boazinha e faz o Noah feliz, mas provocou tantas mudanças... Mudanças demais... E como eu posso gostar disso?

Ele troca o apoio dos pés algumas vezes. Isso não é bom.

— O que mais, Isaiah?

— A Echo vendeu um quadro.

Levanto as sobrancelhas.

— E daí? — A Echo vende os quadros dela desde a primavera passada.

Ele alcança o bolso de trás de novo e pega um bolo de dinheiro. Santa Mãe de Deus, vou começar a pintar.

— Era um dos favoritos dela. Algo que ela pintou pro irmão antes de ele morrer. O Noah ficou irritado quando soube. — Ele estende o dinheiro. — Ela fez isso por você.

Puta da vida. Estou mais do que puta da vida.

— Não quero a caridade dela.

Ela não fez isso por mim. Ela fez pelo Noah e pelo Isaiah, mas principalmente para eu ficar devendo para ela, e ela sabe que orgulho é uma das poucas coisas que eu tenho por direito.

O Isaiah diminui a distância entre nós e enfia as notas no meu bolso de trás antes que eu tenha a chance de me afastar.

— Pega. Quero que você tenha dinheiro pro caso de ter que fugir de repente. É minha dívida.

O bolo de dinheiro parece pesado no meu bolso de trás. Apesar de eu estar determinada a terminar este ano, também sei que a vida é um saco. É melhor estar preparada.

O sinal toca, marcando o fim do almoço.

— Preciso ir.

Quando passo por Isaiah, ele pega o meu braço.

— Mais uma coisa. — Os olhos dele escurecem e ficam sombrios. — Me liga. A qualquer hora. Eu juro que vou atender.

— Eu sei. — Levo um segundo para reunir coragem para dizer isso, mas ele é meu melhor amigo e merece as palavras. — Obrigada.

— Tudo por você. — O Isaiah me solta e, enquanto caminho de volta para a escola, meus dedos alisam a área onde a minha pele ainda queima com o toque dele. Ele é meu amigo... meu único amigo.

Puxo a maçaneta da mesma porta por onde escapei, e meu coração afunda quando a porta não se abre. Não. Quebrei a regra suprema de matar aula: sempre garantir que você consiga voltar. Giro a maçaneta. Nada. Giro a maçaneta da outra porta. Mesmo resultado. O medo faísca fundo no meu estômago e se torna um incêndio de pânico num instante. Não consigo voltar, o que significa que vou ser descoberta quando não aparecer para a próxima aula. Quando o Scott souber, vai surtar.

Com as duas mãos, agarro a maçaneta de novo.

— Vamos lá! — grito, e a porta cede. Uma mão aparece, agarra o meu braço e me arrasta para dentro do prédio.

Dou uma olhada no meu salvador, e minhas entranhas se desmancham quando vejo o par de olhos castanho-claros mais lindos me encarando. Para estragar o momento, o dono dos olhos fala.

— Não tenho certeza se era isso que seu tio queria dizer quando falou pra eu te mostrar a escola.

— Droga, minha vida é um saco — resmungo.

É o Ryan. Eu realmente odeio essa cidade.

RYAN

A Garota Skatista está do lado dos perdedores neste momento. Ela puxa o braço da minha mão e me encara com raiva com aqueles olhos azuis que não piscam.

— Não quero a sua ajuda.

Ganhar é muito bom. É maravilhoso. Tão bom que me deixa mais ligado do que qualquer outra coisa neste mundo. A tensão e a pressão que eu sempre sinto somem. Ganhar relaxa os músculos, faz com que eu me sinta mais autoconfiante, e é impossível não sorrir.

— Você pode não querer, mas precisa.

O segundo sinal toca, e a Beth esbarra no meu braço quando passa do meu lado de um jeito arrogante. Vinte pratas que ela acha que está atrasada para a aula.

— É só o segundo sinal.

Ela hesita e fica imóvel.

— Quantos são?

— Depois do almoço? — Ando casualmente até ela. Isso é muito divertido. — Três. Um pra terminar o almoço. Um sinal de alerta de dois minutos. Depois o sinal de atraso.

Ela solta um suspiro lento pelos lábios perfeitos, e o alívio relaxa seu rosto. Essa garota é sexy, mas também é difícil. Se eu não tivesse aceitado o desafio, ia jogá-la no compartimento evitar-como-uma-praga.

— Qual é sua próxima aula?

— Vai pro inferno. — A Beth se apressa pelo corredor, e eu sigo atrás num passo tranquilo.

Ouvimos o barulho de abrir e fechar armários. A conversa toma conta do corredor. As pessoas param e encaram quando a Beth se movimenta. Movimento — é exatamente isso que a garota faz. Ela mantém a cabeça erguida e domina o meio do corredor. Alguns alunos foram transferidos para esta escola desde o meu primeiro ano, e eles sempre passam as primeiras duas semanas tentando se misturar. A Beth não. Os quadris dela têm um balanço gostoso que atrai o olhar de todos os caras, incluindo o meu.

A Beth olha o número das portas, sem dúvida procurando a sala da quinta aula. Aperto o passo e me aproximo dela quando pega a tabela de horários amassada no bolso de trás. Ela passa o dedão na lista até encontrar o alvo: saúde/educação física.

As chances de vencer acabaram de aumentar a meu favor. Essa também é a minha próxima aula.

— Posso te mostrar onde é.

— Você está me seguindo? Se estiver, eu mando te darem uma surra.

— Manda quem? O cara com quem você estava se pegando nas árvores? — Tenho muita dificuldade para acreditar que um cara maneiro como o Scott Risk permitiria que sua sobrinha namorasse o Cara Tatuado, mas talvez tenha sido por isso que ele transferiu a Beth. Adoro gente que cuida da família. — Desculpa te falar isso, mas eu sei me defender.

A Beth está com uma expressão de raiva que poderia matar com o olhar.

— Se ameaçar o Isaiah de novo, *eu mesma* vou te dar uma surra.

Dou um risinho ao pensar na minúscula ameaça de cabelos pretos tentando me socar. Os socos dela seriam parecidos com um coelhinho mordendo um leão. Pelo modo como ela pressiona os lábios, percebo que a minha risada a deixou puta da vida. Hora de acabar com a palhaçada.

— Só estou tentando ajudar.

— Ajudar? Você está tentando ajudar a si mesmo. Você tem tesão no meu tio.

Um músculo perto do meu olho estremece. Em raras ocasiões, coelhinhos podem pegar raiva, e o Scott realmente me avisou que ela era dura na queda. Ele só não falou que a parte mais macia da garota parecia ter lâminas cortantes. Minha boca se abre para perguntar que diabos há de errado com ela quando a Lacy se infiltra entre nós e me lança um olhar de alerta.

— Eu cuido disso.

— Vem, cara. — O Chris levanta as sobrancelhas, e eu percebo que ele mandou a Lacy para perturbar a gente, achando que me interrompeu no meio de uma jogada. — Vamos pra aula.

— Vamos. — Aula. Quero ganhar o desafio, mas isso não vai acontecer se eu perder o controle. Sigo o Chris, querendo fazer qualquer coisa para me afastar da Beth.

BETH

No instante em que o Ryan vira de costas, eu me encosto num armário roxo. O cheiro acre de tinta fresca invade meu nariz. Alerta — o maldito armário acabou de ser pintado, e eu vou ficar com tinta roxa na bunda.

Um corredor cheio de adolescentes desconhecidos me olha como se eu fosse um animal enjaulado no zoológico. Engulo em seco quando duas garotas passam dando risinhos. As duas esticam o pescoço para ver melhor a nova esquisita da escola.

As pessoas julgam. Estão me julgando agora mesmo.

— Seu cabelo era loiro — diz a Lacy.

Qual é o problema das pessoas dessa cidade com o meu cabelo? Eu mal reconheço a garota que antes eu chamava de amiga. Avaliamos uma à outra na aula de inglês, tentando descobrir se a outra era mesmo quem pensávamos que era. A Lacy tem o mesmo cabelo castanho-avelã de quando éramos crianças. No mesmo comprimento, mas não tão fino. Agora está volumoso. Ela faz um sinal com a cabeça para o Chris, amigo do Ryan, indicando que é para ele seguir o Ryan e entrar na sala de aula, e é isso que ele faz.

— Você andava com gente legal — digo.

O canto direito dos lábios dela vira para cima.

— Eu andava com você.

— Foi o que eu acabei de dizer.

O sinal toca, e alguns retardatários correm para a aula. Sorte minha: tenho mais uma aula com o Ryan. Eu me afasto da parede, vejo se estou pintada e me sinto insegura quando a Lacy vem atrás.

As panelinhas se formam rápido como baratas quando uma luz brilha. O Ryan e outros caras relaxam numa mesa perto dos fundos como se fossem o presente de Deus para as mulheres. As calças jeans caras e as camisetas que exibem seus times idiotas favoritos gritam que eles são atletas. Mostro minha ficha de matrícula para um professor que está mergulhado numa conversa com outros dois atletas. Eles discutem beisebol, futebol americano, basquete. Blá-blá-blá. Deve ser uma coisa masculina ficar falando de bolas.

A Lacy se joga numa mesa vazia e chuta uma cadeira para eu sentar com ela.

— O Ryan disse que você atende por Beth.

Caio na cadeira e dou uma olhada para o Ryan. Ele rapidamente desvia o olhar. Meu sangue lateja — ele realmente estava me encarando? *Para*. O latejado diminui. *Claro que estava. Você é a esquisita, lembra?*

— O que mais o Ryan te disse?

— Tudo. Que te conheceu sexta à noite, e ontem com o Scott.

Merda.

— Então a maldita escola toda sabe.

— Não — ela diz, pensativa. A Lacy me olha, e percebo que ela está procurando aquela garota patética de muito tempo atrás. — Ele só contou pra mim, pro Chris e pro Logan. Aquele de cabelo preto ao lado do Ryan é o meu namorado, o Chris.

— Sinto muito.

— Ele vale a pena. — Ela faz uma pausa. — A maior parte do tempo.

Durante quatro aulas, as pessoas me ignoraram. Eu ajudei me sentando no fundo da sala e olhando com raiva para qualquer um que me encarasse por mais de um segundo. A Lacy batuca com os dedos na mesa. Dois elásticos pretos e finos de cabelo envolvem o seu pulso. Ela usa uma calça jeans de cós baixo e uma camiseta verde retrô com a imagem desbotada de um trevo de quatro folhas branco.

— Pra quantas pessoas você contou? — pergunto.

A batucada para.

— Contei o quê?

Abaixo a voz e cutuco o esmalte preto que resta nas minhas unhas.

— Quem eu sou e por que eu saí da cidade. — Estou jogando verde para colher maduro. Por causa da ficha de matrícula, ninguém chamou meu nome em voz alta durante a aula e ninguém falou do meu tio. Por hoje, sou anônima, mas quanto tempo isso vai durar? Também estou testando o nível de fofoca da cidade. O pai da Lacy era policial e foi o primeiro a entrar no trailer naquela noite.

— Pra ninguém — responde ela. — Você vai contar às pessoas sobre o seu tio quando estiver pronta. É doentio. Ninguém dava bola pro Scott até o campeonato mundial. Agora todo mundo adora ele.

Um grupo de garotas cai na gargalhada. Sobre a mesa, o mesmo tipo de bolsa na frente de cada garota com as unhas perfeitamente bem cuidadas. Claro, as cores e os tamanhos das bolsas são diferentes, mas o estilo é o mesmo. A loira que ri mais alto percebe o meu olhar, e eu jogo o cabelo sobre o ombro como um escudo. Eu a conheço e não quero que ela se lembre de mim.

— A Gwen ainda está encarando — diz a Lacy. — Pode levar alguns dias pra rodinha de hamster que faz o cérebro dela funcionar dar uma volta completa, mas ela vai te descobrir em breve.

Eu poderia gostar do sarcasmo se não estivesse distraída com a loira. Gwen Gardner. No verão antes do jardim da infância, a mãe da Lacy sugeriu ao Scott que eu fosse com ela para a Escola Bíblica de Férias. Coloquei meu vestido preferido, um dos dois que eu tinha, prendi o máximo de fitas que consegui no cabelo e entrei na sala. Um grupo de garotas usando vestidos bonitos e rodados me cercou quando eu me apresentei. Ao som das risadinhas e dos sussurros das outras garotas, a Gwen começou a apontar todos os furos e manchas no meu vestido adorado.

Esse foi o ponto alto do meu relacionamento com a Gwen. Dali em diante, só piorou.

— Ela ainda é uma vaca? — pergunto.

— Pior. — O tom da Lacy diminui. — Mas todo mundo acredita que ela é uma santa.

— E eu achava que o terceiro ano era um saco.

A Lacy bufa.

— Imagina como foi enfrentar do quinto ao oitavo ano e os primeiros sutiãs com ela. Juro que o peito da garota cresceu entre o quinto e o sexto ano. Graças a Deus o Ryan terminou com ela na primavera passada. Eu não aguentava mais ficar perto dela.

É claro que o Ryan namorou a Gwen. Tenho certeza que o rompimento é temporário e que eles vão se casar em breve e criar toneladas de outros filhotes perfeitos de Satã para torturar as futuras gerações de pessoas como eu.

Caímos num silêncio esquisito. É estranho conversar com a Lacy. Costumava ser nós duas contra o mundo. E eu fui embora. Achei que, na minha ausência, ela tinha se tornado uma delas — as garotas perfeitas. Ela tinha potencial para isso. Os pais dela tinham dinheiro. A mãe dela poderia ter comprado roupas para ela. A Lacy era bonita e divertida. Por algum motivo insano, ela ficou comigo — a garota que tinha dois vestidos e morava no estacionamento de trailers.

Arranco o restante do esmalte. Ontem, a Allison me comprou um esmalte num tom feio de lilás. Como é que alguém pode olhar para mim e pensar em lilás?

— O que o seu pai te contou?

O dedo mindinho da Lacy batuca várias vezes na mesa.

— Que ele foi chamado pra ir à sua casa e que depois você se mudou pra outra cidade.

Surpresa, levanto o olhar para ver a sinceridade nos olhos escuros dela.

— Só isso?

— Todo mundo acha que o Scott apareceu e te salvou. O meu pai e os outros caras que foram lá naquela noite deixaram esse boato se espalhar. — Ela franze a testa. — Foi isso que aconteceu, né? Você ficou morando com o Scott?

Eu coço a bochecha, tentando esconder qualquer reação que ela possa perceber. Eu poderia mentir e dizer que sim, mas isso seria como se eu tivesse vergonha da minha mãe. E eu não tenho vergonha. Eu amo a minha mãe. Devo muito a ela. Mas às vezes...

— Eu chorei por três meses quando você foi embora — continua a Lacy. — Você era minha melhor amiga.

Eu também chorei. Muito. Graças a mim e às minhas decisões idiotas, minha mãe perdeu tudo e eu perdi minha melhor amiga. Essa sou eu — um furacão que só deixa destruição.

— Vai sentar com as suas amigas, Lacy. Eu sou encrenca.

— Nessa sala, aqueles dois caras sentados ali são os únicos amigos de verdade que eu tenho. — Ela batuca mais uma vez com os dedos. — E você.

Levanto uma sobrancelha.

— Sua vida deve ser um saco, então.

Ela ri.

— Na verdade, não. É boa.

O professor pede silêncio, e eu afasto um pouco a minha cadeira da Lacy. Um alicate invisível e desconfortável aperta o meu peito. As pessoas normais não gostam de mim. Elas não querem ser minhas amigas, e aqui tem alguém me oferecendo amizade por vontade própria.

Quando o professor faz a chamada, lê o nome do Ryan, e ele responde com um profundo e tranquilizante "Presente".

Aproveito a oportunidade, dou uma olhada na direção dele e vejo que ele está me encarando de novo. Sem sorrir. Sem raiva. Sem arrogância. Só uma expressão concentrada misturada com incerteza. Ele coça a nuca, e sou atraída para os bíceps. Meu estômago traidor se agita. Meu Deus, o garoto pode ser um babaca, mas tem um corpão.

E caras como ele *não* se apaixonam por garotas como eu. Eles só me usam.

Forço o olhar para frente, puxo os joelhos em direção ao peito e os envolvo com os braços. A Lacy invade o meu espaço e sussurra:

— Estou feliz de você ter voltado, Beth.

Uma lasca de esperança ultrapassa minhas barreiras, e eu fecho as portas todas com força. Emoções são uma coisa do mal. As pessoas que me fazem sentir algo são as piores. Eu me conforto com a pedra dentro de mim. Se eu não sinto, não me machuco.

RYAN

Esperando o jantar de domingo, posso observar várias coisas do sofá onde estou sentado na sala de estar da casa do prefeito. Por exemplo, a boca reta do meu pai e o ângulo de seu corpo em direção ao sr. Crane sugerem que o meu pai está falando de negócios. Negócios sérios. Minha mãe, por outro lado, está dando risadinhas ao lado da esposa do prefeito e da esposa do pastor, mas o modo como ela mexe nas pérolas do colar me diz que está ansiosa. Isso significa que alguém fez uma pergunta sobre o Mark.

Minha mãe sente saudade dele. Eu também.

O poder da observação. É uma habilidade necessária para jogar bola. O corredor que está na base vai tentar roubar? O rebatedor vai acertar a bola e jogá-la para fora ou vai bater uma bola de sacrifício para marcar ponto com o corredor da terceira base? A Garota Skatista é tão durona quanto eu imaginei?

Nas duas últimas semanas, observei a Beth perambulando pela escola. Ela é interessante. Nada parecida com as garotas que eu conheço. Ela senta sozinha no almoço e come uma refeição completa. Não uma salada ou uma maçã. Uma refeição completa. Tipo um prato principal, dois acompanhamentos e uma sobremesa. Nem a Lacy faz isso.

A Beth senta nos fundos em todas as aulas, exceto em saúde/ginástica, quando a Lacy pacientemente puxa assunto, apesar de a Beth ficar calada. Às vezes a Lacy consegue fazê-la dar um sorriso, mas é raro. Eu gosto quando ela sorri.

Não que eu me importe se ela está feliz nem nada assim.

O que eu acho mais interessante é que, apesar de ser a srta. Antissocial, ela não evita as pessoas. É, muitos alunos se escondem mesmo estando visíveis. Eles se agacham e entram na biblioteca antes das aulas ou na hora do almoço. Eles evitam o contato visual e andam nas sombras, como se pudessem ir à escola e nunca ser percebidos. A Beth não. Ela defende o próprio território. É dona do espaço em volta dela e dá um sorriso presunçoso quando alguém se aproxima demais, como se desafiasse a pessoa a enfrentá-la. Um sorriso presunçoso que me excita.

— Você está pronto para a prova de amanhã? — pergunta a sra. Rowe, professora de inglês, encostando no braço do sofá. Ela também é filha do prefeito. Enquanto todo mundo usa terno, gravata ou vestidos conservadores, a sra. Rowe usa um vestido hippie com estampa de margaridas. Hoje, o cabelo dela está roxo.

Considerando as brigas que a minha família teve por causa do Mark, fico curioso para saber das discussões que acontecem atrás das portas fechadas desta casa. Ou talvez outras famílias encontrem um jeito de se entender.

— Sim, senhora. — Para desestimular a conversa, enfio um camarão enrolado com bacon na boca. Meu pai gosta que eu participe dessas reuniões ocasionais aos domingos. Sou útil quando os homens discutem esportes. Eu costumava ser mais útil quando namorava a Gwen. O pai dela é o delegado, e as amigas da minha mãe achavam que éramos "fofos juntos".

— Eu odiava essas coisas quando tinha a sua idade — continua a sra. Rowe. Enfio outro camarão na boca e aceno com a cabeça. Se ela odiava, imagino que lembra que essas conversas inúteis são fisicamente dolorosas. — Meu pai me fazia participar de todos os jantares que ele oferecia.

Engulo e percebo que, nos quatro anos desde que tenho idade suficiente para representar a família, nunca vi a sra. Rowe participar de uma dessas reuniões. Penso em perguntar por que ela está aqui hoje, mas depois lembro que não me importo. Pego uma almôndega.

— Eu li seu trabalho — diz ela.

Dou de ombros. Ler o meu trabalho é a função dela.

— É bom. Aliás, é muito bom.

Meus olhos disparam até os dela, e xingo por dentro quando ela sorri. Droga, não devia importar se estava bom. Eu quero jogar bola, não quero escrever. Faço questão de olhar na direção oposta.

— Já pensou em transformá-lo em um conto?

Para isso eu tenho resposta.

— Não.

— Pois devia.

Dou de ombros de novo e procuro na sala um bom motivo para escapar — tipo as cortinas pegando fogo.

Um sorriso dissimulado se espalha no rosto dela.

— Escuta, eu recebi ótimas notícias e estou muito feliz por não ter que esperar até amanhã para compartilhar. Você se lembra do projeto de redação que fizemos no ano passado?

Seria difícil esquecer. Passamos o ano todo devorando livros e filmes. Depois a gente dividia tudo em partes, como se fossem máquinas, para ver como as partes trabalhavam em conjunto para criar a história. Depois disso, a sra. Rowe estalou o chicote e fez a gente escrever alguma coisa nossa. A maldita aula mais difícil que eu já fiz, e eu adorei cada segundo. Mas também odiei. Quando eu ficava muito interessado ou muito ansioso na aula, os caras do time me pressionavam.

— Lembra que eu inscrevi todo mundo no concurso literário estadual?

Faço que sim com a cabeça, mas a resposta é não. Só porque eu adorava essa aula não significa que eu ouvia tudo que ela dizia.

— Por quê? A Lacy ganhou? — Ela escreveu um conto maravilhoso.

— Não...

Como outra almôndega. Que saco. A Lacy ficaria empolgada se vencesse.

— Você está na final, Ryan.

A almôndega escorrega na garganta, e eu engasgo.

Trocando as roupas formais por calça de ginástica e uma camiseta dos Reds, eu me recosto na cadeira e encaro o trabalho de casa que entreguei para a sra. Rowe. Em quatro páginas, o pobre George acordou e descobriu que tinha se transformado num zumbi. Minha frase favorita é a última:

> Encarando as próprias mãos, mãos que um dia provavelmente iam matar, George engoliu a percepção doentia de que tinha se tornado absolutamente impotente.

Por que é minha favorita, eu não sei. Mas todas as vezes que a leio algo se revira dentro de mim, um tipo de sentimento de vingança.

Passo a mão pelo cabelo, incapaz de compreender que estou na final do concurso. Talvez mais tarde o inferno congele e burros saiam voando da minha bunda. Tudo parece possível neste momento.

Giro a cadeira e analiso meu quarto. Troféus, medalhas e faixas de campeonatos estão espalhados pela parede, pelas prateleiras e pela minha cômoda. Uma flâmula dos Reds está pendurada sobre a minha cama. Eu entendo de beisebol. Sou bom nisso. Eu deveria ser. O beisebol é a minha vida.

Sou Ryan Stone — jogador, atleta, líder do time. Mas Ryan Stone — escritor? Dou um risinho para mim mesmo quando pego a papelada sobre a mesa. Ela descreve em detalhes como seguir para a próxima fase do concurso literário, como ganhar. Nenhuma vez na vida eu recuei diante de um desafio.

Mas isso... isso está além do que eu sou. Largo os papéis sobre a mesa de novo. Preciso me concentrar no que é importante, e não é escrever.

BETH

A ginástica é abominável para a autoestima. Enquanto troco a camisa branca amassada pelo traje de ginástica obrigatório — uma camiseta rosa da escola e shorts combinando —, dou uma olhada nas outras garotas. Elas fofocam enquanto trocam de roupa. A maioria escova o cabelo. Algumas ajeitam a maquiagem. Todas magras. Todas em forma. Todas lindas. Eu não. Sou magra, mas não sou bonita.

As garotas que realmente me irritam são aquelas a quem Deus deu tudo: dinheiro, boa aparência e peitos grandes. A Gwen é a pior. No instante em que entra no vestiário, ela tira a blusa e anda livremente com o sutiã de renda. É seu lembrete silencioso de que nós, de peitos pequenos, somos inferiores.

Saio correndo do vestiário e relaxo quando percebo que o ginásio está vazio. Na maior parte da escola o celular não pega, mas não no ginásio. Preciso desesperadamente falar com a minha mãe. Já se passaram duas semanas desde que falei com ela, e as últimas palavras dela para mim foram as patéticas "por favor... condicional" no estacionamento. O Trent não deixou que ela se despedisse de mim na delegacia. Meu Deus, eu odeio esse cara.

Eu me agacho sob a arquibancada, tiro o celular do bolso do short e ligo para a minha mãe. Liguei várias vezes ao longo das últimas duas semanas, mas ela nunca atende. A qualquer horário depois das quatro da tarde ela está no bar. Minha mãe uma vez me disse que você só é alcoólatra quando bebe antes do meio-dia. Ainda bem que ela nunca acorda antes das três.

O telefone toca uma vez e, em seguida, três bipes altos atendem. Uma voz calma e irritante fala a mensagem maldita: "Desculpe, o número que você discou foi desligado".

O arrependimento vira um peso no meu estômago. No mês passado, eu podia pagar a conta de luz ou a conta de telefone com o cheque de incapacidade da minha mãe. A empresa de eletricidade mandou um aviso de corte. Achei que tinha mais tempo com a conta de telefone. Escolhi a conta de luz.

Minha garganta se fecha e meus olhos queimam. Droga — minha mãe. Eu fiz merda. De novo. Quem diria. Eu devia ter pagado a conta de telefone. Devia ter dado um jeito. Podia ter passado mais horas fazendo o estoque da Dollar Store. Podia ter engolido meu orgulho e pedido dinheiro ao Noah ou ao Isaiah. Podia ter feito muitas coisas e não fiz. Por que eu sou tão errada?

De repente, desejo que fossem dez da noite. O Isaiah e eu conversamos toda noite. Normalmente, não por muito tempo. Só alguns segundos, mais ou menos. Ele não é muito de falar no telefone por natureza, mas, na primeira vez que eu liguei, ele me pediu para ligar toda noite, e eu faço isso. A voz dele é a única coisa que me mantém equilibrada.

Guardo o celular no bolso enquanto todo mundo entra no ginásio. Eles conversam e riem, alheios aos problemas reais do mundo real. Preciso conseguir uma carona até Louisville, e rápido. Uma pontada atinge a minha cabeça e ameaça se transformar em dor de cabeça quando a Lacy se afasta do Chris e do Ryan para se juntar a mim. Não estou no clima para isso — hoje não.

— Você se trocou rápido — diz a Lacy. — Está tudo bem? Você parece chateada.

— Estou bem. — Mas sinto vontade de secar os olhos. De algum jeito, eles estão molhados e inchados, e eu me recuso a tocar neles perto da Lacy ou de qualquer outra pessoa. Eu nunca choro e nunca vou deixar ninguém acreditar que eu sou capaz desse ato imbecil.

— Reunião de cinco minutos! — grita o sr. Knox, nosso professor de ginástica.

Ele tem um apito brilhante no pescoço.

— No quadro de avisos tem todos os exercícios que vocês precisam fazer pra receber crédito nessa aula. Vamos passar três dias no ginásio e dois na sala de aula. Alguns exercícios podem ser feitos sozinhos. Outros exigem trabalho em equipe. Vocês têm duas oportunidades para me impressionar, então sugiro que usem seu tempo com sabedoria e não venham me pedir crédito, a menos que tenham praticado tudo até a perfeição.

Encaramos o professor em silêncio.

O sr. Knox aponta para trás com o dedão.

— Ao trabalho.

Eu me demoro atrás dos outros, rezando para poder fazer a maioria dos exercícios sozinha. Minhas entranhas se reviram quando vejo as pessoas se agrupando em duplas e trios para fazer as tarefas. Sozinha, eu me aproximo do quadro e suspiro tão pesado que o papel do cartaz se mexe. Claro que consigo convencer o sr. Knox de que eu, sozinha, sou uma pirâmide de quatro andares.

— Você pode trabalhar comigo.

Meu coração gagueja ao som da voz do Ryan. Droga, por que eu tenho que achar tudo atraente nesse garoto? A voz, o rosto, os bíceps, o abdome... *Para!* Cruzo os braços sobre o peito e viro para encarar o garoto.

— Achei que tínhamos um acordo.

— Não. Você deu um ataque no primeiro dia de aula. Isso não constitui um acordo.

O Ryan não está usando o boné de beisebol, e eu adoro. O cabelo loiro-areia tem um tom dourado. É arrumado-e-ao-mesmo-tempo-desarrumado, numa bagunça de cachos que escapam em várias direções. Presta atenção, Beth. Caras gostosos não se apaixonam por perdedoras.

— Me deixa em paz.

Eu me afasto do Ryan, porque ele não dá sinal de que vai se afastar de mim. Pilhas de equipamentos se alinham na parede do outro lado do ginásio. Um dos quatro exercícios que eu posso fazer sozinha é pular corda. Posso fazer isso. Eu acho. Eu costumava pular corda quando era criança.

Pego uma das cordas, e outras vinte caem junto. Todas com nós e entrelaçadas. A Gwen e um grupo de garotas dão risinhos enquanto me observam como se eu fosse boba. Eu me pergunto se elas vão continuar rindo quando eu virar e lhes der uma surra com o nó das cordas de pular do inferno.

— Dinâmica da confiança. — A Lacy se teletransporta magicamente na minha frente.

Ainda segurando as cordas, levanto o olhar para ela.

— O quê?

— Dinâmica da confiança. Eu e os meninos vamos fazer, e você vai fazer com a gente.

— Não vou, não.

— Vai, sim. Precisa ter pelo menos duas garotas no grupo.

Pisco duas vezes.

— Vai chamar uma das garotas que estão se penteando como se fossem macacos.

— Elas não são garotas. São abutres.

O Ryan e o Chris nos observam. O outro estuda a plataforma de um metro e meio da qual devemos "cair".

— O que aquele cara de cabelo preto está fazendo nessa aula? — pergunto. Ele não estava aqui na semana passada, mas está na minha aula de inglês e teve culhão para me provocar no primeiro dia. O cara da plataforma tem sorte de estar vivo.

A Lacy faz um gesto de desprezo em direção a ele.

— É o Logan. Ele tirou uma nota alta demais em matemática e tiveram que refazer o horário de aulas dele. O resto não é importante. Vem. — Ela pega a minha mão, e a corda se arrasta atrás de mim até eu me lembrar de largar.

Ela me solta quando chegamos à plataforma. O Ryan me dá um sorriso condescendente.

— Mudou de ideia? Não se preocupe, a maioria das garotas faz isso quando se trata de mim.

Eu queria enfiar a cabeça num buraco e me esconder. Como não dá, faço a melhor coisa possível.

— Você teve que subornar essas garotas com tacos ou isso foi só comigo?

O Chris e o Logan dão risinhos, e o Ryan vira as costas para mim. Do outro lado do ginásio, a Lacy chuta um enorme colchão de espuma. Os garotos a acodem, levantam o gigantesco colchão como se não pesasse nada e o jogam em frente à plataforma. Uma faísca de pânico se agita dentro de mim.

— Pra que é isso?

— Pro caso de deixarmos você cair — responde o Logan.

— Pro caso do quê? — Frenética, observo a plataforma de madeira, que parece um trampolim de piscina pública. Não sei nadar e não sei pular.

— Deixarmos você cair — repete ele.

A Lacy dá um tapão na nuca do Logan.

— Para. Não vamos deixar você cair.

Claro que não vão, porque eu não vou pular. Dou um passo para trás.

— Qual é o plano, chefe? — pergunta o Logan, olhando para o Ryan. Eu bufo, e o Ryan olha para mim de relance. Claro, eles veem o cara perfeito como um líder destemido.

O Ryan coloca o colchão centralizado com a plataforma.

— Cada um de nós faz um treino. Aperfeiçoamos a técnica e depois mostramos ao treinador. Logan, você primeiro. Desse jeito, se estivermos com a técnica errada, derrubamos um cara, e não uma garota.

O Chris, o Ryan e a Lacy se juntam ao redor do colchão. Fico plantada no mesmo ponto.

— Se você é o chefão, por que não vai primeiro?

— Porque o Logan é maluco e iria primeiro mesmo que eu não pedisse. Pelo menos agora tem alguém aqui pra pegar ele.

— Verdade — acrescenta a Lacy. — O Logan é inteligente demais pra ter bom senso.

— Pra ter medo. — O Logan senta na plataforma, e as pernas ficam penduradas na lateral. — Inteligente demais pra ter medo.

A Lacy dá de ombros.

— É a mesma coisa.

— Não é, não.

— É, sim.

— Cala a boca — diz o Ryan. — Vem, Beth. Você e a Lacy ficam na direção dos pés dele. O Chris e eu pegamos as costas.

— Por quê, pra gente levar um chute na cabeça? Isso é muito nobre.

— Não — responde o Ryan com paciência forçada. — O Logan é maior na parte de cima. O Chris e eu vamos ficar com a parte mais pesada.

O Logan soca o peito.

— Parede sólida, baby.

— Menos conversa e mais pulo — diz o Chris. — Vem, cara.

Assumo meu lugar em frente à Lacy. Sem me dar muita chance, ela pega as minhas mãos e, segundos depois, apertamos com mais força quando pernas pesadas caem nos nossos braços.

— Filho da puta, Junior — xinga o Chris. — Você devia fazer uma contagem regressiva antes de pular. Larga a bunda dele.

Okay. A Lacy e eu soltamos, e o Logan cai o resto do caminho até o colchão. Ele ri enquanto se levanta tropeçando.

— Vocês me pegaram direitinho.

— Minha vez! — A Lacy pula sobre o colchão e sobe na plataforma.

O Ryan assume o lugar da Lacy na minha frente e me oferece as mãos. Olho para elas. Eu não toco nas pessoas, e elas não me tocam. Quer dizer, a Lacy me tocou, mas é diferente. Nós éramos amigas, mesmo que tenha sido muito tempo atrás. O suor se acumula nas palmas, eu as esfrego no short e coloco as mãos sobre as do Ryan. Seus dedos se entrelaçam nos meus. A pele dele é a mistura perfeita de força e calor, e seu toque me faz estremecer. Passei duas semanas torturantes sem cigarro, e realmente desejo um agora.

— Tudo bem, Lace — diz o Ryan naquela voz profunda e tranquila. — Quando você estiver pronta.

O Ryan e eu estamos de mãos dadas há cinco segundos.

— É meio alto. — A Lacy está em pé na beira da plataforma. Um pouco daquele fogo que mora constantemente nos olhos dela diminui.

O Ryan me dá aquele sorriso glorioso — o fofinho, com um toque de covinhas. Um calor em espiral se espalha pelo meu sangue. Droga, eu gosto desse sorriso.

— Você consegue, baby — diz o Chris.

O dedão do Ryan se mexe nas costas da minha mão, e cada célula do meu ser se torna uma tomada elétrica. Estamos de mãos dadas há dez segundos.

— Eu sei. — A Lacy não parece saber. Parece tão insegura como eu me sinto para pegar a garota. — Talvez um de vocês, meninos, devesse ir.

— Vira, Lace, e cai de costas. — O Ryan usa um tom gentil, mas de comando. Apesar de falar com a Lacy, ele mantém os olhos castanho-claros brilhantes grudados em mim. O dedão dele passa de novo pela minha mão, provocando outra parada no meu coração. — Você consegue e sabe que a gente vai te pegar.

Eu me pergunto como seria se ele me segurasse desse jeito nos braços dele. Será que eu me sentiria viva como me sinto agora?

— Você está certo. — Ela suspira. — Me dá um segundo.

Minhas mãos suam de novo, e eu não quero mais pensar no meu corpo deitado perto do dele nem em visões das mãos dele sobre a minha pele nem de ter esperanças de o sorriso dele ser para mim. Não quero ninguém me tocando. Especialmente caras que são fortes e quentes e meio bonitinhos e podem fazer meu coração gaguejar. Tento me afastar, mas o Ryan aperta minha mão com mais força.

— O que você está fazendo?

— Ela não vai conseguir — digo. — E ela não deveria ser obrigada a isso.

O Ryan me analisa por um segundo.

— Ela consegue, sim. A Lacy pode fazer tudo que quiser.

Tento puxar os braços, mas o aperto do Ryan é forte demais.

— Isso é uma idiotice. — O pânico toma o meu cérebro e me faz ficar meio maluca. — Tudo isso é uma idiotice. Qual é o propósito imbecil?

— Aprender a trabalhar juntos como equipe e confiar uns nos outros. — A voz do Ryan se torna um bálsamo calmante sobre o meu pânico até eu descobrir quanto eu quero ouvir. Isso não é bom. Nem um pouco. Não era assim que funcionava o flautista de Hamelin? Ele tocava alguma coisa e todos os ratos se afogavam, né?

— Não faço parte da sua equipe idiota.

— Eu sei, mas vamos fingir por alguns segundos que você faz.

— Ela está pronta — diz o Chris.

Um microssegundo depois, os Nikes da Lacy estão a centímetros do meu rosto. Descansando segura em nossas mãos, ela ri.

— Isso foi ótimo. Vamos fazer de novo.

O Ryan me solta e ajuda os caras a colocarem a Lacy de pé. Dou um passo para trás e esfrego para tirar qualquer traço do Ryan das minhas roupas. Não quero mãos fortes segurando os meus braços. Não quero fazer parte de uma equipe e certamente não preciso provar nada pulando de uma plataforma.

— Sua vez, Beth — diz o Ryan.

— Não. — A palavra sai automaticamente.

— Você vai ter que fazer isso em algum momento, então vamos fazer logo.

— Eu juro que não é tão ruim. — A Lacy voa até o meu lado. — No início, eu estava pensando "De jeito nenhum", mas o Ryan disse "Você consegue", e eu pensei "Não consigo", depois pensei "Esses caras nunca me deixariam cair" e falei "Okay" e fui lá e pulei e foi um barato.

O Logan e o Chris me olham preocupados. Eles me deixariam cair. Assim como o Ryan definitivamente me deixaria cair.

— Que tipo de jogo você está jogando? — pergunto ao Ryan.

Ele estreita os olhos.

— O quê?

— Você usou a Lacy pra me atrair pra cá. Seu plano era me fazer acreditar que eu poderia confiar em você e depois me deixar cair só pra todo mundo poder rir? — A cada palavra, minha voz fica mais alta, e meu coração bate com mais força no peito.

Ele sacode a cabeça.

— Não.

Viro de costas e vou em direção ao vestiário. Vou dizer que estou com cólica e sangue e ciclos e tampões e vou ficar falando palavras como *menstruação* até o professor me liberar da aula. Quando estou quase entrando no vestiário, o corpo grande do Ryan aparece na minha frente.

— Aonde você pensa que vai?

— Sai daqui — digo.

Ele aponta para mim.

— Você faz parte dessa equipe e vai nos ajudar até terminarmos essa tarefa.

— Não — eu cuspo. — Não faço parte da sua equipe perfeita.

— Volta pra lá.

— Sabe por que é bom viver nos Estados Unidos? Porque você não pode me obrigar a fazer nada. — Então empurro o corpo dele com o meu e entro na segurança do vestiário.

RYAN

O treinador Knox nos fez ir para o vestiário mais cedo, e eu me apressei para me vestir. A Beth vai ser uma das primeiras garotas a sair, já que foi a primeira a entrar. Eu e ela temos assuntos pendentes. Ela deixou a minha equipe numa situação difícil, além de arruinar os meus planos de chamá-la para sair.

No topo da arquibancada de madeira, ela está sentada sozinha, com as costas apoiadas na parede de tijolos cinza e as pernas esticadas. O cabelo preto repousa atrás dos ombros, e ela digita num celular com os dedões. Um sorrisinho curva seus lábios. Está com uma aparência que eu nunca vi... quase em paz.

Escalo a arquibancada, dois degraus de cada vez. O barulho oco dos meus passos ecoa no ginásio vazio. A Beth fecha o telefone de repente e o enfia no bolso de trás. O sorrisinho e a paz desbotam quando ela oficialmente coloca as garras para fora.

— Vocês, populares, não deviam estar honrando as massas com sua presença no vestiário, deixando nós, os perdedores, em paz?

— Precisamos conversar.

— Bom, eu quero ficar sozinha.

Anotado, mas ela ficar sozinha não vai me ajudar a vencer o desafio.

— O ano vai demorar pra passar se você continuar afastando todo mundo. Posso te ajudar a se enturmar, sabia?

Num movimento lento e sexy, a Beth desliza o cabelo macio para trás da orelha.

— Entendi. Você quer fazer caridade. Admirável, mas acho que vou dispensar.

Como ela faz isso, eu não sei, mas ela tem um balanço hipnotizador e uma voz sedutora que podem me fazer esquecer, por alguns segundos, por que eu não gosto dela. Depois meu cérebro reproduz seus comentários sarcásticos. Ignorando minha admiração pelo seu corpo e o fato de eu adorar o som da sua voz, eu me sento na fileira abaixo da dela.

Ela balança os dedos no ar.

— Sai daqui — diz, como se falasse com um cachorro. — Xô.

Pegar leve. Já fiz isso muitas vezes. Jogar charme. Ignorar o fato de ela ter me desprezado quando pedi para ela ficar comigo na ginástica. Fingir que eu não tive que recorrer à Lacy para atingir minha meta. Repetir várias e várias vezes que eu não me importo de ela ter abandonado uma equipe que dependia dela.

— Você está bonita.

Ela dá uma olhada nas próprias roupas: calça preta — bacana, justa — e outra camisa branca de botão, só que essa tem mangas bufantes. Definitivamente não é o estilo que ela usava quando a conheci. Na Gwen, essas roupas pareceriam ter saído de um desfile de moda. Na Beth... me fazem sentir falta da calça jeans rasgada.

— Ótimo pra um palhaço mambembe. O que você está querendo?

Que ela me dê uma porcaria de trégua.

— Sai comigo.

— Você está tentando pegar a sobrinha pra impressionar o Scott ou uma transa pra impressionar os seus amigos?

Um músculo no meu maxilar pula, e seus olhos que tudo veem percebem. Passei a detestar esse sorriso perverso. Seja legal. Mesmo que ela não seja. Ficar com raiva não vai me ajudar a conquistá-la. Além do mais, ela não está muito errada.

— Tem uma festa ao ar livre na sexta à noite. Seria uma boa oportunidade para conhecer pessoas, em vez de afastar todo mundo.

Ela se inclina para perto, e eu sinto o aroma distinto de rosas.

— Vou te contar um segredo. Eu meio que gosto de afastar as pessoas. Combina bem com a minha atitude de essa-escola-pode-comer-merda-e-morrer.

Que diabos há de errado com essa garota?

A Beth relaxa de novo na arquibancada.

— Vou te perguntar de novo: qual é a jogada, Atletinha?

— Não tem jogada nenhuma — digo rápido demais e tento desacelerar. A porta do vestiário se abre, e eu ouço risadas quando as pessoas entram no ginásio. Tenho segundos para impressionar a garota antes de a arquibancada ficar cheia. — Você é bonita, Beth. — De repente, é difícil olhar para ela. Ela é bonita. Mais do que bonita. Encaro os meus sapatos. Presta atenção, Ryan. Ela é um desafio.

— Eu sou bonita? — A Beth levanta a voz, e eu dou uma olhada para os outros alunos que estão subindo a arquibancada e assumindo seus lugares. A conversa deles para, e eles nos observam. Não era assim que esse momento devia acontecer. — Eu sou bonita — ela repete, alto o suficiente para o ginásio inteiro ouvir. A faísca maligna no seu olhar me diz que ela está gostando do linchamento social. — Essa é a melhor cantada que você conseguiu? Vamos acelerar essa conversa toda pra você parar de desperdiçar o meu tempo. — Ela vira a palma da mão para cima, e, apesar de a tinta ter sumido, eu ainda vejo a minha derrota: *não consegue.*

O Tim Richardson imita o assobio de uma bomba caindo do céu e usa a própria mão para criar a explosão.

— Cai e queima, Ry. Bom saber que a novata tem alguns padrões. Quando tiver terminado de brincar com o jogador de bola, Beth, pode vir brincar comigo.

— Sai fora, Tim — digo, num tom de alerta baixo e claro. Se ele quiser me atingir, tudo bem, mas deixe a Beth fora disso. Garotas precisam ser tratadas com respeito.

— Não finge que você está tentando me defender. — Os olhos da Beth se estreitam. — Você está revoltado porque não estou jogada aos seus pés te adorando, como o resto dessa escola patética.

Mais risadas da multidão. Idiotas. Ela também arrasou com eles.

— Você não vai aguentar — sussurra ela. — Fica longe de mim, porra. Foda-se. Posso fazer qualquer coisa.

O treinador sopra o apito, e a turma toda vira para ele.

— Última tarefa do dia. Precisamos de uma garota e um garoto do último ano para a corte do baile. Vamos começar com os garotos.

Várias mãos se levantam. Eu não vou aguentar? Ela está muito enganada.

— Levantem a mão se quiserem o Tim Richardson. — O treinador acena com a cabeça enquanto conta as mãos levantadas.

Sou o rei nessa escola. Posso ganhar qualquer desafio, a qualquer momento. Ganhar qualquer jogo. Se ela quer jogar, vamos jogar. Ela não quer que o mundo saiba que ela é sobrinha do Scott Risk. A Garota Skatista me humilhou e está prestes a descobrir que uma virada faz parte do jogo justo.

— Agora as garotas — diz o treinador.

Minha mão se levanta no ar ao mesmo tempo que a de todos os outros, mas não vou dar chance para ninguém sugerir outro nome.

— Beth Risk.

As mãos se abaixam. Todos os olhares se alternam entre mim e a Beth. Os pés dela caem do assento, um depois do outro: *poft, poft*.

— O que foi que você disse?

— Você disse Risk? — o Tim pergunta. — Tipo Scott Risk? Tipo o deus do beisebol que acabou de se mudar de volta pra nossa cidade?

Uma onda de sussurros se espalha pelos alunos sentados na arquibancada, e o nome da Beth é o assunto de todas as conversas murmuradas. Ignorando o Tim, eu a encaro. Os olhos azuis da garota queimam como chamas gêmeas numa tocha. Quem não vai aguentar agora?

— Nomeio você, Beth Risk, para a corte do baile.

— Não. — Ela balança a cabeça. — Você não pode fazer isso.

— Sim. — Eu adoro vencer. — Posso, sim.

— Eu apoio — diz a Gwen com um sorriso reluzente no rosto, e bandeiras vermelhas se levantam. Ela quer ser a rainha do baile desde que tinha três anos de idade.

A Beth dá um pulo e se levanta, batendo o pé na arquibancada como uma criança pequena tendo um ataque.

— Não, você não pode. Nomeie você mesma.

— Tudo bem — diz a Gwen —, eu já fui nomeada no primeiro e no segundo período.

— Eu também. — E levanto as sobrancelhas para a Beth. — Nós vamos poder caminhar pelo campo juntos. Não vai ser divertido?

Ela está completamente parada, com a boca ligeiramente aberta, as mãos caídas nas laterais e os dedos espalhados. Eu finalmente peguei a garota que está pegando no meu pé há semanas.

O treinador Knox bate palmas para chamar nossa atenção.

— Todos que são a favor de adicionar a Beth à corte do baile de futebol americano levantem as mãos.

Com todos os olhares na Beth, a turma toda levanta as mãos. Todo mundo, exceto a Lacy. O olhar dela me atravessa queimando, mas ela mantém a boca fechada.

— Quem é contra? — pergunta o treinador Knox.

— Eu — grita a Beth.

Eu sorrio. Adoro vencer.

— Parabéns — diz o treinador numa voz entediada. — Você está na corte do baile.

— Que merda está errada com vocês?

O treinador aponta para ela.

— Senta aí e nada de palavrão.

O sinal toca. A Beth pega a mochila e se inclina na direção do meu rosto.

— Você é um cara morto.

BETH

O Garoto Arrogante — vou acabar com ele. *Blé*. O pior é o jeito como eles adoram o cara. Ryan isso. Ryan aquilo. Ryan é um deus. Ryan é um maldito idiota. Já conheci caras como ele. Que inferno, eu transei com um deles. Ou melhor, um deles me fodeu. Não sou mais uma garotinha boba e não vou mais me apaixonar por coisas que parecem bonitas.

Nossa professora de cálculo, de cabelo espetado anos 80, nos espia através de óculos gigantes.

— Quando eu chamar o nome de vocês, venham até a frente e escrevam a resposta no quadro. — Ela avalia a turma. — Morgan Adams, Sarah Janes, Gwen Gardner e Beth Risk.

Bato com a parte de trás da cabeça na parede. Droga. Isso é culpa do Scott. O orientador educacional idiota disse ao Scott que eu não ia conseguir acompanhar essa turma, mas meu tio insistiu para eu ser colocada no programa especial. O Scott me explicou isso naquela noite, quando comíamos tofu e a porcaria verde que a esposa dele chamava de jantar: que ia levantar minha autoestima.

— Então é verdade — diz alguém na frente da turma. — Seu sobrenome é Risk.

Clang. Clang. O som de correntes espremendo meus pulmões ecoa na minha cabeça. Desde o showzinho do Ryan no ginásio, a escola toda tem sussurrado quando eu passo, e dessa vez não é porque eu sou a esquisita da escola. Não, eles sussurram por motivos bem piores. Seus olhos invejosos e críticos me analisam porque eles querem me conhecer — ou melhor, conhecer o meu tio.

— Você é parente do Scott Risk? — pergunta uma garota de cabelo castanho curto.

Todo mundo na turma me observa. Minhas mãos começam a suar.

— Srta. Risk? — provoca a professora. Não tenho certeza do motivo pelo qual ela está me provocando: se porque eu sou a única que ainda não fui lá na frente ou porque não respondi à pergunta. Encaro o caderno vazio. O pânico empurra meu coração contra as costelas. O que eu faço?

Os lábios da professora se transformam num sorriso meloso.

— Por que você não satisfaz a curiosidade dos seus colegas de turma? — No primeiro dia de aula, o Scott se encontrou em particular com os meus professores para "garantir que eu estava nas melhores mãos possíveis". A bruxa flertou com o Scott até ele dar um autógrafo. Ela provavelmente mandou tatuar a cara dele na própria bunda.

O suor se forma na minha nuca enquanto o mundo balança. É muita coisa, são muitas mudanças. Perder minha mãe. Perder o Isaiah. Perder minha casa. Eu tentei. De verdade. Passei pelos corredores como uma esquisita reclusa. Essa resposta vai mudar tudo de novo.

— Sim.

Sussurros e comentários se agitam pela turma como o vento de uma tempestade que se aproxima. Nossa professora fica excepcionalmente feliz.

— Tenho certeza que a Beth vai adorar responder às perguntas de vocês sobre o tio dela fora da aula. Agora, srta. Risk, por favor, venha escrever sua solução para a equação de hoje.

— Não — digo sem pensar. Não para as duas coisas que ela falou. Não vou responder a pergunta nenhuma e não vou escrever a solução. Minha resposta silencia a turma.

— Como é? — ela pergunta.

Olho para a folha em branco. De jeito nenhum eu vou até o quadro para a escola inteira testemunhar a sobrinha do grande Scott Risk fracassar porque eu sou uma idiota.

— Não vou escrever a solução.

O sinal toca, e a expressão da professora dá um novo significado ao termo *furiosa*. Mais alguns quilos de correntes se ajeitam no meu estômago. Eu fiz — quebrei as regras do Scott de um jeito muito público. Como eu pude fazer isso com a minha mãe?

— Srta. Risk — chama ela da mesa enquanto o resto da turma sai da sala. Eu vou, sabendo que estou mergulhada num mar de merda para ela me chamar na mesa. — Vamos discutir algumas regras.

Ela "discute" por muito tempo e, quando finalmente me deixa sair, eu corro escada abaixo. O Scott deixou perfeitamente claro que eu nunca devo perder o ônibus. Os ônibus lentos aparecem na janela quando chego ao primeiro andar. Tenho alguns segundos antes de eles partirem.

Um assobio alto chama minha atenção. O Ryan está encostado no último armário com um sorriso falso de merda no rosto. Ele levanta a mão direita e me mostra a palma. Lá está a palavra que me faz querer vomitar: *consigo*.

Os ônibus saem do estacionamento. O Ryan abaixa a mão e sai a passos largos.

RYAN

Uma risada profunda, vinda da garganta, ocupa a sala de musculação da escola quando o Chris arranca o cartaz de "Me chuta" que o Logan colou nas costas dele. A risada aumenta quando o Chris amassa o papel, joga no Logan e mostra o dedo do meio.

— Tudo bem, meninas. — O treinador bate com a mão num dos armários para chamar nossa atenção. — Já tenho a lista da sala de estudos dessa semana.

A risada vira um resmungo. O treinador leva a sério as nossas notas. Toda semana ele perturba os professores para ver um relatório de progresso e, quando ele vê nossas notas oscilarem, um pouquinho que seja, acabamos recebendo reforço escolar depois das aulas. Seco as mãos numa toalha e me preparo para deitar e terminar a minha série. Não sou nenhum Logan, mas mantenho as notas num nível decente.

— Allen, Niles e Jones.

O Chris inclina a cabeça para trás e resmunga.

— Maldita ciência.

Jogo a toalha para ele.

— Divirta-se. — Nada vai diminuir meu bom humor. Eu finalmente venci a Beth. E já era hora, porra. Ninguém nunca se deu melhor do que eu por tanto tempo.

— Foda-se, Ryan. — Sem me olhar de novo, o Chris sai da sala.

— Stone! — chama o treinador.

— Sim?

O treinador me encara de um jeito estranho e aponta com o dedão na direção em que o Chris acabou de ir.

— Sala de estudos.

— Por quê? — Minhas notas são boas.

Ele dá de ombros.

— Sua professora de inglês te chamou.

Se eu argumentar, vou ter que fazer flexões ou corridas, então engulo os comentários, saio da sala e desço pelos corredores vazios. Quando finalmente chego à sala de estudos, sou imediatamente recebido pelas risadinhas do Chris. Ele se recosta na cadeira, ignorando o livro de ciências na frente dele.

— Minha vida acabou de melhorar.

Se não fosse pelos monitores e professores na sala, eu teria dito a ele onde enfiar o livro.

— Aqui, Ryan. — A sra. Rowe acena para mim como se eu estivesse do outro lado de um estádio. O cabelo dela hoje está verde. Cumprimento com um movimento do queixo e vou até a mesa dela.

Sento.

— Passei na prova e entreguei os trabalhos.

Suas mãos se agitam no ar.

— Ah, mas você não está aqui por causa das suas notas.

Meus olhos se estreitam e meus músculos se contraem.

— Então por que estou aqui?

Ela remexe numa pilha de papéis, procurando alguma coisa. Possivelmente a cabeça dela.

— Seu treinador disse que podíamos chamar você por qualquer motivo acadêmico. Não tem que ser um motivo ruim. Para de ser tão pessimista.

Pessimista?

— Estou perdendo o treino de musculação.

— É verdade — ela diz, enquanto puxa meu conto sobre George, o zumbi, da pilha. — Você não entregou a papelada para o concurso literário. Você devia se preocupar em perder a oportunidade de uma bolsa de estudos para a faculdade. Se você ganhar esse concurso, vai receber dinheiro para qualquer faculdade do Kentucky que escolher. Não é uma bolsa integral, mas já é alguma coisa.

— Eu não vou pra faculdade — digo simplesmente.

Ela congela e me olha como se eu tivesse anunciado sua morte.

— Por que não?

Faço um gesto em direção à minha camiseta. Essa mulher é de verdade?

— Sou esportista. Vou jogar bola.

— Você pode jogar bola na faculdade, Ryan... — Ela hesita, depois coloca a minha história na minha frente. — Esse é o conto mais magnífico que eu já vi um aluno do ensino médio escrever. Você já pensou que é mais do que um jogador?

Minha boca se abre para responder, mas não sai absolutamente nada, e isso me deixa chocado a ponto de fechá-la. Minha mente está vazia. Sou um jogador. Muito bom, por sinal. Isso não basta?

— Você pelo menos leu as informações que eu te dei sobre o concurso estadual? Durante três anos eu te vi obcecado por vencer. Não está interessado em vencer mais essa?

Não digo nada, e meu rosto fica vermelho. A sra. Rowe acabou de me chamar a atenção, e com razão. Eu não li a papelada. Nem pensei no concurso desde aquela noite em que ela me contou que eu era finalista.

— Tenho a impressão de que você gostou de escrever isso. É bom demais para ter sido diferente.

Ela está certa de novo. Gostei mesmo. Encontrar as palavras, estar na mente do George... Encaro as páginas impressas... Foi libertador. Exatamente como na hora em que eu piso na base de arremesso antes do jogo e a pressão começa. O momento em que sou só eu, a bola e uma luva para a qual devo arremessar.

E ele se perguntou o que tinha acontecido com o mundo ao redor. Será que tinha caído no caos? Tudo tinha deixado de existir como era, do mesmo jeito que a vida dele caiu no nada? Ou será que o resto do mundo continuava normal, porque, no fim, seu lugar no mundo nunca tinha importado?

As palavras que escrevi me encaram de um jeito acusador. Uma dor desagradável revira minhas entranhas. Tenho orgulho dessas palavras, e rejeitar o concurso é como rejeitar uma parte de mim. Na frente do computador, não havia segredos, não havia complicações — apenas um mundo que eu podia controlar.

— Para ser considerado para o prêmio — continua a sra. Rowe —, você precisa terminar um conto e entregar uma semana antes do evento. Mas você precisa estar presente nesse dia, porque é ali que você vai receber críticas sobre o seu trabalho e se encontrar com membros do corpo acadêmico de universidades de todo o estado. É só um dia. Só um sábado.

Ouço o meu pai na minha cabeça.

— Tenho jogo aos sábados. — E olho de relance para o Chris, que está me encarando preocupado. Será que ele está conseguindo ouvir toda essa conversa? — Meu time depende de mim.

Ela dá um tapinha nas páginas que estão na minha frente.

— Vamos começar devagar, está bem? Transforme esse começo de quatro páginas em um conto de verdade. Posso te arrancar de todos os treinos de musculação ou você pode me prometer que vai escrever no seu tempo livre em casa. A escolha é sua.

A resposta é óbvia.

— Vou fazer no meu tempo livre.

— Ótimo. — Os olhos dela se iluminam. — Mas ainda vou te segurar por mais uma hora. Quero que você comece agora.

BETH

A Allison tem uma Mercedes. Interior de couro. Preta por fora. O Isaiah ficaria todo interessado na porcaria que tem debaixo do capô. Ela dirige rápido pelas estradas menos movimentadas, e algumas vezes o meu estômago afunda, como se estivéssemos numa montanha-russa.

— Você está cheirando a fumaça. — Ela está usando um terno vermelho e sapatos de salto pretos. Prendeu o cabelo loiro num coque dolorosamente apertado. Talvez seja por isso que ela está tão tensa.

Enquanto esperava a Allison sair do Comitê de Planejamento Feminino, fumei um dos cigarros que peguei com um maconheiro antes do incidente na aula de cálculo. Esperava que isso conseguisse me ajudar a superar a briga que tive com o Ryan. Não sei por quê, mas gritar com ele fez com que eu me sentisse uma porcaria. Mais ou menos como eu fico depois de brigar com o Isaiah.

— Deve estar na sua cabeça.

— Você cheira a fumaça quando volta da escola. O Scott pode preferir ignorar, mas ele não vai ignorar sua gracinha em sala de aula. — Ela entra na estrada enorme cercada de bosques e percebe quando dou uma olhada para ela. — É isso aí. A sua professora ligou.

Droga. Não tenho a menor ideia de como vou sair dessa.

O Scott e a Allison moram numa casa branca de dois andares com uma varanda ao redor. Parece algo que você veria num filme sobre a guerra civil, cheio de proprietários de plantações ricos. A outra parte dá para um pasto aberto com um celeiro.

Ela estaciona do lado de fora da garagem para quatro carros e agarra o meu pulso antes de eu ter chance de fugir.

— Você tem alguma ideia de como eu fiquei envergonhada por ter que sair da reunião quando você me ligou? Isso aqui é uma cidade pequena. Seus professores frequentam a nossa igreja. Quanto tempo você acha que vai levar pra todo mundo saber que você é uma ameaça? Não vou permitir que você estrague a nossa vida.

— Tira a mão de mim. — Meus olhos se alternam entre seus dedos no meu pulso e seus olhos. Ninguém toca em mim.

Ela solta o meu pulso como se estivesse segurando fogo.

— Por que você não vai embora? Até o Scott sabe que você está infeliz.

Aposto que o Scott sabe que ela também está infeliz. Eu nunca o teria imaginado com alguém como ela. Com as unhas feitas. Elegante. Sem coração.

— Você ficou surpresa por ele ser tão fácil de prender?

— O quê?

— Quando você... — faço sinal de aspas no ar — ... "contou" a ele que estava grávida, ficou surpresa por ele te pedir em casamento tão rápido? O Scott sempre teve um fraco por bebês. Por que outro motivo ele se casaria com você?

O sangue flui pelo pescoço dela, e as mãos voam até o pescoço.

— Não sei do que você está falando. — Ela pigarreia, evidentemente confusa. — O Scott não tem um fraco por bebês.

Será que algum dia ela conversou com o homem com quem se casou?

— Se não fosse pela minha mãe, ele teria se casado com metade das garotas grávidas no nosso estacionamento de trailers. — E ele nem era o pai.

As mãos dela se abaixam lentamente até o colo, e eu juro que ela para de respirar.

— O que foi que você disse?

— Você me ouviu.

Os lábios dela se retorcem.

— Sai daqui.

— Com todo prazer. — Abro a porta do carro, fecho batendo e repito o processo com a porta da frente da casa do Scott. Antes mesmo de eu chegar ao quarto de hóspedes que ele declarou ser meu, a Allison entra atrás de mim, batendo a porta da frente com a mesma força que eu, se não com mais força ainda.

O Scott abre a porta do escritório dele — o cômodo em frente ao vestíbulo do meu quarto. Está usando uma camisa social amassada. Merda. Ele voltou mais cedo da "tarefa de vendas" na fábrica de tacos em Louisville. As sobrancelhas dele se unem.

— Que diabos está acontecendo?

A Allison aponta para mim.

— Se livra dela.

Ele coloca as mãos nos quadris.

— Allison...

— Você engravidou garotas em estacionamentos de trailers?

Em minha defesa, não foi isso que eu disse, mas até eu sei quando devo ficar calada. O rosto do Scott fica vermelho, depois roxo.

— Não.

A Allison agarra o cabelo, e o coque perfeito se desmancha.

— Esquece os estacionamentos de trailers. Não posso acreditar que você contou pra ela. Você me prometeu que nunca ia contar pra ninguém. — Uma das mãos desce até a barriga.

Droga. Eu estava certa — mais ou menos. Ela realmente falou para ele que estava grávida, só que ela não estava mentindo, como eu pensei. Ela *realmente* estava grávida e perdeu o bebê. Se eu soubesse, nunca teria falado essas coisas. A culpa me deixa enjoada.

— Espera. Eu não contei a ela. — O Scott vai em direção à Allison, e a mão dele congela no ar quando ela dá um passo para trás. Ele estende a mão de novo e, como ela fica parada, envolve os braços nela, puxando a mulher para perto. Então ele abaixa a cabeça até o ouvido dela e sussurra alguma coisa. Os ombros dela estremecem, e eu me sinto invadindo esse momento íntimo.

Entro no quarto e tento fechar a porta sem fazer barulho. O sol brilha através das duas paredes de vidro. Engatinhando até o meio da cama, puxo os joelhos e me encolho. Eu odeio essa casa. Tem janelas demais. Todas do chão até o teto. Todas abertas. Todas fazendo com que eu me sinta... exposta.

RYAN

Na garagem, paro do lado de fora do escritório do meu pai e me preparo para a conversa. Os papéis da inscrição no concurso literário estão enrolados com força na minha mão esquerda. Bato duas vezes na porta, e ele me diz para entrar.

Exceto pela cadeira em que está sentado, foi ele quem fez tudo neste cômodo: a mesa cromada e o armário combinando, a mesa da impressora, a grande prancheta que exibe a pilha de plantas para seus clientes atuais. Ele atirou nos dois cervos pendurados na parede. O ar-condicionado central entra em ação, e alguns papéis perto da ventilação no chão se enrugam uns nos outros.

Meu pai mantém o escritório limpo, arrumado e sob controle. Seus olhos disparam até mim e depois voltam para o manual sobre a mesa. Ele já tirou a gravata, mas ainda está com a camisa branca do trabalho.

— O que posso fazer por você, Ryan?

Eu me sento na cadeira em frente a ele e procuro as palavras. Antes de o Mark ir embora, eu nunca tive dificuldade para falar com o meu pai. As palavras saíam com facilidade. Agora elas são difíceis. Encaro os papéis enrolados na minha mão. Isso não é verdade. Desde que o Mark foi embora, botar palavras no papel tornou a vida um pouco mais tolerável.

— Você se lembra do trabalho de contos do ano passado?

Ele me lança um olhar vazio e coça a parte de trás da cabeça.

— Você ficou chateado porque eu tinha que entregar durante as competições da primavera — lembro a ele.

A lâmpada se acende quando ele faz um sinal com a cabeça e volta para o manual.

— Você não escreveu sobre um arremessador que voltava dos mortos ou algo assim?

Na verdade, era um arremessador que vendia a alma para o diabo em troca de uma temporada perfeita, mas não estou aqui para argumentar.

— Sua professora de inglês te deu problemas? Sangue demais?

Minha boca fica seca, e eu engulo.

— Não. Eu... hum... sou finalista num concurso literário.

Isso chama a atenção dele.

— Você se inscreveu num concurso literário?

— Não, a sra. Rowe inscreveu a turma toda no concurso literário estadual. Era aberto a todos os alunos que não iam se formar naquela primavera. Eles leram os trabalhos nesse verão, e eu estou na final.

Ele pisca, e o sorriso demora a aparecer, mas finalmente se forma.

— Parabéns. Já contou à sua mãe? Ela adora quando você se sai bem na escola.

— Não, senhor, ainda não. Queria te contar primeiro. — Eu teria contado aos dois juntos, mas, desde que o Mark foi embora, eles mal conseguem ficar no mesmo ambiente.

— Você devia contar a ela. — O sorriso some, e ele desvia o olhar. — Ela vai ficar feliz.

— Vou contar. — Inspiro. Eu consigo fazer isso. — Tem outra etapa do concurso daqui a umas duas semanas, em Lexington. Tenho que estar lá pra ganhar.

— A sra. Rowe vai providenciar o transporte ou a escola vai deixar você ir por sua conta?

— É num sábado, então eu posso ir por minha conta.

— Num sábado — repete o meu pai. — A sra. Rowe ficou chateada quando você disse a ela que não pode ir? Se tiver ficado, eu falo com ela. Não tem motivo pra ela usar isso contra você. Talvez outro aluno possa assumir o seu lugar.

Ele relaxa na cadeira e cruza as mãos sobre a barriga.

— Eu vi o Scott Risk no seu jogo ontem. Ele não ficou muito tempo por causa de obrigações familiares, mas te viu arremessar e ficou muito impressionado. Ele mencionou um acampamento que os Yankees podem fazer no outono. Sei o que você vai falar: "Yankees não", mas, depois que você provar seu valor, pode mudar de time.

Minha mente gira. O Scott Risk me viu jogar. Isso é ótimo e esquisito. Ótimo porque o Scott conhece pessoas — especialmente olheiros. Esquisito porque eu apostaria que a Beth ia me crucificar para o tio.

Não é importante. Na verdade é, mas não agora. Eu vim aqui para discutir o concurso literário. Uma competição que o meu pai nunca considerou.

— Acho que eu devia competir. Posso jogar na quinta e deixar um dos outros dois arremessadores do time jogar por mim no sábado.

Meu pai franze a testa.

— Por que você ia querer fazer isso? Os melhores jogos do time são no sábado.

Dou de ombros.

— A sra. Rowe disse que vários recrutadores de universidades estarão no concurso e que vários finalistas vão ganhar uma bolsa de estudos. Acho que posso conseguir algum tipo de bolsa pra atletas e juntar com a bolsa que eu poderia ganhar nesse evento literário. Assim você não teria que pagar muito.

Meu pai levanta a mão.

— Espera. Calma. Recrutadores de universidades e bolsas de estudos? Desde quando você se importa com isso?

Até a conversa com a sra. Rowe, nunca.

— Você e o Mark visitaram universidades. Não discutimos esse assunto, então achei que essa seria uma boa oportunidade para...

O rosto do meu pai fica vermelho, e ele cospe as palavras:

— Com ele era diferente. Não dá para entrar na NFL direto do ensino médio. Ele tinha que ir para a faculdade antes. Você pode ir direto para a liga secundária quando sair da escola. Que inferno, Ryan. Você pode ir direto para a liga nacional.

— Mas o Mark falou...

— Não fale esse nome na minha frente de novo. Você não vai nesse concurso. Fim de papo.

Não, não é fim de papo.

— Pai...

Ele pega um envelope na mesa e joga em mim.

— Uma prestação de duzentos dólares por mês pelo carro pra você poder ir aos treinos e aos jogos.

O envelope cai no meu colo, e a minha garganta fica apertada.

— O seguro do carro, as taxas de promoção, os uniformes, os custos de viagem, as taxas da liga...

— Pai... — Quero que ele pare, mas ele não para.

— Gasolina pro jipe, aulas particulares com o treinador... Eu te sustentei por dezessete anos!

A raiva dentro de mim escapa.

— Eu te falei que podia arrumar um emprego!

— Esse é o seu emprego! — Meu pai soca a mesa, exatamente como um juiz termina todas as discussões no tribunal. Uma pilha de papéis que estava na beirada cai no chão.

Silêncio. Encaramos um ao outro. Sem piscar. Sem nos mexer. Uma tensão palpável preenche o ambiente.

Os olhos do meu pai passam pela mesa, e ele inspira profundamente.

— Você quer desperdiçar quatro anos da sua vida indo pra faculdade quando poderia estar naquele campo jogando beisebol e ganhando dinheiro? Dá uma olhada no Scott Risk. Ele veio do nada, e viu o que ele se tornou? Você não vai começar do nada. Você está tendo uma chance que ele nunca teve. Pensa no que você pode fazer da sua vida.

Meu punho aperta os papéis da inscrição, e eles ficam amassados. É justo? É justo da minha parte, mesmo sendo só por um jogo, me afastar de algo pelo qual os meus pais se sacrificaram tanto e trabalharam tanto?

Além do mais, é beisebol. O beisebol é a minha vida — foi escolha minha. Por que estamos discutindo?

— Ryan... — A voz do meu pai fica fraca, e ele esfrega o rosto. — Ryan... Me desculpa. Por gritar. — Ele faz uma pausa. — As coisas no trabalho... As coisas com a sua mãe...

Meu pai e eu — nós nunca brigamos. É estranho, acho. Conheço muitos caras que discutem com os pais. Eu não. Meu pai nunca nem me deu um horário para chegar em casa. Ele acredita que eu sou responsável o suficiente para decidir em quais encrencas quero entrar e diz que, se eu exagerar, serei inteligente o suficiente para sair delas. Ele me encorajou a cada passo do caminho no beisebol. Mais do que a maioria dos pais jamais faria. Meu pai cuida de mim e isso... isso é só ele cuidando de mim de novo.

Aceno com a cabeça várias vezes antes de falar, concordando com alguma coisa, mas não sei o quê. Qualquer coisa para fazer essa confusão acabar.

— É. Tudo bem. Isso foi coisa minha. — Amasso os papéis na mão. — Você está certo. Isso... — Levanto a bola de papel. — Não é nada. É besteira, até.

Meu pai força um sorriso.

— Tudo bem. Entra e conta pra sua mãe. Ela vai ficar animada.

Eu me levanto para sair e tento ignorar o vazio no peito.

— Ryan — diz o meu pai. Na porta, eu viro para ele. — Me faz um favor: não conta à sua mãe sobre a última etapa do concurso. Ela anda muito nervosa ultimamente.

— Claro. — Qual seria o objetivo de contar a ela? Minha mãe tem um jeito de saber quando estou mentindo, e não estou ansioso para descobrir que as palavras que acabei de pronunciar para o meu pai são uma mentira.

BETH

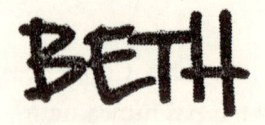

O relógio marca quinze para as dez, e o Isaiah sai do trabalho às dez. Meu dedo, parado sobre o botão de discagem rápida, fica dormente. O sol se pôs há algum tempo, deixando o quarto no escuro. Eu não saí do lugar em que estava na cama. O Scott não entrou. Nem a Allison. Nem para me dar um sermão sobre a escola, nem para me dar um esporro por ter gritado com a Allison, nem para me chamar para jantar.

Quase vomitei duas vezes. O Scott vai mandar a minha mãe para a cadeia. Ele provavelmente já chamou a polícia. A parte irônica desse pesadelo todo? Eu tentei. Tentei e fracassei. Imagina só.

Às dez, vou ligar para o Isaiah e dizer para ele vir me pegar. Vamos para a praia. Vamos fugir. Uma pena que eu não possa convencer a minha mãe a ir com a gente. O Isaiah e eu podíamos pegar a minha mãe antes dos policiais.

Levanto a cabeça, e uma onda de esperança encharca o meu corpo, me deixando tonta. Eu podia convencer a minha mãe a ir. Podíamos fugir — juntas.

Alguém bate na porta. Enfio o telefone debaixo da coberta.

— Sim?

O Scott entra no quarto e acende a luz. Está usando uma camiseta preta e calça jeans azul. Pela primeira vez, vejo uma pista do garoto que tomava conta de mim quando eu era mais nova e, tolo, meu coração reage. Saio da cama. Preciso dizer a ele que sinto muito.

— Scott...

Concentrado no carpete, ele me interrompe.

— Não estou no clima para ouvir você reclamar. Se falar com a Allison assim de novo, vou dar um jeito de você se arrepender. Ela é minha esposa e eu a amo.

Faço que sim com a cabeça, mas o Scott não me olha para ver isso.

Ele pega a carteira e joga um cartão de visitas sobre a cômoda. O nome e o número são do oficial de condicional da minha mãe.

— Falei com ele hoje à noite. Cara legal. Sabia que a sua mãe vai cumprir pena de dez anos se ferrar com a condicional? Dez anos. E isso não leva em conta os crimes pelos quais ela vai ser condenada se eu contar a eles o que sei. Você escolhe, Elisabeth. De qualquer jeito, você vai morar aqui até completar dezoito anos. Suas ações vão decidir se a sua mãe vai pra cadeia.

O alívio que sacode o meu corpo me deixa fraca. Ele não mandou minha mãe para a cadeia. Ainda não. Ainda posso fazer as coisas funcionarem. As possibilidades fazem minha mente disparar. Tenho que dar um jeito de ir a Louisville, convencer minha mãe a fugir comigo e chamar o Isaiah para ir junto...

— Última chance. — O Scott invade meus pensamentos. — Quero perfeição dessa vez.

Ele soca a cômoda, e o último cigarro que eu arrumei escapa de uma pasta e cai no chão. Merda.

O Scott se agacha e encara o cigarro antes de pegar. Ele age como se fosse um baseado, e não tabaco. Droga. Podia até ser uma seringa cheia de heroína.

— Eu posso explicar. — Na verdade, não posso. Mas ouvi o Noah usar essa frase com a Echo uma vez, e ele ganhou tempo.

Quando ele se levanta, as mãos estão tremendo. As mãos do meu pai costumavam tremer.

— É mentira. Eu te trago pra minha casa... — Ele gagueja, e vejo que está tentando controlar a raiva. O que me assusta é ele não me olhar.

143

— Eu te dou uma casa, e você não tem nem a decência de tentar seguir as minhas regras.

A raiva silenciosa me assusta. Os bêbados, os idiotas, as pessoas que se irritam com facilidade — sei lidar com eles. Sei quando sair do caminho deles. Os que controlam a raiva, os homens que pensam no que fazem e em como fazem, isso me assusta. São eles que causam danos. Uma voz baixa, uma voz que parece muito comigo quando eu era criança, murmura suavemente que o Scott nunca me machucaria. Que ele era nosso protetor. Era. Eu não conheço esse homem.

— Eu tentei — sussurro.

— Mentira! — O Scott grita tão alto que os cristais do abajur fazem barulho uns contra os outros. Eu me encolho e recuo. — Você fez tudo que podia pra deixar a Allison e eu arrasados.

Engulo em seco. O namorado da minha mãe, Trent, começou assim. Ele entrou no apartamento todo calmo e tranquilo, com a raiva fervendo por dentro. Depois gritou. E depois bateu.

Meu pai também tinha essa raiva. Meu avô também. Meu coração bate com muita força no peito quando o Scott esmaga o cigarro na mão. Pela primeira vez, ele olha para mim.

— Meu Deus, você está tremendo.

Ele vem na minha direção, e eu dou um passo para trás. Minhas costas atingem a janela e minhas mãos correm para procurar alguma coisa — qualquer coisa — para me proteger.

— Sai daqui.

A raiva... sumiu, grita a garotinha na minha cabeça, mas eu ignoro a voz. Ela morreu com o amor que eu sentia por fitas no cabelo e por vestidos e pela vida. Ela não passa de um fantasma.

— Me desculpa — ele diz devagar, abrindo espaço entre nós. — Não percebi que tinha te assustado. Eu estava com raiva. A Allison estava chateada. Eu detesto ver a Allison chorar, e a sua professora ligou... Mas estou calmo. Eu juro.

Eu tentei. Sério, eu tentei. Eu tentei, e isso me trouxe até aqui. Presa num quarto cheio de janelas com um homem que se parece com o meu pai. Meu pai também costumava dizer que estava calmo, mas nunca estava.

— Sai daqui!

— Elisabeth...

— Sai! — Minhas mãos balançam na minha frente, fazendo sinal para ele ir embora. — Sai daqui!

Os olhos do Scott ficam excepcionalmente arregalados.

— Não vou te machucar.

— Isso é culpa sua! — grito e quero parar, mas, se eu parar, vou chorar. Uma umidade estranha queima meus olhos. Meu lábio está tão pesado que treme. Não posso chorar. Não vou chorar. Aceitando a raiva, abro a boca de novo. Maldito seja se ele me fizer chorar. — Foi você que me arrastou pra cá. Não é suficiente me tirar de casa? Você tem que me humilhar na escola?

— Te humilhar? Elisabeth, do que você está falando?

— Não sou Elisabeth! Olha pra mim! — Com uma das mãos, agarro as roupas que estou vestindo e, com a outra, pego o livro de cálculo da mesa de cabeceira e jogo direto na cabeça dele. Ele se abaixa, e o livro faz um barulho alto quando atinge a parede. — Você quer que eu seja outra pessoa. Você não quer que eu seja eu. Você é igual ao meu pai! Você quer que eu suma!

Meu peito está oscilando, e eu ofego para tentar respirar. O silêncio que desaba entre nós dois é pesado, e eu estou afundando sob seu peso.

— Isso não é verdade. — O Scott faz uma pausa, como se estivesse esperando uma resposta. Ele pega o livro e coloca sobre a cômoda. Bem ao lado do cartão de visitas do oficial de condicional da minha mãe. — Vai dormir. A gente conversa de manhã.

Não conversa, não. Ele sai para o trabalho antes de eu acordar para a escola. O Scott fecha a porta com delicadeza. Corro pelo quarto, tranco a porta, apago as luzes e arranco a coberta da cama, procurando o telefone. Meus dedos tremem enquanto eu aperto os números. Meu pulso lateja nos meus ouvidos no ritmo do nome da pessoa de quem eu preciso: Isaiah. Uma batida do coração. Isaiah. O telefone toca. Isaiah.

— Ei. — Ao ouvir a voz calma dele, eu me encosto na porta do armário. — Fiquei preocupado. São dez e cinco. Você está atrasada pra nossa conversa de um minuto.

Esperando que meu lábio pare de tremer, eu fecho os olhos e desejo que as lágrimas se afastem. Tudo em vão. Se eu falar, vou chorar, e eu não choro.

— Beth? — ele pergunta, preocupado.

— Aqui — sussurro em resposta, e essa única palavra quase me destrói. O Isaiah e eu não somos de conversar no telefone. Nunca fomos. A gente via TV. A gente ia a festas. A gente sentava do lado um do outro e existia. Como é possível simplesmente existir pelo telefone? E é disso que eu preciso. Preciso que o Isaiah simplesmente exista.

— Beth... — Ele hesita. — Aquele tal de Ryan está te sacaneando de novo?

Engulo um possível soluço. Não vou chorar. Não vou.

— Mais ou menos. — E a Allison e o meu tio e a escola e tudo. Sinto que as paredes estão se aproximando, uma avalanche se preparando para me enterrar.

Silêncio do Isaiah.

Mordo o lábio quando uma lágrima escorre pelo meu rosto.

— Você quer que eu te deixe? — Droga. Droga, eu não choro. — Porque eu sei que você não fala. Quer dizer, a gente. A gente não fala. — Solto um palavrão entre os dentes. Minha voz tremeu. Ele vai saber que estou chateada. Ele vai saber.

Silêncio de novo. Som de respiração na linha. Quando ele me deixar, eu vou desmoronar. Não vou ter nada para me segurar, nada para me ancorar. Vou ser exatamente o que todo mundo quer que eu seja: nada.

— Podemos ficar em silêncio, Beth.

Ainda estou aqui nessa casa, no quarto com janelas demais. Ainda estou exposta — nua — e vivendo no inferno. Mas eu tenho o Isaiah, e ele está me ancorando. Deslizo pela parede até poder me encolher e formar uma bola no chão.

— Preciso de você.

— Estou aqui. — E ficamos em silêncio.

RYAN

Sentado na cama, leio a mensagem de texto. Primeiro a briga com o meu pai e, depois, às dez da noite, a Gwen me manda o seguinte:

> Beth Risk???

Ela espera minha resposta do outro lado. Pelo menos, quando eu jogo beisebol, consigo pegar as bolas que são jogadas para mim. Meu pai e Gwen? Estão me levando para o inferno.

Eu não devia responder. Devia fingir que não li a mensagem. Ela adora um drama. Eu adoro beisebol. Ela odiava os meus jogos, e eu odiava os dela. Nós paramos de beijar e tocar e namorar, mas, de algum jeito, como naquela noite no banco dos jogadores, nunca paramos com os jogos.

Mando uma mensagem de volta:

> O que que tem ela?

A espera pela resposta dela se estende pela eternidade. Desvio o olhar do telefone, como se isso fosse fazer a Gwen responder mais rápido. Nesse verão, depois que o Mark foi embora, minha mãe pintou o meu quarto de azul. Ela adora redecorar, do mesmo jeito que o meu pai adora construir. Eles costumavam trabalhar juntos nos projetos, mas isso foi antes de o nosso mundo desmoronar.

Gwen:

> Me diz vc

Detesto trocar mensagens de texto. Você nunca sabe o que a pessoa realmente está tentando dizer. Eu arrisco. Isso vai me tornar um idiota e seu macaquinho, se ela ignorar meu pedido.

Eu:

> Me liga

Meu coração acelera um pouco. Será que ela vai ligar ou vai me deixar na mão? Desde que terminamos, quando brincamos de trocar mensagens, eu ligo para ela.

Meu telefone toca e eu sorrio. No terceiro toque, atendo.

— Gwen.

— Stone — ela diz, sem muita emoção.

— O que está acontecendo? — É uma dança delicada. Uma dança que eu desprezo. Costumávamos passar horas ao telefone conversando, e agora analisamos demais cada palavra e cada pausa.

— Você sabia quem ela era o tempo todo. — Tem um toque de acusação em sua voz.

Tento parecer casual.

— E se soubesse?

— Você podia ter me falado.

Encaro os cartazes dos meus times favoritos. Por que eu teria dito a ela que a Beth é sobrinha do Scott Risk? Elas fazem aulas juntas. Elas frequentaram a mesma escola no ensino fundamental. Ela poderia ter falado diretamente com a Beth.

— Por que você nomeou a garota? — ela pergunta.

Ouço barulho de amarrotar. É o som da Gwen deitando nos travesseiros. Ela tem cinco na cama e dorme com todos eles. Consigo visualizar o cabelo dourado dela se espalhando.

— Você sabe quanto ser rainha do baile significa para mim — diz ela.

Eu sei. Eu costumava ouvir enquanto ela tagarelava sobre o sonho de ganhar aquela tiara reluzente. Na verdade, eu fingia estar interessado, depois fingia ouvir.

— Você apoiou a nomeação.

— Porque eu ia ficar com cara de perdedora magoada se não apoiasse, e agora eu tenho que caçar votos. Teria sido muito mais fácil se você tivesse me contado antes que ela era sobrinha do Scott Risk. Sério, Ryan, achei que éramos amigos.

— E você se importa? Ninguém conhece a garota, e ela não quer amigos.

Seu suspiro frustrado deixa meus músculos tensos.

— Ela é uma celebridade instantânea e, por algum motivo maluco, as pessoas acham que ela é legal. Você a nomeou, e todo mundo na escola sabe que você chamou a garota pra sair, então você dá credibilidade a ela. Se você tivesse me contado desde o início quem ela era, eu poderia ter feito alguma coisa para remediar. Virar amiga dela ou algo do tipo. Por sua causa, ela tem chance de ganhar.

Nós terminamos, e eu não deveria ser obrigado a lidar com isso. Escolho a velha resposta pronta:

— Me desculpa por destruir a sua vida, Gwen. Da próxima vez que eu fizer alguma coisa, vou pedir sua permissão.

Ela deixa escapar:

— Ela não faz seu tipo.

Eu pisco.

— O quê?

— A Beth é meio, sei lá, esquisita. Quer dizer, ela é bonitinha, se você gostar do tipo de beleza minha-vida-é-um-quarto-escuro. Acho que estou dizendo que você não vai conseguir dar a atenção que ela precisa. Você sabe, por causa do beisebol. Acho que estou só dizendo... ela não.

Ela não. A raiva esmaga minhas entranhas. E estamos de volta à conversa no banco dos jogadores: o beisebol estragou o nosso relacionamento.

— A gente terminou, e agora você está com o Mike.

Consigo ouvir o sorriso da Gwen.

— Mas você prometeu que seríamos amigos. Estou sendo uma boa amiga.

Amigos. Detesto essa palavra.

— Você está certa. A Beth é bonita.

— Ela tem uma argola no nariz. — A Gwen perdeu a voz sorridente.

— Eu acho sexy. — Acho mesmo.

— Ouvi dizer que ela fuma.

— Ela está tentando parar. — É, eu inventei isso.

— Ouvi dizer que ela tem uma tatuagem na lombar.

Interessante.

— Não cheguei tão longe, mas vou te contar quando acontecer, já que somos amigos e tal.

Uma imagem aparece na minha cabeça: eu levantando a parte de trás da blusa da Beth para revelar sua pele, e meu carinho a faz sorrir. Aposto que a pele dela é macia como uma pétala. Meus dedos se remexem com o desejo de tocá-la, e meu sangue esquenta com a ideia de que ela sussurre o meu nome. Droga. A garota realmente me excita. Passo a mão na cabeça, tentando livrar minha mente da ideia. Que merda é essa?

— Ryan. Não estou brincando. Ela não faz seu tipo.

— Então me diz quem faz. — Digo isso com mais raiva do que pretendia, mas estou cansado desse jogo.

— Não é ela, tá bom? — Gwen apela.

A imagem de tocar a Beth me provoca e me confunde. Três batidas rápidas na minha porta, e minha mãe entra.

— Tenho que desligar.

— Boa noite — diz a Gwen, desapontada.

Minha mãe está usando um blazer e uma saia azuis combinando. Ela foi a um jantar só de mulheres com a esposa do prefeito hoje à noite.

— Estou atrapalhando?

— Não. — Jogo o telefone na mesa de cabeceira.

— Você parecia um pouco chateado. — Minha mãe vai até a cômoda, analisa seu reflexo no espelho e ajeita o colar de pérolas. — Dava para ouvir você no corredor.

Balanço a cabeça.

— Era só a Gwen.

As mãos dela congelam no colar, e um sorriso curva seus lábios.

— Vocês estão juntos de novo?

— Não. — Minha mãe adorava a Gwen, e acho que a separação foi mais difícil para ela.

Ela continua se arrumando no espelho.

— Você devia pensar nisso. Ouvi dizer que você e ela foram nomeados para a corte do baile.

As notícias viajam à velocidade da luz na nossa cidade.

— É.

— Você sabe, seu pai e eu fomos nomeados para a corte do baile. No outono e no inverno.

— É. — Ela já tinha falado isso. Um milhão de vezes. Eles ganharam nas duas vezes também. Se o fato de ela recontar os eventos não refrescasse a minha memória, os quadros de fotos dos dois dançando com coroas, pendurados na sala de estar, são um bom lembrete.

— Ouvi dizer que a sobrinha do Scott Risk também foi nomeada.

— Ãhã. — Se a minha mãe sabe de tudo, por que está me perturbando?

— O que você acha dessa garota? A tia dela, Allison Risk, pediu para ser nomeada para a vaga disponível no comitê de eventos da igreja.

E aí está minha resposta. Respeitabilidade. Se a Beth for uma excluída, os guardiões dela serão considerados pais ruins. Minha mãe quer o prestígio de nomear a esposa do Scott Risk, mas não quer o escândalo de nomear a guardiã da "garota má". As famílias do meu pai e da minha mãe são membros da comunidade desde que as primeiras fundações das casas e da igreja foram instaladas, centenas de anos atrás. Os Stone são um legado.

— Ela é interessante.

Minha mãe se vira.

— Interessante? O que isso significa?

Dou de ombros. Significa que a Beth está me atrapalhando para ganhar um desafio. Significa que ela testa a minha paciência. Significa que eu quero ver a tatuagem dela.

— Interessante.

Minha mãe esfrega a testa, frustrada.

— Ótimo. Ela é interessante. Se descobrir outra palavra, você sabe onde me encontrar.

Sei, sim. Se for em público, ela vai estar bem ao lado do meu pai. Em particular, no exato oposto de onde o meu pai estiver. Minha mãe para sob o vão da porta.

— E, Ryan, eu conversei com a sra. Rowe hoje à noite.

Afundo a cabeça e fecho os olhos por um segundo. Isso não é bom. Nada bom.

— Ãhã.

— Ela está curiosa para saber quando você vai entregar a papelada para a final do concurso literário em Lexington.

Droga. Levanto a cabeça, mas meus ombros continuam afundados quando olho para a minha mãe.

— Não vou entregar. O concurso interfere no jogo.

Minha mãe enrijece.

— Isso foi decisão sua ou do seu pai?

— Minha. — A palavra sai rápido. A última coisa que eu quero é que eles entrem em outra briga de doze rounds, especialmente por minha causa.

— Tenho certeza que foi. — Minha mãe acena com desdém.

Algo dentro de mim se quebra.

— O Logan viu o Mark em Lexington algumas semanas atrás. Ele perguntou por nós.

Minha mãe fica extraordinariamente rígida.

— O Logan sabe, mãe. O Chris também.

A fúria desfila pelo rosto dela.

— Se o seu pai descobrir que você contou a alguém... Se alguém nessa cidade descobrir...

— Eles não vão contar.

Ela fecha os olhos por um segundo, enquanto solta o ar.

— Por favor, lembre-se que o que acontece nesta casa fica nesta casa. O Chris e o Logan são seus amigos. Eles não são da família.

Uma raiva ardente repousa no fundo do meu estômago. Como é que ela pode desligar os sentimentos pelo filho mais velho?

— Você não sente saudade dele?

— Sinto. — A resposta imediata me pega sem defesa. — Mas tem muita coisa em risco.

— O que isso significa? — pergunto.

Minha mãe analisa meu quarto. Os olhos dela param nos cartazes.

— Acho que vou refazer seu quarto. Azul não combina com você.

BETH

Tum, tum, tum. Meus olhos se abrem de repente, e meu coração lateja nos ouvidos. A polícia. Não, o namorado. Às vezes ele bate de manhã para me confundir e fazer com que eu abra a porta. Pisco quando vejo a sombra de cortinas contra uma janela. Cortinas. Não estou em casa. Respiro fundo, e o ar fresco se mistura com a adrenalina no meu sangue. É difícil perder velhos hábitos.

— Elisabeth — diz o Scott atrás da porta. — Acorda.

Merda. Seis da manhã. Por que ele não me deixa em paz? O ônibus só chega às sete e meia. Meia hora é tempo suficiente para me aprontar para a escola. Eu rolo da cama e ando descalça até a porta. A luz forte no vestíbulo machuca meus olhos, então eu os estreito e mal compreendo que o Scott está colocando uma sacola na minha mão.

— Aqui. Eu peguei suas coisas.

Esfrego para tirar o sono dos olhos. O Scott está usando a mesma camiseta e a mesma calça jeans de ontem à noite.

— Que coisas?

Ele deixa de lado o olhar estou-falando-de-negócios, e meus lábios se curvam para cima. É um olhar que ele me dava quando eu era pequena, especialmente quando eu não comia verdura ou quando implorava para ele ler para mim.

O sorriso de resposta do Scott é hesitante.

— Fui até a casa da sua tia e peguei suas roupas. Aquele tal de Noah estava lá ontem à noite e me mostrou o que era seu. Me desculpa se deixei alguma coisa pra trás. Se quiser algo específico, dou um jeito de passar lá um dia desses, depois do trabalho.

Encaro a sacola. Minhas coisas. Ele pegou as minhas coisas e conversou com o...

— Como está o Noah?

A alegria hesitante no rosto dele some.

— Não trocamos confidências. Elisabeth, isso não muda as minhas regras. Quero que você se ajeite aqui em Groveton e deixe sua antiga vida pra trás. Confia em mim, tá bom, garota?

Tá bom, garota? Era isso que ele sempre me dizia, e eu me vejo fazendo que sim com a cabeça sem perceber. Um hábito da infância — uma época em que eu acreditava que o Scott pendurava a lua e comandava o sol. Um péssimo hábito para uma adolescente. Paro de acenar com a cabeça.

— Posso usar as minhas roupas?

— A pele tem que estar coberta, e nada de rasgos em lugares indecentes. Se forçar a barra nesse assunto, eu queimo tudo que está nessa sacola. — O Scott inclina a cabeça na direção da cozinha. — Café da manhã em trinta minutos.

Envolvo a sacola nas mãos como um recém-nascido. Minhas coisas. Minhas.

— Obrigada. — A gratidão é difícil e estranha, mas me dê um crédito: eu consegui falar.

Enfio o jeans desbotado de cós baixo, e um suspiro contente escapa dos meus lábios. Como eu senti saudade de você, minha velha amiga. Calças que apertam um pouquinho demais. Pequenos rasgos nas coxas. A outra calça, a que eu adoro e tem rasgos embaixo da bunda, o Scott mergulharia na gasolina. Dobro cuidadosamente essa calça no cabide e guardo no armário.

Pela primeira vez em duas semanas, eu me sinto eu mesma. Camiseta preta de algodão que se ajusta na cintura. Brincos de argola prateados nas orelhas. Troco a argola do nariz por um piercing de diamante falso. Quando me olho no espelho, curto a leveza, porque, no instante em que entrar naquela cozinha, vou ficar pesada de novo.

Exatamente às seis e meia, eu entro na cozinha. O brilho vermelho do sol nascente se espalha no céu. O Scott está fritando bacon no fogão, e o cheiro enche minha boca de água. A Allison não está ali, o que é perfeito.

Sento em frente a um lugar do balcão que tem um copo de suco de laranja e um prato. Suponho que o outro lugar seja o dele. Entre os pratos tem uma pilha de torradas amanteigadas e bolinhos de salsicha.

— É de peru, tofu ou qualquer outra coisa que vocês fingem que é comida?

Tudo nessa casa é saudável. Pego a torrada e sinto o cheiro. Humm. Pão branco, e tem cheiro de manteiga. Estico a língua e dou uma lambidinha para ver se é. O Scott ri. Envergonhada, recolho a língua para dentro da boca e fecho os olhos, em êxtase. Humm. Manteiga de verdade.

— Não, não é peru. É de verdade. Estou cansado de ver você não comer. — Ele coloca um prato com bacon e ovos entre nós enquanto senta. — Se você provasse a comida da Allison, veria que não é tão ruim.

Mordo a torrada e falo com a boca cheia.

— Essa é a questão. Comida não pode ser assim. Tem que ser totalmente boa.

O Scott avalia minha roupa antes de colocar ovos mexidos no prato dele.

— Gostei do piercing. Quando foi que você furou o nariz?

— Quando fiz catorze anos. — Pego bacon e salsichas enquanto encaro os ovos. O Scott fazia ovos deliciosos quando eu era criança. Uma pena eu ter dito a ele que odiava ovos.

— Sua mãe queria um. Várias vezes ela falou em ir a Louisville pra fazer um. — Minha mãe gostava de conversar com o Scott na época em que ele me criava. Ela se mudou para o trailer do vovô quando ficou grávida do meu pai e a mãe a expulsou de casa. O Scott tinha doze anos quando eu nasci.

Meu coração afunda. Minha mãe nunca me contou que queria um piercing no nariz. Ela nem percebeu quando eu furei o meu. Por que isso me incomoda, não sei. Minha mãe não me contou muitas coisas. Bato com o garfo no balcão. Foda-se. Vou comer os ovos. Quem sabe quando é que eu vou ter outra refeição decente? O Scott me dá um sorriso convencido quando eu coloco os ovos no prato.

— Isso é uma coisa do beisebol? — pergunto.

— O quê?

— O Ryan dá esse mesmo sorriso de eu-sei-tudo quando acha que me venceu.

O Scott dá um gole no suco de laranja.

— Você e o Ryan têm andado juntos na escola?

Dou de ombros. Andar juntos. Encher o saco um do outro. Mesma coisa.

— Mais ou menos.

— Ele é um bom garoto, Elisabeth. Seria bom pra você ter mais amigos como ele.

O Noah é um cara legal. O Isaiah é o melhor, mas o Scott não quer ouvir isso.

— Meu nome é Beth.

Como se eu não tivesse falado nada, ele faz outra pergunta.

— Como está a escola?

— Vou repetir.

Ele para de comer, e eu enfio comida na boca. Estou começando a odiar esses silêncios.

— Você está tentando? — ele pergunta.

Penso na resposta enquanto saboreio um pedaço de bacon. Na última mordida, decido falar a verdade.

— Estou. Mas não espero que você acredite em mim.

Ele joga o guardanapo no prato vazio e me encara com olhos azuis sinceros. Nós dois temos os olhos da vovó. O meu pai também tinha, só que os dele nunca pareciam gentis.

— Eu não sou inteligente. Sei arremessar a bola, pegar a bola e rebater a bola. Isso me fez um homem rico, mas é melhor ser inteligente.

— Que pena que eu não sei fazer nada disso. Incluindo a inteligência.

— A Allison é inteligente — ele diz e levanta a mão quando eu reviro os olhos. — Ela é muito inteligente. Tem mestrado em inglês. Deixa ela te ajudar.

— Ela me odeia.

O Scott cai num daqueles longos silêncios de novo.

— Deixa que eu cuido disso. Você se concentra na escola.

— Tanto faz. — Dou uma olhada no relógio: quinze para as sete. Conseguimos conversar sem gritar durante quinze minutos. — Você não devia estar a caminho do trabalho?

— Vou trabalhar em casa hoje. Vamos fazer isso todo dia de manhã. Quero que você acorde às seis e esteja aqui pro café da manhã às seis e meia.

Se ele for cozinhar, não vou discutir.

— Tudo bem.

O Scott pega os pratos dele e vai até a pia.

— Sobre ontem à noite...

As coisas estavam indo tão bem...

— Não vamos falar de ontem à noite.

— Você estava tremendo.

Eu me levanto, me sentindo inquieta de repente.

— Preciso arrumar minha mochila.

— Alguém te machucou? Fisicamente?

Os pratos. Os pratos têm que ir para a lavadora. Então eu os pego.

— Eu realmente preciso de ajuda com cálculo. Quero desistir. — Por que estou contando isso para ele?

O Scott pega os pratos da minha mão, e eu não gosto de ficar com as mãos vazias. Ele os coloca no balcão e cruza os braços sobre o peito.

— O que aconteceu depois que eu saí da cidade? Depois que o meu pai morreu, o meu irmão assumiu o lugar dele como canalha residente?

Estou tremendo de novo. É isso ou está acontecendo um terremoto. Minha cabeça dá um pulo para trás quando a realidade do que eu deixei acontecer me atinge de cara como um caminhão. Sou uma idiota. Ele foi hábil em driblar as minhas defesas.

— Vai se foder.

Espero que o Scott grite comigo ou me repreenda. Em vez disso, ele ri.

— Você ainda é teimosa como quando tinha quatro anos. Vai arrumar suas coisas pra escola. Vou te levar hoje.

Eu o odeio.

— Vou de ônibus.

Ele vira de costas para mim e enche a máquina de lavar louça.

— Vou fazer panquecas amanhã.

— Não vou comer.

Ele ri de novo.

— Vai, sim. E a Allison vai fazer caçarola de tofu hoje à noite.

RYAN

Entro com o jipe no estacionamento de estudantes e paro atrás do carro do Chris. Ele está inclinado contra o para-choque enquanto a Lacy está a um bom metro de distância dele, perto do capô. Ela abraça os livros e me despreza inclinando o corpo em direção à escola quando eu desligo o motor. Não é um bom sinal. Respiro fundo e me preparo. A Lacy tem um temperamento dos infernos. Meus ouvidos apitaram por dois dias seguidos na última vez em que a irritei.

O Chris me cumprimenta quando abro a porta.

— Ela está puta com você, cara.

— Estou vendo.

Antes que eu possa me aproximar, a Lacy gira nos calcanhares.

— Um desafio? Você humilhou a Beth ontem no ginásio por causa de um desafio? Estou tentando ser amiga dela, e você, o Chris e o Logan transformaram a garota no alvo de um desafio?

Que inferno, Chris.

— Você se entregou como uma garotinha pega com a mão no pote de biscoitos, né?

— Desculpa — ele diz, arrependido. — As táticas dela são brutais. Os Fuzileiros Navais poderiam contratá-la.

A Lacy corre e fica entre nós dois, com a mão abanando no ar.

— Vocês não vão rir disso. Vocês não conhecem a Beth. Não sabem como era a vida dela. Não sabem que tipo de amiga ela era pra mim. Vocês estão estragando tudo!

Encaro a Lacy, chocado. Lágrimas encharcam seus olhos. Ela não está só com raiva. Está chateada.

— É só um desafio, Lace. Eu chamei ela pra sair. Ela tem a chance de dizer sim ou não. Não estou machucando ninguém.

— Está, sim. — Ela desvia o olhar. — Está *me* machucando. — A garota que considero uma das minhas melhores amigas entra correndo na escola.

— Tenho que ir atrás dela — diz o Chris.

— Eu sei. — Eu quero que ele vá.

— Ela está errada sobre tudo isso. Mas não se preocupa, acho que ela está na TPM.

É. A Lacy é sensível às vezes, mas um incômodo nas minhas entranhas me diz que ela pode estar certa.

— Ryan?

O Chris e eu viramos e vemos a Beth. Meu coração para. É ela. A Garota Skatista da Taco Bell. As roupas da moda sumiram, e o antigo estilo voltou. Camiseta preta colada na pele e calça jeans rasgada. Curvas de fazer o queixo cair. Ela está tão sexy quanto na primeira noite em que a conheci.

— Podemos conversar um segundo? — Doce e sedutora, a voz dela ronrona na minha pele, e eu fico absolutamente hipnotizado. A garota deve ser mágica.

— Claro. — Espero o Chris lembrar que precisa ir atrás da garota dele, mas ele está ocupado demais admirando a bunda da Beth para perceber que ela e eu queremos que ele saia. Dou um lembrete claro. — A Lacy precisa de você.

— É — diz o Chris, como se estivesse despertando de um sonho. — A Lacy. Te vejo mais tarde, cara. Você também, Beth.

Ela batuca com os dedos na coxa como se o dispensasse. O Chris entra devagar no prédio, enquanto eu tento entender a mudança de atitude da Beth. Ontem, a garota seria a principal suspeita do meu assassinato. Hoje, está gostosa e simpática. Isso é que é mudança de humor.

A culpa se transforma num sussurro na minha mente. Eu humilhei a garota na escola. Hora de ajeitar as coisas.

— Ontem, no ginásio...

— Não importa. — A Beth me interrompe. — Eu estava pensando e você está certo. Eu devia fazer amigos, e queria muito que você me ajudasse.

Consigo.

Escondo o sorriso que aparece no meu rosto. Não preciso esfregar na cara. Por que a Lacy não está aqui para ver isso?

— Você vai comigo na festa de sexta-feira?

— Vou, mas com uma condição.

— Que tipo de condição? — Eu devia estar me concentrando mais na palavra *condição*, mas não consigo, quando a Beth mordisca o lábio inferior. Adoro esses lábios.

— O meu tio é meio controlador e quer falar com você.

O dia só está melhorando. Vou ganhar o desafio e vou falar com o meu herói. Além disso, vou passar um tempo com a Beth. Talvez a Lacy esteja certa. Talvez haja mais coisas na garota.

— Claro. Posso chegar cedo na sexta.

A Beth ajeita a mochila pendurada no ombro.

— Na verdade, eu estava pensando em você ir lá em casa hoje à noite pra conhecer ele. Depois a gente talvez possa sair.

Adoro a minha vida. A garota está *me* chamando para sair.

— Tá, claro. — Droga. Minha mente vira um caos quando lembro dos meus planos. — Espera. Eu adoraria, mas tenho treino com o time e depois treino de arremesso em Louisville hoje à noite.

Ela abaixa a cabeça.

— Ah. Tudo bem então. Se você não pode, não pode, mas hoje é a única noite que o Scott vai estar em casa.

Não vou desperdiçar essa mudança de atitude. Se ela for um pouco parecida com a Lacy, pode ter outra mudança de humor em três minutos.

— Posso ir lá depois do jogo e encontrar com o seu tio. E depois você pode ir comigo até Louisville. Podemos sair pra comer depois do treino. Isto é, se você não se importar de ficar uma hora sentada me vendo arremessar.

Ela levanta a cabeça e me dá um sorriso glorioso.

— Se você não se importar...

Me importar? Não consigo pensar em nada que eu queira mais. Acabei de vencer o desafio.

De pé, na varanda da casa do Scott, ajeito a aba do boné de beisebol e limpo as mãos nas calças de ginástica. É isso. Estou prestes a entrar na casa do meu herói. Duas batidas e a porta se abre. Olhando para mim, vestindo calça jeans e camiseta, está o Scott Risk.

— Boa tarde, Ryan. — Ele levanta as sobrancelhas para dar a impressão de que está surpreso.

— Boa tarde. — Esfrego a nuca quando a tensão começa a se formar no pescoço. — Hum, a Beth está?

Um sorriso fácil se espalha pelo rosto dele.

— Tomara que sim, porque acabei de irritar a garota. Vou ver se ela não fugiu pela janela.

Sem ter ideia do que dizer em resposta, enfio as mãos nos bolsos. Ele ri.

— A Elisabeth e eu não trabalhamos muito bem juntos no dever de casa dela. Entra. Ela disse que vocês dois tinham planos, mas tenho que admitir que estava me perguntando se ela estava brincando comigo.

— Ela está pronta, sr. Risk? — Surpreso e fascinado, eu entro. O lugar é enorme.

— Pode me chamar de Scott — ele diz, e depois grita: — Elisabeth!

Alguma coisa dura atinge a porta à nossa direita.

— Vai se foder!

Suspiro profundamente e sinto um peso desconfortável nos ombros. O transtorno bipolar voltou com tudo. Acho que estamos de volta à loucura. Mal posso esperar para ver o que a noite de sexta-feira me reserva.

— Você tem visita!

Silêncio. A porta range enquanto se abre devagar.

— Oi, Ryan. — A Beth encosta o quadril no vão da porta, e o meu coração gagueja. Ela trocou a camiseta por um top preto com um belo decote. — Viu? Eu te falei que ele fica me secando.

Droga. Fico mesmo. E fiz isso bem na frente do Scott Risk.

Ele me dá um tapinha nas costas.

— Tudo bem. Mas tenta não secar muito na minha frente. Em algum momento eu vou parar de achar divertido e posso ter que te dar uma surra. E, Elisabeth... *Foder* não é permitido.

Ela dá de ombros, claramente não se importando com o que é permitido.

— Vá se arrumar — diz o Scott para a Beth. — Vou conversar com o Ryan um instante, depois vocês podem ir.

Ela olha para as próprias roupas.

— Mas eu já estou arrumada.

— Estou vendo sua pele. Grande parte dela. Volte quando tiver menos pele à vista.

Ela suspira e dá uma girada lenta. Quando entra no quarto, seus quadris têm um balanço tranquilo que me faz encarar — de novo.

— Recebi algo ontem que você vai gostar. — O Scott atravessa o vestíbulo até o cômodo em frente ao quarto da Beth e faz um sinal para que eu o siga.

No instante em que entro no escritório enorme, fico encantado. Beisebol. Por toda parte. Camisas em molduras de vidro. Bolas. Tacos. Cartões em mostruários. O Scott pega uma caixa com tampa de vidro e me mostra. Minha boca se abre.

— Babe Ruth. Você tem uma bola de beisebol assinada pelo Babe Ruth?

— Tenho. — O Scott me dá um sorriso rápido, do tipo que eu entendo; esse escritório é território sagrado. O telefone na mesa grande de mogno toca. — Me dá um segundo.

Começo a sair quando o Scott me interrompe.

— Fica. Não vou demorar.

Adoro esse homem. Eu poderia passar horas nesse escritório babando nas coisas dele. O Scott conversa ao telefone usando uma gramática correta e uma voz de negócios. Eu me inclino sobre um taco assinado pelo Nolan Ryan. Esse poderia ser o meu escritório um dia. Que diabos, não. Esse serei eu.

Do outro lado do escritório tem uma mesa cheia de porta-retratos. Scott e Pete Rose. Scott e Albert Pujols. Os porta-retratos estão ligeiramente inclinados em direção ao centro da mesa. Cada pessoa é mais importante que a anterior. Quando chego ao meio, vejo uma foto do casamento do Scott, e o meu respeito pelo cara aumenta. Ele valoriza a família.

Minha testa se franze quando vejo uma fotografia pequena. É de uma criança com o Scott. Pelo menos, acho que é ele. Pego a foto. Ele está novinho e parece bobo usando a versão antiga do uniforme de beisebol da Escola do Condado de Bullitt. Está segurando uma menina. Mal saída das fraldas. Talvez com uns cinco anos. O cabelo loiro comprido tem fitas cor-de-rosa entrelaçadas e presas nele todo. O vestido branco fofo a faz parecer uma princesa. Ela está com os braços apertados ao redor do pescoço dele. O sorriso é contagiante, e os olhos são do azul profundo do mar, quase exatamente iguais aos...

— A Elisabeth adorava fitas — diz o Scott atrás de mim. — Eu comprava pra ela sempre que podia.

De jeito nenhum.

— Essa é a Beth?

Ele pega o porta-retratos da minha mão e coloca com delicadeza de volta bem no meio da mesa.

— É.

Ele diz isso com o peso de um homem de luto. Que inferno, acho que ele está sofrendo. A Beth é muito diferente da menina feliz naquela foto.

O tom alegre do Scott volta.

— Peguei a Allison num jantar ontem à noite e encontrei a sua mãe. Ela disse que você está na final de um concurso literário estadual.

Meus olhos se desviam. Meu pai deve adorar que todo mundo na cidade saiba.

— É.

— O seu pai disse que você está pensando em virar profissional assim que sair da escola, mas várias universidades adorariam ter um arremessador com o seu potencial. Especialmente se você tiver talento acadêmico.

— Obrigado. — Não sei mais o que dizer.

— Quer me contar o que está acontecendo entre você e a minha sobrinha?

Eu congelo. E é isso que eu chamo de mudar de assunto. O Scott perde o sorriso tranquilo, e eu percebo que ele tem os mesmos olhos da Beth. Ele também não pisca. Hora de virar homem.

— Eu chamei ela pra sair. — Por causa de um desafio. — E ela disse sim. Disse que você ia querer falar comigo antes.

— Aonde você vai levar a minha sobrinha hoje à noite?

— Na minha aula de treino de arremesso, depois pra qualquer lugar que ela escolher pra comer. Tem um... — Taco Bell: melhor pular essa. — McDonald's e um Applebee's ali perto.

O Scott faz que sim com a cabeça, como se estivesse processando como realizar uma cirurgia no cérebro.

— Aonde você vai levar a Beth na sexta-feira?

— Não muito longe. Na verdade, é perto da sua propriedade e da propriedade do meu pai. Meu melhor amigo mora do outro lado da sua casa, e nós convidamos alguns amigos pra ir lá.

O Scott luta contra a alegria e fica tenso ao mesmo tempo.

— Você vai levar a minha sobrinha pra uma festa ao ar livre.

Engulo em seco.

— Eu cresci a vinte e cinco quilômetros de Groveton — diz ele. — Eu sei o que é uma festa ao ar livre. Já participei de várias.

Me pegou.

— Achei que era uma boa oportunidade pra ela passar um tempo com os meus amigos.

O Scott esfrega o maxilar.

— Não sei.

Tenho que dar mais a ele. Muito mais.

— Eu gosto da Beth. Ela é bonita. — É, mesmo. — Ela é mais que bonita. Ela não é como as garotas que eu conheço. A Beth me deixa ten-

so. Com ela, eu não tenho ideia do que vai acontecer, e eu acho isso...
— Fantástico. Emocionante. — Divertido.

O Scott não diz nada, e eu fico feliz. Até eu dizer as palavras — palavras que eu achei que estava criando para impressionar o cara —, eu não tinha ideia de que eram verdadeiras.

Uma voz sexy, que eu conheço bem demais, faz meu estômago levitar, como se eu estivesse no alto de uma montanha-russa, e depois mergulhar. A Beth ouviu cada palavra.

— Tá brincando.

— Não é educado ouvir atrás da porta. — O Scott continua de costas para ela, com os olhos grudados em mim.

— Eu não disse "tá brincando, *porra*" — ela responde.

Ele inclina a cabeça para a direita, como se concordasse que isso é um grande progresso.

— A que horas?

— A que horas o quê? — pergunto.

— A que horas você vai pegar a Beth na sexta-feira?

— Às sete.

— Quero que ela esteja de volta às nove hoje à noite. E à meia-noite na sexta.

— Sim, senhor.

O Scott vira para a Beth.

— O que você vai fazer enquanto ele estiver treinando?

— Olhar.

Ele abaixa a cabeça, sem acreditar.

A Beth suspira profundamente.

— Tá bom. Vou fazer o dever de casa. Vou virar estudiosa e acrescentar "nerd total" ao meu rótulo de esquisita. É isso que você quer, né?

— É o meu sonho. Vão. Divirtam-se. — Ele entra no vestíbulo, e os lábios da Beth se curvam naquele sorriso maligno. Onde diabos eu me meti?

BETH

De vez em quando, o destino sorri para mim. Sim, eu sei, é difícil de acreditar, mas hoje é um desses raros dias. Na semana passada, a Lacy me disse que o Ryan ia para Louisville todas as quartas-feiras para treinar, e ontem ela me falou que o centro de treinamento fica na parte sul de Louisville, a exatos oitocentos metros da minha casa.

Do lado de fora de um grande armazém de metal, o Ryan pega uma sacola cheia das porcarias de beisebol dele na traseira do jipe, e eu faço o possível para não parecer animada. Meus nervos não me deixam ficar parada. Estou tão perto da minha mãe que quase consigo sentir o gosto do cigarro. *Calma, Beth. Esse lance deve ser feito com cuidado.*

— Quanto tempo leva o treino?

— Uma hora. Talvez mais. — O Ryan pendura a sacola no ombro. Eu juro, esse cara tem os ombros mais largos do que qualquer garoto do ensino médio que eu já conheci. Ele está usando uma camiseta apertada, e o meu estômago dá umas voltas minúsculas quando a camisa se levanta um pouco, expondo o abdome.

Eu suspiro e afasto esses pensamentos. As características de lindo e decente não se misturam com me querer. E, apesar de o Ryan ser um idiota, ele é... decente. Não precisa ser um cientista brilhante para saber que o que eu estou fazendo com ele é errado.

Errado, mas necessário.

Além do mais, o que está acontecendo entre nós é algum tipo de jogo. Eu só não descobri ainda qual é a jogada dele. Não que isso importe. No fim da noite, o Ryan vai me odiar, e o Scott também. Mas não vou me sentir mal pelo Scott. Foi ele que me arrastou para essa confusão, e ele vai ficar muito mais feliz sem mim. Daqui a uma hora, eu terei encontrado a minha mãe, feito contato com o Isaiah e estaremos fora da cidade. A agenda é apertada, mas é possível.

— Onde você quer jantar? Tem um Applebee's aqui perto e um T.G.I. Friday's. Espero que a nossa conversa no jantar seja bem melhor que o silêncio do caminho. — Ele faz uma pausa. — Podemos ir num fast-food, se você preferir. Sei que você adora tacos.

A primeira brisa do outono sopra pelo estacionamento, e meus braços ficam arrepiados. Daqui a uma hora, vou estar a caminho da praia.

— Eu disse *tacos*, Beth. Cadê a palavra com F que normalmente vem em seguida?

Olho para ele e pisco. Eu vou fazer isso. Vou fugir de verdade.

As sobrancelhas do Ryan se juntam, e ele se aproxima de mim, bloqueando a brisa, ou talvez seja o calor que irradia do corpo dele me aquecendo.

— Está tudo bem?

— Sim, eu estou bem. — Ele é mais alto do que eu. Gigante. Não vou mais ver o cara, então me permito avaliar o Ryan como ele realmente é. Sexy e gostoso, com os ombros largos, os músculos esculpidos, a bagunça fofa de cabelo loiro-areia escapando por baixo do boné de beisebol e os olhos castanhos, atraentes e encantadores. Por um segundo, finjo que a sinceridade nos olhos dele é real — e é para mim.

O vento sopra de novo, mais forte dessa vez, e vários fios de cabelo se movem pelo meu rosto. O Ryan se concentra neles. Os dedos dele sussurram no meu rosto, depois descem pela pele sensível do pescoço enquanto ele ajeita os fios sobre o meu ombro. Seu toque faz cócegas e queima ao mesmo tempo.

O calor dispara até o meu rosto, e minhas mãos imediatamente cobrem as bochechas. Que diabos? Estou corando. Caras não me fazem corar. Caras não querem me fazer corar. Confusa com a minha reação, eu me afasto e enfio a mão no bolso de trás para pegar um cigarro que consegui com o maconheiro na escola.

— Dá um tempo, tá?

— Se você ficar entediada enquanto espera e quiser olhar, eu peço pro treinador deixar você...

Balanço a cabeça.

— Não.

Ele aperta os lábios e vai em direção à entrada. Dou uma olhada na silhueta que se afasta, e meu coração afunda. Esse momento esquisito que a gente acabou de viver não muda nada. O Ryan se apaixona por garotas como a Gwen e transa com garotas como eu. Não dá para mudar destinos que já foram traçados. Isso só acontece em contos de fadas.

Sinto pena dele. O Scott vai matar o garoto até o fim da noite.

— Ryan?

Ele olha por cima do ombro. O que devo dizer? Foi divertido sacanear você, mas tenho que salvar a minha mãe. Sinto muito, mas, quando você voltar para Groveton sem mim hoje à noite, o meu tio vai arrancar suas bolas e a minha tia vai servi-las no jantar com acompanhamento de algas?

— Obrigada. — A palavra tem um gosto estranho na minha boca.

Ele tira o boné de beisebol, passa a mão no cabelo e o volta no lugar. Desvio o olhar para impedir que a culpa me mate.

— Me desculpa — ele diz.

Eu pisco, sem saber por que ele está pedindo desculpas, mas não peço uma explicação. Já falei o que queria, e ele também. Estamos quites.

Um adolescente sai do prédio e segura a porta para o Ryan. Ele entra enquanto o garoto balança as chaves do carro. Obrigada, destino, por me dar uma mãozinha. Enfio o cigarro de volta no bolso de trás e sorrio de um jeito que faz o garoto achar que tem uma chance.

— Pode me dar uma carona?

Os nervos vibram no meu estômago, e respiro fundo várias vezes. Não importa quantas vezes eu inspire, ainda tenho dificuldade para encher os pulmões de ar. Por favor, meu Deus, por favor, faça com que o babaca tenha ido embora. E, por favor, por favor, por favor, faça com que o Isaiah concorde com o meu plano maluco quando eu aparecer com a minha mãe.

Pensei em contar antes para ele sobre o meu plano, mas, no fim, eu sabia que ele não ia concordar em levar minha mãe junto. Ele a culpa pelos problemas da minha vida, mas eu conheço o Isaiah. Quando eu aparecer com ela, implorando para ir embora, ele não vai me deixar na mão. Ele vai levar a gente — nós duas.

O bar The Last Stop está vazio, mas daqui a uma ou duas horas vai estar cheio. Mesmo à luz do dia, o lugar é escuro como uma masmorra. Usando os jeans e a camisa de flanela de sempre, o Denny está sentado no bar e inclinado sobre um notebook, que faz o rosto dele ficar com um brilho azulado. Pelo canto do olho, ele me vê.

— Ouvi dizer que sua mãe perdeu a custódia.

— É.

Ele dá um gole numa cerveja long neck.

— Sinto muito, garota.

— Como ela está? — Minha boca seca, e preciso de toda a força que tenho para agir como se a resposta dele não me importasse.

— Quer saber mesmo?

Não. Não quero.

— Quanto eu te devo?

Ele fecha o notebook.

— Nada. Volta pro lugar de onde você veio. Qualquer lugar é melhor que aqui.

Saio pelos fundos. É o caminho mais rápido até o apartamento da minha mãe. À noite, o lugar é assustador. Durante o dia, o condomínio de apartamentos decadentes só parece triste e patético. O administrador cobriu com spray branco partes da parede de tijolos dos anos 70 para esconder os grafites. Trabalho inútil, porque de noite o pessoal picha os palavrões tudo de novo.

Como a maioria das janelas está quebrada, os moradores usam papelão e fita cinza para cobrir o vidro, exceto nas janelas com aparelhos barulhentos de ar-condicionado que pingam água como se fossem fontes. Minha mãe e eu nunca tivemos um desses. Nunca fomos tão ricas nem tão sortudas.

O babaca do Trent mora no condomínio do outro lado do estacionamento do prédio da minha mãe. A única coisa na vaga de estacionamento dele é uma grande poça de óleo preto que escapa do seu carro quando está estacionado. Ótimo. Inspiro de novo para acalmar a tremedeira. Ótimo.

Depois que o meu pai foi embora, a minha mãe se mudou comigo para Louisville e oficialmente nos tornamos ciganas, mudando para um apartamento diferente a cada seis ou oito meses. Alguns eram tão ruins que a gente saía por vontade própria. Outras vezes nos expulsavam por falta de pagamento. O trailer em Groveton e o porão da tia Shirley são os únicos lares estáveis que eu conheci. Esse apartamento perto da Shirley é onde minha mãe ficou por mais tempo, e é uma droga que o Trent tenha tudo a ver com isso. Bato na porta bem de leve.

A porta estremece enquanto a minha mãe destrava as diversas fechaduras, e, como eu ensinei, ela deixa a corrente fechada quando a porta se abre um pouquinho. Ela estreita os olhos, como se eles nunca tivessem visto a luz do sol. Está mais branca que o normal, e o cabelo loiro na parte de trás da cabeça está espetado como se ela não o escovasse há dias.

— O que é? — ela grita.

— Sou eu, mãe.

Ela esfrega os olhos.

— Elisabeth?

— Deixa eu entrar. — *E deixa eu tirar você daí.*

Minha mãe fecha a porta, a corrente se mexe enquanto ela destravava, e a porta se abre de repente. Em segundos, ela me abraça. As unhas dela se enterram na minha cabeça.

— Meu bebê? Ai, meu Deus, meu bebê. Achei que nunca mais ia te ver.

O corpo dela se sacode, e ouço o conhecido fungado que acompanha seu choro. Descanso a cabeça no ombro dela. Está cheirando a uma estranha combinação de vinagre, maconha e álcool. Só o vinagre parece fora do lugar. Parte de mim está animada por ela estar viva. A outra parte está mais do que chateada. Odeio o fato de ela estar chapada.

— O que você tomou?

Minha mãe se afasta e passa os dedos pelos meus cabelos, em movimentos sucessivos muito rápidos.

— Nada.

Percebo os olhos vermelhos e as pupilas dilatadas e inclino a cabeça.

— Tá, é só um pouco de maconha. — Ela sorri enquanto uma lágrima escorre pelo rosto. — Quer um trago? Temos novos vizinhos, e eles gostam de compartilhar. Vem.

Agarro a mão da minha mãe e a empurro para dentro do apartamento.

— Você precisa fazer as malas.

— Elisabeth! Não!

— Que diabos? — O lugar está uma zona. Não uma zona normal. É muito mais do que pratos sujos, chão com terra e embalagens de fast-food sobre os móveis. As almofadas do sofá estão largadas sobre o carpete surrado, as duas rasgadas. A mesinha de centro agora podia ser usada como lenha. A parte interna da televisão pequena da minha mãe está exposta perto da cozinha de um metro quadrado.

— Alguém arrombou a porta e entrou aqui — diz minha mãe, fechando a porta e trancando uma das fechaduras.

— É mentira. — Eu viro e a encaro. — As pessoas que invadem apartamentos roubam coisas, e você não tem merda nenhuma pra ser roubada. E que diabos é esse fedor?

Eu tingi ovos de Páscoa com o Scott uma vez, e o nosso trailer ficou cheirando a vinagre durante dias.

— Estou limpando — diz minha mãe. — O banheiro. Vomitei agora há pouco.

As palavras dela me atingem com força. Vomitar é sinal de overdose. Meu pior pesadelo com a minha mãe.

— O que você tomou?

Ela balança a cabeça e ri de um jeito nervoso.

— Eu já disse: maconha. Um pouco de cerveja. Não estou nem tonta.

Ai, que inferno.

— Você está grávida?

Odeio quando ela tem que pensar antes de responder.

— Não. Não. Estou tomando aquelas pílulas. Ainda bem que você descobriu um jeito de me mandarem as pílulas pelo correio.

Esfrego os olhos com as palmas das mãos e reúno forças. Nada disso importa.

— Pega as suas coisas. A gente vai embora.

— Por quê? Eu não recebi nenhuma ordem de despejo.

— Somos ciganas, lembra? — digo, tentando aliviar o clima. — Nunca ficamos paradas.

— Não, Elisabeth. Você tem alma de cigana, não eu.

A declaração dela me faz parar, e espero uma explicação. Minha mãe balança de um lado para o outro. Tanto faz. Ela está chapada, e eu não tenho tempo para isso. Pulo por cima da mesa de centro destruída.

— O Isaiah se ofereceu pra me levar pra praia, e você vai com a gente. Vamos ficar escondidas até eu fazer dezoito anos no próximo verão, e depois ficamos livres.

— E o Trent?

— Ele te bate. Você não precisa daquele babaca! — Vejo duas sacolas de plástico no canto. Vão servir. Minha mãe tem poucas coisas que valem a pena empacotar.

— Elisabeth! — Minha mãe chuta o resto da mesa de centro enquanto vem rápido atrás de mim. Ela agarra o meu braço. — Para!

— Para? Mãe, a gente tem que ir. Você sabe que, se o Trent voltar e me encontrar aqui...

Ela me interrompe e passa os dedos pelos meus cabelos de novo.

— Ele vai te matar. — Os olhos dela se enchem de lágrimas, e ela funga de novo. — Ele vai te matar — ela repete. — Não posso ir.

Meu corpo todo afunda, como se eu estivesse ficando rapidamente sóbria de um barato.

— Você tem que ir.

— Não, meu bebê. Não posso ir agora. Me dá umas semanas. Tenho uns negócios pra cuidar e depois vamos embora juntas. Eu juro.

Negócios?

— Vamos embora. Agora.

Os dedos dela se enroscam no meu cabelo e apertam, puxando até o ponto de doer. Ela inclina a cabeça para baixo e encosta a testa na minha. O fedor de cerveja se espalha através de seu hálito.

— Eu juro. Eu juro que vou com você. Me escuta. Tenho que limpar algumas coisas. Me dá umas semanas, depois a gente vai.

A maçaneta da porta se mexe, e meu coração dispara. Ele voltou.

Minha mãe agarra a minha mão de um jeito doloroso.

— Pro meu quarto. — Ela me arrasta pelo apartamento e perde o equilíbrio ao tropeçar nos pedaços de móveis quebrados. — Sai pela janela.

A bílis sobe pela minha garganta, e começo a tremer.

— Não. Não vou sem você.

Deixar minha mãe aqui é como observar a areia caindo numa ampulheta sem poder fazer nada para parar o tempo. Algum dia, o Trent vai exagerar e não vai ser apenas uma mancha roxa ou um osso quebrado. Ele vai tirar a vida dela. O tempo com o Trent é um inimigo.

— Sky! — O Trent grita quando entra no apartamento. — Eu te falei pra deixar a porta destrancada.

Minha mãe me abraça com força.

— Vai, meu bebê — ela sussurra. — Vem me pegar daqui a algumas semanas.

Ela arranca o papelão da janela, e eu pulo para trás quando uma mão entra pela janela já aberta.

— Me dá ela.

O Isaiah enfia a cabeça para dentro e me agarra com as duas mãos. Paro de respirar e percebo que, de um jeito ou de outro, um desses caras vai me matar.

RYAN

Jogo o braço para frente. Com um baque surdo, a bola atinge o lado de fora da caixa laranja, presa à sacola preta de lona que serve de alvo. Minha mente não está focada hoje, e eu preciso que esteja. Acertar os arremessos é a prioridade. Se o Logan manda acertar dentro, tenho que acertar dentro. Se o Logan manda acertar fora, tenho que acertar fora. Se ele manda acertar a placa, tenho que acertar essa porcaria também.

Continuo pensando na Beth. Ela parecia tão pequena e perdida que eu queria pegar a garota nos braços e protegê-la do mundo. Definitivamente não é uma reação que eu teria imaginado com a Garota Skatista. Bato com a luva na perna. Vou descobrir o que está acontecendo com ela no jantar. Não vou mais aceitar o silêncio.

Giro o ombro, num esforço para encontrar vida nele, mas está vazio. Estou arremessando há uma hora, e os músculos do meu braço estão moles como geleia.

O centro de treinamento não é grande coisa, só um barracão com carpete verde e um ar-condicionado preso ao teto. O aparelho faz barulho lá de cima, e, de poucos em poucos segundos, um taco acerta a bola.

Meu treinador, John, se afasta da parede de metal.

— Bom, mas você ainda está jogando com o braço. Sua força e sua consistência precisam vir das pernas. Como está o braço?

Cansado. A Beth deve odiar esse lugar. Um galpão cheio de caras batendo bolas em redes e arremessando dentro de sacolas. Estou meio desapontado. Ela não se levantou nem uma vez para olhar.

— Posso arremessar mais algumas, se você quiser.

— Você tem descansado o braço como a gente combinou?

— Sim, senhor. — Não tanto quanto eu deveria. Sei apontar o ponto exato do meu manguito rotador: aproximadamente cinco centímetros abaixo do ombro e, nesse momento, ele dói.

— Vamos parar por hoje.

Rolo a bola nos dedos. A Beth não é a única questão que me incomodou nesse treino, e, não importa quanto eu ignore os pensamentos, eles continuam voltando.

— Posso te perguntar uma coisa?

— Manda.

— Se você tivesse que escolher entre jogar bola na faculdade e sair do ensino médio como profissional, o que escolheria?

O John coça o rosto enquanto me encara com um misto de curiosidade e confusão.

— Você quer ir pra faculdade?

Não sei.

— Se você tivesse escolha, o que teria feito?

— Não tive essa escolha. Jogar bola na faculdade era minha única opção.

— Mas e se tivesse?

— Eu teria ido pra liga profissional.

Bato com a bola na luva. Exatamente. Todo mundo que vem com essa conversa de faculdade e concursos literários está tentando me ferrar.

— Obrigado.

— A questão não é o que eu teria feito. A questão é: o que *você* quer fazer?

BETH

O Isaiah envolve o braço com força ao redor da minha cintura e me puxa pela janela. Os olhos azuis e vazios da minha mãe têm uma dor melancólica enquanto ela me olha pela última vez antes de fechar o painel de vidro e colocar o papelão sobre a janela.

— Não! — Eu a deixei para trás. De novo.

O aperto dele se torna de aço e, quanto mais eu tento me agitar de volta para a janela, de volta para o apartamento da minha mãe, mais ele me puxa para longe. Meu coração está literalmente se despedaçando, uma dor que corta como vidro.

Minhas pernas se embolam com as do Isaiah. Ele continua apertando firme os meus quadris ao me levantar e me carregar na direção oposta à da minha mãe. Eu me esforço para voltar ao chão, chuto a perna dele e bato em seus joelhos.

— Isaiah, o Trent está lá. Ele vai matar a minha mãe.

— Vamos embora. — O rosnado dele faz um estrondo no meu ouvido.

— Você me ouviu? — Não podia ter ouvido. O Isaiah nunca me deixaria para trás para morrer, então nunca deixaria a minha mãe. A única pessoa de quem eu preciso.

— Ouvi. — Ele faz força contra mim, e meu corpo menor se rende ao dele. *Não.* Meus cotovelos se dobram e, com as mãos abertas, eu atinjo o peito dele. Meu coração se choca com a batida das minhas mãos no corpo dele. Eu bati nele — meu melhor amigo.

Vou fazer isso de novo se ele não me largar.

— Eu te odeio!

— Ótimo — ele diz. As narinas dele se dilatam quando ele sacode os meus quadris. — Porque assim eu não vou me sentir mal por te jogar no ombro e te enfiar no maldito carro.

Minhas palmas, ainda doendo por bater nele, repousam no seu peito. Seu coração bate de um jeito selvagem, combinando com o brilho maluco em seus olhos. O Isaiah está falando sério.

Eu também.

— Não vou embora sem ela.

— Entra no carro antes que eu te obrigue.

As mãos dele me apertam. Um alerta. Uma ameaça. Meu peito se contrai, tornando impossível respirar. Impossível pensar.

— Ele bate nela.

Digo como se fosse um segredo. Porque é. O meu segredo. O segredo que eu escondo de todo mundo. O segredo que leva ao meu pior segredo: ele bate em mim. O Isaiah já sabe disso, mas é diferente. Estou falando em voz alta. Estou transformando em realidade. E estou pedindo para ele me salvar. Estou pedindo para ele salvar a minha mãe.

O Isaiah coloca o rosto de um jeito inimaginavelmente perto do meu.

— Ele nunca vai te tocar de novo.

Minha garganta incha, e minha voz sai baixinha.

— Eu deixo ele me bater, se for pra salvar ela.

Um tremor visível passa pelo corpo dele, e suas mãos soltam a minha cintura. Como uma parede de tijolos, o Isaiah planta os pés no chão e cruza os braços sobre o peito, praticamente me desafiando a passar por ele.

Dou um passo à esquerda. O Isaiah me acompanha. Dou um passo à direita. Ele espelha o movimento.

— Pro carro, Beth. Agora.

— Sai da minha frente! — Ele não sai, e eu me sinto um gato preso numa caixa. Arranho o peito dele. Empurro. Bato. Grito. Berro. Xingo. Até minhas mãos baterem nele de novo, e de novo, e de novo.

Frustrada. Irritada. Traída.

Os braços dele são mais fortes que o meu ataque, e ele coloca as mãos quentes no meu rosto, afastando a umidade das minhas bochechas. Uma umidade que eu não entendo. Soco os braços dele para longe de mim.

— Se você fosse meu amigo... Se você se importasse, você me ajudaria!

— Porra, Beth, estou fazendo isso porque eu te amo!

Meu coração bate uma vez e paralisa enquanto o mundo se torna terrivelmente parado. Eu vejo sinceridade nos olhos dele e balanço a cabeça.

— Como amiga — sussurro. — Você me ama como amiga.

Nós nos encaramos com o peito arfando rapidamente.

— Fala, Isaiah. Fala que você me ama como amiga. — Ele fica em silêncio, e minha mente parece que está a ponto de se partir. — Fala!

Não quero lidar com isso. Não tenho tempo para isso. Contorno o corpo dele.

— Vou lá pegar a minha mãe.

— Foda-se tudo — ele sussurra e se dobra. O ombro dele toca a minha cintura e, em segundos, minha cabeça se pendura sobre as costas dele e meus pés chutam seu corpo. Eu grito e observo através da visão embaçada enquanto ele me afasta mais da minha mãe.

Uma porta de carro faz um clique e se abre. O Isaiah desliza o meu corpo do ombro dele, cobre a minha cabeça e usa a força e o tamanho para me empurrar para o banco traseiro, me impedindo de fugir dali. A porta se fecha com um barulho, e ele aperta o meu pulso com muita força. Minha cabeça vira para a direita. A outra porta. Está trancada. Puxo o pulso para me libertar, para abrir a porta, mas o Isaiah continua me segurando.

O carro dá marcha a ré, e o motor reclama quando acelera.

— Que diabos você estava pensando, Beth? — Arregalo os olhos. O Noah se inclina para trás com uma das mãos no volante. Ele nem espera uma resposta. — O Isaiah disse que você vinha buscar a sua mãe, mas achei que você teria bom senso suficiente pra ficar longe dela. Meu Deus, pelo menos você é previsível. Você achou que a gente não ia lembrar que você ia procurar no bar antes de ir ao apartamento dela? Isaiah, me lembra de pagar um extra pro Denny por ter ligado pra gente tão rápido.

Denny. Babaca traidor. Ele contou ao Noah e ao Isaiah que eu vim buscar a minha mãe.

— Como você chegou a Louisville? — o Isaiah pergunta, numa voz assustadoramente calma.

— Vai se foder. — Ele disse que me ama. Um suor frio sai pela minha pele, e o meu corpo começa a tremer. Meu melhor amigo disse que me ama. E a minha mãe. Ele me obrigou a deixar a minha mãe.

— Você convenceu aquele canalha do Ryan que andou te sacaneando a te trazer?

Olho de relance para o Isaiah, ele xinga e puxo meu pulso da pegada dele.

— Me larga.

A raiva brilha nos olhos escuros dele e, se não estivesse vindo dele, realmente me assustaria. Ele tem uma raiva calma, controlada, do tipo que surta se for pressionada demais por muito tempo.

— Não até eu saber que você parou de pensar como uma idiota e de fazer coisas estúpidas. Você podia morrer. O Trent anda falando no bar faz tempo que vai fazer picadinho de você se te encontrar de novo. Ele te culpa porque a polícia foi no apartamento dele na semana depois de você ir pra Groveton. Mas ele esquece que tem inimigos em toda parte.

Ouço um estalo na cabeça, e meu corpo todo se encolhe. Falei com o Isaiah todas as noites, e ele não me contou essa fofoca. Uma fofoca que teria me feito agir mais rápido. Se o Trent me culpa, também culpa a minha mãe, e ele já gosta de bater nela sem motivo. O Isaiah me levou para longe da minha mãe e a deixou lá com aquele babaca.

Ele ainda segura meu pulso, e eu não quero um Judas traidor me tocando. Tiro o pé do chão do carro e o chuto várias vezes.

— Me. Sol-ta!

Ele larga o meu braço para afastar o meu pé.

— O que tem de errado com você?

— Você deixou ela lá pra morrer!

Ele soca a parte de trás do assento do Noah e cai no banco. A cabeça dele se inclina para trás, e ele coloca o dedão e o indicador sobre os olhos fechados.

Os acordes desanimados e amargos da música do Nine Inch Nails tocam no rádio, e eu me encolho no canto do carro, puxando as pernas até o peito. Meu coração dói com a letra da música. É uma estrofe entalhada na minha alma, uma letra que fala das pessoas que você ama e, no fim, elas vão embora.

O Isaiah me afastou da minha mãe; ele não vai me ajudar a salvá-la... Ele disse que me ama. O que era meu melhor e mais forte relacionamento se tornou uma folha seca, prestes a morrer.

Acho que tudo na vida realmente acaba.

RYAN

Dez minutos atrás, eu saí do treino e descobri que ela tinha sumido. Enquanto eu estava parado aqui, enlouquecendo, decidindo o que fazer, a Beth estava se divertindo com os amigos. Entrei em pânico, me perguntando se deveria ligar para o Scott, para a polícia, para o meu pai. Imaginei a tristeza do Scott e pensei em como o meu pai ia ficar irritado ao descobrir que eu tinha perdido a sobrinha do herói da cidade.

Mas, principalmente, fiquei preocupado com a Beth. Tive medo de ela ter sido levada por alguém. Rezei para ela não estar machucada nem assustada. Agora me sinto um idiota.

Alguns minutos atrás, eles chegaram de carro, e agora a Beth está discutindo com o drogado tatuado, aquele queridinho dela, que eu já vi antes. Não tenho coragem de mexer nem um músculo, porque estou apavorado de arrancar cada fio de cabelo da cabeça da Beth. Plantado firmemente ao lado do jipe, observo enquanto ela e seu amigo drogado continuam a discussão acalorada.

A Beth brincou comigo como ninguém fez antes. Cometi um erro terrível. Tentei gostar dela. Foda-se a Beth. Ela que se dane. Ela concordou em ir comigo à festa na sexta-feira. Eu ganhei o desafio. Ponto.

Ela sai do carro ferrado.

— Beth! — O Cara Tatuado a agarra pelo cinto. — Você não vai embora. Não desse jeito.

Eu me encolho, mas me obrigo a ficar parado. Ela quer esse cara. Ela me deixou para ficar com ele.

— Então mantém a promessa que você me fez, Isaiah. Me leva. Hoje à noite. — Os olhos dela avaliam o cara, e o desespero no rosto dela torna desconfortável assistir à cena. Qualquer que seja a resposta que ela espera, ele não dá. Só vira o rosto para o outro lado, com os olhos abaixados. O outro cara fecha a porta do carro e se aproxima devagar dos dois, mas mantém distância.

Ótimo, voltei à probabilidade de dois contra um. Isto é, se eu me importasse o suficiente para me aproximar. E eu não me importo.

O Isaiah olha de relance para o outro cara.

— Você sempre disse que queria um lar, e agora você tem um.

A Beth pisca.

— Não esse lar.

Eu me endireito. A atitude que a torna maior que a vida evapora. Ela é pequena. Muito pequena. Especialmente quando está perto de dois caras ameaçadores. Ela não parece apenas pequena, mas também muito... perdida.

— Espera até a sua formatura. Só mais alguns meses. O Noah e eu conversamos e...

Ao ouvir o nome do Noah, a cabeça da Beth dá um pulo, e a raiva brilha nos olhos azuis.

— Você prometeu.

— Beth. — O outro cara, que suponho ser o Noah, usa um tom calmo que até eu sei que vai irritar a garota. — Você pertence a Groveton.

Com uma raiva cega, a Beth corre até o Noah. A mão dela se lança e atinge o rosto dele. O som ecoa nas paredes do armazém. O peito da Beth oscila enquanto ela busca o ar.

— Vai se foder.

Eu desencosto do jipe. Que diabos? O Noah toca o próprio rosto com cuidado, depois inclina a cabeça como se quisesse aliviar a tensão.

— Eu estava começando a me sentir de fora, depois do seu showzinho no condomínio.

— Isso é culpa sua! — ela grita. — Você e a Echo e a sua nova vida. Você jogou o Isaiah contra mim porque está com muito medo da vida real. Você quer uma vida falsa. Como a sua namorada.

O Cara Tatuado — Isaiah — coloca a mão no braço da Beth e a puxa para longe do Noah. Que diabos. Punk ou não, uma garota está bem encrencada quando bate num cara, e um cara nunca deveria tocar numa garota. Meus dedos se fecham enquanto eu me aproximo.

— Sai de perto dela.

— Groveton — o Isaiah diz, me ignorando. — Com o seu tio. É exatamente lá que você tem que estar. — Ele aponta para o sul, para longe de Louisville, para casa. — Esse mundo pode te dar o que eu não posso. Agora não. Espera até a formatura.

— Se você fosse sincero — ela diz, num rosnado baixo —, manteria sua promessa agora.

Uma sombra negra parece envolver o cara, e eu acelero o passo.

— Eu disse pra você sair de perto dela. — Meu coração dispara no peito. Dois contra um. As chances são ruins, mas eu vou enfrentar.

— Não ouse jogar isso na minha cara — o Isaiah diz para ela, depois desvia o olhar para se concentrar em mim. — Isso não tem nada a ver com você, cara, então sai daqui, porra.

— Claro que tem. Ela chegou aqui comigo e vai voltar pra casa comigo. Tudo que acontecer com ela nesse meio-tempo *tem* a ver comigo.

Ele inclina o corpo na minha direção.

— Você fala como se ela fosse sua.

— Isaiah — sussurra a Beth. — Não.

Com menos de um metro entre nós, dou mais um passo, com todos os músculos preparados para brigar.

— Ela se tornou minha no instante em que você colocou a mão nela.

Ele diminui a distância, e ficamos cara a cara. O rosto dele está a centímetros do meu. A raiva exala do corpo dele.

— Ela não é sua. Ela é minha, e eu não gosto do modo como você trata a Beth.

Um braço pequeno desliza entre os nossos corpos.

— Isaiah — diz a Beth. — Deixa pra lá.

— O modo como eu trato a Beth? — Esse cara está chapado? — Ela não parece te querer.

— Ryan, para, por favor. — Eu nunca ouvi a Beth implorar antes, e quero olhar para ela e confirmar que essas palavras realmente saíram de sua boca, mas não ouso fazer isso. Então encaro o babaca na minha frente.

Um sorriso insano repuxa os lábios dele.

— Você acha que ela te quer? É isso que você acha? Que você é homem de verdade porque tortura a garota na escola? Porque espalha os segredos dela? Porque humilha a garota? Você acha que ela quer um cara que faz ela chorar?

— Isaiah! — a Beth grita.

Os braços dele pulam para trás, e os meus também. Uma figura grande aparece à minha esquerda e, em vez do golpe que estou preparado para receber, o Noah empurra o Isaiah para dentro do carro.

— Pra trás, cara.

— Como você pôde? — Espero ver o olhar frio e acusador da Beth na minha direção, mas, em vez disso, ele está fixo no Isaiah. O corpo todo dela treme, e ela esfrega o braço esquerdo. Um movimento contínuo e repetido. — Como você pôde contar isso a ele?

O Isaiah pisca, e a raiva escoa dele.

— Beth...

Ela corre para o jipe.

— Vamos embora.

Ela não precisa falar duas vezes. Enfio a chave na ignição antes de fechar a porta e acelerar para sair do estacionamento. Quando chego à autoestrada, coloco o cinto de segurança, e a Beth encosta a cabeça na janela do carona.

Busco a raiva que senti mais cedo e tento encontrar um jeito de culpar a garota. Foi ela que foi embora. Foi ela que passou um tempo com aqueles dois caras. Mas a única coisa que revira no meu cérebro é a acusação que o Isaiah cuspiu para mim: eu a faço chorar.

BETH

Viver é como estar acorrentada no fundo de uma poça rasa com os olhos abertos e sem ar. Vejo imagens distorcidas de felicidade e luz, até ouço risos abafados, mas tudo está fora do meu alcance enquanto fico deitada numa agonia sufocante. Se a morte é o oposto da vida, espero que seja como flutuar.

Eu nunca briguei com o Isaiah e o Noah desse jeito. Nunca pensei que o Isaiah fosse me trair, mas ele me traiu. Confiei meus segredos ao meu melhor amigo — segredos que eu nunca contei a nenhuma alma viva. Ele sabe sobre o meu pai, sobre a minha mãe, sabe quantas vezes um homem me deu um tapa na cara... e sabe que o Ryan, pelo modo como me oferece amizade quando eu sei que ele só está brincando comigo, me faz sofrer.

Com a cabeça apoiada no vidro da janela do carona, observo as diversas linhas brancas no meio da estrada passarem rapidamente. Na rua de duas mãos que leva à casa do meu tio, o Ryan ultrapassa um pequeno caminhão, atingindo facilmente cem quilômetros por hora numa via com limite máximo de sessenta. Eu meio que desejo ter coragem de abrir a porta e pular.

Ia doer, mas depois a dor ia passar quando eu morresse. Toda a dor. A dor indescritível no meu peito, o peso na minha cabeça, o nó na minha garganta — tudo ia sumir.

Viemos em silêncio. Não tenho certeza se é um silêncio desconfortável, porque estou quase entorpecida. Desejo estar entorpecida. Anseio estar entorpecida. Quero ficar chapada.

O jipe vira à esquerda, e começamos o caminho pela longa entrada. Meu estômago ronca. Acabamos não comendo nada.

Quando chegamos em casa, o Ryan coloca o jipe em ponto morto e imediatamente desliga o motor. Eu odeio o campo. Sem luz, os bosques se tornam o cenário dos meus pesadelos. Minha pele pinica ao pensar no diabo esperando para me agarrar na escuridão e me jogar no nada.

Tem tantas coisas que o Ryan pode fazer. Ele pode gritar. Pode entrar e contar tudo para o Scott. A segunda opção faria com que ele fosse o jovem honrado que o Scott quer que eu seja. E também destruiria o resto da minha vida. O Scott mandaria minha mãe para a cadeia.

E eu? Ia querer morrer.

Quatro horas atrás, o orgulho jamais permitiria que eu dissesse essas palavras, mas não tem mais nada dentro de mim.

— Me desculpa.

Sapos coaxam perto do riacho que faz divisa com a fazenda do Scott. O Ryan não diz nada, e eu não culpo o cara. Realmente não tem nada para alguém como ele dizer a uma garota como eu.

Ele analisa as chaves nas próprias mãos.

— Você me enganou pra te levar até Louisville.

— É. — E, se o meu plano tivesse funcionado, eu teria ido embora e o meu tio o teria culpado.

— Você planejou se encontrar com aquele cara em vez de passar um tempo comigo.

— Isso. — Ele merece a minha honestidade, e essa é a resposta mais sincera que eu posso dar.

Ele gira a chave no dedo.

— Desde o instante em que entrou na Taco Bell, você não era nada além de um desafio. O Chris e o Logan me desafiaram a conseguir o seu número de telefone, e depois me desafiaram a te chamar pra sair.

As palavras ferem, mas eu me esforço para impedir que a dor venha à tona. O que mais eu poderia esperar? Ele é tudo de certo no mundo.

Eu sou tudo de errado. Caras como ele não se apaixonam por garotas como eu.

— Eu quase entrei numa briga por sua causa.

— Eu sei. — E repito aquelas palavras raras: — Me desculpa.

O Ryan enfia a chave na ignição e dá partida no motor.

— Você me deve uma. Eu te pego às sete na sexta-feira. Nada de joguinhos dessa vez. Uma noite só, e nada mais. Nós vamos à festa. Ficamos juntos lá por uma hora. Eu ganho o desafio, depois te trago pra casa. Você volta a me ignorar, e eu te ignoro.

— Ótimo. — Eu devia estar feliz, mas não estou. Era isso que eu achava que queria. Por trás do entorpecimento tem uma dor esperando para me torturar. Abro a porta do jipe e fecho sem olhar para trás.

RYAN

A lei estadual me impede de arremessar em mais de quinze entradas por semana. Só vou aparecer nos jogos de quinta-feira se nossos outros dois arremessadores nos derem o bolo. Três entradas atrás, quando o treinador me colocou no jogo, estávamos tão afundados que não conseguíamos ver a luz do dia. Não que a chuva ajude.

Tem chovido há duas semanas. Duas semanas de jogos adiados. Duas semanas de festas canceladas. Duas semanas em que eu e a Beth ignoramos um ao outro.

Todo mundo está prevendo que a chuva vai parar hoje à noite e que a festa ao ar livre finalmente vai acontecer amanhã. Também estou pronto — ansioso para ganhar o desafio e oficialmente tirar a Beth da minha vida.

No fim da sétima entrada com o jogo empatado, preciso segurar esse último rebatedor para fazer o jogo ter entradas extras. Uma chuva fina refresca o calor na nuca. Gotas acumuladas pingam da aba do meu boné. A bola está escorregadia. Minha mão também. Odeio jogar na chuva, mas os caras da liga nacional fazem isso o tempo todo.

A intensidade da chuva aumenta. Mal consigo perceber os sinais do Logan. Por hábito, dou uma olhada para o corredor na primeira base, mas não consigo ver porcaria nenhuma. Viro de volta, e o som da natureza que pode mudar o jogo interfere: trovões e relâmpagos.

— Fora do campo! — grita o juiz principal.

Minha chuteira afunda na lama enquanto vou até o banco dos jogadores. Esse é o terceiro adiamento por causa da chuva. Não haverá outro. O jogo acabou.

— Bom trabalho, pessoal — diz o treinador, dando um tapinha nas costas de cada um quando entramos. — Dirijam com cuidado. O tempo está terrível.

A chuva bate no telhado. Não vejo função para um telhado se tudo debaixo dele está molhado: os bancos, os equipamentos, as mochilas. Troco de sapatos rapidamente, amarrando os Nikes com mais força e rapidez do que o normal.

Como me conhece melhor que todo mundo, o Chris aproxima seu corpo enorme do banco ao meu lado.

— Nós não perdemos.

Cancelamentos por causa da chuva não contam.

— Mas também não ganhamos.

— Você teria tirado a gente do buraco.

— Talvez. — Eu me levanto e coloco a mochila no ombro. — Mas nunca vou saber.

O resto do time conversa, troca de sapatos e espera no banco dos jogadores até a chuva diminuir de intensidade. Não estou no clima para conversar e já estou molhado. A chuva martela nas minhas costas enquanto vou até o estacionamento.

— Ei! — O Chris tenta me alcançar. — Que foi, cara?

— Nada.

— Não me vem com essa merda — ele grita, por causa do barulho da chuva. — Você está de mau humor há duas semanas.

Abro a porta do jipe e jogo a mochila no banco de trás. Beth. Foi isso que aconteceu, mas não posso contar ao Chris. Vou acabar com a maré de derrotas amanhã, quando a chuva for embora e a Beth for comigo à festa.

— Talvez ele conte pra mim. — Em pé ao lado do Chris, a Lacy parece um rato afogado, com o cabelo colado no rosto. Quando a chuva começou, uma hora atrás, ela se abrigou no carro do namorado. — Me leva pra casa, Ryan.

A última coisa que eu quero é ficar preso num carro com ela.

— Não sou seu namorado.

— Não — ela grita, quando outro trovão vibra no céu. — Você é meu amigo.

A Lacy beija a bochecha do Chris e corre para o lado do carona. Olho de relance para o Chris, e ele faz que sim com a cabeça.

— Ela não quer mais sentir raiva de você.

Pulo para dentro do jipe e dou partida. No melhor estilo Lacy, ela liga o aquecimento e sintoniza o rádio em sua estação preferida antes de abaixar o som.

— Você e a Beth brigaram?

Os limpadores de para-brisa gemem num ritmo rápido quando saio do estacionamento. Eu me pergunto o que a Lacy sabe. Não contei a ninguém que eu e a Beth fomos a Louisville.

— Foi isso que ela te disse?

— Não. Eu finalmente consegui o número do telefone da casa dela na outra semana, e o tio dela me contou que vocês tinham saído.

Calculo quanto isso afeta o desafio.

— Você contou pro Chris?

— Não é da minha conta falar pra ele. Você levou ela a Louisville por causa do desafio?

— Foi.

— Então o desafio acabou. É por isso que você tem ignorado a garota?

Silêncio. Por que a Lacy está me fazendo sentir um babaca? Foi a Beth que ferrou comigo. Ela me deve essa.

— Ela te trata como lixo, Lace. Por que você se importa?

A Lacy não mora muito longe do campo comunitário. Subo a entrada de carros da casa dela e observo as samambaias penduradas na varanda balançarem ao vento.

— Ela era minha amiga.

— Era! Ela era...

A Lacy estende as mãos.

— Para. Me escuta. Eu não sou você. Eu nunca fui você. Você entra em qualquer situação e automaticamente tudo é perfeito. Eu não sou perfeita. Nunca fui.

Do que ela está falando? Se a Lace soubesse como a minha família está despedaçada, como estamos morrendo lentamente depois que o Mark foi embora...

— Eu não sou perfeito.

— Quer calar a boca?! Meu Deus, não consigo fazer vocês, garotos, falarem metade do tempo e, sempre que eu tento falar alguma coisa que vale a pena, um de vocês me interrompe. Então, cala a boca!

Faço um gesto para ela continuar.

— Ninguém gostava de mim, Ryan. Meu pai fez a gente mudar pra Groveton quando eu tinha quatro anos, e, na época, eu sabia que ninguém gostava de mim. Minha mãe tentou me enturmar com outras crianças e me colocou na pré-escola, mas eu sempre era considerada uma intrusa. Eu não sou você, não sou o Logan, não sou o Chris. Não consigo rastrear minhas origens até os fundadores do país. Não posso comer frango assado aos domingos com a minha avó depois da igreja porque ela não mora na propriedade ao lado, mas à distância de três estados.

Esfrego a nuca, sem saber se devo falar e, se falar, o que dizer. A Lacy nunca pareceu se importar com o que as pessoas pensavam dela.

— Nós nunca te tratamos diferente.

Ela suspira fundo.

— Por que você acha que eu ando com vocês desde o sexto ano? Você acha mesmo que eu amo tanto o beisebol?

Dou um risinho.

— Não deixa o Chris ouvir você dizer que não é uma fã ardorosa.

— Eu amo o Chris — ela diz, e eu entendo que isso significa que também ama tudo que ele ama. — De qualquer maneira, a questão é que a Beth gostava de mim. Quando a Gwen era má comigo...

Minha boca se abre para protestar. Ela aponta para mim e estreita os olhos.

— Não diz nem uma palavra. Um, eu te falei pra calar a boca. Dois, esse monólogo é meu e não seu. Três, ela é uma vaca. Como eu estava dizendo, quando a Gwen resolvia ser ela mesma e deixava de lado a atuação de estou-fingindo-ser-perfeita-pro-mundo-todo-me-amar, ela transformava a minha vida num inferno. Eu fui rotulada de esquisita antes do jardim de infância, mas a Beth gostava de mim. Quando a Gwen me fazia chorar, a Beth segurava a minha mão e dizia que me amava. Quando as amigas da Gwen me diziam que eu não podia brincar nos balanços, a Beth enxotava todo mundo e dizia que os balanços eram meus. A Beth me ensinou o que significa ter amigos. Não sei que merda aconteceu com ela entre o terceiro ano e agora, mas eu devo a ela. É o seguinte: eu amo você e amo a Beth, mas juro por Deus que te dou uma surra se você magoar a garota.

A Lacy despejou muita coisa para eu processar, então eu me concentro no que entendi.

— Você vai me dar uma surra?

Ela sorri.

— Tá, talvez não, mas vou ficar puta da vida, e não gosto de ficar assim com você.

Eu também não gosto que ela fique puta da vida comigo.

— Ela vai comigo na festa.

A decepção obscurece o rosto dela.

— Desafio ou encontro?

— Desafio. — Não minto para os amigos. — Mas a Beth sabe.

— Se ela sabe, isso não quebra as regras?

Dou de ombros.

— Não temos um livro de regras.

A luz da varanda se acende, e a porta da frente se abre. Através da chuva, mal consigo ver a mãe da Lacy. Aceno para ela. Um segundo depois, ela acena de volta.

— Ela acha que tudo que eu e o Chris fazemos é transar em carros. — A Lacy afasta com a mão qualquer discussão sobre ela e o Chris transando em carros, o que, para mim, está ótimo.

Eu prefiro pensar na Beth. Quem é ela? A garota que a Lacy jura ser uma amiga fiel? A garota de cabelo loiro que adorava fitas e vestidos enfeitados? A garota que se esgueira sob a minha pele e ali fica? A garota forte o bastante para me dizer o que realmente pensa de mim? A garota que às vezes parece tão pequena e indefesa que me pergunto se consegue sobreviver sozinha no mundo? A Lacy pode me odiar por essas palavras, mas preciso dizer.

— Talvez a Beth não seja quem você pensa que é.

— Engraçado — ela comenta. — Eu ia te dizer a mesma coisa.

BETH

O Ryan troca de marcha quando o asfalto termina e os pneus do jipe atingem o cascalho. O vento joga meu cabelo no rosto e no pescoço, me espetando como minúsculos tentáculos de água-viva. Ele liga o farol quando o sol se põe no oeste, fazendo os bosques que nos cercam mergulharem em sombras.

Além dos "ois" felizes e forçados que trocamos sob o olhar atento da minha tia, o Ryan e eu não falamos nada um com o outro desde que ele me pegou em casa. As coisas que ele me disse duas semanas atrás ainda machucam — eu não era nada além de um desafio.

A oferta de amizade, os sorrisos, as palavras simpáticas — tudo era um jogo. No fundo eu sempre soube, mas parte de mim esperava mais. Eu me permiti ter esperança. Beth idiota cometendo outro erro idiota. É a história da minha vida.

— Sabe, é falta de educação ficar mandando mensagens quando você sai com outra pessoa. — O Ryan descansa uma das mãos sobre o volante e se inclina de um jeito convencido em direção à porta. — Especialmente porque eu te salvei.

Ignoro o Ryan e encaro o celular. Como eu devia a ele, concordei em passar uma hora com o cara na festa. Nunca concordei em conversar.

Os trancos constantes no jipe tornam quase impossível ler os textos do Isaiah. É a primeira vez que eu tenho coragem para abrir essas mensagens. Todas dizem a mesma coisa:

> Sinto muito.

Eu também. Sinto muito por ter confiado nele. Sinto muito por ele ter me traído. Sinto muito por achar que conseguiria ler as mensagens de texto dele sem o meu coração latejar como se tivesse sido atacado por um enxame de abelhas. Eu queria que o peso fosse embora. Queria que a mágoa fosse embora. Como posso perdoar o Isaiah por contar meu segredo ao Ryan? Como posso perdoar o cara por me obrigar a deixar a minha mãe?

E, pior ainda, como posso falar com ele agora que sei que ele me ama e sei, mais do que posso dizer, que não me sinto do mesmo jeito? Minha garganta se fecha. O Isaiah é o meu porto seguro. Sempre foi. É para ele que eu corro quando o mundo todo parece desabar. Houve uma época em que eu achei que talvez a gente pudesse ser mais do que isso, mas... eu congelava totalmente. O Isaiah e eu fomos feitos para ser amigos, e agora eu estou perdendo o meu único amigo.

O telefone vibra na minha mão. É como se ele sentisse que eu finalmente estou do outro lado.

> Me liga. Me manda mensagem. Por favor.

Jogo o telefone no chão do jipe. Mandar uma mensagem para o Isaiah só vai aumentar a dor — para nós dois.

O Ryan está concentrado na estrada, parecendo mergulhado em pensamentos. Eu queria ter a vida dele. Sem dor, sem problemas. Só leveza e liberdade.

— Está tudo bem? — Ele me pega encarando. Eu me lembro que a sinceridade derretida nos olhos castanhos dele não é real. Atletas não são bons em fingir. O cabelo escapa pelo boné de beisebol que ele usa com a aba para trás. Ele muda a marcha de novo, e os músculos do braço estremecem com o movimento. É meio sexy. Meio, não: o Ryan é sexy.

— Por que estamos numa estrada de terra? Chegamos oficialmente ao fim do mundo?

— É uma estrada de cascalho — diz o Ryan. — É o caminho pra minha casa.

Casa dele. Por favor. Aquele canalha do Luke da minha escola anterior também me "mostrou" a casa dele.

— Não vou trepar com você.

— E você tem um linguajar maravilhoso. Você devia ter todos os caras na palma da mão em Louisville. — Ele flexiona os dedos e pega de novo no volante antes de falar de um jeito casual: — Esse é o caminho mais rápido até a festa.

O Ryan me odeia, e eu não culpo o cara. Eu me odeio. O que eu odeio mais nesse momento é que parte de mim gosta do Ryan. Ele me defendeu como o príncipe defende a princesa nos contos de fadas que o Scott lia para mim quando eu era criança. Não sou uma princesa, mas o Ryan é um cavaleiro. Só que ele pertence a outra pessoa.

— Tem certeza que você está bem? Você está pálida.

— Estou ótima. — Odeio como as palavras saem penetrantes. Que ótimo. Eu gritei com ele. Agora posso me sentir uma merda por isso também.

O Ryan passa rápido pelo que parece ser uma casa: uma casa térrea grande com uma enorme garagem ao lado, e muda a marcha de novo quando atingimos a grama. O jipe dá um salto para frente, me fazendo pular no banco como se eu estivesse numa montanha-russa. Agarro o apoio do carona no teto, e o Ryan ri. Um sorriso maluco ilumina o rosto dele e, mais uma vez, eu me sinto atraída.

Agora mais perto de mim, o Ryan está sentado reto, com uma das mãos no volante e a outra mudando de marcha conforme descemos violentamente uma colina em direção a um riacho. O jipe acelera como se fôssemos uma bola de neve numa avalanche. Estou vendo as possibilidades. A batida. A água. A pancada. A sujeira. Meu coração bate mais rápido no peito e, pela primeira vez em semanas, eu me sinto *viva*.

O motor ruge, e ele aperta o acelerador um pouco mais. O jipe bate nas pedras. O Ryan e eu gritamos e berramos quando a água molha a caminhonete e se espalha no para-brisa, nos deixando cegos. Ele empurra o jipe para frente, mais rápido, passando pelo riacho, sobre as pedras. Ele tem coragem de continuar mesmo sem eu ter a menor ideia do que está do outro lado.

Os limpadores de para-brisa despertam, clareando a nossa visão, e o Ryan vira rapidamente o volante para a direita para não bater numa árvore. Ele entra numa clareira e desliga o motor. Ouço risadas e respiro fundo quando percebo que é a minha... e a dele. Juntas. O som é legal. Parece música.

O Ryan está com aquele sorriso de novo. O genuíno, que faz meu estômago revirar. Estava com ele na Taco Bell. Estava com ele quando o Scott apresentou a gente. Ele faz isso com tanta facilidade, e, por um segundo, acredito que o sorriso é para mim.

— Você está sorrindo — diz ele.

Toco meu rosto, desligada, como se estivesse surpresa com a novidade.

— Você devia fazer isso mais vezes. É bonito. — Ele faz uma pausa. — Você é bonita.

Meu coração se agita de um jeito esquisito. Como se estivesse parando e começando a funcionar ao mesmo tempo. Um calor sobe pelo meu pescoço e deixa meu rosto vermelho. Que diabos? Estou corando de novo?

— Desculpa. — O Ryan mantém o sorriso, mas fica meio triste, e os olhos se abaixam de um jeito envergonhado.

— Não, foi divertido. — A melhor diversão que eu tive nas últimas semanas. A melhor diversão que eu já tive sóbria em... Minha mente volta à vida e eu fico vazia. A vida sóbria é um saco.

— É. — Os olhos dele ficam distantes, e o sorriso continua no rosto, mas percebo que é meio forçado. Ele pisca, e o sorriso fica natural de novo. — É. O riacho. Eu devia ter te avisado o que vinha pela frente. Ou diminuído a velocidade.

Por que ele não consegue manter contato visual comigo por mais do que um segundo, eu não sei. A timidez incomum me faz sentir esquisita e um pouco... menininha? Entrelaço as mãos e me concentro nelas.

— Sério. Tudo bem. Eu me diverti.

— Beth... — Ele hesita. — Podemos começar do zero?

Olho para ele — da cabeça aos pés. Ninguém jamais me ofereceu começar do zero. Acho que ninguém pensou que eu valia a pena. Um aperto estranho dentro de mim faz meus lábios se erguerem e, por uns três segundos, parece que vou flutuar. Sabendo bem que tudo na vida é passageiro, sinto o sorriso sumir e o peso voltar. Mesmo assim, aceito a oferta.

— Claro.

O som de um cara gritando chama a nossa atenção. Mais adiante na clareira tem um círculo de caminhonetes com faróis ligados e uma fogueira no meio. O pessoal da escola está por toda parte. O que eu estou fazendo aqui?

— Pronta? — ele pergunta.

Não, mas estraguei tudo quando tentei fugir.

— Acho que sim.

Apesar de eu não ser virgem em se tratando de festas, uma festa no bosque com uma fogueira é novidade para mim. Um grupo dança na frente de um jipe grandão enferrujado. Outros ficam perto da fogueira ou na caçamba das caminhonetes. O cenário todo parece um pouco O senhor das moscas. Pelo menos a versão do livro para o cinema.

O Ryan e eu atravessamos a grama na altura dos joelhos, que é esmagada debaixo do meu All Star falso. Algumas lâminas mais longas me golpeiam, atingindo a pele nua e exposta pelos rasgos dos meus jeans. Odeio o campo.

Quanto mais perto estamos da festa, mais devagar eu ando, e o Ryan acompanha o meu ritmo. A cada passo, ele diminui a distância entre nós, e algumas vezes os dedos dele roçam nos meus. Borboletas se agitam no meu estômago, e a parte garotinha idiota dentro de mim quer que ele me toque.

A outra parte daria uma surra nele se me tocasse.

— Festas te deixam desconfortável? — ele pergunta.

— Só quando fazem eu me sentir como Daniel entrando na cova dos leões.

Tento engolir o sorriso quando ouço o tom de surpresa na voz dele.
— Você conhece essa história?

Graças à minha passagem rápida pela Escola Bíblica de Férias com a Lacy, sei recitar os livros da Bíblia, do Novo e do Velho Testamento, e alguns versículos soltos.

— Até o diabo sabe quem é Deus.

— Você não é o diabo, Beth.

— Tem certeza?

Aquele sorriso doce enfeita os lábios dele.

— Não.

Eu rio. É uma risada boa. Do tipo que vai até os dedões dos pés e faz cócegas nas entranhas. O melhor de tudo é o som da risada dele com a minha.

— Vem. Prometo que ninguém vai te devorar. Metade das garotas aqui diz que é vegetariana, e eu consigo encarar os garotos. — Ele faz a única coisa que eu ansiava e temia: a mão dele se entrelaça na minha, e ele me puxa delicadamente para ir atrás dele.

Eu gosto do toque da mão dele. É quente. Forte. E deixo a parte de mim que adorava fitas no cabelo viver por alguns segundos, entrelaçando os dedos nos dele. Se aprendi uma única coisa na Escola Bíblica de Férias é que a ressurreição dos mortos é possível.

O Ryan vai em direção a uma caminhonete, onde o Chris e o Logan estão sentados na caçamba. Eles riem alto, depois param quando me veem. Aninhada entre as pernas do Chris, a Lacy me oferece um sorriso simpático.

— A lama te pegou de novo, Ryan? — ela pergunta.

Ele dá um risinho.

— É.

Lama? Como é que a Lacy sabia... Olho para a minha roupa. Lama — por toda parte. Que ótimo.

— Cacete — diz o Chris. — Você realmente convenceu a garota a aparecer. Você também deu seu número de telefone pra ele?

Eu pisco.

— O quê?

— Você está segurando a porra da mão dele.

Certo. Estou. Idiota. A aposta. Primeiro o número do telefone. Depois o encontro. O passeio de jipe me desorientou e me levou a um esquecimento momentâneo. Uma dor espeta o meu coração, e eu enfio a garotinha com fitas no cabelo nos buracos escuros da minha mente. Algumas coisas nunca deveriam reviver. Solto a mão dele. Adeus para a oferta do Ryan de começar do zero.

— Não deixa ele te convencer — diz o Chris, passando o dedo no braço da Lacy. — O Ryan é um conquistador.

O Noah toca na Echo desse jeito. É óbvio na escola que o Chris é apaixonado pela Lacy. Alguns caras tocam nas garotas que eles amam. Outros tocam nas garotas que eles usam. Os piores tocam nas garotas que eles magoam. Encaro o Chris e penso em mandá-lo se foder. Mas não consigo encontrar a raiva. Sou a imbecil que caiu na armadilha.

— Não deixa o Chris pegar no seu pé — retruca o Ryan. — Ele está puto porque a merda vem dos dois lados.

O Chris dá uma risada sincera. O Ryan põe o braço em cima do meu ombro e me leva para longe do grupo. Hum... não. Eu posso ter caído no lance de dar as mãos, mas não vou cair em nenhum outro.

— Tira o braço de cima de mim antes que eu arranque e te dê uma surra com ele.

Estamos indo em direção à fogueira. Eu me sinto pequena debaixo do enorme braço dele, como uma menininha, e essa vulnerabilidade me deixa desconfortável. Em vez de sair, o Ryan me puxa sem fazer força para baixo do ombro dele.

— Quando você beija um cara, ele cai morto com o veneno que sai da sua boca?

— Quem me dera, porque aí eu teria te beijado dias atrás. Não estou brincando, sai de perto de mim.

— Não.

Não?

— Já pensou no seu último desejo?

O Ryan passa pela fogueira a passos largos, e o pânico me atinge quando ele me conduz para a multidão dançando.

— Você me deve uma hora. Lembra?

Um rap vibra tão alto de uma caminhonete que o chão debaixo de nós treme. Ao redor, as pessoas dançam. Se sacodem. Se balançam. Riem. Se movem em um ritmo hipnótico. Pele contra pele. Corpo contra corpo.

Meu estômago se agita, e sinto uma vontade enorme de vomitar.

— Foda-se. Não vou fazer isso.

O Ryan voa e para na minha frente, me impedindo de recuar.

— Que tal um acordo? Uma dança e sua dívida está perdoada.

— Eu não sei dançar. — É verdade: eu não sei dançar. Verdade maior? Nunca dancei com um cara.

Ele levanta uma sobrancelha.

— Você não sabe dançar?

— Não.

A luz da fogueira cintila na pele do Ryan, dando ao rosto dele um lindo brilho bronzeado. O cabelo dele também tem um brilho dourado. Ele é lindo. Sério, é mesmo, e quer que eu dance. Será que o dia de hoje pode piorar?

O Ryan se aproxima e me dá um sorriso onisciente que o faz ficar adorável, e eu, enfraquecida. Eu o odeio e também me odeio por querer que ele me toque de novo.

A música sai do ritmo super-rápido para um pouco mais lento. A batida forte imita o ritmo frenético no meu peito. O Ryan coloca uma das mãos no meu quadril, e seu calor penetra na minha pele e escapa para o meu sangue. Ele abaixa os lábios até a minha orelha, e seu hálito faz cócegas na minha nuca.

— Dança comigo, Beth.

— Não. — Eu definitivamente tenho problemas de aprendizado. Sussurrei a resposta. Era a mesma coisa que ter gritado um sim. *Isso é um erro, Beth. Um erro enorme e evidente. Corre!*

Então ele coloca a outra mão nas minhas costas e encaixa o corpo forte no meu. Eu inspiro e curto o cheiro de terra fresca e chuva de verão. O Ryan tem um cheiro... delicioso.

— Funciona melhor se você tocar em mim — ele diz.

Coloco as mãos levemente sobre os ombros dele. Mais ou menos como eu vi a Echo fazer uma vez, quando o Noah a arrancou da cama para dançar. Minha pele pinica. Tocar no Ryan, ai, meu Deus, é muito... muito íntimo.

— Só estou fazendo isso porque eu te devo.

— Tudo bem.

Seguindo o ritmo, o Ryan movimenta os quadris de um lado para o outro. As mãos dele deslizam um centímetro para baixo, e a pressão suave que ele exerce na minha coxa faz o meu corpo balançar com o dele. Nossos pés não saem do chão, mas eu juro que estou voando.

Ele sussurra de novo para mim:

— Estou dançando com você porque adoro o seu jeito.

Quem diria.

— Adora me ver fazendo papel de boba?

— Não. Adoro ver a menininha que o Scott e a Lacy dizem que você pode ser. — Ele me encara como se estivesse vendo além da minha pele, e o meu coração vibra com tanta violência no peito que ele deve estar sentindo. Meus nervos ficam tensos. De algum jeito, o Ryan está me vendo, e estou exposta; como se eu estivesse nua na frente de uma grande janela aberta. Minhas mãos deslizam do pescoço dele, mas, quando tento me afastar, ele agarra a minha cintura, rejeitando a minha fuga.

— Ryan! Eu estava me perguntando quando você ia chegar. — O som de uma voz muito familiar provoca o mesmo choque de quando eu enfiei o dedo na tomada aos quatro anos. Meu corpo se aproveita e se afasta do Ryan num impulso rápido.

A Gwen está usando um vestido de alça vermelho com estampa de flores brancas. Os lábios dela se curvam ao ver meu All Star falso, minha calça jeans surrada e minha camiseta preta. Ela enlaça o braço no do Ryan.

— Você não se importa se eu roubar o Ryan por um minuto, né? Tem umas coisinhas que a gente precisa discutir.

Eles ficam bem juntos. Combinam bem. Como um casal.

— Ele é todo seu.

RYAN

Alguns segundos atrás, a Beth e eu compartilhamos alguma coisa... um momento, uma conexão. Eu vi nos olhos dela. Alguma coisa real. Agora sumiu. A Beth se afasta de mim e vai na direção da Lacy, do Chris e do Logan.

— Beth. Espera.

Ela me olha de novo, mas vai andando de costas, para longe de mim.

— Não se preocupe — ela diz, com um tom de deboche. — Não vou sumir.

— Deixa ela ir — diz a Gwen. — Você pode falar com ela mais tarde.

Deixo a Beth ir, mas só porque me lembro de como a Gwen pode ser insistente. Ela vai me seguir até completar sua missão.

— O que é?

— Não precisa ficar de mau humor — ela reclama.

— Eu não estou de mau humor. — Perto das árvores, vejo o Tim Richardson e a Sarah Janes. A Sarah se balança e ri um pouco alto demais.

— Está, sim.

Conversas inúteis. Esse foi mais um motivo para terminarmos.

— A Sarah está chapada?

A Gwen olha para ela por cima do ombro e volta a se concentrar em mim.

— Está. Ela já estava mal quando chegamos. Então, eu estava pensando: a gente devia entrar no campo de futebol americano juntos pro baile. A multidão adora casais.

— Não somos um casal. — O Tim coloca uma das mãos na bunda da Sarah, e ela para de rir. — A Sarah e o Tim tão juntos?

— Não. Ela acha que ele é um lixo, mas está bêbada e, bom, é o Tim. Voltando a nós. Nós éramos um casal e talvez devêssemos tentar de novo. Sabe, quando você parar de fazer experiências com a Beth. Quer dizer, você não precisa ir a todos os treinos, precisa? Ryan... Ryan? Por que você está olhando por cima do meu ombro o tempo todo?

A Sarah coloca as mãos no peito do Tim e empurra o cara. Ele não se mexe, mas eu me mexo.

— Dá licença — murmuro para a Gwen.

Ela bloqueia o meu caminho, e eu paro, irritado por ela ainda estar ali.

— O que é?

— Você ouviu o que eu disse?

Alguma coisa sobre o baile e a Beth.

— Podemos falar disso mais tarde? — A Sarah empurra o Tim de novo. — Sua amiga precisa de ajuda.

A Gwen dá um passo para o lado, e eu vou até as árvores. O Tim fica mais ousado nos toques, e a Sarah continua batendo nele.

— Ei, Tim — digo. — Acho que a Sarah quer voltar pra festa.

— Não, a gente está bem — ele responde.

Ela empurra as mãos dele para longe.

— Me larga.

— Tim — digo num tom baixo. Minhas palavras serão acompanhadas de ação, e ele sabe disso.

Ele solta a Sarah e fica furioso ao ver a garota voltar para a festa tropeçando. Eu me preparo endurecendo minha postura. O Tim é famoso pela dedicação ao time de futebol americano e pela raiva quando está bêbado.

— Qual é o seu problema, Ryan?

— Não vamos ter problemas se você der um tempo pra Sarah.

Ele aponta para mim de um jeito relaxado, depois balança.

— Você fez ela pensar que precisava de um tempo.

— Vem, Tim. Vamos voltar pra festa.

Ele gira os ombros para trás. Está querendo brigar. Eu não.

— Sabe o que eu acho? — ele pergunta.

— Que devemos voltar.

— Acho que você tem problemas com as garotas.

Minhas costas se endireitam.

— O que foi que você disse?

Os lábios dele se transformam num sorriso presunçoso.

— É — ele repete. — Você tem problemas com as garotas. Você terminou com a Gwen, e ela é gostosa. Você é gay, cara?

A raiva se acende dentro de mim e, quando meus músculos se preparam para avançar, dedos delicados envolvem o meu braço.

— Ele não vale a pena — a Beth diz, numa voz suave.

O Chris e o Logan se põem entre nós, uma barreira de pele, músculos e ossos entre mim e o cara que eu quero socar.

Ele continua me provocando:

— Homens de verdade não são salvos por garotas.

— Você está bêbado — o Logan diz, numa voz entediada.

Do outro lado dele, o Tim estende as mãos.

— Vem me pegar, Ryan. Prova que você é homem.

Meus punhos se fecham e dou um passo à frente.

— Estou dentro, Tim. Vamos lá.

O Chris empurra o meu peito, mas a pressão não consegue me impedir. Ele grita para a Beth:

— Tira ele daqui!

Os dedos dela se entrelaçam nos meus, e aquela voz suave e feminina penetra a raiva.

— Vamos.

Meus olhos voam até ela.

— Ryan — ela continua. — Por favor.

Esse *por favor* atravessa o caos que desorienta minhas ideias e me empurra na direção oposta à do Tim. Aperto a mão da Beth e a levo de volta ao jipe, mas antes pego um pacote com seis latinhas de cerveja num cooler.

Os dedos dela ainda apertam os meus enquanto caminhamos em silêncio pela grama alta. Solto a mão dela ao chegarmos ao carro e entramos. Meu coração está sangrando, e a raiva corre pelas minhas veias. Ligo o motor e saio da clareira.

O meu irmão foi embora.

O meu irmão é gay e foi embora e nunca mais vai voltar. Meu pai age como se ele nunca tivesse existido. Minha mãe está arrasada. Meus pais, pessoas que antes se amavam, agora se odeiam

Dirigindo à margem do riacho, procuro uma parte mais rasa para poder atravessar. Já torturei a Beth o suficiente. Com esse jipe. Com a minha presença. O Isaiah disse que eu a fiz chorar. Meus dedos apertam o volante. A Beth está certa: sou um imbecil.

Vou levar a garota para casa, depois dirigir até o campo que tem nos fundos de casa. E beber. Sozinho. Beber pode não desfazer a história, mas vai me fazer esquecer por algumas horas.

Giro o volante para a esquerda de repente, quando o fluxo do riacho fica mais fraco. A água mal bate nos pneus quando atravesso, mas, no instante em que chego ao outro lado, sei que estou ferrado. Lama.

Lama demais. Lama profunda. Aperto o acelerador e puxo o volante para a direita para tentar forçar os pneus dianteiros a irem para o chão firme antes que os traseiros afundem, mas é tarde demais. Os pneus traseiros gemem e impedem o carro de ir para frente.

— Merda! — Soco o volante. Sabendo que insistir vai nos fazer afundar ainda mais, desligo o motor. Estou atolado. Arranco o boné da cabeça e jogo no chão do carro. Isso resume tudo: estou atolado e bem fundo.

Minha perna afunda uns trinta centímetros na lama. A Beth vai usar um monte de palavras agradáveis quando eu disser a ela que vamos ter que andar. A lama age como concreto de secagem lenta, tornando cada passo quase impossível. Meus jeans raspam e afundam na sujeira. Estou completamente imundo, mas não preciso que a Beth fique assim.

Não tenho sido muito cavalheiro com ela. Na verdade, tenho sido o oposto. Não que a personalidade adorável dela tenha facilitado as coisas. Abro a porta e estendo os braços.

— Vem cá.

Ela franze a testa.

— O quê?

— Vou te carregar pra fora da lama.

Ela levanta a sobrancelha, sem acreditar.

— O espetáculo acabou, Garoto do Taco. Você não precisa mais ser legal comigo.

Sem clima para as gracinhas dela nem para uma briga, deslizo os braços debaixo dos joelhos dela e levanto a garota do banco. Ela não vai me encher pelo resto do caminho até em casa dizendo que eu estraguei os sapatos dela.

— Espera! — A Beth se remexe nos meus braços e estende a mão na direção do jipe.

Ela não pode me deixar fazer uma coisa legal?

— Droga, Beth, deixa eu te ajudar.

Ela me ignora e se inclina para o lado do carona. A parte de trás da camiseta dela se levanta, expondo a pele macia e os símbolos chineses tatuados ao longo da coluna. Meus olhos seguem a trilha dos símbolos até que eles desaparecem na calça jeans. Rápido demais para mim, ela volta para os meus braços, com dois pacotes de seis cervejas aninhados nos braços.

Meus olhos se alternam entre a cerveja e a Beth. Ela dá de ombros.

— Seis não eram suficientes.

Para mim eram. Não quero companhia para beber e, se quisesse, não seria a dela. Chuto a porta para fechar e saio da lama com dificuldade. A Beth é levinha. Pesa uns quarenta e cinco quilos, talvez um quilo a mais.

— Você é obcecado em me tocar — ela diz.

Sacudo a Beth para fazê-la calar a boca. As latas de cerveja fazem barulho quando ela faz malabarismo para evitar que caiam do colo. "Reajustar" a Beth realmente calou a boca da garota, mas deixou a cabeça dela mais perto da minha. Olho diretamente para frente e tento não me concentrar no aroma doce de rosas que exala do seu cabelo.

— Você é obcecado em me tocar. Podia ter me soltado há um século.

Perdido em pensamentos, eu não percebi que entramos no bosque do tio dela.

— Desculpa.

Coloco-a de pé, tiro os dois pacotes de cerveja das suas mãos e ando em direção à casa dela. O Scott praticamente comprou outdoors anunciando que a Beth não podia beber.

Sorte dela que eu dirigi ao longo do riacho até a propriedade do Scott. Senão, teria sido uma caminhada infernal — para ela. Algo me diz que ela não é do tipo que gosta de caminhadas ao ar livre.

Ela se mantém alguns passos atrás, e eu curto o silêncio. Grilos cantam, e uma brisa leve farfalha as folhas das árvores. Logo depois da próxima colina está o pasto do Scott, com o celeiro nos fundos. Um galho estala atrás de mim quando a Beth corre até o meu lado.

— Aonde vamos?

— Vou te levar pra casa.

Um aperto suave puxa o meu bíceps.

— Porra nenhuma.

Eu paro, não porque o toque da Beth me segura, mas porque acho divertida a tentativa dela de me parar fisicamente.

— Você cumpriu sua obrigação. Você veio pra festa, agora vou te levar pra casa. Acabou. Não preciso olhar pra você, e você não precisa olhar pra mim.

Ela morde o lábio inferior.

— Achei que a gente ia começar do zero.

Que diabos? Não era isso que ela queria? Que eu a deixasse em paz?

— Você me odeia.

A Beth não diz nada, não confirma nem nega o que eu disse, e a ideia de que as minhas palavras são verdadeiras faz o meu coração se apertar. Foda-se. Não preciso entender a garota. Não preciso dela. Viro de costas e sigo em frente através da grama alta do pasto, em direção ao celeiro vermelho.

— Você já bebeu sozinho? — ela pergunta.

Eu congelo. Como não respondo, ela continua:

— É um saco. Fiz isso uma vez, quando tinha catorze anos. Faz você se sentir pior. Mais sozinho ainda. Meu amigo... — Ela hesita. — Meu melhor amigo e eu concordamos que nunca mais íamos beber sozinhos. Prometemos que íamos apoiar um ao outro.

É esquisito ver a Beth falar tão abertamente, e parte de mim deseja que ela volte a falar palavrões e ser grosseira, parecendo menos humana.

— Por que você está me contando isso?

A grama farfalha enquanto ela se remexe.

— Seis dessas cervejas são minhas, e tenho pouco mais de quatro horas antes do horário de chegar em casa. Acho que estou dizendo que podemos dar uma trégua hoje à noite, e aí nenhum de nós precisa ficar sozinho.

— Seu tio Scott ia me crucificar.

— Se ele não souber, não vai doer.

Olho por cima do ombro e observo a Beth fazer de tudo para me alcançar.

— Juro que tenho mais a perder do que você. Ele não vai saber.

A lama respingou no rosto dela, se acumulou no cabelo e manchou suas roupas. Metade dessa lama ela ganhou na viagem de ida. Eu devia ter falado como ela estava antes de irmos para a festa, mas ela estava rindo, gostando. De um modo egoísta, eu aproveitei o momento.

Além disso, o Isaiah disse que eu fiz a garota chorar. Avalio a beleza baixinha na minha frente. Ela é mais que isso, eu sei que é. Vi em seus olhos quando ela riu comigo no jipe. Senti em seu toque quando dançamos.

Devo estar enlouquecendo.

— Uma cerveja.

BETH

É tão macio deitar sobre o feno.

Meio piniquento.

Confortável.

Ótimo para leveza.

Tem cheiro de mofo, poeira e sujeira. Os cantos dos meus lábios se curvam num momento de alegria. Mofo. Poeira. E sujeira. Essas palavras combinam. Encarando as sombras feitas pela luz criada pela lanterna de acampamento que o Ryan encontrou num canto do celeiro do Scott, inspiro profundamente. Finalmente estou chapada.

Não chapada de maconha. O Ryan é puritano demais para isso. Alta de álcool seria uma descrição melhor.

Três cervejas. O Isaiah ia dar uma gargalhada. Três cervejas e estou flutuando. Acho que é isso que acontece quando você fica sóbria algumas semanas seguidas.

Isaiah.

Meu peito dói.

— Meu melhor amigo está puto comigo, e eu estou puta com ele. — Sou a primeira a quebrar o silêncio, além do barulho de abrir as latinhas de cerveja e dos pássaros se remexendo nas vigas. — Meu único amigo.

Em câmera lenta, o Ryan vira a cabeça para olhar para mim. Ele está sentado no chão com o torso largado e apoiado num fardo de feno. Um brilho cobre seus olhos castanho-claros. Tenho que respeitar o cara. Com seis cervejas, ele provou que consegue beber mais do que eu.

— Qual deles?

— O Isaiah — digo, e meu coração se revira. — O cara das tatuagens.

— O outro é seu namorado?

Minha intenção era dar um risinho, mas sai mais como um ronco e um soluço. O Ryan ri de mim, mas estou tão leve que não me importo.

— O Noah? Não, ele está perdidamente apaixonado por uma garota maluca. Além do mais, o Noah e eu não somos amigos. Somos mais como irmãos.

— Sério? — A descrença escapa do Ryan. — Vocês não se parecem.

Abano a mão no ar de um jeito frenético.

— Não. Não somos parentes. O Noah não me suporta, mas me ama. Ele cuida de mim. Como um irmão.

Amor. Bato a nuca no chão de propósito, frustrada. O Isaiah disse que me amava. Vasculho os corredores empoeirados das minhas emoções e tento me imaginar amando o Isaiah. Tudo que encontro é um vazio oco. O amor é isso? Um vazio?

O Ryan estreita os olhos e faz uma expressão de mergulhado-em--pensamentos, mas seis cervejas em uma hora me dizem que ele provavelmente está fora do ar.

— Quer dizer que você não tem namorado?

— Não.

Ele abre outra cerveja. Começo a protestar porque ele invadiu a minha parte, mas decido não fazer isso. Quero me sentir leve, não vomitar. Tenho que voltar para a casa do Scott daqui a três horas e preciso segurar a onda.

— Por que o Isaiah está bravo com você? — ele pergunta.

— Ele me ama — respondo sem pensar, e imediatamente me arrependo. — E outras coisas.

— Você também ama ele? — Essa foi a resposta mais rápida do Ryan desde a segunda cerveja.

Suspiro profundamente. Será que amo?

— Eu me jogaria na frente de um ônibus pra ele não ser atropelado. — Se isso fosse salvar o cara. Se fosse deixá-lo feliz. Isso é amor, né?

— Eu faria isso pela maioria das pessoas, mas não significa que eu amo essas pessoas.

— Ah. — Ah. Então eu não tenho ideia do que seja o amor.

— Que outras coisas? — ele provoca.

Outras coisas? Ah, é, o Ryan perguntou por que o Isaiah está bravo comigo. Balanço a cabeça para frente e para trás, fazendo o feno estalar.

— Você não ia entender. Meus problemas... — Minha mãe. — Minha família não é perfeita. Temos problemas.

O Ryan dá um risinho e um gole na cerveja.

Eu me apoio nos cotovelos.

— O que é tão engraçado, porra?

Ele vira a lata de cerveja, e eu observo sua garganta se mexer enquanto ele engole. Depois amassa a lata vazia na mão.

— Perfeição. Família. Problemas. Irmãos gays.

Obviamente não estamos mais falando de mim e do Isaiah.

— Você está bêbado.

— Ótimo. — Mesmo embriagado, a dor que eu vi um pouco antes, enquanto ele me carregava para fora do jipe, escurece os olhos dele.

— Foi por isso que você ficou na defensiva com o babaca do futebol americano? — pergunto. — Porque você tem um irmão gay?

O Ryan joga a lata perto das outras vazias e esfrega os olhos.

— É. E, se você não se importa, prefiro não falar nesse assunto. Na verdade, prefiro não falar.

— Tudo bem. — Posso ficar em silêncio. Meus braços caem sobre a cabeça quando me jogo de volta no feno. O Isaiah me deixaria falar. Eu poderia tagarelar sobre qualquer coisa... fitas e vestidos, e ele me acalmaria quando eu perguntasse se tinha pegado pesado com o Noah. Às vezes eu penso como seria a vida se eu desse um tempo para a Echo. Quer dizer, ela faz o Noah feliz, e o Isaiah gosta dela. Às vezes ela é legal.

— Você está falando — diz o Ryan. — Na verdade, você está falando desde que terminou a primeira cerveja.

Um pássaro preto bate as asas no alto, formando uma sombra no teto. Imagens de um arcanjo mortal vindo para destruir todos nós invadem a minha mente. O pássaro fica mais agitado, e os outros pássaros voam para uma viga no lado oposto do celeiro. Ele sai voando e bate na parede, mergulha em direção ao chão, voa pelo celeiro e atinge a parede oposta. Meu coração estremece a cada batida. Observo com olhos arregalados e mãos trêmulas.

— Precisamos ajudar.

Dou um pulo e tropeço perto da porta do celeiro. Buscando equilíbrio com dificuldade, forço uma das portas a se abrir com um estalo alto. Então me encosto no vão e espero que o pássaro que está se machucando repetidas vezes escape.

— Vai! Sai daqui!

— Fecha a porta — diz o Ryan. — Pássaros são burros. Se quiser que ele saia, você vai ter que pegar o bicho e levar pra fora.

Faço um gesto desordenado em direção à noite.

— Mas a porta está aberta!

— E o pássaro está com tanto medo que nunca vai ver a abertura. Você só está chamando o seu tio pra vir até aqui e encontrar a gente. A menos que esteja pronta pra ir pra casa, fecha a porta.

O pássaro bate de novo na parede e voa até uma viga próxima. Ele sacode as penas várias vezes, depois finalmente fecha as asas para descansar. Meu estômago se revira de tortura. Por que o pássaro não consegue ver a saída?

— Quem é Echo? — o Ryan pergunta.

— Mas o pássaro... — digo, ignorando a pergunta.

— Ele não entende que você está tentando ajudar. No mínimo, ele te vê como uma ameaça. Agora me diz, quem é Echo?

Respiro fundo e fecho a porta. Quero que o pássaro encontre a liberdade, mas não estou pronta para voltar para a casa do Scott. Graças ao meu estado, eu meio que ando, meio que tropeço até minha cama de feno. Maldito pássaro. Por que as coisas não podem ser fáceis?

— Namorada do Noah.

— Que nome esquisito — ele diz.

Dou um risinho.

— Ela é uma garota esquisita. — Paro de rir e me lembro de como o Noah olhava para ela: como se ela fosse a única pessoa no planeta, a única que importava. — Mas o Noah ama ela.

Isso deve ser amor: quando tudo mais no mundo pode explodir e você não se importa, desde que aquela pessoa esteja do seu lado. O Isaiah entendeu tudo errado. Por vários motivos. Ele não me ama. Não pode. Para começar, ele não me olha como o Noah olha para a Echo. Além do mais, eu não sou digna desse tipo de amor.

O pássaro esconde a cabeça debaixo da asa. Entendo esse sentimento de desejar que o mundo desapareça. Se eu tivesse asas, também me esconderia debaixo delas.

— É só um pássaro, Beth. Uma hora ele encontra o caminho pra sair.

Algo profundo, escuro e pesado dentro de mim me diz que não. O pobre pássaro vai morrer nesse maldito celeiro e nunca mais vai ver o céu azul.

O feno farfalha, e o Ryan cai do meu lado, fazendo a poeira levantar. Ele rola de lado de um jeito desengonçado para me olhar. Seu corpo quente toca no meu, e seus olhos estão com uma intensidade estranha.

— Não faz isso.

Meu coração tropeça em si mesmo. O Ryan continua sem boné, e eu gosto disso mais do que deveria. O cabelo se espalha e dá um charme infantil a um rosto que pertence a um homem.

— Fazer o quê? — pergunto envergonhada, porque a minha voz sai meio sem fôlego.

As sobrancelhas dele se juntam, e ele leva a mão até perto do meu rosto. Então para, e minha respiração também. O Ryan encara os meus lábios e depois acaricia a minha bochecha.

— Você faz isso demais. — Os dedos dele deslizam com firmeza até o canto da minha boca. Minha pele pinica sob o toque dele. — Parecer triste. Eu detesto. Sua boca vira para baixo. Suas bochechas perdem a cor. Você perde tudo que te faz ser... você.

Passo a língua nos lábios e juro que ele repara. O dedo dele para antes de formar mais uma trilha provocante no meu rosto. Meu pulso acelera, e o calor se espalha pelo meu corpo. O toque dele — ai, meu Deus — é muito bom. E eu quero uma coisa boa. Quero muito.

Mas não quero ele. Pelo menos, acho que não.

— Você está me vigiando?

Os lábios dele explodem num sorriso claro, e ele tira a mão.

— Bem-vinda de volta.

— O que isso quer dizer?

Ele faz aquilo de novo: sorri. O sorriso que faz meu estômago revirar.

— Eu gosto de você — ele diz.

Levanto uma sobrancelha. Ele deve ter fumado crack mais cedo, ou talvez esteja tomando aquela porcaria de esteroide. Como é que chamam? Bomba. É. O cara definitivamente está tomando bomba. E está bêbado.

— Você gosta de mim?

Ele balança a cabeça numa mistura desajeitada de sim e não ao mesmo tempo. O Ryan está chapado.

— Não sei. O jeito como você fala. O jeito como você age. Eu sei o que vou conseguir de você, mas no minuto seguinte não sei mais. Quer dizer, você é imprevisível, mas eu sei que as reações que você vai me dar são verdadeiras, sabe?

Tentando fazê-lo parar de beber, empurro as últimas cervejas para longe dele e as escondo no feno enquanto tento manter os olhos dele em mim. A declaração de "gostar" colocou o cara na categoria de mais do que chapado, e de jeito nenhum vou conseguir arrastá-lo para casa.

— Quer dizer que você gosta de saber que as nossas conversas vão terminar comigo mandando você se foder?

Ele ri.

— Exatamente.

— Você é esquisito.

— Você também.

Agora ele me pegou.

— Tem algum lugar onde você não tenha piercing? — O Ryan encara o meu umbigo. Minha camiseta deve ter se levantado sozinha, expondo a joia vermelha pendurada na minha barriga. No meu aniversário de dezesseis anos, o Isaiah pagou o piercing do umbigo. Aos dezessete, pagou a tatuagem. Nas duas vezes, ele conseguiu a "permissão". O Isaiah sempre dá um jeitinho.

— Talvez sim. Talvez não.

Os olhos do Ryan correm até os meus, e eu vejo que ele entende a insinuação. Dou risada quando o rosto dele fica vermelho.

— O que você é, Ryan?

— Você acabou de perguntar *o que* eu sou?

Faço que sim com a cabeça.

— Por que um atleta ia se enfiar comigo num celeiro bebendo cerveja, quando podia estar comendo metade da população feminina da escola? Você não está se encaixando no perfil.

Os olhos dele vasculham o meu rosto, e ele ignora a pergunta.

— O que significa a sua tatuagem?

— É um lembrete. — Significa liberdade. Algo que eu nunca vou ter. Meu destino foi traçado antes de eu respirar pela primeira vez.

— Você está fazendo aquilo de novo — o Ryan diz e me toca. Dessa vez na barriga, mas com os olhos fixos nos meus. O dedo explora levemente as bordas da joia. Me fazendo cócegas. Me hipnotizando. Levando minha confusão mental para as alturas. E é exatamente para lá que eu quero ir: para as alturas.

— O que você diria, Ryan, se eu falasse que não quero ficar sozinha?

Seus dedos deslizam pelo meu corpo, e sua mão quente segura a curva da minha cintura, me levando lentamente em direção ao céu.

— Diria que eu também não quero ficar sozinho.

RYAN

A luz da lanterna pisca, formando sombras no rosto da Beth. Não há como confundir a sugestão em seus olhos azuis enfumaçados ou o convite na ponta de seus dedos enquanto formam uma trilha no meu bíceps. Com o cabelo preto espalhado sobre o feno dourado, ela me lembra uma versão moderna da Branca de Neve — lábios vermelhos como rosas, pele branca como a neve.

Será que um beijo faria a Beth voltar à vida? Hoje à noite ela me mostrou alguns flashes da garotinha escondida atrás da fachada. Talvez eu consiga trazê-la um pouco mais para fora. Talvez, se eu a beijar... Não, nada de beijo. Não sou um príncipe, e isso não é um conto de fadas.

Tento encontrar a sanidade e esfrego a cabeça.

— Você está bem? — ela pergunta.

— Sim. — Não. Os pensamentos oscilam na minha cabeça como ondas no mar. Cada pensamento é mais difícil de segurar do que o anterior.

— Está tudo bem. — A voz da Beth sai macia, como se ela estivesse fazendo um encantamento. — Você está pensando demais. Relaxa.

— A gente devia conversar — digo rápido antes que o pensamento escape, mas minha mão desenha outro círculo preguiçoso na barriga dela. Os músculos dela ficam vivos sob o meu toque, um tremor de prazer, e eu desejo satisfazer a garota.

— Não devíamos, não — ela responde. — As pessoas dão valor exagerado para a conversa.

Faço que sim com a cabeça, mas o pensamento volta à tona: a gente devia conversar. Eu lutei contra isso a noite toda; que inferno, eu lutei contra isso desde que conheci a garota, mas adoro quando a Beth fala porque ela se torna real — ela se torna mais. E eu gosto de mais. Eu gosto dela.

O que eu realmente gosto é como sua pele macia brilha sob a luz da lanterna, como é suave sob os meus dedos. A Beth lambe os lábios de novo, e a minha cabeça se inclina na expectativa. Sua boca agora está brilhando, e eu memorizo a forma perfeita enquanto imagino os lábios dela roçando nos meus.

O feno farfalha debaixo da Beth quando ela levanta a cabeça. Meus sentidos estão inundados com o aroma de rosas.

— Me beija — ela diz.

Só um beijo e a magia negra, a que ela teceu, a que está sempre pesando sobre ela, vai se quebrar.

BETH

Minha camiseta se levanta um pouco mais quando o Ryan alisa a pele nua da minha barriga. Ele se inclina mais para perto de mim, e eu imediatamente fico impressionada com o tamanho do corpo dele. Meu sangue formiga de excitação.

— Você é macia — ele sussurra.

Enrolo os dedos no cabelo dele e trago seu rosto para perto.

— Você fala demais.

— É verdade — ele concorda, e seus lábios finalmente encontram os meus.

No início, é um beijo inocente. Lábios suaves se encontrando, uma pressão delicada que gera um fogo lento. O tipo de beijo que você dá em alguém que significa alguma coisa. Não é o tipo de beijo a ser desperdiçado comigo. Mas, ainda assim, eu o prolongo, sugando seu lábio inferior e tocando o rosto macio.

Por um segundo, eu sinto. Vou me permitir fingir que o Ryan se importa comigo. Que eu sou a garota digna desse tipo de beijo, e, bem quando sinto a emoção ficar mais forte, ganhar impulso, eu me afasto.

O Ryan engole em seco e me encara. Pressiono a boca na dele inocentemente mais uma vez, depois deslizo a língua entre seus lábios. Faíscas chiam no ar enquanto abrimos a boca, famintos. É uma tempestade de relâmpagos de beijos ardentes e sons de êxtase. Cada um se alimenta do outro, apenas aumentando a tempestade — uma nuvem carregada à beira da explosão.

Minhas mãos passeiam pelas costas dele, agarrando a bainha da camisa, ansiosas por explorar os músculos gloriosos ali embaixo. O Ryan entende e acelera o passo. Um ar mais frio espeta as minhas costas quando ele desliza um dos braços sob mim e puxa a minha camiseta sobre a cabeça.

Ele para por um segundo. Os olhos hesitantes encontram os meus, e eu rapidamente recupero os lábios dele. Ele responde, mas pouco. Está pensando de novo e, se seguir os pensamentos, vou perder a chance de ir mais alto.

Faço uma trilha descendo pelas costas dele — um toque leve, uma dança que atravessa até a lateral da cintura, sobre o quadril, e, bem quando os meus dedos circulam para baixo, o Ryan geme e volta ao jogo. Minha boca se curva para cima sob o beijo.

Adoro o som do gemido dele. Adoro como as mãos dele memorizam minhas costas e ousam descer até minhas coxas. Adoro como nós dois deixamos para trás os pensamentos. Adoro flutuar.

Nós rolamos, e eu ajudo o Ryan a tirar a camisa. Em segundos, nossas pernas se entrelaçam. Minhas mãos apertam os músculos dele enquanto ele faz uma trilha de beijos ao longo da minha nuca. Ele fica mais ousado e puxa a alça do meu sutiã sobre o ombro. Eu recompenso a ousadia.

Nós perdemos o controle — tão rápido que saímos da fase de flutuar para a fase de voar. Inspiro e tudo que sinto é o cheiro do Ryan: o aroma doce da chuva de verão. Estou tão tonta que quase poderia rir — finalmente estou chapada. Mais chapada do que já estive sem drogas, mais chapada do que já estive com outro cara, mais chapada do que...

A mão do Ryan desliza para envolver o meu rosto, a palma quente tocando minha bochecha. A cabeça dele segue, e nós dois arfamos em busca de ar quando ele encosta a testa na minha. Ele está parando, e eu não gosto de parar. Parar significa pensar.

— Você é linda — ele murmura. Suas mãos ainda exploram; os lábios ainda exercem uma pressão delicada sobre a minha pele. Talvez ele não esteja parando. Talvez ele esteja... o quê? O que ele está fazendo? O corpo dele diz uma coisa, mas a boca diz outra.

— Chega de falar. — Não quero falar. Quero voar. Quero ir mais longe.

O Ryan afasta o cabelo do meu rosto, e meu coração se agita.

— Eu gosto de você — ele diz no meu ouvido. — Eu gosto de *você*, Beth.

Todos os movimentos param quando os cantos dos meus lábios se inclinam para cima, formando um sorriso tímido. Ele gosta de mim. Ele gosta de mim, e eu gosto dele, e... Sinto todo o ar escapando dolorosamente do meu corpo. Meus dedos se fecham em punhos, e eu empurro o peito do Ryan.

— Me solta.

Em vez disso, ele me segura com mais força. Seus olhos perdem a névoa e correm pelo meu rosto, buscando o problema.

— O que foi?

— Me solta! — grito, e ele imediatamente me larga. Então me afasto dele... me afasto de mim... Sou burra, muito burra. O Ryan não gosta de mim. Não gosta. Como pude deixar minhas emoções entrarem na jogada? Por que não consegui simplesmente usar o cara para ir mais alto?

Agarro a camiseta e corro para a porta. Atrás de mim, ouço o feno estalar enquanto o Ryan luta para se levantar.

— Beth, espera! Me desculpa! Por favor.

Quando chego na porta, eu hesito. Os outros caras, os que eu usei para sentir algo físico, nunca pediram desculpas. Eles nunca me pediram para ficar. Arrisco uma olhada sobre o ombro, e meu estômago se revira quando vejo a agonia marcada no seu rosto.

O Ryan me estende uma das mãos.

— Por favor, fala comigo.

Falar — foi isso que me colocou nessa situação. Foi o que transformou o que não deveria ser nada em algo. Parte de mim implora para ficar, para conversar. Mas, em vez disso, fujo para a noite escura. Ficar vai doer, e correr é minha única opção.

RYAN

Nós ganhamos hoje, mas não tenho ideia de como. Ao longo do jogo, o sol incomodou meus olhos Minha cabeça latejou num ritmo doloroso e desagradável, e vomitei duas vezes entre as entradas. Jogar de ressaca levou o inferno a um novo nível Mesmo agora, eu luto contra a vontade de parar o jipe no acostamento, deixar a cabeça bater no volante e descansar, mas não posso.

Eu gosto dela. Eu realmente gosto da Beth. Soube disso no instante em que ela riu para mim no jipe, depois de termos atravessado o riacho. É, ela é durona, mas ao mesmo tempo não é. Na noite passada, os muros dela se racharam.

Ao abraçar a garota enquanto a gente dançava, eu vi — a linda menininha que adorava fitas no cabelo. Quando ela entrelaçou os dedos nos meus para me impedir de brigar com o Tim, eu vi a garota que protegia a Lacy no ensino fundamental. No celeiro, ouvi a Beth tagarelar sobre a própria vida: o Isaiah, o Noah, a Echo, as praias. Ao ouvir tudo isso, descobri uma pessoa fiel àqueles que ela ama. Foi o primeiro vislumbre sincero de uma garota que guarda tudo dentro de si.

Estou me apaixonando por ela. Muito. E estraguei tudo no instante em que a toquei. Como posso ser tão burro?

A luz do entardecer é filtrada pelas árvores densas que delimitam a longa entrada de carros da casa do Scott Risk. Repasso as palavras que vou dizer quando o Scott abrir a porta. Não tenho uma boa desculpa para ver a Beth. A verdade não vai ajudar: "Oi. Eu peguei sua sobrinha ontem à noite, fiquei bêbado, dei uns amassos nela até ela fugir do celeiro e adoraria ter a oportunidade de pedir desculpas a ela e convencer a garota a me dar uma chance".

É. Essa conversa tem futuro.

Inclinada para frente, com a cabeça nas mãos, a Beth está sentada nos degraus da varanda da casa. Meu estômago desaba no chão do jipe. Eu fiz isso com ela. A Beth me espia através do cabelo quando estaciono na frente da garagem. Ela se endireita e envolve a barriga com os braços.

— Ei — digo ao me aproximar. — Como você está?

— Uma merda. — Ela está descalça e vestindo uma camiseta roxo--escura de algodão apertada na cintura e uma calça jeans muito rasgada. A camiseta desliza pelo ombro, expondo a alça do sutiã preto. Eu me obrigo a desviar o olhar. Fiquei muito íntimo desse sutiã provocante na noite passada.

Paro ao pé da escada e enfio as mãos nos bolsos. Será que ela se sente uma merda porque também está de ressaca ou porque se arrependeu de me beijar?

— Minha cabeça martelou o dia todo.

A Beth inspira devagar e expira, soprando alguns fios de cabelo do rosto.

— O que você quer?

— Você saiu correndo ontem à noite. — Imagens da nossa noite juntos aparecem na minha mente. As mãos dela arrancando minha camisa, quentes na minha pele, bagunçando meu cabelo. Os meus lábios no pescoço dela e o sabor doce de sua pele. A curva do seu corpo nas minhas mãos e as unhas dela provocando as minhas costas. — Eu queria saber se você estava bem.

— Estou ótima — ela responde.

A Beth se esconde atrás de um muro que ela mesma ergueu. Está fechada. As emoções cimentadas. Encaro a garota, e ela me encara. Não tenho ideia do que dizer. Na noite passada, não estávamos num encontro de verdade. Era um acordo. Ela não era minha namorada que eu tentei comer pelas beiradas. Não era uma garota que eu levei para jantar algumas vezes e beijei demais por tempo demais. Com a Beth, eu atravessei limites que um homem de verdade não atravessaria.

— Me desculpa.

— Pelo quê?

O olhar dela faz com que eu me sinta como se estivesse de pé na frente de um pelotão de fuzilamento, esperando minha sentença.

— Por... — Pelo que quero pedir desculpas? Por tirar a blusa dela? Beijar a garota até achar que estava enlouquecendo? Tocá-la? Senti-la? De todas as coisas pelas quais posso pedir desculpas na minha vida, sinceramente, nenhuma dessas estaria na lista. — Por me aproveitar de você.

O canto direito da boca da Beth se curva para cima, depois para baixo, depois volta devagar para cima.

— Nós não transamos ontem à noite.

O calor sobe pelo meu pescoço, e eu me concentro nos sapatos.

— Eu sei.

Parte de mim agradece por ela ter ido embora naquele instante. No momento em que meus lábios encontraram o corpo dela, rapidamente nos tornamos um vulcão em erupção. Quente e rápido. Muito rápido. Rápido o suficiente para eu quase ter dado minha virgindade a ela.

— Então, por que está me pedindo desculpas?

Reúno coragem e encaro a Beth.

— Você foi embora. Correndo. E o que eu fiz... A gente estava bêbado. Não fico bêbado e não me aproveito de garotas. Você saiu chateada. Eu passei dos limites, e o modo como você foi embora... Me desculpa.

Ela pigarreia.

— Ryan. — Estica o meu nome, como se quisesse se dar um tempo para pensar. — Fui eu que me aproveitei de você.

Fico parado.

— Não. Garotas não se aproveitam de garotos. Garotos se aproveitam de garotas.

Os lábios dela se encolhem e se retorcem para o lado enquanto ela balança a cabeça.

— Não. Eu me lembro muito bem de ter te falado que não queria ficar sozinha.

— E nesse momento eu devia ter ido embora.

— Eu não queria que você fosse.

— Mas eu devia. É isso que um cara honrado faz. Especialmente quando ele gosta da garota.

A Beth me aponta um dedo.

— Viu, é aí que você está confuso. Você não gosta de mim.

Por que ela está complicando esse pedido de desculpas? Por que ela complica tudo?

— Gosto, sim.

— Não gosta, não. Você está dizendo a si mesmo que gosta de mim.

Ela me deixa maluco, sempre tentando encontrar um jeito de me irritar.

— Isso não faz sentido.

— Você se sente culpado por ficar comigo, por isso está tentando se sentir melhor se convencendo de que gosta de mim, mas não gosta.

— O qu... — Quanto mais ela fala, mais a minha mente fica bagunçada. — Eu gosto de você. Eu. Gosto. De. Você. Admito que você é irritante. Às vezes você me leva à beira da insanidade, mas você mexe comigo como ninguém. Quando você ri, eu quero rir. Quando você sorri, eu quero sorrir. Que inferno, eu quero ser a pessoa que faz você sorrir. E você é bonita. Não, você é sexy, e ontem à noite foi...

— Para. — A Beth levanta a mão. — Você é um cara legal e não quer achar que poderia ter feito alguma coisa ruim, certo? O que nós fizemos não foi ruim. Não foi saudável, mas não foi ruim. Não tenta interpretar.

Os lindos olhos azuis da Beth estão me implorando. Implorando! Ela quer que eu concorde com ela.

— Se você realmente se sente assim, por que fugiu ontem à noite?

A porta da frente se abre e, com os olhos semicerrados, o Scott me observa. A Beth olha para ele por cima do ombro e fixa o olhar. Ele se afasta, deixando a porta da frente aberta. Um aperto toma conta de mim. Isso não é bom.

— É melhor você ir embora — a Beth diz.

Provavelmente, mas não consigo. Não com a Beth me dizendo que eu não gosto dela. Não quando ela acredita nisso de verdade.

— Sai comigo de novo. Um encontro de verdade, dessa vez.

— O quê?

Subo os três degraus e sento ao lado dela. Estávamos tão próximos na noite passada. Pele contra pele. Ela está a centímetros de mim agora, mas parecem quilômetros. Minha mão fica pesada com a necessidade de tocar na garota, de consolá-la. Levanto a mão. Abaixo. Caramba, eu não tive problemas para tocar nela na noite passada. Levanto a mão de novo e coloco sobre a dela.

Sob os meus dedos, ela se enrijece. Meu coração bate no peito, provocando uma dor. Não quero que ela odeie o meu toque.

— A gente começou tudo ao contrário. Eu gosto de você. Vamos ver o que acontece.

— Sair com você? — ela pergunta.

— Sair comigo.

— Como amigos... — a Beth retorce o rosto, com aversão — ... coloridos?

Eu quase posso sentir o corpo dela debaixo do meu de novo, mas afasto a lembrança com uma sacudida. Não vou conseguir provar que gosto dela se tivermos um desempenho repetido da noite passada.

— Não. Amigos que saem juntos. Eu pago. Você sorri. Às vezes a gente se beija.

Ela levanta uma sobrancelha cética ao ouvir a palavra *beija*, e eu imediatamente me retraio.

— Mas a gente sai primeiro, por um tempo. Amigos que gostam um do outro e querem sair.

— Eu nunca disse que gostava de você.

Dou um risinho, e um formigamento quente entra no meu sangue quando ela me dá aquele sorrisinho pacífico.

— Você não disse que me odeia.

— Amigos que saem juntos — ela diz, como se estivesse tentando encontrar o significado oculto na frase.

— Amigos que saem juntos — repito e aperto os dedos dela.

A Beth fica tensa e retira a mão.

— Não. — Ela desce os degraus descalça. — Não. Não é assim que as coisas funcionam. Caras como você não saem com garotas como eu. Qual é a sua jogada agora? Isso tem a ver com o desafio?

As palavras dela me fazem estremecer, mas não são uma surpresa. Na noite passada, eu forcei demais a barra. Não demonstrei respeito. Ela não tem motivos para acreditar em mim, mas eu quero que ela acredite.

— Não. O desafio acabou.

— Porque você venceu na noite passada?

Não venci, não. O desafio exigia que a Beth e eu ficássemos na festa por uma hora. Mal ficamos quinze minutos.

— Acabou, Beth. Eu não brinco com as pessoas com quem eu me importo.

Milhões de emoções passam pelo rosto dela, como se estivesse brigando com Deus e o diabo.

— Você podia estar brincando comigo. Se isso foi pelo desafio, me fala.

— Eu já falei. O desafio acabou. — Eu disse à Lacy que ninguém se machuca nos meus desafios. Especialmente nesse. Como pude ser tão cego? Achei que a Beth tinha saído da dinâmica da confiança porque queria me magoar. Achei que ela queria ver a minha equipe perder. Errado. A Beth não pulou porque ela não confia e, por causa desse desafio, eu estraguei toda a confiança que ela poderia ter em mim.

— Então você ganhou? — Ela insiste no desafio com teimosia. — Você recebeu o desafio de me beijar? — A dor é substituída pelo pânico. — Seu babaca de merda, você brincou comigo, não foi? Todo mundo na escola já sabe? Você está aqui pra ganhar pontos extras? Tenta comer a garota, conta pros amigos e depois convence ela de que quer mais?

— Não! — eu grito, depois lembro que preciso me controlar. Eu provoquei a dúvida nela quando aceitei o desafio. — Não. O que aconteceu entre a gente ontem à noite não teve nada a ver com desafio nenhum. Eu não planejei e nunca contaria a ninguém.

— Então quer dizer que eu sou um segredo? Vamos sair em particular, mas não em público. Não, obrigada.

Droga. Não consigo ganhar. Esfrego a cabeça.

— Eu quero estar com você. Aqui. Na escola. Em qualquer lugar. Eu não brinquei com você. Confia em mim.

A Beth se afasta. *Confiança* deve ser a palavra mais horrível no vocabulário dela. Desesperado para acertar as coisas, eu solto:

— Me pede qualquer coisa que eu faço. Confie em mim com alguma coisa. Eu te provo que vale a pena confiar em mim.

Ela me analisa: primeiro os Nikes, a calça jeans, a camiseta dos Reds, depois meu rosto.

— Você me leva a Louisville de novo?

O enjoo que eu combati a tarde toda volta. Qualquer coisa, menos isso.

— Beth...

— Não vou sumir de novo. Preciso que você me deixe num lugar, e juro que vou estar exatamente no mesmo ponto em que você me deixar no momento exato em que você me mandar aparecer. Você está me pedindo pra confiar em você... Bom, você vai ter que confiar em mim primeiro.

Não parece justo, mas a justiça saiu pela janela no instante em que toquei na garota ontem à noite. Possivelmente saiu pela janela no instante em que eu aceitei o desafio na Taco Bell.

— Eu confiei em você. — Minha boca se fecha, e tudo dentro de mim endurece. As palavras têm um gosto amargo na minha boca. — Eu te contei do meu irmão.

A Beth morde o lábio inferior.

— É segredo?

Faço que sim com a cabeça. Eu realmente não quero falar do Mark. Rugas de preocupação se acumulam na testa dela.

— Confissões bêbadas não equivalem a confiar.

Suspiro profundamente. Ela está certa.

— Ótimo. Tenho um jogo daqui a três sábados em Louisville, mas você vai assistir ao jogo todo. Não vou abrir mão dessa exigência. É pegar ou largar.

O rosto da Beth explode num sorriso radiante, e os olhos azuis brilham como o sol. Minhas entranhas se derretem. Esse momento é especial, e eu não quero que ele suma. Fui eu que coloquei aquele sorriso ali.

— Sério? — ela pergunta.

Será que eu quero que ela vá ao meu jogo? Quero que ela veja que sou mais do que um atleta burro?

— Sério. Não brinca comigo, Beth. — Porque eu estou me apaixonando por você, mais do que devia, e, se você me trair de novo, vai doer demais.

O sorriso desaparece, e ela responde solenemente:

— Não vou brincar. Quando a gente for a Louisville, preciso de uma hora sozinha.

Uma hora. Para fazer o quê? Ver o Isaiah? Acho que ela poderia. Eu só pedi para ela sair comigo. Ela provavelmente ia surtar se eu dissesse a palavra *relacionamento*, apesar de eu não ter interesse em sair com mais ninguém. Fui rápido demais com ela ontem à noite. Dessa vez, vou devagar.

— Eu te dou uma hora sozinha em Louisville. Depois a gente vai sair num encontro de verdade, mesmo que isso nos mate.

A Beth volta para perto de mim nos degraus. O joelho dela encosta no meu, e ficamos em silêncio. Normalmente, o silêncio com garotas me deixa desconfortável, mas esse não me perturba. Ela não tem nada a dizer. Eu também não. Não estou pronto para ir embora, e parece que ela não está pronta para eu ir embora. A Beth, dentre todas as pessoas, me diria o que realmente quer ou pensa.

Ela finalmente quebra o silêncio.

— Como faço pra tirar o meu nome da lista do baile? Preciso de dois terços dos votos dos alunos ou tenho que pedir pra alguém da secretaria?

Um pânico passa pelo meu corpo.

— Fica na corte.

— De. Jeito. Nenhum.

— Faz isso comigo. Eu vou ficar do seu lado o tempo todo. — Colocar a Beth na corte foi o meu jeito de deixar a garota puta da vida, mas agora eu sei que a quero lá: comigo.

— Esse é o seu mundo. Não o meu.

Mas poderia ser, se ela tentasse.

— Nada vai acontecer em relação ao baile no próximo mês. Que tal fazer assim: se eu conseguir te encantar até lá, você concorda em ficar na corte; se não conseguir, eu te ajudo a tirar seu nome de lá.

Silêncio enquanto ela pensa.

— Você está me pedindo pra te desafiar a me encantar?

Até eu consigo perceber a ironia.

— Acho que sim.

— Devo te lembrar que você tem um péssimo histórico comigo em termos de desafios?

Eu me sento mais reto.

— Eu não perco.

O Scott bate na porta e aponta para os próprios olhos e depois para mim. E sai de novo. Que inferno.

— Você chegou bêbada em casa ontem à noite? — pergunto.

Na última vez em que o Scott e eu conversamos, estávamos numa boa. Alguma coisa mudou.

— Não, mas você deixou isso. — A Beth afasta o cabelo do pescoço e mostra um ponto vermelho e azul. Tudo o que eu quero é sumir e me esconder debaixo do chão. Deixei um chupão nela. Não faço isso com uma garota desde que terminei o ensino fundamental.

— Ele me odeia — digo.

A Beth ri.

— Tipo isso.

BETH

Bato com mais força no peito dele e ignoro o mundo ao redor. Meus punhos doem, mas preciso manter o coração funcionando. Preciso. Vinte e sete, vinte e oito, vinte e nove, trinta.

— Respira! — grito.

A Lacy inclina a cabeça para trás e sopra na boca. O peito se mexe para cima, depois desce de novo. Ela começa a se afastar.

— Não, Lacy, verifica os sinais vitais. — Ela coloca o ouvido perto da boca e do nariz. Eu espero. Ela coloca os dedos na artéria, no pescoço. Espero de novo. A Lacy balança a cabeça. Nada.

— Sua vez — digo a ela. Tenho medo de não conseguir dar pressão suficiente no coração se eu continuar. A Lacy tropeça em direção ao peito dele, e eu deslizo meu corpo para perto da cabeça. Ela conta em voz alta a cada compressão.

Um bipe longo vem da equipe perto de nós.

— Sem batimentos — diz o sr. Knox.

— Oba! — diz o Chris. — Esse é nosso!

De toda a nossa turma de saúde, sobramos eu e a Lacy contra o Ryan e o Chris. Com as mãos entrelaçadas uma na outra, o Ryan bate no peito do boneco.

— Respira! — a Lacy exclama.

Sopro ar na boca, verifico os sinais vitais e congelo. Com os dedos no pescoço, eu sinto alguma coisa. É fraco, mas está lá. A Lacy faz um gesto para eu bombear, mas balanço a cabeça. Nosso boneco — ele está vivo!

Os garotos começam as compressões de novo, e um barulho horrível sai da máquina deles. O sr. Knox desliga a máquina.

— Vocês, garotos, esqueceram de verificar os sinais vitais.

O Chris xinga, e o Ryan cai sentado. Chupa! Acostumem-se a perder.

O sr. Knox olha na minha direção.

— Parabéns, Lacy e Beth. Vocês foram as únicas que mantiveram o paciente vivo. Mandou bem com os sinais vitais, Beth.

Mandou bem com os sinais vitais. O sr. Knox se afasta como se esse não fosse o momento mais maravilhoso da minha vida. Eu fiz alguma coisa. Salvei uma vida. Bom, não de verdade, mas salvei o boneco. Fiz uma coisa certa. Essa sensação inacreditável e fantástica de... não sei... nunca tive isso antes... esse sentimento de... alegria? De alguma forma... me inunda. Cada parte de mim.

Eu — Beth Risk — fiz uma coisa boa.

A Lacy aponta para o Chris, depois para o Logan, que está de pé perto do boneco morto.

— Nós ganhamos. — Sentada, ela remexe os ombros numa dancinha maluca. — Nós ganhamos. Nós ganhamos. Nós ganhamos.

— Sua namorada é uma péssima ganhadora. — O Logan se aproxima de nós.

— Mas isso me dá um certo tesão — diz o Chris. — Agora que você provou desse barato, vai aceitar mais desafios de nós, baby?

A Lacy ri.

— Não fui eu que aceitei o desafio. Foi a Beth.

O Logan e o Chris acenam com a cabeça para mim em reconhecimento. Dou de ombros. Na última semana, temos nos testado. A Lacy fala comigo. O Ryan fala comigo. Às vezes eu também falo com eles. Na segunda-feira, eu cedi às suas ameaças e comecei a sentar com eles no almoço. Quando o Ryan está se sentindo corajoso, ele pega a minha mão. Quando eu estou mais corajosa, pego a mão dele em troca.

Ao ouvir falar do desafio, pego uma caneta preta na mochila. As últimas palavras do Ryan antes de começarmos a reanimação cardiopulmonar foram que a Lacy e eu não íamos conseguir, que éramos fracas demais para superar a dupla formada por ele e pelo Chris. Escrevo as duas palavras mais lindas na palma da mão e viro para o Ryan ver: *não consegue*.

Quando ele se encosta na parede, aquele sorriso brilhante se espalha pelo rosto e ele balança a cabeça. Borboletas voam dentro de mim. Adoro esse sorriso. Talvez um pouco demais.

— Não estou encantada — digo a ele. Já se passaram quatro dias desde o nosso acordo, e o Ryan não fez nada para me "encantar".

O sorriso dele fica convencido e, tenho que admitir, também gosto desse sorriso.

— Tenho tempo.

Do outro lado da ilha, o Scott me observa enfiar outra colher de Lucky Charms na boca. Eu falo enquanto mastigo.

— E aí eu senti a pulsação, e a Lacy achou que a gente devia bombear de novo, e eu fiz que não com a cabeça.

— E o que aconteceu? — pergunta o Scott.

Sinto como se eu fosse sair da minha pele.

— Nós ganhamos. Quer dizer, salvamos o boneco, e o sr. Knox disse que eu mandei bem. — Eu fiz uma coisa boa. Ainda não consigo superar esse fato.

— Isso é fantástico. Não é, Allison?

São oito da noite. A Allison está do outro lado do balcão e não se dá ao trabalho de levantar o olhar do brinquedo que o Scott comprou para ela na semana passada: um e-reader.

— Fantástico — ela ecoa, numa voz que me diz que não é isso que ela pensa.

Enfiar outra colher de cereais na boca me impede de resmungar meus pensamentos. Eu devia ter esperado para contar a história ao Scott no café da manhã, quando estamos só nós dois, mas eu estava empolgada demais.

— Ser enfermeira é isso? — pergunto ao Scott. — Se sentir poderosa e no controle? — E alguém chegar e me dizer que eu mandei bem? Minha mente se acelera com as possibilidades. Talvez eu devesse ser enfermeira. Não me incomodo com sangue. Nem com vômito. Agitada demais para ficar parada, batuco com os dedos no balcão. Eu realmente poderia fazer isso.

— Você precisa ser excelente em ciências para ser enfermeira — diz a Allison em sua voz entediada. — E suas notas no último boletim sugerem que isso pode ser um problema pra você.

Meu rosto fica vermelho, como se ela tivesse me dado um tapa. Eu queria ter pensado em algo mais brilhante, mas às vezes a simples verdade é suficiente.

— Você realmente é uma vaca.

— Para, Elisabeth — diz o Scott. — E, Allison, as notas dela estão melhorando.

Bom, foda-se, o Scott repreendeu a piranha. Ha. A Allison arranca os olhos do e-reader. Eu poderia me aproveitar da glória desse momento, mas semanas atrás decidi que ela não vale o meu tempo. Viro para o Scott. Chega de sonhar acordada. Tenho problemas reais.

— Preciso de tinta de cabelo preta.

— Pra quê? — ele pergunta.

Ele está cego? Sacudo o cabelo e abaixo a cabeça para ele ver minhas raízes. *Minhas raízes.* O loiro escapa pelo cabelo preto como raios de sol irritantes. Viro o cabelo de volta.

— Você pode comprar pra mim?

Se eu comprar alguma coisa com o dinheiro que o Isaiah me deu, o Scott vai ficar em cima de mim como mosca no cocô. Não estou pronta para revelar o segredo de que tenho dinheiro. Além do mais, ele está sempre querendo *fazer* alguma coisa por mim — agora ele pode.

— Não — ele responde.

Hum... Será que eu entendi mal?

— Não?

— Não.

— Não quero ser loira.

— Você é assim. Por que tem que mudar uma coisa tão bonita?

— Quer dizer que só as loiras são bonitas?

O Scott fecha os olhos.

— Eu nunca disse isso.

— Então me compra a tinta.

Ele reabre os olhos e me analisa durante um daqueles longos silêncios de sempre.

— Eu compro alguma coisa que combine com a cor original do seu cabelo.

— Não quero ser loira.

— Me dá um bom motivo pra não querer.

— Prefiro preto.

— Não é bom o suficiente.

Olho para a Allison deliberadamente.

— Odeio loiras.

— Ainda não é bom o suficiente.

Cruzo os braços sobre o peito e redireciono meu olhar para ele. Também sei ficar em silêncio por muito tempo.

— É só isso, Elisabeth? Você quer ter cabelos pretos. Só porque quer. Não tem um motivo. Você quer porque quer.

— Isso. — Não gosto do tom dele nem do jeito como os olhos azuis me atravessam.

— Quando foi que você pintou o cabelo pela primeira vez? — ele pergunta.

— No oitavo ano. — Meus instintos gritam para eu correr.

— Por quê?

Minha garganta se fecha, e eu desvio o olhar.

— Porque sim.

— Por quê, Elisabeth?

Porque um dos namorados da minha mãe pensou que eu fosse ela no meio da noite.

— Me conta. — O Scott continua olhando através de mim. — Me conta por que você pintou o cabelo.

O Isaiah sabe. Contei para ele num dia em que eu estava chapada demais para guardar segredos. O namorado da minha mãe saiu tropeçando do nosso único quarto no meio da noite. Ele sentou no chão perto de onde eu dormia no sofá. Levantou a minha mão, beijou e me chamou pelo nome da minha mãe. Ele me bateu quando eu gritei e me bateu de novo quando percebeu que eu não era a minha mãe.

As lembranças vêm rápido, e não consigo afastá-las. Elas precisam ir embora. Preciso de alguém que me traga de volta para a realidade. Preciso de alguém que leve para longe as lembranças ruins. Ainda não perdoei o Isaiah por me trair. Não falo com ele há semanas, e não tenho certeza se estou pronta para isso.

Mesmo que não tivesse acontecido tudo aquilo entre nós, não tenho certeza se eu ia querer o Isaiah. Por algum motivo, eu desejo outra pessoa... e isso me assusta. E estar assustada só fortalece mais as lembranças.

Na minha cabeça, ouço a voz do canalha. Sinto o toque do canalha. Meus dedos agarram minha cabeça. *Sai, sai, sai!* Eu me levanto tão de repente que o banco balança e cai no chão.

— Foda-se, Scott. Eu compro a tinta.

RYAN

... e George olhou para a garota com novos olhos. Não — não com novos olhos, mas talvez com olhos que ele tinha em outra vida. Com olhos que não pertenciam à sua cabeça, mas ao seu coração.
O sorriso dela o acariciava como se seus dedos deslizassem pelo braço dele. Ela o surpreendia sempre — uma humana querendo ser amiga de um zumbi. O oposto dele, de alguma forma, deu significado àquela nova vida apavorante. Mas o que realmente encantou George foi que ela lhe deu uma segunda chance.

Satisfeito comigo mesmo, eu me recosto na cadeira e cruzo as mãos sobre a barriga. Parece que a vida do George é mais confusa do que ele jamais poderia imaginar. Primeiro, ele acorda zumbi. Depois, descobre que os outros zumbis esperam que ele seja um líder e, em seguida, fica chocado por adorar seu poder recém-descoberto.
E aí aparece a garota.
Garotas sempre complicam as coisas. Meus lábios se curvam para cima quando penso na Beth. É, complicam mesmo, mas de um jeito bom.
Meu telefone vibra, e olho o identificador de chamadas. É um número desconhecido, por isso deixo cair no correio de voz. Segundos de-

pois o telefone apita, me dizendo que tenho uma mensagem de texto. Pego o telefone e sorrio:

> Amigos, certo? Beth

Eu:

> Certo

— Então me deixa entrar. — A voz sexy da Beth vem do outro lado da janela aberta.

Olho para o relógio: onze horas da noite. Minha mãe e meu pai devem estar na cama. Para garantir, tranco a porta do quarto antes de levantar o vidro e abrir a tela.

— O que você está fazendo aqui?

A Beth enfia uma das pernas no meu quarto, depois a outra, com tanta facilidade que acredito que ela já fez isso antes.

— Fiquei entediada.

— Você podia ter ligado. — Fechar a tela não é tão fácil quanto abrir.

— Eu liguei. — Ela avalia o meu quarto. Agarra uma bola de beisebol na cômoda, joga para o alto e quase não consegue pegar. — Você não atendeu.

— Você ligou um minuto atrás.

Ela coloca a bola de volta na cômoda.

— Mas liguei.

A realidade do momento me atinge quando ela se inclina e dá um tapinha na lâmpada de lava que parou de funcionar um ano atrás. A pele macia e a tatuagem escapam quando a camiseta se levanta. Respiro fundo e me concentro em qualquer coisa que não seja tocar nela.

— O seu tio sabe que você está aqui?

— Não. — A Beth vai até o computador. — No que você está trabalhando?

— Um trabalho de escrita criativa.

Ela aperta os lábios enquanto a cabeça cai para trás.

— Merda. Temos um trabalho? Pra quando? Ai, que inferno, o Scott vai me matar por isso. E eu achava que finalmente estava acompanhando. Droga. Até agora, eu não precisava contar para ninguém.

— Não, não é um trabalho da turma. É uma coisa... extra... Algo que a sra. Rowe me pediu pra fazer.

Os ombros da Beth relaxam como se ela tivesse recebido o perdão de uma sentença de morte.

— Posso ler?

Além da minha professora, ninguém jamais pediu para ler minhas coisas antes, e... Paro por um instante, e a Beth levanta as sobrancelhas. Se alguém vai ler isso, prefiro que seja ela. Algo me diz que ela vai entender.

— Claro.

— Imprime pra mim. — Ela se joga na minha cama e se enrosca perto dos travesseiros.

Os olhos azuis me analisam, e ela me provoca com um olhar sonolento. Minha calça fica apertada. Quero me juntar a ela na cama, muito, mas vou me controlar, mesmo que eu morra nesse processo.

— Você planeja ficar por um tempo?

— Você tinha outros planos?

Não.

— Vou dormir daqui a pouco. Temos aula amanhã.

— Compartilhei uma cama muito menor do que essa nos últimos dois anos. Confia em mim, sou a rainha de não tocar, se é com isso que você está preocupado. Vai, imprime.

— Não tocar e compartilhar com quem?

A Beth dá um risinho e balança a cabeça ao mesmo tempo.

— Está com ciúme? Acho que você ia imprimir uma coisa pra mim.

Deixa rolar, Ryan. Assim como outros predadores, a Beth consegue sentir o cheiro do medo. Sem mais uma palavra, imprimo as páginas, que ela arranca da minha mão. Olho para ela, que me encara.

— Não vou ler com você me observando. É estranho.

— Você está no meu quarto, Beth. Você andou quase um quilômetro pra chegar aqui. Numa quarta-feira. No meio da noite. Sem ser convidada. — Eu tinha que definir para ela o que é estranho.

— Quer que eu vá embora?

— Não. — Não quero. De alguma forma, nada jamais pareceu tão correto.

Aquele sorriso maligno aparece no rosto dela.

— Sou a primeira garota a subir na sua cama?

Sim. Respiro fundo e volto para o computador. Já namorei garotas. Fui exclusivo com algumas e respeitoso o suficiente para seguir devagar para cada base. Existem algumas bases que eu ainda não alcancei. E ter uma garota na minha cama é uma delas. Se ela está determinada a ficar aqui, estou determinado a gostar disso e não deixar o nervosismo aparecer. Acho que o meu zumbi encontrou uma garota de quem ele gosta e, ao mesmo tempo, quer estrangular.

— Isso é bom, Ryan. — A voz distante da Beth me arranca da história, e minhas mãos param de batucar no teclado.

— Obrigado — digo. Ela está deitada de bruços, apoiada nos cotovelos. Seu decote está lindamente exposto. Meus olhos escapam para o chão.

— Não, sério. É bom. Bom do tipo poderia estar numa livraria. Eu entendo totalmente esse cara.

É, eu também.

— Cheguei à final de um concurso literário estadual. — As palavras saem naturalmente, como se eu normalmente contasse esse tipo de coisa para o mundo todo.

A Beth folheia as páginas.

— Posso entender por quê. Quem julgou o vencedor devia estar usando metanfetamina, pra não te escolher.

Olho ao redor do quarto, esperando o raio me atingir. Ela me elogiou?

— O vencedor ainda não foi anunciado. Tem outra etapa do concurso daqui a umas duas semanas.

— Ah. Então tenho certeza que você vai ganhar.

Meu estômago fica oco quando desligo o computador. É, estou escrevendo o conto, mas ainda não me inscrevi no concurso. Como posso? Tenho jogo nesse dia, e o meu pai...

Meus pensamentos se perdem. Estou fugindo de um concurso — um concurso que eu posso ganhar. Será que a adrenalina de ganhar um concurso literário é a mesma de ganhar um jogo de beisebol ou um desafio? Acho que eu nunca vou saber.

Quando viro de volta, a Beth está deitada de costas, com a cabeça nos travesseiros. Ela tirou os sapatos e cruzou as mãos sobre a barriga. A argola do umbigo brilha na luz. Ela empilhou minha história de um jeito perfeito sobre a mesa de cabeceira.

Estamos saindo. Amigos que estão saindo e que, eventualmente, podem se beijar. Quatro dias poderia ser considerado *eventualmente*... É, não sou burro o suficiente para acreditar nisso.

— Vou dormir — digo, dando a ela a oportunidade de ir embora.

— Você normalmente dorme com todas essas roupas? — ela pergunta.

Não. Eu geralmente tiro a camisa.

— Assim é mais seguro.

— Tudo bem.

Tudo bem. Desligo a luz e subo na cama. Seguindo o exemplo da Beth, eu deito sobre a coberta. O calor do corpo dela aquece o meu. Ela está certa. Ela consegue deitar na mesma cama sem tocar. Inspiro, e seu aroma doce me envolve.

No ano passado, nosso professor de ciências destruiu o mito de que o sexo passa pela cabeça dos caras a cada sete segundos. Tenho que discordar disso. Meus dedos coçam com a necessidade de acariciar a pele suave da Beth. Quero meus lábios sussurrando nos dela.

— Então, eu tenho um amigo — ela diz na escuridão. — O Isaiah. Você conheceu.

— É. — Meus músculos ficam tensos, e as imagens do corpo dela se movendo em direção ao meu desaparecem. Entendo que sair com ela significa deixar aberta a possibilidade de ela ver outros caras, mas não gosto que ela discuta sobre eles enquanto está deitada na minha cama.

— Ele me traiu, e eu não sei o que fazer. Em Louisville, ele era o único amigo que eu tinha, e, quando eu vim pra cá, ele me comprou um celular. A gente se falava todas as noites ou mandava mensagens de texto ou as duas coisas, e ele ainda me liga todos os dias e me manda um milhão de mensagens de texto. Eu me recuso a responder, e acho que a nossa amizade acabou, e hoje à noite eu conversei com o Scott e a conversa não correu como eu planejei e eu não sabia...

Minha pele pinica. É mais do que a Beth estar tão perto de mim. É mais do que a necessidade e a atração se acumulando no meu corpo. A Beth está prestes a me contar alguma coisa. Prestes a derrubar suas defesas. Eu a faço continuar.

— Você não sabia o quê?

— Tudo era tão mais fácil em Louisville — diz ela baixinho. É difícil não perceber a tristeza em sua voz. — Sinto falta dessa facilidade.

— Depois do meu jogo, eu te deixo lá. — Odeio essa ideia, mas estou determinado a conquistar a garota. — Depois, vamos jantar e talvez ver um filme. O que você acha?

Eu a ouço engolir em seco.

— Acho que vou gostar.

Respiro fundo. A ingestão limpa e repleta de ar é como se fosse minha primeira respiração há dias.

— Às vezes — ela diz, depois para. É uma pausa pesada, e seu esforço em buscar as palavras me faz querer consolar a garota. — Às vezes eu só quero...

O que ela quer? Eu sei o que eu quero: que ela confie em mim, que ela sinta o que eu sinto. Mas o que eu realmente quero agora é que ela fique bem. Estendo o braço pela cama na direção dela, com cuidado para não tocá-la.

— Estou aqui, se você precisar.

Uma batida de coração. Mais uma. A Beth está tão perfeitamente parada no escuro que parte de mim se pergunta se essa noite toda foi um sonho.

O corpo dela se esfrega no edredom quando ela se move. Um centímetro na minha direção. Uma hesitação. Mais um centímetro. Meu sangue formiga com a expectativa. Esse momento é importante demais — sem dúvida. Estou pedindo para ela confiar em mim, e ela realmente está pensando no assunto.

Vamos lá, Beth, você pode confiar em mim. Por fim, num movimento rápido, ela encosta a cabeça no meu peito e enrosca o resto do corpo à minha volta. A necessidade me atinge, e, se a mão dela deslizar sete centímetros para baixo, ela vai saber. Quero tocar nela, mas será que tenho coragem? Sua respiração faz cócegas no meu peito quando ela sussurra:

— Eu gosto de você, Ryan.

Fecho os olhos e comemoro as palavras. Ela gosta de mim.

— Eu também gosto de você. — Muito.

Eu desejo a garota, mas me recuso a deixar a parte de baixo do meu corpo tomar as decisões. Devagar, deliberadamente, envolvo um dos braços ao redor dela e coloco a outra mão sobre a minha barriga, perto da dela. Essa é minha melhor tentativa de toque entre amigos-que-saem.

Partes de mim querem acariciar o vermelho quente que aparece na pele bonita quando olho para ela com desejo. Essas mesmas partes me imaginam colocando uma das mãos no queixo dela e levantando sua cabeça para um beijo. Essas partes, no momento, estão tentando colocar "lógica" no meu cérebro. Beijar a Beth seria bom. Eu adorei beijar os lábios carnudos dela e adorei seus gemidos suaves. Eu podia beijar a garota até ela esquecer o Isaiah. Podia beijá-la até me esquecer que sou virgem. Aperto o ombro dela com mais força. Ela está me matando, e eu também.

— Sandy Koufax era canhoto, como você. Ele foi o arremessador mais jovem que entrou no Hall da Fama do Beisebol.

— Essa talvez seja a coisa mais idiota que eu já ouvi você dizer — ela murmura.

Verdade, mas mantém minha mente longe da ideia de beijá-la.

— Não sou eu que falo em códigos.

— Aí você me pegou.

O corpo da Beth relaxa e se molda ao meu. O silêncio se estende de segundos para minutos e para mais tempo, e eu me pergunto se ela dormiu. Parte de mim deseja conseguir dormir. Assim eu não ia fantasiar sobre tocar ou beijar ou tocar um pouco mais na Beth. Mas também quero ficar acordado. Eu gosto disso. De abraçá-la.

— Ryan? — ela sussurra.

— O quê? — sussurro de volta.

— Posso ficar? A gente bota o alarme pras quatro horas, assim eu posso voltar antes que o Scott sinta a minha falta.

Sem pensar, acaricio as costas dela, e ela se aproxima mais de mim.

— Pode.

A Beth aninha a cabeça no meu peito como um gatinho se enroscando numa bola para dormir. Os braços dela me apertam, e eu me permito avançar um pouquinho quando pego o cabelo dela e a beijo no alto da cabeça. Eu poderia dizer a mim mesmo que amigos que saem juntos fazem isso, mas é tarde demais, e eu estou cansado demais para mentir.

BETH

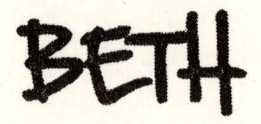

Trinta minutos observando o Ryan se contorcer no sofá em frente ao Scott foram suficientes para compensar o fato de ele me arrastar para a maratona de jogos no campo esportivo. Meu tio finalmente me deixou ir com o Ryan, mas só depois de ameaçar matá-lo se ele me devolvesse com alguma marca no corpo.

Não tenho certeza se algum dia vou admitir isso para o Ryan, mas esse é o meu melhor sábado desde que fui sentenciada a ir para o inferno. No caminho até Louisville, o Ryan me explicou algumas regras do beisebol. Eu sabia uma boa parte, mas ele de alguma forma tornou tudo mais interessante. O esporte ganhou vida quando ele descreveu um jogo que é mais do que um taco, uma bola e algumas bases. Disse que envolvia trabalho em equipe e confiança.

Sentada na arquibancada vendo o jogo, admiro a graciosidade dos movimentos do time dele. Uma rede de sinais, olhares e entendimentos silenciosos.

O que eu realmente acho fantástico é o Ryan. A intensidade bruta no modo como ele se movimenta. A força dos ombros largos e a energia que explode do corpo dele quando ele joga a bola. O Ryan é uma força em si. Uma força que me atrai. Uma atração que provoca calor no meu corpo. Ele tem um toque simples que é forte o suficiente para me manter firme, mas ao mesmo tempo suave o suficiente para me dar arrepios.

Somos amigos. Só amigos. Suspiro. Mesmo como amigos, ele merece coisa melhor do que eu. Ele parece muito determinado a gostar de mim. Muito determinado a sair comigo. Por quê? O que ele ganha ficando com uma garota que todo mundo descartou?

O Chris joga uma bola no campo da esquerda, e o outro time a pega para a terceira saída. O Ryan fica de pé no banco dos jogadores e pisca para mim antes de entrar em campo. Meu sorriso de resposta se forma sem eu sentir. *Você está se metendo num mundo de dor, Beth.* Como eu me meti com o Luke, quando tinha quinze anos. O Luke me chamou de bonita e disse todas as palavras certas. Por outro lado, ele nunca me levou para um lugar tão público quanto este.

Talvez o Scott esteja certo. Tenho uma ficha limpa. Talvez eu devesse me aproveitar disso. Talvez eu devesse aproveitar a situação enquanto está durando. Afinal, vou embora com a minha mãe em breve. Cada dia que ela continua com o Trent é um dia mais perto de sua morte. Hoje, depois do jogo, minha mãe e eu vamos combinar um plano para ir embora, mas, até lá, talvez eu devesse aproveitar o que está na minha frente.

O Ryan gosta de mim ou, pelo menos, acha que gosta. Por que estou com tanta pressa de seguir para o próximo cara que vai me tratar como o Luke me tratou ou como o Trent trata a minha mãe?

Posso ser a garota que mostra algumas coisas ao Ryan. A garota que não ri quando ele fica vermelho de vergonha. Posso ser a garota que, no futuro, quando ele estiver casado com uma boa moça e tiver três bebês pendurados na perna, ele vai poder lembrar e rir. Depois vai olhar para a esposa e ficar feliz por eu ter ido embora no momento certo. Feliz por ele não acabar ficando comigo.

— Você é namorada do Ryan? — pergunta um cara alto, que aparece do meu lado e observa o Ryan arremessar. Esse cara está perto. Superperto. Não a ponto de me tocar, mas ele atravessou a barreira velada do nível de proximidade permitido entre estranhos.

A pele do meu braço pinica.

— E você, quem é?

Ele vira a cabeça e me dá um sorriso que me lembra o do Ryan. Na verdade, ele parece muito com o Ryan, só que um pouco mais velho.

— Mark. Sou o irmão mais velho dele.

Oi? Esse é o irmão por quem o Ryan estava todo arrasado no celeiro? A curiosidade dá lugar ao nervosismo. Eu nunca conheci a família de um cara, e não sei como me comportar numa situação dessas.

— Prazer em te conhecer. — Pronto, não é isso que as garotas certinhas dizem?

— Tem certeza? Eu já vi minhocas em anzóis parecerem mais felizes que você.

Meus lábios se contorcem.

— Sou a Beth, e somos só amigos. — Amigos que estão saindo juntos, mas não preciso revelar minhas inseguranças.

— Sei — ele diz devagar. — O Ryan não traz amigos pros jogos. Ele diz que as pessoas são uma distração.

Sem saber como responder, eu me concentro no jogo. O Mark baixa a voz.

— Estou te deixando desconfortável?

É melhor falar a verdade. Não consigo passar a impressão de respeitável por muito tempo.

— Caras que invadem o meu espaço geralmente me deixam desconfortável, mas eu não te culpo. O Ryan também tem dificuldades com espaço. Deve ser genético.

Ele ri, e é uma gargalhada escandalosa que faz as pessoas encararem — até o Ryan, que está na base de arremesso. Os olhos do Ryan se alternam entre mim e o irmão dele. Uma sombra atravessa seu rosto quando ele se concentra no Mark. Não gosto do olhar de dor no rosto dele, por isso aceno de um jeito envergonhado, e ele me dá seu sorriso de fazer parar o coração. O calor se espalha pela minha nuca e marca o meu rosto.

— É — diz o Mark. — Vocês dois são só amigos.

— Não pedi sua opinião — resmungo.

Ele ri de novo, mas não tão alto.

— A minha mãe deve te odiar.

Eu deveria me sentir insultada, mas não. Se um dia ela me conhecer, provavelmente vai me odiar.

— Não sei.

— Tudo bem. Eu gosto de você.

— Você não me conhece.

O Mark aponta para o placar.

— Temos mais algumas entradas pra corrigir isso. Então me conta, como você conheceu o meu irmão?

RYAN

Desamarro as chuteiras e encaro a arquibancada. O Mark está aqui e está conversando com a Beth. Na verdade, ele está rindo com a Beth. O ciúme cresce dentro de mim, e eu fico com raiva dos dois. Mandei mensagens de texto e telefonei para o Mark durante meses e não recebi nada. A Beth sorri uma vez e ele está tagarelando como se estivesse num programa de entrevistas. E, para completar, o Mark conversou com ela por vinte minutos e a Beth já está rindo. Levei semanas para fazer com que ela risse comigo.

Bato a chuteira com força no banco para tirar a sujeira. O Mark é meu irmão, portanto não ia roubar minha namorada. Sem falar que ele gosta de homens. Vários amigos meus me olham quando eu bato de novo a chuteira no banco. O Logan levanta uma sobrancelha, e balanço a cabeça para impedir que ele fale comigo.

Descanso os braços sobre os joelhos e tento aceitar a situação. A Beth não é minha namorada. Somos só amigos que saem juntos, porque eu estraguei tudo com ela desde o começo.

— Ryan? — O treinador acena para que eu vá até ele. Enfio os pés nos Nikes e jogo a mochila no ombro. Ele provavelmente tem muita coisa para me dizer. Eu fechei o jogo, mas perdi duas corridas na última entrada. A interação amigável entre o Mark e a Beth me distraiu.

— Sim, senhor.

O treinador acena com a cabeça para um homem de uns trinta anos e uma mulher ao lado dele. Estão vestidos com roupas casuais de domingo: calça jeans e camisa bacana.

— Eu gostaria que você conhecesse Pete Carson e a esposa, Vickie.

Aperto as mãos estendidas — primeiro o sr. Carson, depois a esposa.

— Prazer em conhecê-los.

— Pete é olheiro da Universidade de Louisville.

Dou uma olhada para o treinador e tento manter a surpresa longe do rosto. Ele sabe como o meu pai e eu nos sentimos em relação a jogar beisebol profissional depois que eu me formar. O sr. Carson limpa a garganta.

— Ryan, estou na função de olheiro para a convocação preliminar, e o seu nome está na boca de todo mundo. Eu estava me perguntando se você já pensou na nossa universidade.

— Não, senhor. Meu plano é ir para a convocação profissional depois da formatura.

— Isso seria um desperdício. — As palavras escapam da boca da esposa dele. Nós três olhamos para ela, que ri nervosa. — Desculpa, mas é verdade. Vou me apresentar direito: sou a dra. Carson, chefe do Departamento de Língua Inglesa da Universidade Spalding.

— Ãhã. — Uma resposta totalmente incorreta em termos gramaticais. Por que será que eu me sinto encurralado?

— A sra. Rowe, sua professora de inglês, é muito amiga minha. Ela me mostrou alguns escritos seus. Você tem muito talento. Tanto no campo quanto fora dele. A Universidade Spalding oferece um curso maravilhoso de escrita criativa, e muitos alunos nossos buscam o diploma de belas artes...

O sr. Carson coloca a mão no braço da esposa.

— Você está recrutando o garoto. Achei que eu tinha ganhado o cara ou coroa.

— Você estava falando muito devagar. — Ela dá um tapinha na mão que ele colocou nela. — A Spalding também tem um time de beisebol.

Dou uma risada falsa porque todos os outros fazem o mesmo, mas meu desconforto aumenta. Ficar aqui, ouvindo o que eles têm para falar, faz com que eu me sinta traindo o meu pai.

O sr. Carson solta a esposa.

— A Spalding é uma universidade da terceira divisão. A Universidade de Louisville é da primeira. Vários jogadores nossos foram convocados para a liga profissional. Você tem um talento nato, mas alguns detalhes precisam ser corrigidos nos seus arremessos e na sua postura. Meus treinadores podem trabalhar com você e levar seus arremessos a outro nível. Vamos te preparar pra liga profissional, e você ainda sai com um diploma.

— Está me oferecendo uma bolsa de estudos?

— A Spalding oferece — diz a sra. Carson, sorrindo sem arrependimento quando o marido faz uma careta.

O sr. Carson troca um olhar preocupado com o treinador.

— Preciso saber se você está interessado. Tenho lugar para um arremessador na minha equipe e estou disposto a oferecer uma bolsa de estudos pra alguém durante o período preliminar de matrícula em novembro.

Novembro, ou seja, se eu quiser ir para a faculdade, tenho pouco mais de um mês para decidir. Sem pressão. O sr. e a sra. Carson descrevem a vida universitária e finjo escutar. O que o meu pai vai dizer quando descobrir? Os dois me dão cartões de visita, para o desespero do sr. Carson, e se despedem, me deixando sozinho com o treinador.

Espero os Carson se afastarem antes de fazer uma pergunta que está me incomodando.

— Você andou falando com a sra. Rowe?

— Conversamos no mês passado. Acho que é importante você explorar todas as opções.

— Você acha que eu não consigo ir pra liga profissional? — Esse é o homem que me incentivou quase tanto quanto o meu pai.

— Não — ele diz devagar. — Acho que você consegue, mas também sei que o seu pai não está te apresentando todas as opções disponíveis. Seu pai é um homem bom, mas eu te considero um filho e achei que era meu dever te fazer essa apresentação.

Meu mundo vira de pernas para o ar. O treinador e o meu pai sempre concordaram em tudo. Por que essa mudança agora?

— Não vou participar do concurso literário.

— Ryan — diz o treinador com um suspiro irritado. — Vamos falar sobre isso depois. Você tem companhia. — O olhar dele passa sobre o meu ombro, e o medo se instala no meu estômago.

O Mark está me esperando na parte de baixo da arquibancada, enquanto a Beth continua sentada na parte alta. Vasculho a área para ter certeza de que ninguém da cidade está por perto para ver esse encontro.

— Ei — diz o Mark. — Você jogou pra caramba.

Inspiro profundamente, tentando encontrar o equilíbrio. O Mark foi embora. O meu pai olhou fundo nos olhos dele e o mandou escolher. Meu irmão não me escolheu. Eu pedi para ele ficar, e ele não ficou. Pedi para ele vir para casa, e ele não veio. E agora ele acha que pode aparecer aqui e tudo vai ficar bem. Quer saber? Não está nada bem.

— O que você está fazendo aqui?

O Mark joga como linebacker na Universidade do Kentucky. No primeiro ano, ele ganhou onze quilos de músculos. Ele é um grande filho da puta.

— Eu queria conversar, Ry.

— Acho que o seu silêncio nesse verão já disse tudo. — Passo por ele e faço um gesto para a Beth descer da arquibancada.

— Eu queria falar com você, mas todas as vezes que tentei não consegui. Eu ficava pensando na mamãe e no papai e eu precisava de espaço.

Espaço. Por que ele simplesmente não me dá um chute no saco? Jogo os braços para o ar.

— Você conseguiu o que queria, não?

— Não precisa ser assim — diz o Mark, alto o suficiente para os poucos espectadores restantes ouvirem.

— Precisa, sim. — Continuo andando.

Em passos constantes e letárgicos, os pés da Beth batem contra o metal da arquibancada enquanto ela desce.

— O que você está fazendo?

— Precisamos ir embora. Você precisa de uma hora, lembra? E depois vamos sair pra jantar.

— A gente tem tempo. Vai falar com o seu irmão.

— Está tudo bem, Beth. — O Mark responde por mim num tom que indica um pedido de desculpas. — Fico feliz por ter tido a chance de te conhecer. Não deixe Groveton te sufocar até a morte.

Ela dá um de seus raros sorrisos verdadeiros para o meu irmão, e sinto vontade de bater em alguma coisa — com força.

— Boa sorte no jogo na semana que vem — ela diz.

O Mark enfia as mãos nos bolsos da calça e vai embora.

— Você sabe onde me encontrar quando estiver pronto, Ry.

A Beth observa o meu irmão até ele sumir de vista.

— O que está errado com você, porra?

— Você não entenderia. — Sigo com raiva até o estacionamento e jogo minhas coisas no jipe. A Beth fecha a porta do carona com muita força, e eu respondo à raiva dela batendo a minha. — Me diz aonde eu tenho que te levar.

— No centro comercial a um quilômetro do seu centro de treinamento de arremessos.

Minha cabeça dá um salto. Esse lugar fica a um passo do gueto.

— Não vou te deixar lá.

— Não pedi sua aprovação. Você fez um acordo comigo. A decisão de manter esse acordo é sua. — Os olhos azuis gelados me fuzilam.

Puxo a aba do boné com força e saio para a rua principal. Ela está com raiva, e eu também. Ficamos em silêncio enquanto dirijo por meia hora até o outro lado da cidade. O carro até andaria sozinho tamanha a descarga elétrica lá dentro. Qualquer palavra dita por qualquer um de nós seria capaz de causar uma explosão.

A Beth obviamente gosta de brincar com fogo.

— O seu irmão é um daqueles caras que pode ser maneiro com estranhos e se transformar num babaca em particular? Ele fazia xixi no seu café da manhã todo dia antes de ir pra escola?

— Não — respondo a contragosto. — Ele era um ótimo irmão.

— Então o que está errado com você? Ele disse que vocês não se falam há três meses e que estava aqui pra te ver. O que é tão importante que você não podia dedicar três segundos do seu dia pra dizer oi, porra?

Ligo o rádio. Ela desliga. Bato no volante.

— Achei que você estava com pressa pra ter sua hora de liberdade em Louisville.

— Esperar quinze minutos pra você conversar com o seu irmão não vai estragar minha hora. Vamos tentar de novo. O que está acontecendo?

— Ele é gay.

A Beth pisca.

— Você já me disse isso. Falta você me falar da parte de você ser um babaca.

Não sou um babaca. Tanto é que estou aqui hoje para provar para ela que eu não sou um babaca.

— Ele foi embora, tá? Ele foi embora e deixou claro que não vai voltar.

Ela inclina o corpo na minha direção.

— Me diz que essa foi uma decisão imposta pelo próprio Mark.

A Beth não me conta porcaria nenhuma sobre a família dela, mas espera que a minha seja perfeita.

— Meu pai mandou ele embora, e o Mark nem tentou ficar pra ver o que ia acontecer se tentasse. Feliz agora?

— Não. Quer dizer que o seu pai é um canalha homofóbico. Qual é a sua desculpa?

A raiva escapa de mim num surto.

— O que você esperava que eu fizesse? Contrariasse o meu pai? Ele disse pra mim e pra minha mãe que não tínhamos mais permissão pra falar com ele. Ele é meu pai, Beth. O que você teria feito?

Não me preocupo em contar a ela que tentei falar com o Mark ou que ele não me respondeu... até agora. Agora, quando é tarde demais.

— Teria arrumado culhões, isso é o que eu teria feito. Meu Deus, Ryan, você *é* um babaca. Seu irmão é gay, e você arrancou ele da sua vida porque é maricas demais pra enfrentar o seu pai.

Entro no centro comercial e paro nos fundos do estacionamento. Esse lugar é um buraco nojento. Perto da lavanderia automática, um cara de camiseta sem mangas grita com uma loira tingida segurando um bebê de fralda. Caras da minha idade fumam cigarros enquanto esbarram de skate de propósito em garotas que entram e saem das lojas. Alguém precisa ensinar esses caras a terem respeito.

A Beth salta do jipe. O cabelo voa na brisa atrás dela enquanto ela anda a passos largos em direção ao centro comercial. Por que essa garota está sempre fugindo de mim? Pulo atrás dela, pego sua mão e a faço virar para mim. Achei que tinha irritado a Beth quando a nomeei para a corte do baile. O fogo que sai de seus olhos me diz que essa raiva está num nível completamente diferente. Ela precisa me ouvir e entender o meu pai — entender a minha família.

— O Mark abandonou a gente.

— Mentira. Vocês que abandonaram ele. — Ela bate com um dedo no meu peito. — Você e eu somos um erro. Você abandona as pessoas. Meu pai me abandonou, o santo Scott me abandonou, e eu nunca mais vou ser abandonada.

Mas dessa vez é a Beth que me abandona. Ela entra no centro comercial e desaparece na mercearia. Ela me disse, no caminho até Louisville, para deixá-la e voltar mais tarde. Eu nunca pensei em deixar a Beth ir embora, mas suas palavras me abalaram. Será que ela está certa? Fui eu que abandonei o Mark?

BETH

Entro no mercado, saio escondida e ando em zigue-zague até o The Last Stop, evitando o grupo de skatistas. Sou cuidadosa, protegendo o dinheiro da Echo que queima o bolso de trás da minha calça. Tem mais ladrão por aqui do que pessoas com diploma do ensino médio.

O Denny soca o balcão quando entro no bar.

— Sai daqui, garota.

Bolas de sinuca batem umas nas outras enquanto um cara de calça jeans e casaco de couro joga sozinho. Dois homens mais velhos usando uniformes azuis de fábrica detonam cervejas no bar. Meu coração perde qualquer pontinha de esperança que eu conquistei em Groveton quando vejo a bagunça loira na mesa do canto. Mantendo meu orgulho, deslizo até o bar.

— Não importa quanto o Isaiah está te pagando, eu pago o dobro pra você ficar de boca calada.

Ele dá um risinho maligno.

— Foi a mesma oferta que ele me fez em relação a você. Vai brincar com o seu namorado e fica longe do meu bar.

— O Isaiah não é meu namorado.

Com um sorriso de espertinho, o Denny pega um copo de shot molhado da pia e seca com um pano de prato.

— Você já falou isso pra ele?

Quando eu não respondo, o Denny faz um gesto em direção à minha mãe.

— Ela está chorando hoje. O Trent foi preso ontem à noite por dirigir bêbado, e eles apreenderam o carro dela. Leva ela pra fora e passa um tempo com ela.

Oba e que droga. Sem o Isaiah na jogada, preciso de um carro, e aquela porcaria da minha mãe é nossa única saída de Louisville. Pelo lado bom, que é raro, não tenho que me preocupar com o Trent batendo na gente hoje.

— Da próxima vez que você vier ao meu bar, vou ligar pro Isaiah te arrastar daqui — diz o Denny. — Mesmo que ela esteja chorando.

Perto de uma garrafa de tequila pela metade, a cabeça da minha mãe está apoiada nos braços cruzados. Ela está mais magra. A adrenalina de emoções provoca uma sensação de cabeça leve. Essa pobre e patética criatura é minha mãe, e eu fracassei totalmente com ela.

— Vem, mãe.

Ela não se mexe. Afasto o cabelo do seu rosto. Vários fios caem no chão e grudam na minha mão. Meu Deus, será que ela comeu alguma coisa? Curativos amarelos e marrons marcam o lado esquerdo do rosto dela. Na mão direita, uma pulseira preta. Cutuco-a com um toque suave.

— Mãe, é a Elisabeth.

Os cílios piscam para abrir, e seus olhos azuis vazios parecem afogados.

— Meu bebê?

— Sou eu. Vamos pra casa.

Minha mãe estende a mão como se eu fosse um fantasma. A ponta de seus dedos mal toca na minha perna antes de o braço cair na lateral.

— Você é um sonho?

— Qual foi a última vez que você comeu?

Com a cabeça ainda nos braços, ela me avalia.

— Você costumava comprar comida pra mim e preparar, né? Presunto e queijo com pão branco e mostarda na geladeira. Era você.

Minhas entranhas murcham como uma planta sem água. Quem ela acha que tomava conta dela? Fecho os olhos e busco uma perspectiva.

Morar na casa do Scott me deixou frágil. Preciso ficar mais alerta por mim e pela minha mãe.

— Vem comigo.

Coloco um braço sobre os ombros dela e a puxo.

— Vem. Você precisa levantar. Não consigo te arrastar até em casa.

— Eu odeio quando você grita, Elisabeth.

— Eu não gritei. — Mas estou sendo escrota. Como a maioria das crianças pequenas, minha mãe obedece a uma repreensão forte. Também como a maioria das crianças pequenas, ela costuma obedecer à pessoa errada.

— Gritou, sim — ela resmunga. — Você está sempre com raiva.

Mesmo comigo segurando, ela ainda balança de um lado para o outro. A porta dos fundos está fechada. Que inferno. Isso significa que vamos ter que sair pela frente. Passinhos de bebê são uma luta para ela, e eu calculo quanto tempo vai levar para que eu a arraste para casa nesse ritmo. Tantas coisas para fazer antes de me encontrar com o Ryan: compras de mercado, descobrir como tirar o carro da apreensão e marcar a data para fugir.

Minha mãe tropeça quando chegamos à luz do dia. Ela tenta proteger os olhos, mas isso afeta seu equilíbrio já frágil, e eu tenho que usar as duas mãos para mantê-la de pé. Ela está certa. Eu estou sempre com raiva, porque nesse momento um vulcão está fervendo dentro de mim.

— O que mais você está tomando?

— Nada — ela responde, rápido demais.

Certo. Nada.

— Aquela garrafa de tequila não estava vazia. Está ficando fraca?

Ela não diz nada e eu deixo para lá, me lembrando que algumas coisas é melhor ignorar. Eu a arrasto para frente e, em alguns momentos, ela levanta o pé para ajudar. Vários caras com quem eu estudava passam voando sobre skates. Dois assobiam para mim e perguntam se eu voltei para ficar. O outro...

Ele desce do skate e o pega no ar. Em seguida, tira uma nota de dez dólares do bolso.

— Está sem grana de novo, Sky? Aceito um boquete agora.

A vergonha esquenta o meu rosto, mas me obrigo a ficar mais reta enquanto arrasto minha mãe em direção à casa dela.

— Vai se foder.

— Senti sua falta, Beth, mas a sua mãe é mais divertida sem você pra cuidar dela. — Ele solta o skate e rola para longe. É, morar na casa do Scott me deixou mais sensível, e isso torna essa experiência mil vezes pior. Eu queria que o Scott tivesse me deixado em paz.

— Vamos mudar pra Flórida. — Passamos devagar pela loja de penhores. — Praias com areia branca, ar morno, o som da água batendo na margem. — Minha mãe não é uma puta. Não é. Por favor, Deus, por favor, que ela não seja isso. — Você vai parar de beber e vamos conseguir um emprego... — Fazendo o quê? — Pra fazer alguma coisa. — Como o Scott tem a minha custódia, vamos ter que ser cuidadosas. Vou ser rotulada de fugitiva. — Vamos pro litoral. Me dá uma data pra gente ir embora.

— Primeiro eu tenho que pagar a fiança do Trent — sussurra a minha mãe. — Depois liberar o carro.

— Foda-se o Trent. Deixa ele apodrecer na cadeia.

— Não posso. — Ela puxa o meu cabelo para se manter de pé, e a dor me faz querer gritar. Em vez disso, mordo o lábio. Gritar vai chamar mais atenção para nós.

Chegamos ao fim da calçada. Minha mãe cai para frente quando erra o degrau e se espatifa no chão.

— Vem, mãe! — Eu só quero sentar no chão e chorar, mas não posso. Não com as pessoas olhando. Não com a minha mãe bem aqui. — Levanta!

— Deixa que eu pego ela. — A voz profunda e macia faz o meu coração parar e os meus pulmões congelarem. O Isaiah pega a minha mãe no colo sem esforço. Sem me esperar, vai direto para o prédio dela.

Isaiah.

Eu pisco.

Meu melhor amigo.

Meu coração bate duas vezes, e as duas doem.

Minha mãe desmaia e volta enquanto o Isaiah a carrega. Quando chegamos na porta, deslizo do pescoço da minha mãe o cordão de chaves que eu costumava usar como colar no ensino fundamental.

Percebo brevemente o olhar do Isaiah e me encolho com a dor nos seus olhos. Ele está usando a camisa do uniforme da oficina mecânica onde trabalha. Graxa e óleo mancham o tecido azul. Durante três semanas, todos os dias o Isaiah me mandou mensagens de texto e ligou, e eu não respondi. Enterro a culpa. Foi ele que me traiu, e não tem nada que eu possa fazer sobre isso agora.

Um cheiro rançoso terrível me atinge quando eu abro a porta. Fico tonta de medo. Não quero saber. Simplesmente não quero. Nós vamos para a Flórida. Vamos fugir.

O Isaiah entra me seguindo e xinga. Por causa do cheiro, dos danos ou do lixo, não sei. Nada mudou desde a última vez em que estive aqui, exceto que a porta da geladeira está pendurada aberta.

— Você esqueceu de pagar a faxineira? — ele pergunta.

Eu meio que sorrio da tentativa dele de amenizar a situação. Ele sabe que eu odeio que outras pessoas vejam como a minha mãe vive.

— Ela só aceitava dinheiro, e minha mãe insistiu pra usarmos os cartões de crédito pra conseguir milhas nos programas de fidelidade das companhias aéreas.

Piso sobre lixo e pedaços de móveis quebrados e levo o Isaiah até o quarto da minha mãe. Ele a coloca na cama com delicadeza. Essa não é a primeira vez que ele me ajuda com a minha mãe. Quando a gente tinha catorze anos, o Isaiah me ajudou a tirá-la do bar. Ele está acostumado com as rachaduras nas paredes, o carpete verde surrado e a foto de nós duas colada sobre o espelho quebrado.

— Me dá alguns minutos — digo. — Depois vou fazer compras no mercado.

Ele faz que sim com a cabeça de um jeito brusco.

— Te espero na sala.

Tiro os sapatos da minha mãe e sento na cama ao lado dela.

— Acorda, mãe. Me diz o que aconteceu com a sua mão. — Como se eu já não soubesse.

Os olhos dela mal abrem, e ela se enrosca na posição fetal.

— O Trent e eu brigamos. Ele não teve a intenção.

Ele nunca tem.

— Quanto mais rápido a gente se afastar dele, melhor.

— Ele me ama.

— Não ama nada.

— Ama, sim. Vocês dois só não se conhecem muito bem.

— Conheço o suficiente. — Sei que ele usa um anel que doeu pra burro quando ele socou o meu rosto. — Você vai embora comigo, tá? Se não for, não consigo tomar conta de você.

Quero que ela diga sim e que diga isso rápido. A pausa faz parecer que alguém está arrancando meus intestinos pelo umbigo. Por fim, ela fala.

— Você não entende. Você é uma cigana.

E ela está chapada.

— Você vai embora comigo?

— Vou, meu bebê — ela murmura. — Vou embora com você.

— De quanto a gente precisa pra tirar o carro da apreensão?

— Preciso de quinhentos pra tirar o Trent da cadeia.

O Trent pode morrer na cadeia.

— O carro. Quanto custa pra liberar o carro? Não consigo sempre carona até Louisville e não posso cuidar de você se a gente não sair da cidade.

Ela dá de ombros.

— Uns duzentos.

Minha mãe começa a cantar uma música antiga que o meu avô costumava cantar antes de beber até dormir. Esfrego a testa. Precisamos desse maldito carro, e eu preciso de um maldito plano. Minha mãe e eu devíamos ter fugido semanas atrás, mas o Isaiah estragou tudo. Minhas oportunidades estão se esgotando, e não tenho certeza se minha mãe vai durar muito tempo sozinha.

Pego o dinheiro da Echo e coloco metade na mesa de cabeceira da minha mãe. Ela para de cantar e encara o dinheiro.

— Me ouve, mãe. Você precisa ficar sóbria e tirar o carro do pátio. Também quero que você pague a conta de telefone. Vamos fugir em breve. Está entendendo?

Minha mãe mantém os olhos no dinheiro.

— O Scott te deu isso?

— Mãe! — grito, e ela estremece. — Repete o que você precisa fazer.

Ela pega meu bicho de pelúcia velho debaixo do travesseiro.

— Eu durmo com isso quando sinto sua falta.

Eu dormia com esse bicho de pelúcia todas as noites até fazer treze anos. É a única coisa que o meu pai me deu. O fato de ela ainda manter o bicho me rasga em pedaços. Não posso me concentrar nisso agora. Preciso que a minha mãe se lembre do que precisa fazer. A vida dela depende disso.

— Repete o que eu disse.

— Pegar o carro. Pagar a conta de telefone.

Eu me levanto, e minha mãe agarra minha mão.

— Não me deixa sozinha de novo. Não quero ficar sozinha.

O pedido se alimenta da minha culpa. Todos nós temos nossos medos. Coisas que existem nos cantos escuros da nossa mente e que nos apavoram além da nossa fé. Esse é o medo dela. O meu? Deixar a minha mãe.

— Preciso comprar comida pra você. Vou fazer alguns sanduíches e deixar na geladeira.

— Fica — ela pede. — Fica até eu dormir.

Quantas noites, quando eu era criança, eu implorei para que ela ficasse comigo? Eu me deito na cama ao lado dela, passo os dedos pelos seus cabelos e continuo a música de onde ela parou. É sua estrofe preferida. Fala de pássaros, liberdade e mudanças.

Divido o último sanduíche ao meio e coloco o prato na geladeira, com o resto de presunto e queijo que o Isaiah comprou enquanto eu cantava para minha mãe dormir. Ele guarda as caixas de cereais e biscoitos na despensa. Ele comprou coisas que a minha mãe pode preparar sozinha para comer.

— Você já não me puniu por tempo suficiente? — ele pergunta.

As correntes que pesam permanentemente sobre mim ficam ainda mais pesadas.

— Você vai me colocar no ombro e me obrigar a ir embora de novo?

— Não — ele responde. — Todo mundo sabe que o Trent está na cadeia. A pior coisa que pode acontecer com você aqui... — E dá uma olhada para a porta fechada do meu antigo quarto. — Talvez eu devesse te jogar no ombro de novo. Esse lugar não é bom pra você, Beth.

— Eu sei. — E é exatamente por isso que eu quero ir embora com a minha mãe. Uma pequena parte de mim está curiosa para saber o que o Isaiah sabe que eu não sei. Eu poderia abrir a porta do meu antigo quarto e descobrir, mas afasto o pensamento com uma sacudida. Não quero saber. Eu realmente não quero saber.

— Você devia voltar pro trabalho — digo. Ele trocou as roupas de trabalho pela camiseta preta favorita e pela calça jeans, o que significa que pretende ficar. Não quero ser responsável por ele perder um emprego que adora. A oficina onde ele trabalha fica do outro lado da rua do centro comercial, e isso explica por que ele me alcançou tão rápido.

— Eu saí uma hora atrás. Fiquei por lá pra enrolar e pra brincar com um Mustang novo que alguém levou. É muito bonito. Acho que até você ia gostar.

Senti falta disso. O Isaiah me contando como foi o dia dele e o tom empolgado quando fala de carros. Com os olhos cinza, ele me avalia. Senti falta dele. Da voz. Das tatuagens cobrindo os braços. Da presença constante e firme. A última coisa foi a que mais me fez falta. O Isaiah é o único relacionamento que eu nunca precisei questionar. O único relacionamento que não preciso me perguntar se vai mudar quando acordo de manhã.

Dou dois passos e abraço o peito dele. Com um braço de cada vez, ele também me abraça. Adoro o som do seu coração. Tão firme, tão forte. Por alguns segundos, as amarras se desfazem.

— Senti sua falta — digo.

— Também senti a sua. — O Isaiah apoia a cabeça no topo da minha. Uma das mãos sobe e envolve a parte de trás da minha cabeça. Seus dedos alisam meu rosto, e minha coluna se endireita. Já nos tocamos várias vezes nos últimos quatro anos, mas em todas elas estávamos chapados. Desde a minha prisão, o Isaiah tem me tocado demais estando sóbrio.

Uma noite no ano passado, a gente foi longe demais quando estávamos chapados. Tipo eu e o Ryan. Diferentemente de mim e do Ryan, o Isaiah e eu fingimos que nunca tinha acontecido. Se não fosse pelo Ryan, eu provavelmente teria uma amnésia forçada da nossa noite juntos no celeiro.

E aí eu me lembro... O Isaiah disse que me amava.

— Quando a gente se formar, Beth, eu prometo que te levo pra longe daqui.

— Tudo bem — digo, sabendo que estarei longe bem antes da formatura. Escapo do abraço dele e me pergunto se o entendi mal. Talvez ele não tenha falado que me ama. Ou talvez ele tenha falado, e, mais uma vez, estamos ignorando as coisas. — O Denny te ligou de novo?

— Foi, e ele vai continuar me ligando. Faz um favor pra todos nós e liga pra mim primeiro. Se você tiver que ver a sua mãe, deixa eu ficar do seu lado. Eu mato o Trent se ele tocar de novo em você, e eu prefiro não ir pra cadeia.

— Claro. — Mas eu sei que não vou ligar. Na próxima vez que eu vier a Louisville, vai ser para pegar a minha mãe e sair da cidade para sempre.

— O Rico está dando uma festa hoje à noite — o Isaiah continua. — O Noah vai estar lá. Prometo que nós dois te levamos pra casa do seu tio antes de ele perceber sua ausência.

Um vazio profundo habita a minha alma. Eu bati no Noah.

— Ele está chateado comigo?

O Isaiah balança a cabeça.

— Está chateado com ele mesmo. Assim como eu. A gente devia ter cuidado de tudo de um jeito diferente com você, mas chegamos logo depois do Trent. O Noah e eu ficamos apavorados de o Trent te machucar de novo.

Pego o celular e verifico a hora. Tenho cinco minutos para voltar para o Ryan. Passo a mão no cabelo e penso nas opções. Quero ver o Noah e quero passar um tempo com o Isaiah. Eu queria empurrar o Ryan embaixo de um ônibus por causa do que ele fez com o irmão. Meu coração tropeça em si mesmo. O que eu realmente quero é que o Ryan me dê aquele sorriso maravilhoso e me diga que cometeu um erro terrível.

O que está errado comigo?

Mordo o lábio inferior e encaro o Isaiah.

— Preciso falar com o Ryan antes.

RYAN

A Beth sai do condomínio decadente, com o Isaiah atrás. O mesmo mantra circula na minha mente: eu não vou perder a Beth. Não vou desistir de nós dois.

Eu podia ter me aproximado dela mais cedo, mas decidi respeitá-la e manter nosso plano original: tomar banho e trocar de roupa no centro de treinamento de arremessos, depois pegar a garota uma hora mais tarde. Modifiquei uma parte do pedido dela: vou pegá-la onde a vi pela última vez. Uma hora atrás, eu a vi seguindo o Isaiah para dentro desse prédio com uma mulher desmaiada no colo.

Dar espaço para a Beth — saber que ela estava com ele e não comigo — foi uma das coisas mais difíceis que eu já fiz. Mas quero continuar com ela. Não importa o que eu diga: ela *é* minha namorada.

A Beth para quando me vê encostado na porta do carona do jipe. Os olhos se arregalam e o rosto fica branco.

— O que você está fazendo aqui?

— Temos planos pro jantar.

Ela pisca, e o Isaiah se enrijece atrás dela. Ele pode estar querendo briga, mas eu não quero.

— Podemos conversar por um segundo, Beth? — Encaro o Isaiah. — Sozinhos.

— Eu só saio se ela me mandar sair. — Ele tem uma atitude calma, quase simpática, mas é totalmente forçada.

— Isaiah — a Beth diz —, preciso falar com ele.

Atrás dela, ele coloca uma das mãos em seu ombro, beija o topo da cabeça e me encara. A raiva sobe pela minha garganta. A única coisa que me impede de socar o cara é a expressão da Beth. Os olhos impressionantes ficam grandes demais para o rosto dela. Boa garota. Gosto do fato de ela não esperar uma atitude dessas do cara.

O Isaiah entra num Mustang velho e me olha com raiva enquanto dá partida no motor. O carro liga imediatamente, com um rugido de raiva. Então se afasta e sai do estacionamento.

A Beth massageia os olhos com os punhos. Um milhão de perguntas flutuam no meu cérebro, mas, neste momento, só estou interessado em salvar a gente.

— Desculpa.

Ela abaixa as mãos devagar.

— Por quê?

Por esse buraco decadente ser a vida anterior dela. Por ela não confiar em mim o suficiente para me deixar ajudá-la com os problemas dela. Por eu ter sido burro para achar que ela não passava de uma pirralha mimada que vivia à custa do tio. Por ser o babaca que ela me disse que eu era semanas atrás.

— O Mark era meu melhor amigo — digo a ela. — Quando ele foi embora, parecia que tinha levado uma parte de mim com ele. Quando o meu pai o expulsou, não entendi por que ele não ficou e lutou; se não por ele, pelo menos por mim.

Eu nunca disse isso a ninguém antes. Nem para o Chris e o Logan. A Beth é a primeira pessoa com quem eu me abri num assunto tão importante — tão pessoal. Eu mereço a raiva que vai aparecer em seguida.

Com um suspiro pesado, ela desliza para o meio-fio decadente do estacionamento.

— Entendi. — Ela parece pequena e perdida de novo, e o meu coração se rasga no peito.

Eu me sento no meio-fio, e tudo no meu mundo fica certo quando ela encosta a cabeça no meu ombro. Coloco um braço ao redor dela e fecho os olhos por um instante quando ela aproxima o corpo quente do meu. É aqui que a Beth deve estar: aninhada em mim.

— Mesmo assim, você foi babaca com o Mark — ela diz.

— É. — O arrependimento me corrói por dentro. — Mas o que eu posso fazer? É ele ou o meu pai. Os dois traçaram linhas de batalha. Tenho que escolher entre um e outro, mas preciso dos dois.

Silêncio. Uma brisa agradável dança pelo estacionamento.

— Ela é minha mãe — a Beth diz, com o mesmo peso que ouvi na voz do Scott quando ele falou da Beth criança. — Caso você esteja se perguntando.

— Estava. — Mas eu não estava pronto para pressionar a garota. Meus dedos acariciam o braço dela com leveza, e eu juro que ela se aproxima um pouco mais de mim. Eu adoraria beijá-la agora mesmo. Não o tipo de beijo que faz o corpo dela despertar. O tipo de beijo que mostra quanto eu me importo: o tipo que envolve a minha alma.

A Beth levanta a cabeça, e eu tiro o braço das costas dela. Ela precisa de espaço, e eu preciso aprender a dar esse espaço.

— Nós somos péssimos nesse negócio de sair — ela diz.

Dou um risinho. Somos péssimos mesmo. Desejando um momento perfeito, eu ia esperar até depois do jantar para dar a ela uma coisa que eu trouxe comigo, mas a única coisa que estou aprendendo com a Beth é que a perfeição nunca vai existir. Enfio a mão no bolso, puxo a tira fina de cetim e balanço na frente dela.

— Esse é meu presente pra você. Esse é o meu encanto.

A Beth pisca uma vez, e a cabeça dela se inclina devagar para a esquerda enquanto ela encara a fita. Como é que os caras fazem isso? Como é que eles dão presentes para as garotas por quem têm sentimentos e continuam sãos? Quero que ela fique encantada, para ela continuar na corte do baile, mas tem mais... Quero que esse presente seja a prova de que eu a conheço e de que vejo além do cabelo preto, da argola no nariz e dos jeans rasgados. De que a vejo como ela realmente é: a Beth.

— Você me comprou uma fita — ela sussurra. — Como você sabia?

Minha boca está seca.

— Vi uma foto sua quando era pequena no escritório do Scott, e você falou nisso... no celeiro.

As palavras dela eram hipnóticas.

— Fitas — ela diz, numa voz obcecada. — Eu ainda adoro fitas.

Num movimento metódico e tranquilo, ela estende o pulso.

— Coloca em mim.

— Sou um cara. Não sei colocar fitas no cabelo de uma garota.

Os lábios dela se separam num sorriso que é parcialmente travesso e parcialmente uma risada.

— Amarra no meu pulso. Não sei se você já percebeu, mas não sou mais exatamente o tipo de garota que usa fitas no cabelo.

Enquanto enrolo a longa tira de tecido no pulso dela e faço o melhor possível para dar um nó aceitável, arrumo coragem para perguntar:

— Você está encantada?

A pausa dela me deixa sem forças.

— Sim — ela diz, meio sem fôlego. — Estou encantada.

A Beth me oferece um presente raro: olhos azuis tão suaves que eu me lembro do mar, um sorriso tão pacífico que eu penso no céu.

— Vamos jantar — digo.

A expressão dela fica inocente demais. Ela morde o lábio inferior, e meus olhos se concentram ali. Anseio por saborear aqueles lábios de novo. No fundo da minha mente, bandeiras vermelhas se erguem, mas eu não me importo. Vou fazer qualquer coisa para manter essa garota olhando para mim desse jeito para sempre.

— Na verdade — ela diz —, tenho outra ideia.

A dois quarteirões do centro comercial, entramos num território de gangues bem definido. Ouvi boatos sobre a parte sul da cidade, mas nunca acreditei neles. Achei que eram lendas urbanas criadas por garotas em festas do pijama. Já passei pelas ruas principais dessa área centenas de vezes com meus amigos. Comi nos restaurantes de fast-food e compartilhei refeições em restaurantes chiques com os meus pais. Eu nunca soube que, por trás das cores luminosas e das paisagens enfeitadas da parte principal, se escondiam minúsculas casas encaixotadas e pontes sobre a autoestrada sujas com grafites.

No degrau da entrada, o Isaiah ri com dois caras latinos, depois acena com a cabeça na direção do meu jipe estacionado na rua atrás do Mustang dele. Eles param de rir. Concordo. Não vejo uma gota de humor nesse cenário.

— Esse lugar não é legal.

— São meus amigos — a Beth diz. — O Scott me arrancou daqui, e eu nunca tive a chance de me despedir. Você pode ficar no carro. Só me dá uns vinte minutos, no máximo trinta. E depois a gente vai sair. Eu juro.

De jeito nenhum ela vai entrar ali sozinha. Analiso o nível de ameaça do bairro e dos caras na entrada.

— Não posso te proteger aqui.

— Não estou te pedindo pra fazer isso. Você disse que ia esperar...

Eu interrompo.

— Quando você disse que queria dar uma passada pra se despedir de uns amigos. Aquele cara está usando cores de gangue.

Ela bate com a parte de trás da cabeça no banco.

— Ryan. Eu provavelmente nunca mais vou ver nenhum deles. Você pode, por favor, só deixar eu me despedir?

Essas palavras — *nunca mais vou ver nenhum deles* e *despedir* — são os únicos motivos para eu dizer isto:

— Então eu entro com você.

— Ótimo. — Ela salta, e eu a sigo. Ela pode viver a ilusão que quiser, mas não está mais segura aqui do que eu, e vou entrar em ação antes que alguém a machuque. Chegamos na entrada, e vejo que o Isaiah desapareceu. É demais querer que ele tenha decidido ir embora? A parte de dentro da casa é menor do que eu esperava, e eu esperava que fosse bem apertada.

A cozinha e a sala de estar, na verdade, são um cômodo só, separado pela arrumação dos móveis. Tem adolescentes sentados por toda parte — nos móveis, no chão. Outros se encostam nas paredes. Uma névoa de fumaça se espalha pelo ambiente. Fumaça de cigarro. Outros tipos de fumaça.

Atraio os olhares de quase todo mundo, mas eles continuam a conversar. Os caras me avaliam. Os olhos das garotas vão até o meu peito.

Outras olham diretamente mais embaixo. A Beth entrelaça a mão na minha, depois passa os dedos suaves no meu rosto, me provocando a abaixar a cabeça até a dela.

— Fica perto de mim — ela sussurra. — Não fala e não encara ninguém. As coisas vão melhorar no quintal dos fundos.

Durante dias, eu sonhei com a Beth a essa distância de mim, mas, nesse momento, só consigo me concentrar nos diversos pares de olhos que observam cada movimento nosso. A Beth vira, aperta mais os meus dedos e me conduz pela sala e pela porta dos fundos da cozinha.

Vários cordões de luzes de Natal estão pendurados entre três árvores espalhadas pelo quintal estreito. Um canteiro de grama cresce na parte mais distante. O resto é uma mistura de ervas e poeira. No meio de um círculo de cadeiras de praia surradas, o Isaiah conversa com o Noah, uma garota de cabelo vermelho aninhada no Noah e um dos caras latinos que estavam na entrada.

O Noah se afasta do grupo quando vê a Beth. Ela me solta e cai nos braços abertos dele. Os dois sussurram um com o outro. Não gosto de como ele a abraça nem da duração do abraço. Isso não me parece amor fraternal. Encaro a namorada dele. Por que ela está tão feliz de ver o namorado abraçando outra?

Quando solta a Beth, o Noah estende a mão para mim.

— E aí?

Pego a mão dele e aperto com muita força.

— Beleza. E você?

No instante em que aperto, o Noah sorri e aperta de volta.

— Calma, cara. A Beth diz que você é tranquilo, e isso deixa a gente tranquilo também.

A Beth abraça o cara latino e ri quando ele fala em espanhol de um jeito divertido.

— Aquele é o Rico — diz o Noah. — Relaxa. A gente cuida de você.

— Estou preocupado é com a Beth. Ela não devia estar aqui.

O Noah perde a expressão calma.

— Não devia mesmo.

A Beth olha por cima do ombro e me dá aquele sorriso alegre — aquele que eu só vi algumas vezes.

— Ela está usando uma fita? — o Noah pergunta, sem conseguir acreditar.

Orgulhoso, eu respondo:

— Eu dei pra ela.

— Que foda, cara — o Noah murmura quando vê o Isaiah. — Não fica muito tempo.

Ele volta para o grupo e puxa a namorada para uma rede pendurada entre dois postes. A rede balança para um lado e para o outro quando eles deitam juntos. Apoiado num dos cotovelos, o Noah se concentra nela.

— Echo, esse é o Ryan. Ryan, essa é a minha namorada.

Mensagem recebida. Se eu ferrar com essa garota, ele vai me ferrar.

— Prazer em te conhecer.

A Echo se senta, mas o Noah estica um braço pela cintura dela e a arrasta de volta.

— A Beth trouxe um cara educado — provoca a Echo. — Está vendo, não é tão difícil.

O Noah empurra o cabelo dela sobre o ombro, depois passa um dedo no braço dela.

— Eu sou educado, baby.

— Não. — Ela dá um tapa na mão dele e ri. — Não é nada.

Um enjoo me atinge quando percebo o que estou vendo. Cicatrizes cobrem os braços da Echo. Esfrego o rosto. Que diabos aconteceu com ela? O Noah continua provocando a namorada, e ela continua rindo, mas o tom que ele dirige a mim é uma ameaça clara.

— Se encarar por mais tempo, Ryan, vou te dar uma surra.

— Noah — repreende a Echo. — Não faz isso.

A Beth volta para mim.

— O que foi que eu te disse sobre encarar?

— Desculpa — digo diretamente para a Echo.

Ela sorri.

— Está vendo? Educação.

— Vem — diz a Beth. — Vamos pegar uma cerveja antes que você dê a eles um bom motivo pra te darem uma surra.

BETH

Sinto falta de rir.

Na maioria dos dias, consigo encontrar alguma coisa divertida para fazer meus lábios se inclinarem para cima. Às vezes é engraçado o bastante para me fazer dar um risinho. Mas sinto falta de rir. Rir de verdade. Rir a ponto de sentir dor na barriga e no peito, de o meu rosto ficar exausto de manter o sorriso.

Para impressionar, o Rico fica em pé no meio do círculo de cadeiras de praia e, em câmera lenta, representa como o Isaiah e eu impedimos que ele fosse preso por beber antes da maioridade no último verão, distraindo dois policiais com uma coreografia de mímico muito ruim.

— Estou escondido nos arbustos e, se os policiais derem um passo pra trás, eles caem em cima de mim. A Beth está parada ali em pé. — O Rico engasga entre as risadas. — O braço esticado na altura do ombro e o antebraço balançando de um lado para o outro, como um pêndulo. O policial perguntou se ela precisava de socorro médico. Ele achou que ela estava tendo um ataque.

Todo mundo, inclusive eu, cai na gargalhada. O Rico se compõe para contar o resto.

— E ela quebra o silêncio autoimposto e diz: "Sou uma mímica, seu idiota. Por que você acha que estou fazendo esses movimentos retardados?"

Todo mundo ri ainda mais alto e, enquanto nosso grupo ofega em busca de ar, o Rico olha para o Ryan.

— *Incluso el niño blanco se está riendo.*

Não sou fluente em espanhol, mas entendo as palavras *garoto branco* e *risada*. Meu coração estremece quando vejo o Ryan no fim de uma risadinha. Ele é sempre bonito, mas é de tirar o fôlego quando ri.

O Rico leva a cerveja até a boca e depois joga a lata do outro lado do quintal.

— Acabou a minha.

O Isaiah fecha o cooler.

— Acabou a de todo mundo, cara.

— Isaiah, me ajuda a pegar um pouco do estoque do Antonio, depois a gente muda pra *mota*.

Mota. Erva. A camada entre a minha pele e os meus músculos coça. Quero um tapa. Na verdade, preciso de um tapa — o cheiro me rodeando, a fumaça queimando meus pulmões, a sensação de liberdade e de flutuar. Ai, meu Deus, quero flutuar mais do que tudo.

O Isaiah se levanta, e o Rico chuta o meu pé quando passa.

— Você está dentro, né, Beth?

Quase morro por balançar a cabeça.

— Tenho hora pra chegar em casa.

Dou uma olhada para o Ryan. Será que ele sabe o que significa *mota*? O sorriso foge dos meus lábios enquanto eu repasso as histórias que já contamos um ao outro. Ai, que droga, estou enjoada. A bebida. As drogas. As festas. Ele sabe de tudo, e meu estômago revira. Ele sabe o que eu sou.

— Beth — o Isaiah diz, esperando que eu olhe para ele. — O negócio é fraco. Você vai estar careta na hora de ir pra casa.

— Isaiah — alerta o Noah.

O Isaiah nunca me daria uma dica errada. Se ele diz que vou estar careta daqui a uma hora, eu vou estar. Ele sabe quanto eu desejo a leveza. Um barulho de coisas quebrando vem de dentro da casa. Eu conheço essas pessoas. O Ryan não conhece. Não posso deixar o cara sem defesa.

— Não, estou bem.

— Você que sabe. — O Rico vai em direção à casa. O Isaiah me encara, e eu não entendo o brilho em seus olhos. De repente, ele segue o Rico.

Na rede, o Noah começa a beijar a Echo. Os dois vão ficar perdidos no próprio mundo pelo resto da noite, e o Isaiah vai sumir por uns dez minutos. A noite foi divertida, mas também me transformou na corda de um estranho cabo de guerra invisível. O Ryan de um lado e o Isaiah do outro. Foi esquisito estar ao mesmo tempo perto do meu melhor amigo e do cara de quem eu realmente gosto.

Por que o Isaiah não consegue ver que somos só amigos? Apenas amigos. Preciso falar com ele antes de ir embora. Preciso dar um jeito nessa confusão toda. Sinceramente, só preciso que ele me diga que não queria dizer aquilo e que ele ainda é meu melhor amigo.

O Ryan se levanta, se alonga e vai até a árvore no lado oposto do quintal. Olho para a casa por cima do ombro. Tive o cuidado de não esfregar o Ryan na cara do Isaiah, mas preciso garantir que o Ryan também está numa boa. É, o Isaiah vai sumir por um tempo. O Rico demora para entrar na viagem.

Sigo o Ryan.

— Você não precisa sair de perto por causa do Noah e da Echo.

Centenas de luzes de Natal estão penduradas na árvore. A pele bronzeada do Ryan fica linda debaixo do brilho.

— Não saí por causa deles.

Levanto uma sobrancelha.

— Por que você saiu, então?

Ele inclina a cabeça, e seus olhos passeiam pelo meu corpo como se saboreassem a visão.

— Você fica linda quando ri.

Um calor queima o meu rosto, e eu interrompo o contato visual. O Ryan estende a mão e me toca. Os dedos demoram no meu pescoço, e o sussurro do carinho na minha pele aquece o meu sangue.

— Você devia rir mais — ele diz.

Engulo em seco.

— A vida não tem me dado muitos motivos pra rir.

— Posso mudar isso. — Ele invade o meu espaço, e cada parte dele se conecta com uma parte de mim.

Inspiro e sinto o delicioso aroma de terra molhada depois da chuva.

— Você tem um cheiro bom — digo.

A mão dele desliza pela curva das minhas costas e chega ao meu cabelo. Arrepios energizam o meu corpo.

— Você também. Você sempre tem cheiro de rosas.

Dou um risinho da ideia de que eu tenho um cheiro doce e mordo o lábio para impedir a reação de menininha.

— Ninguém nunca me disse isso.

Os lábios do Ryan formam aquele sorriso glorioso com covinhas, e meu sangue formiga até os pés. Esse sorriso é para mim, só para mim.

— Tem um monte de coisas que eu quero te dizer, Beth, e quero ser a primeira pessoa a dizer essas coisas pra você.

Uma fome intensa incendeia seus olhos. Já vi o mesmo olhar em outros caras, mas é diferente no Ryan. Esse olhar tem mais profundidade, mais significado, como se ele estivesse vendo dentro de mim.

— Quero te beijar — ele murmura. — Você quer me beijar?

Meu coração acelera. Ah, o Ryan sabe beijar. Fiquei acordada à noite reproduzindo seus lábios nos meus. Os beijos são fortes como ele, possessivos e exigentes. Ele me disse coisas bonitas no celeiro e me tocou de um jeito que eu só imaginei em sonhos. Meus dedos se enterram no seu cabelo denso.

— Quero.

Ele abaixa a cabeça, e eu fecho os olhos. A expectativa desse momento gera uma energia que chia no ar de outono. Vou fazer isso. Vou beijar o Ryan — careta.

— Porra, Beth. — Atrás de mim, o Isaiah cospe as palavras.

Eu viro e mal o vejo sair correndo pelo portão dos fundos até a rua estreita. O Noah levanta da rede e vai atrás dele. Eu tenho que ir atrás do Isaiah, não o Noah. Dou vários passos, mas uma risada vinda da casa me interrompe. Não posso deixar o Ryan.

— Noah!

— Vai pra casa, Beth — ele diz, enquanto anda rápido em direção à rua estreita. — Vai pra Groveton e nunca mais volta aqui.

Foi esse o acordo que nós fizemos. Quando nos abraçamos e pedimos desculpas um ao outro, o Noah prometeu me deixar ficar e curtir a noite se, no fim, eu fosse embora e nunca mais olhasse para trás. Não foi uma promessa difícil de fazer. Em poucas semanas, eu vou ter ido embora para sempre.

— Não posso ir embora sabendo que ele está chateado. — Porque, depois de hoje à noite, pode ser que eu nunca mais veja o Isaiah.

— Vai — diz o Noah.

— Não! — Eu o agarro e me jogo na frente dele. — Ele está com raiva de mim. Eu sei que ele fica chateado quando eu beijo outros caras, mas o Ryan não é um cara qualquer. Tenho que explicar isso pra ele. — Tenho que explicar para o Isaiah que ele não está apaixonado por mim. — Mas não posso ir atrás dele e deixar o Ryan aqui. Você sabe o que vai acontecer se algum dos amigos do Rico vir o Ryan sem você ou sem mim.

O Noah esfrega os olhos. Ele sabe. O Ryan não faz parte do nosso círculo e é um ótimo alvo para uma boa surra. Ele faz um gesto para que eu vá atrás do Isaiah.

— Quinze minutos, Beth. É sério. Você precisa voltar pra Groveton e viver sua vida lá.

Viro e hesito quando vejo o Ryan em pé perto de mim com as mãos enfiadas nos bolsos. A dor fere os olhos castanhos que brilhavam com promessas alguns instantes atrás.

— Ryan — gaguejo. — Ele é meu melhor amigo e está chateado e...

— Vai atrás dele. — Ele cruza os braços sobre o peito. — Mas não fica me prendendo se é ele que você quer.

— O quê? — Balanço a cabeça. O Ryan entendeu mal. — O Isaiah e eu... não é o que você está pensando...

Mas não vou gastar tempo aqui discutindo com o Ryan por causa de problemas ridículos de ciúme quando o meu melhor amigo está chateado. Empurro o Noah quando passo por ele e corro para a rua estreita. Depois de dar alguns passos na escuridão, mãos fortes agarram meus braços.

Chego quase a gritar e sou silenciada por uma voz profunda e familiar.

— Você mudou. — Como se quisesse provar essa teoria, o Isaiah coloca minha mão na minha cara e me mostra a fita rosa do Ryan.

— Você também. O Isaiah que eu conhecia teria fugido comigo e com a minha mãe quando eu pedi. Você deixou a minha mãe com o Trent, e ele quebrou o pulso dela! É como se eu nem te conhecesse mais. Você costumava cuidar de mim! — Minha pulsação lateja nos ouvidos enquanto eu me afasto do Isaiah.

A lâmpada presa a um poste de luz velho acende e apaga. A cada piscada da luz, uma mistura de raiva e tristeza cruza o rosto dele.

— Você costumava me deixar cuidar de você. Agora você tem um atleta babaca te dando ordens.

Uma raiva quente passa por mim.

— Deixa o Ryan fora disso. Você é que parece estar na TPM, como uma garotinha. Primeiro você quer fugir comigo. Depois não quer ter nada a ver comigo. Aí quer fugir comigo depois da formatura. Aí fica me dizendo pra viver minha vida em Groveton. Depois diz que me ama, quando nós dois sabemos que não ama.

Meu coração pula para fora do peito quando ele soca a cerca de arame atrás de si. O metal da cerca vibra.

— Droga, Beth.

O Isaiah agarra a cerca e se inclina como se estivesse prestes a vomitar. Em quatro anos, nunca o vi ficar tão emotivo. Minhas mãos tremem com a adrenalina.

— Eu não entendo.

Ele xinga baixinho entre os dentes.

— Eu estou apaixonado por você.

O gelo congela meus músculos. Ele falou — de novo.

— Não está, não.

O Isaiah vira e pega o meu rosto. Não sinto o calor. Só sinto frio. Frio e confusão. Ele abaixa a cabeça, e o rosto dele fica perto do meu.

— Sou apaixonado por você desde que eu tinha quinze anos. Eu não era homem o bastante pra te contar, por isso o Luke tomou o meu lugar. Você ficou tão magoada depois que ele te usou que eu jurei te proteger até você poder ouvir o que eu tinha pra dizer. Eu estou apaixonado por você.

Meus pulmões se encolhem. Meu Deus, não consigo respirar. Por favor, me ajude a respirar.

— Você é meu melhor amigo.

— E você é a minha. Mas eu quero mais de você, e estou te implorando pra me dar mais.

Minha garganta fica seca e incha devagar

— Mas você é meu melhor amigo.

Os dedos dele passam pelo meu rosto com delicadeza.

— Se você quer ir embora, eu vou. Eu te levo agora. A gente entra no meu carro, encontra a sua mãe e nunca mais olha pra trás. Tudo do jeito que você quiser, não do meu. O que você quiser, o que você precisar. Basta dizer... Por favor, diz o que eu quero ouvir.

Eu amo o Isaiah.

É isso o que ele quer ouvir. Minha mão aperta o peito dele. Seu coração continua no mesmo ritmo intenso no qual aprendi a confiar. O Isaiah é a minha rocha. O fio que me mantém firme quando estou prestes a desmoronar. Ele é a âncora que me impede de flutuar para longe quando eu exagero. Seu coração é o único ritmo constante na minha vida, e eu não quero deixar isso escapar.

— Eu te amo.

Ele encosta o queixo no peito, e eu me obrigo a respirar fundo quando ele limpa a garganta.

— Você tem que falar sério.

Tento sacudir fisicamente as lágrimas que se formam, mas o fato de ele estar segurando o meu rosto torna isso impossível. Não conversamos há semanas, mas eu sabia, no íntimo da minha mente, que a nossa separação era temporária. De alguma forma, tudo parece real demais, e isso significa que essa despedida pode ser concreta. Não posso perder o cara. Não posso.

— Estou falando sério. Eu te amo.

Como amigo. Como meu melhor amigo. Antes de Groveton, eu nunca entendi o amor, e agora... ainda não entendo. Mas sei que não é um vazio, sei que não é deixar um cara me usar, sei que existem tipos diferentes e o que eu sinto pelo Isaiah... não é igual ao que eu sinto pelo Ryan.

Ele apoia a testa na minha.

— Do jeito que você ama ele. Diz que você me ama tanto quanto ama ele.

Ryan. Será que estou apaixonada por ele? A ideia me deixa em pânico. O som do nome dele faz o meu coração tropeçar. Adoro o jeito como o Ryan me faz sentir. Adoro suas palavras. Adoro suas mãos no meu corpo. Adoro como o olhar dele me faz corar.

Mas preciso deixar o Ryan em breve, para proteger a minha mãe. Se eu disser as palavras certas, o Isaiah vai comigo.

— Isaiah, eu...

Houve uma época em que eu me perguntei se estava me apaixonando pelo Isaiah. A Echo abraçou o cara, e ele a abraçou de volta, feliz. A dor e o ciúme que atingiram o meu corpo surpreenderam até a mim mesma. Mas eu não estava apaixonada por ele. Eu estava com medo da Echo. Medo das mudanças que ela estava trazendo para a nossa vida. Mudanças que teriam acontecido mesmo que ela nunca tivesse existido.

Encaro os olhos cinza. O Isaiah está errado: ele não me ama. Não do jeito que ele pensa. A verdade está ali — em seus olhos. Ele não me olha do jeito que o Noah olha para a Echo ou que o Chris olha para a Lacy. Ele não me olha do jeito que o Ryan me olha...

— Eu te amo...

Adoro a segurança do Isaiah e sua calma. Adoro sua voz e seu riso. Adoro sua presença constante e firme. Mas, se o mundo estivesse acabando, não era ele que eu ia querer ao meu lado. Eu amo o Isaiah. Amo tanto que sei que ele merece uma garota cujo coração pare de funcionar todas as vezes que ele olhar para ela. Ele merece alguém que esteja apaixonado por ele.

— ... como amigo. Do mesmo jeito que você me ama.

O Isaiah balança a cabeça, como se fazer isso tornasse minhas palavras menos verdadeiras.

— Você está errada.

Ele pressiona os lábios na minha testa. Meu lábio inferior estremece quando eu enrolo o tecido da camisa dele. Estou perdendo o Isaiah. Estou perdendo o meu melhor amigo.

— Não estou — digo. — E um dia você vai descobrir isso.

— Se você mudar de ideia... — Tem um peso na voz dele, e uma parte de mim morre ao pensar nele sofrendo tanto. Ele toca minha testa com os lábios mais uma vez, com uma pressão mais intensa. Então se afasta de mim e some na escuridão.

— Não vou mudar — sussurro enquanto fecho os olhos, desejando que, um dia, ele mude de ideia.

RYAN

A Beth pediu um tempo. De quanto tempo ela precisa? Um dia? Uma semana? Horas? Qualquer tempo é longo demais quando a garota por quem estou me apaixonando estava com lágrimas nos olhos. Qualquer tempo é longo demais quando eu me pergunto se ela se importa comigo. Não vou ver a Beth até terça-feira. Amanhã é dia de reunião de pais e professores. Hoje é domingo, e meus pais estão fazendo um churrasco para o prefeito, a Câmara Municipal e alguns amigos da família. Estou bem-vestido e fazendo o papel perfeito.

Perfeito.

Foi disso que a Lacy me chamou quando explicou por que nunca ia se encaixar em Groveton.

Perfeito.

Foi o que a Beth cuspiu em cima de mim quando se recusou a participar da dinâmica da confiança.

Perfeito.

Foi a palavra que a Gwen usou quando explicou que quer que nós dois entremos no campo de futebol americano juntos para o baile.

Perfeito.

Olhando para o nosso quintal dos fundos, não vejo nada além de uma perfeição entediante. A grama perfeitamente cortada com sete centímetros e meio. Os arbustos perfeitamente aparados na forma de bolas. Os vasos de crisântemo alinhados na margem do quintal, perfeitamente colocados a trinta centímetros de distância. Pessoas perfeitas que cresceram nessa cidade e seguiram perfeitamente o caminho dos pais.

Na outra ponta da mesa, minha mãe inclina a cabeça em direção à Gwen. Entendo a dica e volto a atenção para minha "parceira de jantar". A Gwen me dá um sorriso que é mais uma coisa perfeita no quintal.

— Isso não seria ótimo, Ryan?

Não, entrar no campo com ela pendurada no meu braço no baile não seria ótimo. Quero compartilhar esse momento com a Beth.

— Não sei se a gente pode decidir quem entra com quem.

Ela ignora o meu comentário.

— Você pode me servir um pouco de água?

Pego o jarro na minha frente e faço o que ela pede. Essa é a minha obrigação para com os meus pais. Minha função é encher o copo da Gwen quando estiver vazio, recolher seus pratos quando ela terminar e divertir a garota. Tenho uma sensação de déjà-vu, e minha cabeça flutua com uma revelação desanimadora. Foi exatamente assim que a Gwen e eu começamos a namorar.

A mãe da Gwen dá um gole no vinho. O rosto dela está mais esticado do que no outono passado.

— Precisamos tomar uma decisão em relação à Allison Risk e o comitê de eventos da igreja.

Minha mãe mexe no colar de pérolas. Ela odeia decisões desconfortáveis.

— A Allison é uma jovem muito doce.

— Você é favorável a ela, Miriam? — pergunta a mãe da Gwen.

De um jeito incomum, minha mãe serve vinho na sua taça de água vazia.

— Não sei. Os Risk eram pessoas horrorosas. Você se lembra dos pais do Scott? O homem era um bêbado cruel e a mulher não era muito melhor.

— Mas o Scott é diferente dos pais — digo, e todo mundo na mesa olha para mim. Minha mãe me lança um olhar de alerta, mas meu pai coloca a mão no braço dela para fazê-la recuar. Minha mãe afasta o braço do toque dele. E eu continuo: — Ele se tornou o melhor jogador de beisebol que os Yankees já viram em vinte anos. Por que a esposa dele deveria ser punida pelos erros dos pais dele?

Os olhos do meu pai se estreitam na última frase. Um alerta particular de que eu posso ter ido longe demais.

— Tenho que ser sincera — diz a mãe da Gwen. — Eu gosto da Allison, mas me preocupo com a sobrinha.

— Como assim? — pergunta minha mãe, enquanto eu enrijeço. — Já ouviu alguma coisa sobre ela?

— Ouvi dizer que ela fuma, que desrespeitou um professor e que fala palavrões. Coisas que não podemos tolerar, e colocar a Allison no comitê vai se refletir na nossa igreja. Isso é muito triste, porque a Allison é uma querida, e a sobrinha é... — A mãe da Gwen balança os dedos no ar. — Uma selvagem. É óbvio que a garota não foi embora com o Scott, como esperávamos que acontecesse depois do incidente com o pai dela.

Minha mente desperta. As pessoas dessa mesa sabem o que aconteceu com a Beth. Estou dividido ao meio. Parte de mim quer defender a Beth, e a outra quer saber o que aconteceu com ela quando criança. Se eu falar agora, vou perder a oportunidade de descobrir a verdade.

— Liza — interpõe o pai da Gwen —, não vou tolerar fofocas sobre essa menina.

Com o rosto vermelho, a sra. Gardner força um sorriso.

— Não é fofoca, e ela não é mais uma menina. O comitê de eventos é um ramo de algo maior. Estou preocupada com a influência da garota. Tenho medo de todo mundo ficar tão envolvido com quem é o tio dela que não vejam a ameaça na frente deles. Você quer sua filha xingando, fumando e discutindo com os professores?

— Acho muito difícil isso acontecer — responde o sr. Gardner.

— Por quê? — argumenta ela. — A turma do último ano já nomeou a Beth para o baile, e o Ryan está saindo com ela.

Eu me transformo em pedra. Não era assim que eu queria que os meus pais soubessem.

— O quê? — A pergunta rápida e irritada da minha mãe silencia o grupo. Meus olhos correm para a Gwen. Pálida e com os olhos arrega lados, ela está sentada perfeitamente parada e encara os restos de frango cordon bleu.

A mãe dela mal disfarça a presunção atrás da taça de vinho.

— Me desculpa, Miriam, achei que o Ryan tinha te contado. — Ela coloca a mão sobre a da Gwen. — Me desculpa também, querida. Eu não sabia que o que você me contou era segredo.

Minha mãe coloca o guardanapo sobre a mesa.

— Quem está pronto para a sobremesa?

Eu me levanto, precisando sair desse inferno.

— Eu pego.

Minha mãe desaba na cadeira com um aceno de cabeça. O que eu não esperava é que a Gwen fosse pular e se oferecer para ajudar.

— Eu te ajudo.

Incapaz de olhar para ela, viro e vou em direção à cozinha. A batida rápida dos saltos da Gwen me informa que ela está logo atrás de mim.

— Ryan — ela diz, no instante em que a porta se fecha para todos os ouvidos indiscretos. — Ryan, me desculpa. Eu não tinha ideia que a minha mãe ia te humilhar desse jeito. Mas não é culpa minha. Como eu podia saber que você estava mantendo a Beth em segredo?

— Não estou — eu solto. A Gwen parece uma desconhecida para mim nessa cozinha. Talvez porque eu ainda não tenha me acostumado com as paredes cinza nem com os balcões de granito nem com os armários de mogno. Ou talvez porque eu nunca a conheci de verdade.

Ela cruza os braços sobre o peito, e o vestido vermelho de alça gira com o movimento.

— Você podia ter me enganado. Quer dizer, caramba, Ryan, seus pais vão odiar a garota. E por bons motivos.

— Você não conhece a Beth. — A ironia dessa conversa não passa despercebida. A Lacy uma vez disse essas mesmas palavras para mim.

A Gwen perde o brilho de perfeição e faz uma coisa muito incomum: ela se apoia no balcão.

— Conheço mais do que você imagina. Aposto que conheço mais do que você. — Ela faz uma pausa e remexe as mãos de um jeito nervoso. Que diabos? A Gwen nunca fica nervosa.

E é aí que eu percebo o vazio no dedo dela. O anel do Mike não está mais lá.

— Eu te amo. Na verdade, eu sempre te amei. — Ela encara o piso cinza. — E, por algum motivo idiota, você gosta *dela*. Acho que você estava certo no banco dos jogadores: eu não tinha certeza de que precisava de você. Talvez o motivo para não estarmos juntos agora seja porque eu não tentei o suficiente.

Minha testa se franze. Se ela tivesse dito essas palavras seis meses atrás... Balanço a cabeça. Não teria importado. O que eu sinto pela Beth é cem vezes mais forte do que eu jamais senti pela Gwen.

— Nós dois nunca teríamos dado certo.

Ela se endireita e levanta o queixo.

— Você está vendo tudo errado. Eu. A Beth. Tudo. Acho que você sabe que você e a Beth não combinam, e esse é o motivo pra você não ter contado aos seus pais. Mas não se preocupe, Ryan. Eu sei o que eu fiz de errado, e não cometo o mesmo erro duas vezes.

Num movimento gracioso, a Gwen pega o bolo do balcão e sai pela porta da cozinha. Inspiro e deixo a cabeça cair para trás. Não sei que diabos acabou de acontecer, mas todas as células do meu corpo gritam que é uma coisa ruim e que eu vou odiar as consequências.

Minha avó deixou para minha mãe seu relógio de pêndulo. Ele está pendurado na parede atrás da minha mãe. A cada balanço, o relógio faz um tique. São nove horas da noite. O último convidado saiu uma hora atrás. Eu deveria estar me perguntando por que os meus pais me chamaram aqui, especialmente porque eles estão no mesmo ambiente por vontade própria. Em vez disso, estou me perguntando o que a Beth está pensando.

Minha mãe senta na minha frente à nossa mesa da cozinha, enquanto o meu pai se encosta no vão da porta que leva à sala de jantar. A temperatura, como sempre, está congelante.

— A sra. Rowe está com a impressão de que você ainda vai participar do concurso literário — diz o meu pai.

Olho para ele.

— Estou pensando no assunto.

— Não tem nada pra pensar. Você vai jogar contra o time da Eastwick naquele fim de semana, e esse jogo vai decidir a classificação pra temporada da primavera.

O time da Eastwick é o único que derrotou a gente na temporada normal na última primavera.

— Vamos jogar contra o time da Northside naquela segunda-feira, e eles estão invictos este ano. O treinador quer que eu lance nesse jogo.

— Talvez — diz o meu pai. — Mas você ainda vai poder jogar algumas entradas na segunda-feira. Eles vão precisar de você pra fechar o jogo.

Minha mãe tira o colar de pérolas.

— Falei com a sra. Rowe na semana passada. Ela disse que o Ryan tem um talento raro.

— E tem mesmo — diz o meu pai. — Beisebol.

— Não — solta a minha mãe. — Escrever.

Meu pai esfrega os olhos.

— Explica pra sua mãe que você não está interessado em escrever.

— Ryan, diz pro seu pai o que a sra. Rowe me falou. Diz pra ele quanto você gosta da aula dela.

Meus ombros se encolhem de raiva. Odeio a briga constante dos dois. Odeio ter levado os dois a brigarem mais. Odeio o fato de eles estarem brigando por minha causa. Mas o que eu odeio mais é a sensação de que todo mundo está controlando as minhas escolhas.

— Eu adoro beisebol.

Meu pai solta um suspiro de alívio.

— E adoro escrever. Quero participar do concurso.

Meu pai xinga entre os dentes e vai até a geladeira. Viro a cadeira para olhar para ele.

— Você nunca me deixou sair de uma competição antes, e eu não gosto da sensação de desistir. Vou perder um jogo. E é um jogo amistoso da liga. Seria diferente se fosse a temporada de primavera.

Meu pai abre uma garrafa de cerveja e dá um gole.

— O que vai acontecer se você ganhar o concurso literário? Você vai desistir de arremessar contra o melhor time do estado por um pedaço de papel que diz "parabéns"?

— Eu quero saber se sou bom.

— Meu Deus, Ryan. Por quê? Que diferença isso vai fazer?

— Me ofereceram a chance de uma bolsa de estudos na faculdade pra jogar bola.

Meu pai me encara, e a lavadora de pratos entra no ciclo de enxágue.

— Você andou falando com olheiros de faculdades pelas minhas costas?

Sim. Não.

— O que o recrutador falou fez sentido. Ele disse que o treinador de arremessos deles pode me ajudar com os meus problemas de postura e me ensinar a melhorar meu desempenho. Eles vão pagar pra eu ir pra faculdade, e eu recebo treinamento gratuito. Posso treinar com eles por quatro anos e depois ir pra liga profissional.

A cerveja derrama da garrafa quando o meu pai joga os braços para frente.

— O que acontece se você se machucar? O que acontece se, em vez de melhorar, você piorar naquilo em que é bom? Você é um arremessador. Não tem momento melhor pra perseguir os seus sonhos do que agora.

— E se...

Ele atravessa a cozinha e bate com a cerveja na minha frente.

— Eu preciso te lembrar quanto dinheiro a gente investiu em você? Você acha que o treinador que a gente pagou todos esses anos é barato? Você acha que os equipamentos e o jipe que compramos pra você foram de graça?

Meu estômago dói como se ele tivesse me batido.

— Não. Não acho que foram de graça. Eu me ofereci pra conseguir um emprego.

— Não espero que você consiga um emprego, Ryan. Espero que você faça alguma coisa com o seu talento. Espero que você faça um nome pra nossa família. Quero saber que os anos que sua mãe e eu sacrificamos com você em termos financeiros e emocionais não foram em vão.

Minha mãe cruza as mãos com calma sobre a mesa.

— Ele tem talento, Andrew. Você está com raiva por ele não querer o que você quer. Você está com raiva por ele escolher algo diferente.

— Ele quer jogar beisebol! — Os nós dos dedos do meu pai ficam brancos quando ele agarra o encosto da cadeira.

— Você não tem ideia do que as pessoas dessa família querem.

A voz dele treme quando fala.

— O que você quer, Miriam? O que finalmente vai te fazer feliz? Você sempre quis que eu concorresse ao cargo de prefeito, e eu concordei. Você quis que eu expandisse os negócios, e estou fazendo isso. Fiz tudo pra te deixar feliz. Agora me diga o que você quer.

— Quero a minha família de volta! — grita a minha mãe. Ao longo dos últimos meses, ela foi irônica e grosseira com o meu pai. Mas, em dezessete anos, eu nunca vi minha mãe gritar.

O choque faz o rosto do meu pai cair.

— Você não pode ter tudo! Você quer que as suas amigas saibam que o seu filho é gay? Quer que a sua igreja saiba que o seu filho é gay?

— Mas a gente podia falar com o Mark. Talvez, se ele concordasse em manter segredo...

— Não! — rosna o meu pai.

Eu me recosto na cadeira, enojado com os dois. Enojado comigo mesmo. Desde que o Mark foi embora, eu fiquei tão obcecado com o fato de ele ir que nunca escutei de verdade o que os meus pais estavam dizendo. Isso me faz perceber que eu provavelmente nunca escutei de verdade o Mark também. Não me surpreende ele ter ido embora. Como alguém pode viver com tanto ódio?

Um enjoo me atinge, e eu fico tonto. Será que o Mark acha que eu penso igual aos meus pais?

Meu pai joga a cadeira contra a mesa, depois sai batendo os pés.

— O Mark fez a escolha dele. Você queria conversar com o Ryan hoje. Fala com ele. Vou estar no escritório.

Minha mãe se levanta.

— Ele devia ouvir da sua boca.

No vão da porta, ele para e olha para mim.

— Vou me candidatar à nomeação do meu partido para a prefeitura na primavera. Sua mãe e eu não queremos que você namore a Beth Risk. Seja amigo dela na escola, mas não podemos arriscar a publicidade ruim se ela for um problema. Entendeu?

Minha mente acelera para processar. Meu pai está se candidatando a prefeito. Minha mãe quer o Mark de volta em casa. Eu deixei meu irmão na mão. Os dois querem que eu termine com a Beth.

— Você disse que não queria ser prefeito.

Mas a minha mãe queria que ele fosse. O pai dela foi prefeito. O avô dela também. É uma tradição que ela sempre desejou que continuasse.

Meus pais não me olham, nem olham um para o outro. Nenhum dos dois parece querer discutir a nomeação.

— Quanto à Beth... — digo.

Meu pai me interrompe.

— A garota está fora de cogitação.

— Você devia namorar a Gwen de novo — diz a minha mãe. — O pai dela vai apoiar o seu pai.

A cadeira pula embaixo de mim quando eu me levanto, e meu movimento súbito faz minha mãe se encolher. Encaro os dois, esperando que um deles dê sentido a tudo que disseram. Quando eles ficam em silêncio, eu finalmente entendo por que o Mark foi embora.

BETH

Não tenho um casaco. Nunca tive. Eu sempre falei para o Isaiah e para o Noah que a minha temperatura corporal é alta, quando, na verdade, é baixa. No Kentucky, o clima do outono pode ser cruel. Quente à tarde. Frio à noite. Nesta manhã, o orvalho escorregadio que cobre o pasto do Ryan passa pelos meus sapatos velhos até chegar às meias. Poucas coisas são piores do que pés frios e molhados.

Eu paro. Perder meu melhor amigo é um saco. Eu me permito sentir a dor, depois sigo em frente. Um dia o Isaiah vai perceber que somos só amigos. Um dia ele vai me encontrar — mesmo que eu esteja no litoral. Amizades como a nossa são fortes demais para morrer.

Hoje é dia de reunião entre pais e professores, e não consigo pensar num jeito melhor de passar um dia longe da escola do que com o Ryan. Na verdade, não consigo pensar num jeito melhor de passar nenhum dia. Meu tempo com o Ryan está acabando, e quero aproveitar ao máximo cada momento com ele.

Tum. Ouvi esse som pela primeira vez quando saí do bosque. Com intervalo de poucos segundos, o som se repete. *Tum.* Em vez de ir direto para a casa do Ryan, decido seguir o som e fico feliz quando vejo a pele bronzeada, linda e brilhante. Usando apenas calças de ginástica de nylon, o Ryan toma fôlego e joga uma bola em direção a um alvo pintado numa placa de compensado. *Tum.* A bola atinge bem no meio.

— E você se pergunta por que as pessoas acham que atletas são burros — digo. O Ryan gira com olhos arregalados, e eu continuo: — Dez graus aqui fora e você sem camisa.

Uma brisa fria sopra pelo pasto aberto, provocando arrepios nos meus braços. Tudo bem, não é a frase inicial mais inteligente, já que esfregar os braços seria a definição de hipocrisia e ironia.

O Ryan pega a camisa dele no chão e vem na minha direção. Os raios da manhã destacam as curvas dos músculos no seu abdome. Meu coração se agita como um pássaro sacudindo água das asas. Meu Deus, ele é lindo. E sexy. Uma visão. Perfeito demais para alguém como eu.

— Estou me refrescando — ele diz. Preocupada em encarar o corpo dele, tenho que fazer uma pausa para me lembrar qual foi a última coisa que eu disse. O Ryan me dá um sorriso convencido e, para meu desespero, eu fico vermelha. O que há comigo e toda essa coisa de ficar vermelha?

Ele acaricia meu rosto em chamas, e meu coração estremece de novo.

— Adoro quando você faz isso — ele diz.

Presta atenção, Beth. Não é por isso que você está aqui. Nos últimos dois meses, o Ryan lidou com muitas cagadas minhas e, por algum motivo, insiste em olhar para mim como se eu fosse a princesa e ele o príncipe. Ele é um príncipe. Eu não sou uma princesa, mas posso ajudar com o felizes-para-sempre dele antes de sair dessa vida de uma vez.

O Ryan tira a mão de mim, mas continua perturbadoramente perto — e ainda sem camisa.

— Você nunca cansa do beisebol? — pergunto.

— Não. — Ele finalmente coloca a camisa sobre a cabeça. — Acordo todo dia às seis, corro três quilômetros e arremesso. Não tem uma manhã que isso seja ruim.

Essa rotina é adequada para ele. Perfeitamente. Mas depois penso nele sentado em frente ao computador. Os dedos voando pelo teclado. Os olhos vendo um mundo além daquele ao qual seu corpo pertence.

— Você escreve toda noite?

O Ryan passa os dedos pelo meu cabelo, e minhas raízes aparecem. O que costuma ser um movimento que faz minha coluna se arrepiar provoca uma sensação de medo. Os olhos dele se estreitam em direção às raízes, e eu sei o que ele vê: um centímetro de cabelo loiro-dourado.

Ele afasta os olhos e faz um bom trabalho ao fingir que a falha não existe.

— Com o prazo daquele conto? É, escrevo toda noite. — O Ryan dá de ombros e encara o chão. — E acho que vou continuar, depois que terminar esse. Não sei, talvez eu comece outro.

Ótimo. É a imagem que vou levar comigo quando for embora: o Ryan arremessando bolas de manhã e perdido em suas palavras muito bem escritas à noite. Chuto o chão.

— Você tem planos pra hoje?

— Tenho, se incluírem você.

Tento esconder meu sorriso, mas não consigo.

— Vai se lavar e me pega daqui a uma hora.

Fazendo cócegas na minha pele, os dedos do Ryan roçam na fita rosa ainda amarrada no meu pulso.

— Sim, senhora.

RYAN

— Você é um fraco. — Minha pequena ameaça de cabelos pretos folheia a lista de alunos da Universidade do Kentucky. — Você consegue mover um carro num pasto, mas não consegue ver o próprio irmão.

— É diferente — digo. — Eu tirei o carro do lugar num desafio.

Do lado de fora dos dormitórios de atletas masculinos, tento ficar na frente da Beth enquanto ela procura o número do quarto do meu irmão. Ela está usando uma camiseta de malha que abraça sua forma esguia e termina a um centímetro do jeans de cós baixo. Com sua pele macia me tentando em lugares muito certos, mas errados, eu apostaria o meu jipe que essa roupa não tem o selo de aprovação do Scott. Não me entenda mal, eu adoro, mas todos os caras que entram e saem dos dormitórios também adoram. Ela é minha namorada, e eu prefiro ser o único a olhar para ela.

Minha namorada. Não somos oficiais — ainda não —, mas a Beth disse algumas palavras fundamentais quando entrou no meu jipe hoje de manhã: "Deixei o Isaiah ir embora". O que significa que ela está comigo, e não com ele. Mais tarde, vou pedir à Beth para sermos exclusivos.

Ela enfia o dedo no livro.

-- Bingo. — E escreve o número do quarto na palma da mão. — Eu te desafio em dobro a falar com o seu irmão.

— Você entende alguma coisa de desafios? — pergunto enquanto lanço um olhar maligno para um cara que observa os contornos da cintura da Beth. — Você não pode me desafiar em dobro, a menos que eu não aceite o desafio inicial.

Ela arqueia a sobrancelha.

— A gente vai mesmo discutir semântica?

Coloco uma das mãos na cintura dela e a apoio contra a parede.

— Essa é uma palavra difícil, Beth. Talvez você devesse me explicar.

Um sorriso travesso toca seus lábios, e uma fome bruta se instala em seus olhos, mas, em vez de se derreter para mim como estou derretido por ela, ela me empurra para longe e passa por baixo do meu braço. Um cara sai do prédio, e ela segura a porta antes que seja trancada atrás dele.

— Significa que você é um idiota se acha que eu vou te deixar escapar dessa com esse discurso.

Então ela faz um gesto para eu entrar no saguão, e eu entro.

— Eu não ia fazer um discurso. Eu ia escapar te beijando. Você tem ideia de quanto tempo faz que a gente não se beija?

— Se você falar com o seu irmão, a gente se beija. Muito.

— Que tal pular essa parte e ir direto pros beijos?

Ela me ignora e analisa o grande mapa do dormitório na parede.

— Eu te desafio oficialmente a falar com o seu irmão.

Cruzo os braços sobre o peito, e minha coluna se endireita. A Beth oficialmente me lançou um desafio.

— Tudo bem. O que eu recebo se ganhar?

Seu cabelo de corvo cai como uma cachoeira quando ela inclina a cabeça na minha direção. Um brilho sexy ilumina seus olhos.

— O que você quer?

Você. Mas não é isso que eu permito que saia da minha boca.

— Quero que você passe o resto do dia comigo. Nada de celular. Nada de amigos. Nada além de você e eu.

— Feito.

A Beth manipula com destreza o nosso caminho passando pelo monitor que protege a entrada do andar do Mark. Eu chamaria o cara de idiota, mas tenho certeza que ela usou as mesmas habilidades de manipulação comigo, para me convencer a vir até Lexington. Para meu desespero, ela bate na porta do meu irmão sem me perguntar se estou preparado. Todas as esperanças de o Mark estar na aula se esvaem quando a maçaneta gira e a figura larga e gigantesca do meu irmão aparece no vão da porta.

A Beth dá um sorriso travesso.

— E aí, Mark? Como foi o jogo contra o time da Flórida?

Ele sorri de um jeito hesitante enquanto seus olhos se alternam entre mim e ela.

— Engoli o quarterback duas vezes. Você não vê as notícias?

Ela dá de ombros.

— Não. Estou fingindo que gosto de futebol americano só pra quebrar o gelo. Vou estar no saguão. — E sai casualmente pelo caminho por onde chegamos. Mesmo quando a porta no fim do corredor bate, eu continuo observando. Depois de me arrastar até aqui, nunca imaginei que ela fosse me deixar para fazer isso sozinho.

O Mark se afasta da porta e força uma animação.

— Quer entrar?

— Quero. — Imito o tom dele. O Mark e eu nunca forçamos nada até o último verão.

O quarto dele está igual ao ano passado. Sei que ele tem o mesmo colega de quarto por causa dos cartazes de *Guerra nas estrelas* pendurados na parede.

— Cadê o Greg?

— Em aula. Quer beber alguma coisa? — Ele abre uma geladeira pequena. — Gatorade, água?

Minha boca parece um deserto, mas não quero prolongar isso.

— Me desculpa.

O Mark fecha a geladeira e senta na cama de baixo do beliche. O sorriso falso desaparece, e eu enfio as mãos nos bolsos. O método do band-aid foi horrível para nós dois. Eu queria poder tornar nosso relacionamento forte de novo. O Mark foi a primeira pessoa para quem eu contei o episódio da bola que lancei num jogo em que o outro time não marcou nenhum ponto, quando fui para um time só de estrelas e quando beijei uma garota. Agora, não sei o que devo gaguejar em seguida.

— Como a mamãe e o papai estão? — ele pergunta.

Como a mamãe e o papai estão. Essa eu sei responder. Eu me sento no sofá de dois lugares perto do beliche.

— Bem. O papai está ocupado. Está expandindo a construtora e planeja se candidatar a prefeito.

— Uau.

— É. — Uau.

— E a mamãe?

— Envolvida nos clubes e eventos sociais, como sempre. Almoços. Jantares. Chás. — Faço uma pausa, pensando se devo dizer o que estou prestes a dizer. — Ela sente sua falta.

O Mark se inclina para frente e prende as mãos entre os joelhos dobrados.

— O papai fala de mim?

A esperança que luta para aparecer no rosto do Mark torna doloroso olhar para ele. Se eu responder com um simples "sim", crio uma falsa esperança, mas posso dizer a verdade. Não quero dar nenhuma das respostas.

— Alguma vez você quis fazer outra coisa além de jogar futebol americano?

Ele esfrega os dedos no maxilar antes de pegar um livro na cama e jogar para mim.

— *Planos de aulas de qualidade para educação física no ensino médio?*

— Estou estudando educação.

— Desde quando?

— Desde... — O Mark batuca os dedos das mãos uma vez. — Sempre.

Fingindo interesse, folheio o livro.

— Achei que você estava estudando medicina.

— Era o que o papai queria. Para ele, a faculdade não era nada além de um passo em direção à NFL. O curso de medicina era pro caso de eu me machucar. A mamãe queria que um de nós fosse médico. Esse foi o jeito do papai pra deixar ela feliz.

O Mark organizou a mesa do mesmo jeito que no ano passado: notebook, dock do iPod. Depois de seu primeiro jogo de futebol americano na faculdade, minha mãe pediu para alguém tirar uma foto da família no campo. Ele colou essa foto na parede ao lado dos horários de treino. Algumas coisas estão iguais. Outras não.

— Você odeia futebol americano?

— Não. Eu adoro e quero jogar. Na verdade, quero me tornar treinador de futebol americano do ensino médio. O papai sabia disso. Ele não concordava comigo, mas sabia. Achei que, se eu levasse a situação, se eu fingisse que... — Ele se interrompe.

Eu vim até aqui. Eu provoquei isso. Posso terminar a frase por ele.

— Eles te aceitariam como você é?

O Mark faz que sim com a cabeça.

— É.

Nós dois ficamos sentados em silêncio. Meu estômago se revira e dá cambalhotas, como se eu estivesse num barco prestes a virar. Minha vida era perfeita, e eu adorava cada segundo. As duas palavrinhas do Mark — "Sou gay" — viraram meu mundo de pernas para o ar. Talvez eu entenda por que ele foi embora. Talvez não. De qualquer maneira, a raiva ainda está fervendo e, se eu vou fazer isso, é agora ou nunca.

— Você me abandonou.

— O que você queria que eu fizesse? — O ressentimento engrossa a voz dele. — Não posso mudar quem eu sou.

Preciso me mexer. Bater em alguma coisa. Jogar alguma coisa. Em vez disso, eu me levanto.

— Que você não fosse embora. Você disse que antigamente fingia. Por que não podia fingir de novo? Ou ter ficado e lutado e, sei lá, convencido os nossos pais a te deixarem ficar.

O Mark observa calmamente enquanto eu ando de um lado para o outro no quarto estreito. Ele limpa a garganta.

— Um dia você vai ver como os nossos pais controlaram e manipularam a nossa vida. Você vai perceber como eles nos fizeram acreditar que os sonhos deles eram os nossos sonhos. Eles impuseram cada respiração nossa. Pensa bem: você tem alguma ideia de quem é sem eles?

Minha mãe me sentou ao lado da Gwen na noite passada e me pediu claramente que eu cuidasse das necessidades da garota durante a noite. Da mesma forma que pediu que eu cuidasse da Gwen quando eu tinha quinze anos. Depois daquele primeiro jantar, minha mãe me estimulou a convidá-la para sair, e eu fiz isso.

Mas o beisebol é escolha minha. Sempre foi. O meu pai entende de beisebol. Por isso, ele administrou todas as etapas da minha carreira no esporte: os treinadores, as ligas. Caramba, ele até enfrenta os juízes. Ele faz tudo isso por mim.

Certo?

As preocupações do meu pai e da minha mãe, toda a pressão que eles fazem, é tudo porque eles me amam. Mas eles me disseram com todas as letras que eu não podia namorar a Beth, sem se importar com os sentimentos que eu tenho por ela, e esperam que eu obedeça.

— Você vai fazer um furo no meu carpete — o Mark diz.

Não, o Mark está errado. Ele tem que estar errado.

— Sou um bom jogador. — Eu sou. O melhor.

— É mesmo. O papai fez isso direito. Ele não nos forçou a praticar um esporte para o qual não tínhamos talento. Ele tirou um tempo pra descobrir o esporte em que cada um de nós era bom. A pergunta é: pra quem você está jogando, Ry? Pra você ou pro papai?

Entre a porta e os beliches, eu congelo.

— O que isso quer dizer?

— O papai quer perfeição. Anota isso. O papai quer perfeição do lado de fora pra todo mundo poder ver. A mamãe também. Eles não se importam nem um pouco se estamos destruídos por dentro, desde que o resto do mundo inveje a gente.

Todo mundo em Groveton acha que a minha mãe e o meu pai têm um casamento perfeito. A rainha do baile casada com o quarterback estrela. Entre quatro paredes, minha mãe e meu pai se odeiam. Achei que eles iam superar isso. Agora...

— Aprendi muito jogando bola na faculdade — o Mark diz. — O que você faz no ensino médio não significa porra nenhuma. Você pode ser o melhor jogador da sua escola. O melhor da cidade ou do estado, mas, quando chega na faculdade, você conhece cinquenta outros caras que podem se gabar da mesma coisa. Você vai conhecer caras melhores, mais fortes e mais rápidos que você e depois vai enfrentar times melhores. O mundo vai mudar quando você sair de Groveton.

Quando eu sair de Groveton. Muitas decisões precisam ser tomadas antes que isso aconteça: liga profissional, faculdade, concursos literários, bolsas de estudos.

— Por que você está me dizendo isso?

— Eu queria que alguém tivesse me falado essas coisas, mas tive que descobrir por conta própria. Você não está sozinho, Ry.

— Estou, sim. — E os meus olhos queimam. Pisco rápido e respiro fundo. Ele foi embora. E o casamento dos meus pais está desmoronando, e tudo que eu conheci e amei está virando cinzas.

— Eu nunca te abandonei.

— Mas você não voltou pra casa. Não respondeu minhas mensagens de texto. — A voz que escapa pela minha boca não é a minha. Está tensa. Fraca. Prestes a se partir.

— Me desculpa, mas você tem que entender: até a mamãe ou o papai me procurarem, eu não posso voltar. Admito que abandonei os dois. Mas agora eu entendo. Eu devia ter me esforçado mais em relação a você. Eu devia ter ligado. Devia ter te visitado. Eu errei, mas juro que nunca te abandonei.

Tiro o boné e passo a mão no cabelo. Ele nunca me abandonou. A Beth está certa: eu o abandonei. Minha garganta fica apertada.

— Senti sua falta. — Sacudo a cabeça, tentando encontrar um jeito de dizer as próximas palavras. — Eu nunca me importei de você ser gay, mas me importei de você... de você ter ido embora.

— É. — A voz dele fica rouca. — Eu sei. Tudo bem, Ry. Eu e você, a gente está bem.

Ele se levanta, e a atitude me pega desprevenido. Somos Stone, e os homens da família não se tocam, mas, no instante em que ele coloca a mão no meu braço, numa oferta hesitante, eu aceito e deixo que ele me puxe para perto. Nós nos abraçamos por um breve segundo. Em seguida, estreito os olhos para evitar as lágrimas, e, quando nos soltamos, vamos para lados opostos do quarto.

— Então. — O Mark pigarreia e bate palmas. — Me fala da Beth.

BETH

Eu fiz um bem. Eu, Beth Risk, fiz uma boa ação. Eu poderia ter sido uma Bandeirante foda e teria recebido a medalha de Reaproximar Seu Meio--Namorado-Atleta com o Irmão-Gay-Atleta. Se essa medalha não existir, deveria ser inventada. Sério. O Ryan vai olhar para trás daqui a vinte anos e não vai pensar na garota que foi embora no meio da noite. Não, ele vai se lembrar da garota que devolveu o irmão dele.

Encaro as nuvens cinza se movendo pelo céu. O Ryan e eu estamos na margem de um lago grande nos fundos da propriedade do pai dele. Assim como tudo no Ryan, este lugar é perfeito. Este dia é perfeito.

Apoiado no cotovelo, ele coloca uma mecha de cabelo atrás da minha orelha, fazendo uma cosquinha quente acariciar o meu pescoço. Vou curtir o dia de hoje. Vou rir. Vou sorrir. Vou largar as correntes que me arrastam para baixo. O Ryan é um cara muito legal e, por algum motivo, realmente está a fim de mim. Ou, melhor, realmente está a fim da fantasia que ele criou.

— Você é linda — ele diz.

— Você também. — E é mesmo. Levanto a mão e tiro o boné de beisebol que ele está usando invertido. Ele fica gostoso com o boné. E fica lindo sem ele. A massa de cabelo loiro-areia sopra na brisa.

Quando eu solto o boné, o Ryan entrelaça a mão forte dele com a minha. *Forte* é pouco. Essa mão pode fazer uma bola voar mais rápido do que a maioria dos carros jamais vai conseguir. A mão dele na minha pele faz o calor se enroscar em regiões muito particulares do meu corpo.

— Então... — diz o Ryan enquanto olha para o outro lado e tenta parecer casual. Eu sei o que está incomodando o cara. Na volta de Lexington, ele me deu mais páginas da história de zumbi para ler. Esperar a minha opinião o deixa doido. — Acho que o George e a Olivia vão acabar juntos.

Cinco minutos. Ele não consegue ficar cinco minutos fora do jipe sem perguntar. Tento evitar um sorriso, mas fracasso miseravelmente. Ele percebe e franze a testa.

— O que foi?

Dou de ombros.

— Você é fofo quando fica ansioso.

— Não estou ansioso.

— Eu gosto disso em você. — Eu gosto de tudo no Ryan. — A história é fabulosa. Sério. Fico envolvida quando leio, mas tenho que discordar de você. O George e a Olivia não vão terminar juntos.

— Por que não?

— Eles vivem em mundos diferentes e meio que são criaturas diferentes. Quer dizer, ele é zumbi e ela não é.

— Mas ele a ama — argumenta o Ryan, teimoso. — E ela o ama.

— O George vai desistir de ser o líder dos amigos zumbis por ela? — pergunto. — Caramba, você fez ele querer tanto ser líder que ele enfrentou o melhor amigo por esse título. E você sinceramente acredita que a Olivia vai desistir da família por ele?

— A família dela é um horror. — O Ryan ri como se tivesse ganhado. Minha barriga dói como se alguém tivesse me esfaqueado.

— É, mas ainda é a família dela. Acho que eu não ia conseguir gostar dela se ela desistisse. O que isso diz sobre uma pessoa?

— Acho que diz que ela está disposta a viver a própria vida.

No alto, gansos canadenses barulhentos voam numa formação em V e se dirigem ao sul, onde é verão. Essa serei eu em breve, mas será que vou me sentir livre como eles parecem estar?

— Acho que diz que ela é egoísta. Como ela pode desistir do pai? Ele precisa dela.

— Ele usa ela — o Ryan diz.

Dou de ombros de novo, não gostando de conversas que não levam a lugar nenhum. O Ryan solta a minha mão e começa a trilhar a fita amarrada no meu pulso. Ele está nervoso, e, no íntimo, eu percebo que não é por causa da história.

— O que está acontecendo?

Meu nível de ansiedade aumenta quando ele continua a desenhar a fita.

— Quero que a gente seja exclusivo — ele diz. — Não gosto da ideia de você sair com outros caras.

O pânico toma conta do meu peito e de repente me sinto claustrofóbica. Eu vou embora. Em breve. Assim que a minha mãe recuperar o carro. Minhas mãos começam a suar, e eu imediatamente rolo para longe do Ryan. Preciso de ar. Muito, muito ar.

Tropeço até a margem do lago e paro antes que caia na água pela barreira de meio metro. Peixes-gato nadam perto da superfície. Não consigo me livrar das correntes, por mais que eu tente. Hoje era para ser o dia em que eu não deveria me sentir afundando.

— O que há de errado? — o Ryan pergunta atrás de mim.

— Nada — respondo.

— Beth. — Ele para, depois começa de novo. — Eu realmente me importo com você e esperava que você sentisse a mesma coisa.

Uma gota de chuva atinge o lago, e ondas se formam na água lisa. Ele não pode ter sentimentos por mim. Não pode. Gostar de mim é uma coisa — ter sentimentos é outra. Isso não se encaixa no plano. Não. Não era assim que devia ser.

Massageio os olhos. *Porra, Beth, como você achava que essa situação ia se desenrolar? Você sabia que estava se apaixonando por ele, mas ele não devia se apaixonar por você.* As palavras dele tornam tudo real. Real demais. Eu viro e cuspo a acusação que se tornou meu mantra.

— Caras como você não se apaixonam por garotas como eu.

— O quê? Não posso me apaixonar por uma garota bonita de língua ferina?

Ele não entende.

— Sou uma piranha.

A cabeça do Ryan recua como se eu tivesse dado um tapa nele. Fingindo que não me importo com o que ele pensa de mim, levanto o queixo. Contos de fadas acontecem, mas não comigo. Hora de contar ao príncipe que ele salvou a garota errada.

— Dois anos atrás, o cara com quem todas as garotas sonhavam passou um verão inteiro fazendo eu me sentir especial. Uma semana antes das aulas, ele disse que me amava, e eu dei minha virgindade a ele. Quando as aulas começaram, ele contou pros amigos que eu era uma vagabunda.

O Ryan se aproxima e eu me afasto. Algumas dores não devem ser compartilhadas. Eu fui a idiota que acreditou no Luke. Fui eu que sinceramente pensei que era especial o bastante para ser amada.

— Ele se aproveitou de você. — Um sentimento de raiva se agita na voz dele. — Isso não te faz uma piranha, isso faz dele um babaca.

Ele não está entendendo.

— Eu bebo. Eu fumo maconha. Antes de vir pra Groveton, eu ficava chapada o tempo todo. Não sou o tipo de garota com quem você quer ser exclusivo. Você não está enxergando quem eu sou de verdade.

— Sei que você abriu mão da oportunidade de fumar maconha no sábado. Sei que os boatos da escola dizem que você recusou os caras que fumam essa merda sempre. Sei que você anda mais na linha do que a maioria dos alunos da escola. Essa é uma cidade pequena, Beth. Não dá pra respirar sem alguém saber. Eu não sei quem você fingia ser em Louisville, mas vejo a garota que você é de verdade agora.

O modo como ele me encara... é como se ele não visse mais o lado exterior. Seus olhos me espetam como se ele pudesse ver a minha alma, e essa ideia me apavora. Ele não pode se apaixonar por mim. Não pode.

— Você acha que é o único cara com quem eu fiquei porque queria *sentir* alguma coisa?

— Eu fui diferente — ele diz, confiante.

Engulo em seco, desvio o olhar e minto:

— Não foi, não.

Ele vem na minha direção, e eu recuo. Ele não está reagindo como devia. O Ryan devia estar com nojo de mim. Ele devia estar se afastando, não se aproximando. A esperança ilumina o rosto dele.

— Você é a única pessoa que consegue ter uma conversa inteira com alguém e olhar dentro dos olhos dele sem piscar. A menos que você esteja mentindo. Olha nos meus olhos e me diz a verdade. Você se apaixonou por mim naquela noite no celeiro.

Meus olhos correm até os dele, e eu xingo por dentro quando ele sorri.

— Foi por isso que você fugiu.

Como é que alguém pode estar tão feliz quando eu estou tão agoniada? Será que ele não entende que a gente não vai dar certo?

— Você sentiu alguma coisa por mim e não queria sentir. Você queria uma transa sem importância, mas deu tudo errado.

Vejo as lembranças daquela noite brincando nos olhos dele, e meu peito dói. Ele está prestes a descobrir tudo. As sobrancelhas dele se levantam.

— Você fugiu quando eu sussurrei o seu nome. Você sentiu alguma coisa por mim naquele momento, não foi?

Minha cabeça balança de um lado para o outro quando eu sussurro:

— Não.

Um alívio suaviza o rosto dele, e um toque de esperança curva seus lábios para cima.

— Você está se apaixonando por mim, como eu estou me apaixonando por você. É por isso que você está me pressionando tanto.

— Me deixa em paz!

Com muita necessidade de fugir, eu viro. Se eu correr rápido o suficiente, posso deixar para trás as memórias terríveis do meu passado, e as palavras bonitas do Ryan nunca vão abrir caminho até a minha alma. Dou um passo no ar. Meu coração pula até a garganta quando eu caio para frente. O lago. Apavorada com a água, eu grito. Braços fortes enlaçam minha cintura e me puxam para o chão firme.

Eu me recosto no peito do Ryan e agarro seus braços. Minhas unhas se enterram na pele dele como anzóis. Se eu cair no lago, vou me afogar. O peso que eu sinto sobre mim é árduo demais para eu flutuar. Minha única opção é afundar.

Inspiro algumas vezes e, depois de uma respiração mais profunda, o Ryan abaixa a cabeça até o meu ouvido.

— Você está bem?

— Estou ótima.

— Você está tremendo. Ótima não significa tremer.

— Não sei nadar, mas estou ótima agora.

— Você não sabe nadar — ele repete.

— Não. — Uma gota de chuva pousa na minha cabeça e escorre pelo couro cabeludo. — A gente devia ir. — O dia foi arruinado. — Vai chover.

O Ryan me solta e, em segundos, me levanta no ar e me aninha no peito dele. Meu rosto está devastadoramente perto do dele. Pisco várias vezes.

— O que você está fazendo?

Em vez de me responder, ele pula no lago.

Fico tonta, e minha pressão desaba. A água sobe e bate no meu rosto, no meu cabelo, nas minhas roupas. Meus braços estrangulam o pescoço dele. Vou me afogar.

— Ryan!

— Estou aqui com você — ele diz, num tom de voz calmo. — Está tudo bem.

E entra mais fundo na água fria. A gravidade me pede para sair dos braços dele e ficar presa na água abaixo. Vou sufocar com os olhos abertos. Eu o aperto ainda mais.

— Me leva de volta!

A água entra nos meus sapatos, na minha calça jeans, na parte de trás da blusa. Respinga na minha barriga, e eu fico mais e mais pesada. A umidade fria provoca a minha pele, gerando uma risada detestável e falsa. Enterro a cabeça na curva do pescoço dele. Não quero morrer. Não quero.

Ele para e sussurra no meu ouvido:

— Olha pra mim.

Não tenho forças para levantar a cabeça. Em vez disso, relaxo até o ombro dele e abro os olhos.

— Vou te ensinar a boiar.

Aperto com mais força.

— Você vai me matar.

— Confie em mim.

— Não consigo — sussurro. Eu confiei no Scott, na minha mãe e no meu pai. Confiei no Luke, na minha tia e no Isaiah. Todos me abandonaram. Todos caíram na escuridão. Meu coração foi despedaçado várias vezes, e todas as vezes eu o consertei sozinha. Conheço meus limites, e, se alguém me despedaçar de novo, eu nunca vou conseguir ter forças para juntar os cacos.

Uma intensidade aquece seus olhos castanhos, e ele abraça o meu corpo com delicadeza.

— Você consegue.

Inspiro. O Ryan está fazendo aquilo. Está me dando o mesmo olhar que o Chris dá para a Lacy. O mesmo olhar que o Noah dá para a Echo. Talvez eu consiga. Meu coração troveja quando levanto a mão e agarro o cabelo cacheado perto da base da nuca do Ryan.

— Não me solta.

— Não vou te soltar. — A voz do Ryan é tão reconfortante, tão confiante, que eu quase acredito nele. Talvez eu consiga acreditar nele. Ele não vai me soltar. Vai me segurar. Ele jurou. — Hora de tentar — ele diz.

Uma respiração. Mais uma. Ele não vai me soltar. Afrouxo o aperto no pescoço dele, e ele imediatamente abaixa os braços. A água sobe no meu corpo e bate no meu peito. Minha cabeça dá um pulo para cima, e eu chuto e espalho água para me manter sobre a superfície. O pânico comanda os meus pulmões. O Ryan é mais alto que eu, o que significa que eu não conseguiria ficar em pé na água.

— Me leva de volta.

Ele abaixa a testa até a minha. Seu hálito quente sopra no meu rosto.

— Eu nunca vou te soltar.

Ele não vai me soltar. Não vai.

— Tá bom.

O Ryan passa o nariz no meu rosto e provoca arrepios no meu pescoço. Ele afasta a cabeça, e eu luto contra o desejo de me agarrar a ele. Ele disse que não vai me soltar e não vai. Não vai.

Meu cabelo fica leve na água e lambe o meu rosto. Os braços fortes do Ryan reafirmam sua promessa.

— Vira a cabeça pra trás — ele diz.

Eu inspiro e faço o que ele pede. A água entra no meu ouvido, e meus músculos se contraem de medo. Mas ele continua me segurando firme.

— Abre os braços pro lado e arqueia as costas. Deixa as pernas flutuarem.

Conforme eu sigo as instruções lentamente, o Ryan se afasta de mim. Dou um pulo na direção dele.

— Ryan!

Ele balança a cabeça.

— Não vou te soltar. Estou te dando espaço. Mantém a cabeça virada pra trás.

Cabeça virada para trás. Braços e pernas abertos. Minha pulsação lateja nos ouvidos. A voz do Ryan está abafada, mas consigo ler os seus lábios.

— Relaxa. Respira.

Relaxa. Cabeça virada para trás. Braços e pernas abertos. Respira. Encaro as nuvens no alto e as árvores que se debruçam sobre o lago. Relaxa. Cabeça virada para trás. Braços e pernas abertos. Respira.

Dois pássaros circulam no céu. É uma dança brincalhona. Eles abrem as asas e deixam o vento suave puxar para cima e por cima do outro. Para baixo e para o lado. Meu Deus, eu queria ser livre. Queria ser um pássaro flutuando na brisa. Fecho os olhos e finjo que sou um pássaro. Meus músculos se derretem. A água faz uma melodia rítmica nos meus ouvidos. Para longe e para perto, para longe e para perto...

Sou um pássaro — flutuando na brisa. Um empurrão suave no fundo da mente sussurra que eu conheço essa sensação. Já tive essa sensação durante anos. Essa sensação de ser levada, de balançar, de flutuar. Estou flutuando. Através da água, ouço a voz doce e abafada do Ryan:

— Você conseguiu.

Abro os olhos e vejo aquele sorriso glorioso em seus lábios. O sorriso que é para mim, só para mim. Penso em sorrir de volta e percebo que já estou sorrindo. Estou sorrindo. Meu estômago se contrai, e as correntes voltam. Ai, meu Deus, não. Eu me apaixonei por ele. Eu fiz isso. Dei a ele poder sobre mim.

RYAN

A Beth é uma linda visão flutuante. Seu cabelo preto se movimenta na superfície da água, e o sorriso pacífico que eu adoro enfeita seus lábios. Seus olhos não têm mais a proteção vidrada. Estão calmos e profundos como o mar. Pela primeira vez, a Beth está me deixando ver sua alma e, se eu tinha alguma dúvida antes, não tenho mais. Estou apaixonado pela Beth Risk.

Ela pisca, e o sorriso desaparece. Várias gotas de chuva caem sobre o lago, e o som da tempestade que se aproxima vem pelas árvores. A Beth afunda, e eu a pego antes que a cabeça também afunde.

— Me solta! — Ela não aperta com tanta força quando a carrego até a margem. A chuva fraca fica forte e rapidamente encharca o meu cabelo. Coloco a Beth de pé, e meu coração afunda. Ela ergueu de novo um muro de proteção ao redor.

Então ela se ajeita e corre em direção à margem do bosque do Scott. Ela confiou em mim na água. Ela se importa comigo. Eu sei disso. A promessa que fiz a ela é para sempre — não vou soltá-la. Corro atrás dela e a pego pela cintura antes que ela entre no bosque.

— Droga, Beth! Para de fugir de mim!

Minha pulsação lateja pelo corpo. Ela está fugindo de mim desde o instante em que a conheci. Não importa quanto eu me esforce para segurá-la, ela sempre encontra um jeito de escapar.

Chega. Hoje não.

A água escorre pelo rosto dela, e o cabelo está grudado na cabeça. Ela treme violentamente sob a tempestade quente de outono. Esfrego seus braços.

— Me solta! — ela grita de novo, mais alto que o barulho da chuva.

— Não. — Levo a mão até seu rosto. Aqueles olhos que pareciam tão tranquilos instantes atrás estão alucinados de pânico. Quero que ela confie em mim. Quero que ela sinta o que eu estou sentindo. — Eu estou apaixonado por você.

— Não! Por favor, não! — Seu lábio inferior treme, e ela bate, sem sucesso, na mão que está segurando sua cintura.

— Me diz por que você está lutando contra mim. Do que você tem medo?

Suas unhas se enterram na pele do meu braço.

— Não tenho medo de nada.

— Eu te amo — digo de novo, e o pânico da Beth fica mais intenso. Ela empurra os meus braços. As palavras a assustam. Ela tem medo do amor. — Eu te amo, Beth.

Ela levanta o rosto, e um fogo queima seus olhos.

— Para de dizer isso!

— Por quê? — Sem intenção, eu a sacudo com delicadeza. Quero que ela diga a mesma coisa. — Eu estou apaixonado por você. Me fala por que eu não posso dizer isso.

— Porque você vai embora! — ela grita.

Seu peito oscila como se ela tivesse acabado de correr. Eu a seguro com mais força. A chuva bate no lago e nas árvores, criando uma surdez estranha em relação ao mundo ao redor.

— Eu não conseguiria fazer isso. — Nunca. Deixar a Beth seria como arrancar meu próprio braço. Eu nunca amei antes. Achei que tivesse amado, mas agora vejo que não. Esse sentimento devastador e envolvente é que é amor. Imperfeito e confuso como o inferno. E é exatamente disso que eu preciso.

Ela dá um passo para trás, e a chuva impede que eu continue segurando seus braços, mas faço o possível para conseguir. Meu coração dói.

A Beth está fazendo aquilo de novo. Está fugindo. O desespero domina meus músculos. Se ela for embora, vou perdê-la para sempre, e não posso permitir isso. Não quando acabei de encontrá-la.

— Não foge de mim.

— Tenho alma de cigana. — Ela arranca as mãos de mim e tropeça para trás. — A gente não vai dar certo juntos.

Por que ela está sempre escapando pelos meus dedos?

— É você que está me abandonando. Não eu.

Ela abraça a barriga enquanto continua andando para trás.

— Desculpa.

A raiva surge dentro de mim e me domina. Não sou uma pessoa de perder, e não vou perder essa garota. A Beth vira e corre para o bosque. Ela é rápida, mas eu sou mais. Eu a agarro pela cintura e a faço olhar para mim. Então enfio os dedos no cabelo dela e lhe dou um beijo.

Ela tem gosto de chuva fresca e cheiro de rosas esmagadas. Não me importa se ela não me beijar de volta. Levo os lábios até os dela e abraço seu corpo. Eu amo a Beth, e ela precisa saber disso. Precisa saber na cabeça dela. Mais importante, precisa saber no coração.

Seus dedos tocam levemente o meu pescoço, e eu saboreio seus lábios quentes. Ela responde beijando meu lábio inferior de um jeito hesitante. Mas então inclina a cabeça para trás e se entrega ao beijo. A língua dela se encontra com a minha, e eu juro que sinto o mundo inteiro explodindo à nossa volta. Suas mãos se enroscam no meu cabelo molhado, e ela pressiona o corpo contra o meu. Ela acaricia as minhas costas, e os meus dedos correm famintos pelos contornos suaves da sua cintura, depois descem mais, acompanhando as curvas das suas coxas. Não vou soltar essa garota. Não vou. Eu amo a Beth.

Ela ofega em busca de ar e puxa minha cabeça para mais perto do seu corpo. Meus lábios formam uma trilha de beijos pelo seu pescoço, e eu experimento cada sabor delicioso da sua pele.

Suas mãos deslizam para o meu peito, se fecham, e ela me empurra para longe enquanto dá um passo para trás.

— Não posso fazer isso! — E sai correndo pela chuva.

Estou encarando o computador desde as dez horas. Às onze, ainda estou do mesmo jeito. O cursor pisca. Não tenho palavras. A decisão precisa ser tomada. George, o zumbi, e Olivia, a humana, se apaixonam e ficam juntos, ou a Beth está certa? Estou forçando meus personagens a fazerem algo tão improvável que nenhum leitor jamais iria acreditar?

Meu celular vibra de novo. Dou uma olhada, cheio de expectativa. Talvez seja a Beth. Afundo mais na cadeira. É a Gwen. De novo.

> Por que vc não está respondendo?

Porque não estou apaixonado por você. Ela não está acostumada a ser rejeitada. Como eu também não estou acostumado a rejeitá-la, o bombardeio de mensagens de texto e ligações ao longo da noite me corta ainda mais fundo a alma. Estou apaixonado por uma garota que não me ama.

Parte de mim quer responder a Gwen e voltar à vida que eu costumava ter. Nada era complicado naquela época. Nada doía demais nem parecia confuso. Tudo era planejado. Perfeito.

Por fora, é claro. Como eu não percebia que tudo por dentro estava bagunçado? Meus pais. O Mark. Eu e a Gwen. A Lacy. O Chris é uma bagunça? O Logan? Quantos de nós estão fingindo tudo por fora? Fingindo que são algo que na verdade não são? Melhor ainda, quantos de nós ainda terão coragem de ser quem são, apesar do que os outros pensam?

Desligo o monitor do computador e a luminária de trabalho, tiro a camisa e deito na cama, apesar de saber que o sono não vai chegar. O problema de sentir demais é que a dor me consome inteiro. Uma pulsação lenta e angustiante faz minha cabeça doer.

A chuva continua caindo no telhado. Uma frente fria que deveria chegar amanhã apareceu na região hoje e parou sobre a cidade. Uma parte de mim não quer que a tempestade termine. Essa foi a nossa chuva — minha e da Beth.

— Posso entrar?

Dou um pulo ao ouvir o som doce da voz da Beth vindo do lado de fora da janela aberta. Meus dedos se atrapalham com a tela, que bate na casa quando cai no chão. Estendo a mão para ela e a ajudo, ao mesmo tempo em que ela balança sobre a moldura uma das pernas vestida com uma calça jeans ensopada, depois a outra.

A luz fraca do despertador joga uma sombra azul esquisita sobre a Beth, que treme incontrolavelmente perto da janela. O cabelo molhado está grudado na cabeça, e as roupas, coladas no corpo. Pingos de chuva escorrem pelo seu rosto, e seus dentes batem.

— E-e-eu p-p-prec-cis-s-sav-v-va t-te v-ver.

— Aqui, usa isso pra se secar. — Envolvo seus ombros numa coberta, encaro a Beth para me convencer de que ela realmente está aqui, depois vasculho a gaveta. Pego uma camiseta e uma calça de moletom e dou para ela. Então me viro num movimento rápido e peço: — Se troca. Prometo que não vou olhar.

Apesar de querer. Ela está aqui, e vou fazer qualquer coisa para impedir que ela vá embora. A Beth parece essa tempestade: constante e insistente como um todo, mas, quanto mais eu me aproximo e tento agarrar as gotas individuais da chuva, mais a água escapa das minhas mãos.

Ouço o som do tecido molhado se movendo persistentemente sobre a pele dela, depois o do algodão sendo colocado por sobre a cabeça.

— Pronto — ela diz baixinho.

Inspiro profundamente e reprimo um gemido. Ela vai me matar. Minha camiseta vai até a metade das suas coxas nuas.

— Você vai vestir a calça?

A Beth dá de ombros.

— Vai ficar larga e cair.

Ela está certa. Obrigo meus olhos a irem para o rosto dela.

— Estou feliz de você estar aqui. Eu estava preocupado com você. — Com a gente.

A Beth enrola a barra da camiseta.

— Não consigo dizer a mesma coisa que você.

E ela me esmaga e me transforma em nada.

— Mas eu quero — ela acrescenta.

Esperança. Existe um único fio, e ele mantém a Beth e eu vivos.

— Porque você quer me amar ou porque você me ama?

Ela alisa a camiseta e passa os dedos pelo cabelo.

— E se eu disser que sim? Que eu me sinto desse jeito?

Deixo suas palavras serem absorvidas. A Beth me ama. Meu coração se acalma, e eu engulo em seco para encontrar meu rumo.

— Porque, se eu disser que sim... — Ela para, e eu começo a me perguntar se ela está tremendo de frio ou de emoção. — E você... — Então ela respira fundo, depois levanta a cabeça, e seus olhos apelam para os meus. — Não consigo dizer, mas eu... eu quero estar aqui... com você.

Ainda estamos em terreno instável, a Beth e eu. Se eu fizer uma coisa errada, ela vai fugir. A chuva aumenta e bate com mais força sobre o telhado. Minha fita está amarrada no pulso dela. A Beth não acredita no que ela não vê. Ela precisa de um lembrete físico de que eu estou falando sério.

Meus olhos percorrem o quarto e descobrem o objeto perfeito na minha cômoda. Passo correndo pela Beth, agarro o frasco transparente e despejo o resto de colônia pela janela.

— O que você está fazendo? — ela pergunta, como se eu tivesse perdido a cabeça. Talvez eu tenha mesmo.

Seguro o frasco na chuva e observo o fluxo constante enchê-lo. Quando tem o suficiente para a Beth ver claramente, fecho o frasco e dou a ela.

Ela levanta uma sobrancelha cética, mas aceita.

— Essa é a nossa chuva, Beth.

Sua mão treme um pouquinho para demonstrar a confusão, e eu esfrego a nuca, buscando coragem.

— Eu disse que te amava nessa chuva e, quando você duvidar das minhas palavras, quero que você olhe para esse frasco.

A testa da Beth franze, e ela encara o presente.

— Eu não... — ela começa. — Eu não tenho nada pra te dar.

— Você está aqui — respondo. — É tudo o que eu quero.

Seus dedos apertam o frasco.

— Ainda não consigo dizer.

— Não tem importância.

A Beth engatinha até a minha cama, e eu me junto a ela, como fizemos na primeira noite em que ela veio até o meu quarto. Se ela precisa de espaço, vou lhe dar espaço. Dessa vez, ela imediatamente coloca a cabeça sobre mim. A pele nua do meu peito grita por causa do cabelo molhado e frio. Eu me concentro em não recuar nem tremer. Não vou dar motivo para ela se afastar.

Seu braço relaxa sobre a minha barriga, e sua mão agarra o frasco de chuva.

— Estou com medo — ela confessa.

Será que suas fugas acabaram? Estou dando meu coração a uma garota que vai despedaçá-lo? Decido não pensar nisso e a abraço com mais força, puxando-a para mais perto de mim.

— Eu também. Mas a gente vai ficar bem. Eu prometo.

— Você poderia me machucar muito, se quisesse.

— Mas não vou.

— Diz de novo — ela sussurra, com uma sinceridade profunda na voz que me diz tudo o que eu quero ouvir. Meu coração explode, e um calor agitado e poderoso corre pelo meu sangue. Ela me ama. Eu sei que sim.

— Eu te amo. — Beijo o alto da cabeça dela, me sentindo mais completo do que nunca na vida.

— Posso ficar mais um pouco? — ela pergunta.

— Pode.

Então ela molda seu corpo ao meu, e nós nos aninhamos. Fecho os olhos, querendo dormir. A Beth está aqui, e ela é minha. Em silêncio, prometo que nunca vou deixá-la.

BETH

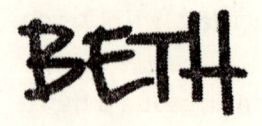

Sentado na caçamba da caminhonete do Logan, o Ryan me mantém aninhada entre suas pernas, as mãos apoiadas nos meus quadris. Seu moletom me envolve como um minivestido, e o calor do seu corpo me protege da noite fria de outono. Ele me embrulhou numa bolha pequena e quentinha. A madeira da fogueira estala e gera um aroma agradável que me relaxa. Eu me aninho nele, e as vibrações rítmicas profundas de sua voz me acalmam com uma sensação de tranquilidade. O Ryan criou a sensação do calor de edredom-recém-saído-da-secadora.

Ele passa a mão no meu cabelo e sussurra:

— Você está quase dormindo. Quer que eu te leve pra casa?

— Estou acordada.

Finjo que ele vai me abraçar para sempre. Hoje, liguei para a minha mãe antes da ginástica. Como sempre, as boas notícias vêm acompanhadas das ruins. Ela tirou o carro da apreensão, mas também pagou a fiança do Trent e, de alguma forma, ficou chocada porque a prisão não mudou seu comportamento tempestuoso. Ela me pediu para pegá-la uma semana depois da segunda-feira — depois que ela receber o cheque do seguro social. Tenho mais dez dias com o Ryan.

Ele beija o alto da minha cabeça e volta à mesma discussão que ele e os amigos tiveram todos os dias na hora do almoço — os jogos decisivos de beisebol. A Lacy está sentada perto de mim na mesma posição com o Chris. Ela está bebendo uma cerveja long neck.

— Fico feliz que você e o Ryan estejam juntos. É legal ter por perto alguém que nunca diz a palavra *beisebol*. — A Lacy dá outro gole e balança a cabeça. — Retiro o que eu disse: não é alguém. Fico feliz que seja você, feliz que você tenha voltado.

Ela está alta. Eu não. É estranho estar numa festa e não estar chapada. As duas últimas semanas foram estranhas. Agora que o Ryan fez o que quer que seja que as pessoas populares fazem para anunciar seus compromissos, os amigos dele me tratam como uma deles, e não tenho certeza de como me sinto em relação a isso. Quer dizer, eles são atletas. Todos os caras ao redor ou sentados nessa caminhonete são atletas corpulentos e que-não-conseguem-parar-de-falar-em-beisebol. Nenhum deles me fez sentir inconsequente ou esquisita. Eles não são nem um pouco parecidos com o Luke e seus amigos, que bebiam em todas as oportunidades. Nenhum desses caras tocou em álcool hoje à noite. O Ryan e os amigos têm um jogo de manhã e querem estar cem por cento.

A Lacy estende a mão e a balança até que eu a pegue.

— Estou feliz por ter uma melhor amiga de novo.

— Okay. — O Chris a pega nos braços. — Ela está ficando sentimental, o que significa que é hora de dançar. — Com a Lacy rindo descontroladamente, ele vai com ela no colo até o grupo que está dançando perto da fogueira.

Os lábios do Ryan roçam na minha orelha, provocando arrepios sedutores pelo meu corpo.

— Vamos dar uma volta?

Pra qualquer lugar.

— Vamos.

Ele salta da caminhonete e, quando eu me arrasto até a ponta, coloca as mãos no meu quadril para me ajudar a descer. Não preciso da ajuda dele. Sou perfeitamente capaz de descer sozinha, mas gosto da sensação de suas mãos em mim. Seu calor queima através das minhas roupas, e sinto minha pele arder.

Ele me levanta, e meu corpo lentamente desliza no dele. Quero beijar o Ryan e, pela fome que escapa dos seus olhos, ele também. Ele pega a minha mão e me leva para longe da fogueira e das outras pessoas. Vamos para o bosque e para um mundo só nosso.

A lua cria um brilho prateado, e o murmúrio do riacho dá uma sensação mística ao momento. A escuridão não é tão apavorante com o Ryan. Com ele, posso acreditar que sou uma princesa com uma coroa de flores e fitas na cabeça, e ele é meu príncipe, que jurou me proteger dos males da noite.

O Ryan solta minha mão e vira a aba do boné de beisebol para trás, um sinal claro de que vai me beijar. Minhas entranhas se reviram. A arrogância permanente que exala do Ryan diminui, e ele enfia as mãos nos bolsos enquanto se balança.

— Eu não ia participar do concurso literário, mas agora vou. Conversei com o treinador hoje e disse que não vou jogar no próximo sábado.

— Por que você não ia participar do concurso? — Estou confusa. O Ryan tem um dom. Por que não o usaria?

— Meu pai, ele não queria... — Ele balança a cabeça. — Isso não é importante pra ele. Mas você abriu os meus olhos para muitas coisas, e eu queria que você soubesse que é uma parte grande disso tudo. Uma parte enorme. — Ele dá de ombros e, pela primeira vez, eu o vejo inseguro. É estranho ver isso em alguém que sempre é perfeito.

— Você vai ser perfeito. — Algumas vidas são abençoadas. A dele é. A minha não. Não tenho certeza de como ajudei, mas pelo menos ele vai ter mais uma boa lembrança de mim. Tenho dez dias para criar o máximo de lembranças boas para nós dois. Não quero que ele me odeie para sempre. Quero que ele olhe para o tempo que passamos juntos e sorria.

Ele inspira profundamente, e seu desconforto me deixa inquieta.

— Meus pais vão viajar por uma semana a partir de amanhã. Só vão voltar no outro domingo.

Maravilha.

— Posso usar a porta da frente?

— Pode. Se você quiser. Não me entenda mal, eu quero que você vá... Quer dizer, quero que você durma comigo... — O Ryan deixa escapar um palavrão entre dentes. — Quero que você vá na minha casa, mas só se você quiser.

Se fosse qualquer outra pessoa tropeçando nesse desconforto, eu ia rir, mas, como é o Ryan, engulo as risadinhas.

— Você está me pedindo pra transar?

Os olhos dele se arregalam.

— Não. Eu nunca pediria isso. Quer dizer, pediria. Um dia. Agora, se eu pudesse. Mas não. Não. Vamos esperar. Ai, que inferno, Beth, dá pra eu foder esse momento mais do que eu já fodi?

Sorrio ao ouvir a palavra *foder*, e o Ryan percebe. Ele diz uma palavra que eu achava que só saía da minha boca. O rosto do Ryan fica vermelho, e isso me faz corar. Meu Deus, estamos agindo como dois virgens.

Na verdade, a semana toda estamos agindo como virgens. Fazemos uma dança desconfortável quando eu entro no quarto dele e subo na cama. Ele espera uma eternidade para me beijar, não importa quantos sinais eu dê. E, quando a gente realmente se beija, o fogo entre nós é mais quente que as chamas do inferno. Aí chegamos a um ponto em que nenhum de nós quer cruzar a linha. Estou acostumada com caras forçando a barra. Acho que eu poderia ultrapassar os limites, mas a ideia me assusta. Esse sentimento de garotinha fresca me dá vontade de dar um tapa em mim mesma. Não é como se eu nunca tivesse visto um pênis.

O Ryan ajeita o boné, e eu inclino a cabeça quando entendo a agonia que deforma seu rosto lindo.

— Você é virgem — digo.

Xingo internamente quando o Ryan vira o boné de novo e puxa a aba com força sobre o rosto. *Vai em frente, Beth, envergonha o cara mais um pouco. Por que não pergunta também se ele tem pinto pequeno?* Nem me fale em foder as coisas. Essa não é a lembrança que eu quero que o Ryan tenha de mim, mas a revelação dele garante que eu vou lhe dar algo que ele jamais vai esquecer: a primeira vez.

Diminuo a distância entre nós. Ele está tenso quando o abraço e pressiono o rosto no seu peito.

— Não me importa. Na verdade, isso te torna mais perfeito.

Ele suspira profundamente, e seu corpo relaxa sob o meu toque. As mãos fortes acariciam as minhas costas e passeiam pelo meu cabelo.

— Não sou perfeito, Beth.

— É, sim.

— Ryan! — grita o Chris perto da margem do bosque. — Chega a bunda até aqui. O Logan aceitou um desafio.

— Claro que sim — murmura o Ryan, mantendo o braço no meu ombro e me levando de volta para a clareira.

O Logan está do lado do Chris com um sorriso maluco no rosto.

— Você ainda tem aquelas cordas de bungee jump no jipe?

— Tenho — responde o Ryan, hesitante.

Um brilho empolgado que assusta até a mim surge nos olhos do Logan.

— Ótimo. Vamos.

O Chris e o Logan vão em direção aos carros estacionados. Cutuco o Ryan quando ele fica parado.

— Vai.

Ele desenha círculos no meu braço.

— São só alguns minutos.

— Não me incomodo de você passar um tempo com os seus amigos.

A sinceridade flutua em seus olhos.

— Mas vou te deixar sozinha.

— Não sei se você percebeu, mas às vezes eu prefiro ficar sozinha.

O Ryan vira o boné de novo, se inclina para baixo e seu beijo aquece regiões que o moletom não pode tocar. No instante em que os lábios dele se afastam dos meus, ele tira o boné de beisebol e o coloca na minha cabeça. Ele ri quando a aba cai para frente e cobre o meu rosto. Sem querer que ele pegue de volta, eu viro o boné e uso ao contrário.

— Você tem um cabeção.

— Não — ele diz. — Você que é pequena.

Orgulhosa, observo-o andar a passos largos pela grama. Ele é um atleta natural, com os ombros largos e os braços fortes. Meu coração dança. Pelos próximos dez dias, ele é meu.

— Não acredito que você deixou o Ryan colocar esse boné na sua cabeça. Ele sua aí dentro. — A Gwen surge da escuridão, e eu imediatamente penso no meu medo de demônios espreitando nas sombras, prontos para me agarrar no meio da noite.

— Eu não ligo.

— Se eu fosse você, também ia querer esconder meu cabelo — ela diz, ficando anormalmente perto de mim.

Estou ficando boazinha, se ela acha que está segura falando comigo desse jeito. A Allison ia adorar essa garota. Elas têm o mesmo péssimo gosto para roupas.

— Eu lembro de te empurrar no chão e fazer você chorar por sacanear a Lacy quando a gente era criança.

— Eu lembro de você usar o mesmo maldito vestido cheio de furos e aquelas fitas ridículas. — Ela encara o meu pulso, depois a minha calça. — Estou vendo que seu gosto não mudou.

— Não — digo. — Mas o do Ryan mudou.

O rosto dela fica vermelho e eu sorrio. Cara, como eu gosto de ser eu. Tenho que dar crédito a ela: a Gwen rapidamente volta ao jogo.

— Olha, estou tentando ser útil. Os boatos na escola dizem que o Ryan só está com você por causa de um desafio. O Ryan e os amigos dele levam os desafios muito a sério, e ele te arrastaria junto pra vencer. Não me entenda mal, ele é um cara legal, mas é um cara, sabe? Eu odiaria ver você sofrer depois que o desafio terminar.

Meu corpo todo fica tenso. É verdade. Ele me chamou para sair por causa de um desafio, mas não sou mais um desafio. Não sou.

— Uau, Gwen. Obrigada pela preocupação. É agora que você vai me pedir pra fazer uma trança no seu cabelo e depois a gente vai dar risadinhas sobre chegar à primeira base com um garoto?

Ela enrosca o cabelo dourado no dedo. Eu devia levar essa garota até o Scott como prova B de por que eu odeio as loiras.

— Estou tentando ser sua amiga, Beth.

— Se você quisesse ser minha amiga, não teria tentado enfiar a língua na garganta do Ryan na última terça-feira, quando encurralou o cara depois do treino de beisebol.

O sangue some do rosto dela, e eu dou um risinho malvado para memorizar a vergonha que ela está passando. Ela não achou que ele ia me contar.

— Pareço um desafio agora?

— Por que você ainda não desistiu da corte do baile? As fotos do anuário vão ser tiradas na semana que vem, então essa é a hora de você desistir.

— Não vou desistir. — Vou embora em breve, mas não vou desistir. O Ryan me encantou e eu perdi o desafio. Tenho dez dias para manter minha palavra com ele.

A Gwen me olha com frieza.

— Achei que você não queria ser nomeada.

Dou de ombros.

— Mudei de ideia.

— Você não vai ganhar — diz ela. — Algumas pessoas não gostam de você.

Minha coluna fica ereta.

— Onde você está vendo que eu me importo com o que as pessoas pensam de mim, porra?

— Pois devia — ela diz. — Porque o Ryan se importa. Se você gostasse dele, iria embora.

A Gwen não espera a minha resposta. Ela joga aquele cabelo loiro enjoativo sobre o ombro e sai desfilando como se fosse uma rainha. Demônios indesejados invadem minha mente, me provocando com suas palavras. Sou só um desafio. O Ryan não me ama. Eu não sirvo para ele.

Talvez ela esteja certa. Talvez não. Nada disso importa. Estou aqui por mais dez dias e, mesmo que não fosse assim, eu tenho um frasco de chuva para provar que ela está errada.

RYAN

O Chris e eu ultrapassamos uma mulher com três crianças berrando e um velhinho protegendo os carrinhos de compras. É terça à noite e, por insistência do Chris, eu dirigi até Louisville com ele para fazermos compras no Super Walmart.

— Você quer me contar por que a gente está aqui? — pergunto. Tem um Walmart perto da rodovia em Groveton, mas é bem menor e trinta anos mais velho.

— A gente conhece as pessoas que trabalham no nosso Walmart. Mais importante: nossos pais conhecem as pessoas que trabalham lá. — O Chris vira para a direita, para longe da seção de alimentos, e em direção à farmácia.

— E daí?

— Você quer manter a Beth em segredo pros seus pais, né?

Eu me encolho quando ele coloca as coisas desse jeito, mas, no fim, é verdade. Quero que a Beth seja minha namorada em todos os aspectos da minha vida, mas preciso escolher minhas batalhas. Vou me concentrar no concurso literário, tomar a decisão de ir para a liga profissional ou para a faculdade e, depois, cuidar de manter a Beth.

— O que isso tem a ver com o Walmart?

O Chris entra num corredor e acena para a mercadoria na frente dele.

— Isso.

Camisinhas. Por toda parte. Coço a nuca e tento pensar em alguma coisa para dizer, mas não existe uma declaração que possa tornar esse momento menos desconfortável.

— Você precisa de camisinhas — diz ele.

Mergulhamos no corredor lotado na frente da farmácia. A mulher de meia-idade com as três crianças nos olha quando passa.

— Estou indo devagar com a Beth.

— Devagar não inclui a posição em que eu vi vocês dois ontem. Fico feliz se você estiver feliz, mas nenhum de nós vai ficar feliz se pequenos Ryans e Beths começarem a sair daquela garota.

Argumento aceito. Sexo pode não estar nos planos, mas é melhor estar preparado.

— Qual você usa?

Ele dá de ombros.

— A normal. Você vai encarar o concurso literário?

— Vou. — A normal. Isso diminui as opções. Analiso o estoque na minha frente. Colorida, com linhas em relevo, lubrificada e, como essa experiência não é vergonhosa o suficiente, elas têm diversos tamanhos.

— A gente precisa de você contra o time da Eastwick — diz o Chris sem emoção. — Estamos um jogo atrás do time da Northside, então precisamos de duas vitórias para chegar ao primeiro lugar. Se a gente não ganhar contra a Eastwick no sábado, não vai ter importância ganhar ou perder contra a Northside na segunda.

— Não posso jogar totalmente nos dois jogos, de qualquer maneira. Tem uma lei estadual sobre quantas entradas eu posso arremessar, lembra? — Como eu devo saber qual é o meu tamanho? Não saio por aí encarando o pau dos caras. Não acho que eu seja pequeno e certamente não compraria pequena mesmo que fosse. O cara tem que ter um pouco de orgulho.

— Mas você podia garantir a nossa vitória no sábado contra a Eastwick, depois jogar as últimas entradas contra a Northside. Você já tirou a gente do buraco antes nas últimas entradas e, se a gente afundar na segunda, você pode tirar de novo. Compra a que brilha no escuro. Aposto que a Beth gosta de coisas estranhas.

Meu estômago se contrai.

— A Beth não gosta de coisas estranhas.

— Eu vi a tatuagem dela. Ela é uma garota do tipo coisas estranhas. Olha, eu entendo que você não quer desistir de uma competição, mesmo que seja de redação, mas não vou mentir. Você está assustando o time. Você é o líder, cara, e o que significa quando o nosso líder abandona um jogo? Os caras estão começando a perguntar se você está perdendo a mão.

Concentro meu olhar no Chris.

— O que isso significa?

Ele encontra o meu olhar, e eu descubro que ele é um dos "caras".

— Eu nunca vi você desistir de um desafio na minha vida, e você desistiu de um com a Beth. Simplesmente saiu fora.

— Não desisti. Eu me apaixonei por ela.

— Exatamente. Você podia ter ganhado o desafio levando a garota pra festa seguinte, mas levantou a bandeira branca no instante em que ficou com ela. Ela te prendeu, e quero ter certeza que ela vale a pena.

Sem gostar do tom ou do rumo da conversa, cruzo os braços sobre o peito.

— O que você está tentando dizer?

Os músculos do Chris ondulam quando ele se aproxima de mim.

— Você mudou desde que ela chegou em Groveton, e não tenho certeza se eu gosto disso. Antes, era com a gente e com o beisebol que você se importava. Depois ela chega e é você, eu, a Beth, escrever e, às vezes, o beisebol. Você nunca tinha falado em ir pra faculdade, e agora não quer ir pra liga profissional. Quem diabos é você, afinal?

Quem diabos eu sou? Melhor perguntar quem diabos é o cara na minha frente. Dou um passo atrás, fico à distância de um golpe e, pela primeira vez, estou disposto a bater no meu melhor amigo.

— Sou o mesmo cara que liderou esse time ano após ano, e sou o mesmo cara que te incentivou a namorar a nossa melhor amiga. Não posso fazer nada se você nunca me olhou de perto o suficiente pra ver que eu podia ser mais do que um cara com uma bola e um taco.

Nós dois nos encaramos. Sem piscar. Sem nos mexer. Até que o Chris flexiona os dedos e aponta para uma caixa de camisinhas com bolinhas em relevo.

— Aquela também é esquisita.

Puxo a aba do boné. Que porra é essa? Parte de mim quer socar o Chris e a outra quer perguntar o que aconteceu ali entre nós. Escolho o caminho mais fácil e o incentivo.

— Me mostra a que você compra.

E se ela gostar de coisas esquisitas? E se ela quiser com linhas em relevo? Quando é que a gente precisa da lubrificada? Eu nem quero pensar no tipo que diz que vai fazer a garota formigar.

— Ela tem alergia a látex? Seria um saco se ela tivesse. Ouvi histórias de garotas que incham como baiacus e são levadas às pressas pra emergência.

Meu coração para.

— Sério?

— Não, estou te zoando, mas eu perguntaria sobre a alergia a látex antes de colocar.

Duas adolescentes passam pelo corredor. Uma delas bebe uma raspadinha e enrola o cabelo. Elas se entreolham e dão um risinho. O calor esquenta a minha nuca.

— Eu não sou você, Ry — diz o Chris depois que elas viram a esquina. — Não vou pra faculdade, e a liga profissional não está batendo na minha porta. Ganhar o estadual esse ano é meu sonho, e eu preciso de você pra isso. Me promete que não vai deixar que nada atrapalhe esses planos.

Desde que eu tinha sete anos, eu olho para a direita e vejo o Chris me apoiando entre a terceira e a segunda base. Ele salvou jogadas que eu estraguei por causa de um arremesso. Minhas entranhas se reviram com a revelação assustadora: não importa o caminho que eu siga depois da formatura, o Chris não vai mais ser o cara à minha direita.

— Vocês conseguem enfrentar o time da Eastwick sem mim, e você sabe disso. A Northside é que tem bons rebatedores. Na primavera, a gente vai pro estadual. O único jogo que eu vou perder é o de sábado, e eu não desistiria se não soubesse que vocês conseguem segurar essa onda.

O Chris me avalia e, em silêncio, imploro para ele aceitar isso. Ele é meu melhor amigo, e eu preciso que *a gente* fique bem. Ele me oferece a mão, e eu expiro.

— Promete, cara.

Aperto a mão dele.

— Prometo.

Um sorriso calmo se espalha em seu rosto.

— Escolhe uma e vamos sair daqui.

Tento mais uma vez.

— Me fala a que você compra.

O Chris coloca as mãos nos quadris.

— Eu nunca comprei camisinha. A Lacy quer esperar até depois da formatura.

BETH

É sexta à noite, e eu respiro profundamente antes de bater na porta. Tenho três dias antes de ir embora. O Ryan merece coisa melhor, mas hoje eu posso fingir que sou boa o bastante. A porta se abre, e meu coração acelera, para e dá um pulo quando o Ryan me lança aquele sorriso glorioso com a mistura certa de calor e covinhas.

— Oi — ele diz, e sua voz provoca arrepios agradáveis nos meus braços.

— Ei. — *Vou fazer amor com você hoje à noite.* Fico envergonhada, desvio o olhar e quero me chutar. Onde está a garota que assusta jogadores de futebol americano com um olhar?

— Você chegou cedo. — Ele fecha a porta, e eu vou direto para o quarto dele. Duas vezes o Ryan tentou me convencer a ficar com ele em outro cômodo, mas estar em qualquer outro lugar dessa casa perfeita me lembra que eu nunca vou estar à altura.

— O Scott e a Allison foram dormir mais cedo. — Eu me encosto no vão da porta do quarto dele e tento acalmar as mil e uma borboletas que se agitam dentro de mim. — O Chris não vem aqui hoje, né?

— Não. Ele sabe que eu ia te ver hoje e que eu tenho que acordar cedo amanhã pro concurso literário. — O Ryan pega a minha cintura. Seus dedos escapam por baixo da minha blusa, fazendo círculos na minha pele.

Percebo um maço de papel amarrado com duas fitas rosa no meio da cama dele.

— O que é isso?

Ele dá um pouco de espaço entre nós, mas desliza os dedos nos meus.

— Uma cópia pronta de "George e Olivia". É sua. As fitas também.

— Que legal. — Porque é legal mesmo. O Ryan vai se sair bem em tantas coisas depois da formatura.

— Dá uma olhada na capa. — Ele me solta, e eu imediatamente sinto falta do toque.

Pulo sobre a cama, desamarro a fita e pisco.

Dedicado à garota que eu amo: Beth Risk.

Meus dedos folheiam as páginas como se acariciar as palavras fizesse com que elas se tornassem mais reais. O George era um conto para a aula. A Olivia nasceu porque o Ryan não conseguia parar de pensar na história. Ele dedicou a mim porque... porque ele realmente me ama.

Uma pontada de dor queima no meu peito. Eu poderia ser feliz aqui em Groveton. O Scott não é tão ruim. Na verdade, eu meio que gosto de acordar de manhã e contar a ele sobre a escola. Gosto de como o Scott acena com a cabeça enquanto eu falo e, quando eu paro, como ele faz perguntas para mostrar que escutou o que eu disse. Adoro sentar na aula ao lado da Lacy e ouvi-la tagarelar fofocas inúteis. Adoro a aula de saúde e, apesar do que a Allison diz, estou me tornando fã de ciências. Gosto de ver o Logan, o Chris e o Ryan competirem uns com os outros. Eu gosto... eu gosto...

Passo a mão no papel de novo. Eu amo o Ryan. Estou apaixonada por ele. Adoro como ele sorri. Adoro o jeito como ele se mexe. Adoro suas mãos no meu corpo e seus lábios nos meus. Adoro como ele ri. Adoro como ele me faz rir. Adoro como ele consegue afastar minha dureza e fazer com que eu me sinta alguém que vale a pena amar.

— É perfeito.

RYAN

No meio da minha cama, a Beth toca a capa do conto pela terceira vez. Ela gosta do presente. A ansiedade enjoada que eu senti o dia todo some. O colchão afunda quando eu sento ao lado dela. A vermelhidão colore seu rosto quando eu passo os dedos na sua pele. É difícil acreditar que ela é a mesma garota da Taco Bell. A Beth estava dura e fechada naquela noite. A garota na minha cama é aberta e suave.

As diferenças físicas são óbvias. Passo a mão pelas mechas de cabelo macias e sedosas, e ela se afasta. Ela odeia o que eu vejo, mas eu não. Dois centímetros e meio de loiro-dourado aparecem nas raízes. O loiro destaca o preto do resto do cabelo. Eu adoro o preto. Adoro o loiro. Odiaria ver qualquer um dos dois desaparecer. De alguma forma, as duas cores ficam bem nela.

Pego o original das suas mãos e coloco na mesa de cabeceira. Suas mãos tremem, e ela morde o lábio inferior. Ela está nervosa, e eu não sei por quê.

— Você está bem?

Ela faz que sim com a cabeça, mas se recusa a me olhar.

— Eu queria ser perfeita pra você.

— Você é perfeita pra mim.

A Beth repousa a mão na parte interior da minha coxa, e seus dedos traçam lentamente a costura dos meus jeans. O fogo corre por mim e chamas lambem áreas muito próximas dos seus dedos. Então ela começa de novo.

— Não, eu queria... — E para.

Apesar de parte de mim não querer nada além de que ela continue me tocando, obrigo minhas mãos a pegarem as dela. Quando a Beth tem dificuldade com as palavras é porque ela está prestes a dizer alguma coisa que vale a pena ouvir. Suas emoções me confundem. Talvez hoje à noite ela finalmente consiga a coragem para dizer o que eu desejo ouvir.

— Eu queria... — Ela suspira. — Eu queria nunca ter transado com o Luke. Queria voltar atrás em tantas coisas, mas não posso. Queria ser digna de você.

A Beth está na minha cama. Seu corpo está perto do meu, e seus dedos me seguram, mas algo na sua voz me faz pensar que ela está escapando de novo.

— Eu não sou perfeito — digo a ela. — E você é exatamente quem eu quero que seja: você.

— Quero que você seja feliz — ela diz, e, apesar de estar fisicamente perto de mim, encaro seus olhos e vejo o vidro criar uma parede.

A Beth desliza uma perna sobre o meu corpo e monta em cima de mim. Suas partes estão bem em cima das minhas, e o fogo ameaça se tornar um inferno. Ela entrelaça os dedos no meu cabelo, provocando arrepios no meu pescoço e na minha coluna. Seus lábios roçam na minha orelha, depois me dão uma mordidinha. Uma brisa quente faz cócegas perto do meu ouvido.

— Deixa eu te fazer feliz.

Minha mente está uma confusão, e uma vozinha grita para mim que ela vai embora. Mas não pode ser. Ela está aqui, na minha frente, me deixando louco pressionando seu corpo contra o meu. Minhas mãos agarram seus quadris em movimento, mantendo a garota fisicamente perto. Ela agarra a bainha da minha camisa, e eu a deixo tirar. Suas unhas sussurram nos músculos do meu abdome, e não existe mais nenhum pensamento claro quando ela explora mais embaixo.

Caímos de costas na cama, e a Beth continua a se mover comigo. Solto um gemido quando seu cabelo roça no meu peito e seus lábios beijam o meu pescoço. Encostada na minha pele, sua boca se curva num sorriso. Minhas mãos passeiam por baixo da sua blusa. Seu corpo está fervendo sob o meu toque, e eu quero a pele dela roçando na minha. Arranco sua blusa e beijo aquele ponto abençoado entre os seios.

A Beth ofega, e eu não quero mais que ela esteja no controle. Quero isso. Quero ser a pessoa que vai fazê-la feliz. Quero fazer com que ela se sinta bem. Abraço sua barriga e a jogo na cama de costas. Adoro a sensação dela debaixo de mim.

Ela enrosca as pernas nas minhas, e seus dedos entrelaçam o meu cabelo, me provocando a descer de novo. Minha mão desliza pela curva da sua cintura, e quero tocar em lugares que eu sei que vão fazer com que ela se movimente no mesmo ritmo que eu. Meus dedos vão até sua barriga, e hesito quando entro em contato com a argola do umbigo.

De repente, nossa primeira noite juntos no celeiro aparece na minha mente. Fiz uma pergunta naquela noite, e ela nunca respondeu. Eu me afasto dela, apesar de suas mãos me pressionarem a ficar.

— O que significa a sua tatuagem?

BETH

O que significa a minha tatuagem? Cinco segundos atrás, meu corpo estava queimando, e essas palavras me congelam como se eu estivesse no vento ártico. O Ryan tira meu cabelo do ombro e inclina a cabeça enquanto espera uma resposta.

Eu o olho fixamente no momento em que o demônio dentro de mim luta contra o desejo de contar ao Ryan algo que eu nunca contei a ninguém.

— Significa liberdade.

O Ryan se ajeita para o corpo dele tocar o meu. Seu abdome ondula quando ele se mexe. Ai, meu Deus, ele é incrível, e eu estou sem blusa na cama dele, e ele quer conversar. O Ryan consegue ser tão... tão... frustrante.

— Por que você escolheu essa tatuagem?

Desvio o olhar e bufo. Existem alguns segredos que são só meus. Por que o Ryan não pode me acompanhar? Por que ele não me deixa dar a ele essa noite? Eu me inclino para cima e beijo seus lábios. O Ryan corresponde, mas pouco. Caio de volta na cama.

— Você é hétero, né?

Ele dá um risinho.

— Muito. — E, para provar, faz meus dedos do pé se encolherem quando passa um dedo no vale estreito entre os meus seios, desce pela minha barriga e brinca com meu jeans de cós baixo. — Estou morrendo neste exato momento.

Eu me recuso a dar a ele a satisfação de fechar os olhos de tanto prazer. Eu devia ganhar outra medalha por isso.

— Então por que a gente está conversando?

— O que você sabe sobre mim? — ele pergunta.

Dou de ombros.

— Muita coisa.

— Me fala algumas.

Tuuuudo bem.

— Você adora jogar beisebol e escrever. Seu irmão gay é capaz de dar uma surra em muitos homens.

O Ryan ri, e eu sorrio. Adoro o riso dele. Parece música.

Uma dor escurece seus olhos, e sua mão para de brincar com o elástico da minha calcinha.

— Você sabe muito mais do que isso.

— Sei.

Junto os dedos aos dele e desejo poder eliminar sua dor. Sei que os pais dele se odeiam e que essa viagem é uma tentativa de salvar o casamento. Eles não vão se divorciar, mas estão tentando reacender a chama. Também sei que observar a família se destruir está matando o Ryan.

Mais importante, além de toda a dor que o machuca, sei que eu provoco um sorriso no rosto dele e sei que ele me ama.

— Eu sei muito pouco sobre você e quero saber tudo.

E acabou o clima.

— Você sabe muito.

Ele sabe o suficiente. Eu rolo para o lado e pego minha blusa sobre o travesseiro. O Ryan pega a blusa de mim e a joga para o outro lado do quarto.

— Você não vai mais fugir de mim, Beth.

Uma raiva quente se espalha pelo meu sangue.

— Não vou fugir. Achei que a gente ia se curtir hoje à noite, mas obviamente você não está a fim.

— Me fala do seu pai. — O Ryan fica deitado de um jeito preguiçoso na cama enquanto eu estico as costas perto do travesseiro dele. Como ele pode ser tão arrogante a ponto de achar que merece respostas?

— Isso não é da sua conta. — Não é da conta de ninguém.

— Ah, vai. Me conta alguma coisa. Me fala da sua mãe. — A voz dele fica provocante, e eu encolho as pernas até o peito.

— O nome dela é Sky. — Pronto, falei alguma coisa.

— Você pode fazer melhor do que isso. — Uma raiva se esconde no tom paciente. — Me conta por que o Scott não te deixa ver a sua mãe. Me fala alguma coisa. Qualquer coisa. Uma vez você me disse que não tinha medo de nada. Agora estou vendo que você mentiu, porque está apavorada.

Minha cabeça dá um pulo para cima.

— Vai se foder.

O Ryan não se encolhe.

— Me conta por que você voltou pra Groveton. Por que você não está em Louisville com a sua mãe?

— Eu fui presa, tá? — Minha pulsação lateja em cada ponto de pressão do meu corpo. Será que é o fim? O golpe final que vai fazer com que ele se afaste de mim de uma vez? Três dias. Tenho três dias antes de ir embora, e não era assim que a noite de hoje devia ser.

Sem esperar essa resposta, as sobrancelhas do Ryan se juntam. Um enjoo revira o meu estômago. Ele está me julgando. Eu sei. Ele pega o meu tornozelo antes que eu consiga descer da cama.

— Você já sabe minha opinião sobre fugir. Por que você foi presa?

O suor escapa pela minha pele. Imagino os pensamentos na mente dele e o julgamento que vem a seguir.

— Isso importa?

Ele me solta, e seus dedos sobem pela minha perna e massageiam minha panturrilha através da calça jeans.

— Não me importa quem você era em Louisville, porque eu amo a garota que você é agora.

Amor. Essa palavra faz meu coração se agitar e minha cabeça doer.

— Então, por que você quer saber?

— Porque quero que você confie em mim.

Blá. Confiança.

— Estou quase pelada na sua cama. A gente podia estar fazendo muitas outras coisas.

O lado direito da boca do Ryan se curva para cima.

— E, se você me contar, talvez a gente chegue a fazer essas coisas.

Puxo o cabelo para frente. O que eu conto a ele? A história oficial ou a história verdadeira? Ele me contou do irmão e dos pais. Posso confiar nele.

— Minha mãe quebrou as janelas do carro do namorado babaca depois que ele bateu nela. Ele ia bater nela de novo, então eu peguei o taco e estava balançando sobre a minha cabeça pra bater nele quando a polícia apareceu. Minha mãe está em liberdade condicional, então eu assumi a culpa pelos danos materiais. Minha tia ligou pro Scott pra ele pagar a minha fiança, então... — Balanço a mão no ar. — Estou aqui.

Silêncio. Eu odeio silêncios. Silêncio significa pensar, e pensar significa julgar.

O Ryan se aproxima de mim e tira o cabelo do meu rosto.

— Você deixou a polícia te prender no lugar da sua mãe?

Sentindo falta da minha blusa, puxo os joelhos para cima de novo.

— Você não faria o mesmo?

— Beth. — Percebo a hesitação tensa na voz dele. — O que você fez foi admirável, mas não é normal. Você não devia ter que assumir a culpa pela sua mãe. Você não devia ter que pegar um taco de beisebol pra defender a sua mãe... nem ninguém.

Ele se endireita, e eu vejo a nossa ida a Louisville aparecer.

— Na verdade, você não devia tomar conta da sua mãe. Você sabia que ela estaria no bar, né? Você sabia o que ia enfrentar. Isso é maluquice. A sua mãe devia tomar conta de você, e não o contrário.

Minha garganta se fecha. Ele não conseguiria entender de jeito nenhum.

— É o que eu faço. Ela precisa de mim.

Ele passa a mão no rosto e sai da cama. O corpo dele pulsa com uma energia perigosa enquanto anda de um lado para o outro do quarto.

— Por que você estava brigando com o Isaiah naquela noite do lado de fora do barracão de treino?

— Por nada. — Dou uma resposta rápida demais, e o olhar agudo do Ryan me diz que ele sabe que estou escondendo a verdade.

Ele continua a andar pelo quarto.

— Ouvi ele dizer que o seu lugar era em Groveton, e foi nesse momento que você enlouqueceu. Você ia fugir naquela noite, né? Foi por isso que você ficou com raiva dele. Ele te impediu de ir.

O pânico revira no meu corpo, e eu pulo da cama. Onde foi que ele jogou a minha blusa? Preciso ir embora antes que ele descubra. Tem um bolo preto no canto. Dou dois passos, e braços fortes agarram a minha cintura.

— Eu já disse que você não vai fugir. — Os olhos castanho-claros do Ryan perfuram os meus. — No instante em que eu comecei a me importar com você, eu sempre senti que você estava escapando. Às vezes, quando você me beija, eu sinto que está se despedindo. Eu ficava repetindo que isso era coisa da minha cabeça. Que você tem medo de me amar, por isso recua. Mas é mais do que isso, né? O Scott não deixa você se aproximar da sua mãe, por isso você está planejando fugir com ela.

Dez minutos atrás, eu não queria mais nada além do corpo dele perto do meu. Agora, a proximidade dele é excessiva. Preciso de espaço e não consigo me mexer.

Seus dedos apertam a minha pele.

— Quando?

Minha boca fica seca, e eu encaro o chão. Não era assim que devia ser a noite de hoje. O Ryan aumenta a voz e grita:

— Quando?!

Não quero mentir para ele.

— Em breve.

Ele tira as mãos da minha cintura e me puxa até o corpo dele. Um corpo que poucos segundos atrás estava cheio de raiva. Meu coração se parte com o desespero da sua derrota. Sua testa encosta na minha, e sua mão prende o meu cabelo.

— Fica, Beth.

Fecho os olhos e me envolvo nele. Vou sentir falta disso: dessa força, desse calor, do amor do Ryan.

— Eu te amo, Ryan — sussurro, meio que esperando que ele não ouça. Por que tudo tem que doer tanto?

Seu corpo enrijece, e meu coração para. Talvez ele tenha ouvido. Então ele coloca as mãos nos meus ombros e delicadamente afasta o meu corpo do dele. Seus olhos passeiam pelo meu rosto.

— Não gosto de perder. Está me ouvindo? Eu não perco, e isso inclui perder você. Já cansei de ficar no escuro. Cansei de achar que você vai escapar de mim. Você não vai se despedir assim. Eu estou apaixonado por você, e você me ama. Você vai ficar.

O Ryan diz isso como se fosse uma decisão fácil. Como se eu pudesse abrir mão das minhas responsabilidades. Como se essas correntes que me prendem há anos pudessem ser removidas facilmente.

— Não posso.

A raiva e a confusão somem do rosto dele, e a calma e o controle que eu só vi quando ele estava na base de arremesso assumem o comando.

— Não vou te deixar ir embora.

Eu pisco. Como se ele pudesse me impedir.

— Você não vai me deixar ir embora.

— Não, não vou te deixar ir embora. Você é minha, e eu não perco. — Ele coloca as mãos nos quadris, e eu vejo a mesma arrogância que vi na Taco Bell. Como se dizer para que eu deixe minha mãe abandonada até morrer fosse a mesma coisa que pedir meu número de telefone.

— Isso não é um jogo. Existem coisas na minha vida que começaram antes de eu nascer. Não tenho escolha.

— Isso é besteira. Todo mundo tem escolhas, e eu fiz as minhas. Você não vai embora de jeito nenhum.

Ele está tão confiante que parte de mim acredita nele.

— Não vou?

— Não. Três meses atrás, você não tinha raízes aqui, mas agora tem.

— Raízes.

— Raízes, sim — ele repete. — Você está na corte do baile e começando a se dar bem na escola. Meus amigos te adoram. Você está mais próxima do Scott. Você tem a Lacy como melhor amiga.

Minha mente acelera, e minha respiração também. Eu construí uma vida aqui — em Groveton. Uma vida que eu curto. Uma vida que eu poderia manter. O Ryan me puxa para perto. Ele abaixa a cabeça, e seus dedos deixam um rastro ardente no meu rosto.

— Você tem a mim.

A emoção pura na voz dele me causa arrepios. Eu poderia tentar construir um muro, mas a intensidade do seu olhar me diz que ele conseguiria ver através de qualquer coisa. Os segundos se estendem entre nós. Seus lábios se aproximam perigosamente dos meus, mas ele os mantém afastados. Com a mão quente no meu rosto, seu nariz roça no meu maxilar, e eu tento respirar profundamente para acalmar minha pulsação.

O Ryan puxa as alças da minha calça jeans e me conduz de volta para a cama. Ele pega a minha mão e me faz deitar ao lado dele. Seus jeans estão abaixo do osso dos quadris, e eu engulo em seco.

Estou apaixonada por ele. Hoje à noite eu ia lhe dar uma lembrança de mim. Encontrei a confiança e estava no controle. Agora meu coração gagueja. Eu perdi o controle. Perdi a confiança. Minha mão treme quando eu toco seu peito nu.

— Quero que você confie em mim — ele diz.

O Ryan desce a mão pelo meu braço, e eu estremeço. Os sinais que ele emite são inconfundíveis. Há momentos tão importantes na vida de uma pessoa que você sabe que vai se lembrar deles para sempre. Esse momento é assim para mim e para o Ryan. Não estou seduzindo o cara, e ele não está me seduzindo. Em vez disso, decidimos ficar juntos.

Inspiro e solto as palavras antes de perder a coragem de falar.

— Eu confio em você. — E, por favor, por favor, não use isso contra mim.

— Eu estou apaixonado por você — ele sussurra.

— Você está com medo? — pergunto. Porque eu estou. Apavorada Antes eu estava ansiosa, mas não assustada. Agora não estou lhe dando uma lembrança. Estou lhe dando o meu coração.

— Não quero te machucar. Me avisa se machucar, e eu paro. — O Ryan desliza o dedão sobre o meu lábio inferior. O calor que ele provoca derrete o medo.

Incapaz de falar, eu aceno com a cabeça. Em movimentos dolorosamente lentos, o Ryan abaixa a cabeça e aproxima o corpo do meu. Seus lábios pressionam delicadamente os meus e, enquanto busco ar, sussurro as palavras para ele de novo:

— Eu te amo.

RYAN

Eu nunca estive tão perto de uma pessoa. Pele com pele. Pernas e braços envolvidos com força um no outro. Deitada na cama, a Beth está bem aninhada no meu peito e passa as unhas devagar, subindo e descendo, na parte interna do meu braço.

Beijo de novo sua cabeça, me alegro com o aroma de rosas e luto contra a vontade de fechar os olhos. Todos os meus músculos adormeceram, e minha mente passeia preguiçosa, mas quero aproveitar esse momento um pouco mais.

— Tem certeza que eu não te machuquei?

Ela já respondeu antes, mas a ansiedade ainda rasteja lá no fundo. A Beth me olha por baixo dos cílios longos e escuros.

— Eu estou bem.

O nível de ansiedade aumenta. Saímos de estar ótima para estar bem.

— Eu te machuquei. Fala a verdade.

— Queimou um pouco, mas eu estou bem. Não é como se você... — Ela deixa a frase no ar.

O calor queima o meu rosto e o meu pescoço. Não é como se eu tivesse demorado muito.

— Vou melhorar. Vou treinar, e aí nós dois vamos nos sentir ótimos.

A Beth dá um risinho, e sua alegria alivia a ansiedade.

— Treinar? Em algum momento você desliga o modo atleta?

— A gente devia criar uma agenda. Talvez se alongar um pouco antes.

A Beth ri alto, e o som doce esmaga o meu coração. Ela raramente deixa a felicidade dominá-la e, como se ouvisse isso, solta um suspiro carregado. Seu corpo fica mais pesado no meu, e puxo a garota mais para perto. A Beth está muito errada se acha que pode me deixar.

— Eu estava pensando... — Seus dedos começam a rastrear o meu braço de novo, mas dessa vez o toque é tenso e apreensivo. — Talvez eu pudesse falar com o Scott sobre a minha mãe. Talvez ele pudesse me ajudar a ajudar a minha mãe.

Beijo sua cabeça de novo, fecho meus olhos em chamas e pigarreio. E aí eu fico com ela. Com a minha Beth.

— É uma ótima ideia.

— Você precisa dormir — ela murmura, grogue, no meu peito. — O concurso literário é amanhã.

— Eu te amo — sussurro em seu ouvido. Ela se aninha mais em mim, e eu percebo como sou babaca. Vou contar aos meus pais sobre a Beth assim que eles voltarem para casa, e vou entrar naquele baile de braços dados com ela. Foda-se o que a minha mãe e o meu pai pensam. Foda-se o resto da cidade. Foda-se a perfeição. Essa garota é minha.

BETH

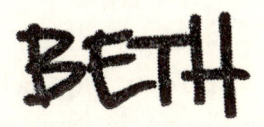

Acordo com o som de pássaros cantando felizes e raios de sol iluminando as partículas de poeira dançantes no ar. Um cardeal está pousado num arbusto do lado de fora do meu quarto na casa do Scott. O pássaro bate as asas e sobe em direção ao céu — à liberdade. Eu me pergunto se o pássaro do celeiro conseguiu escapar.

O cheiro de bacon e cebola passeia pelo ar. O Scott prometeu fazer batatas hash browns hoje de manhã. Salto da cama e fico surpresa com a imagem no espelho. Estou sorrindo. É mais do que isso: estou diferente. A noite passada me tornou diferente. Meus olhos brilham como os do Scott quando ele está perto da Allison. Na verdade, meu rosto todo brilha, e eu estou com fome. De mais do que comida. Quero perguntar ao Scott se ele pode ajudar a minha mãe. A esperança inunda o meu corpo e me deixa alta. Posso me acostumar a ter esperança.

Prendo o cabelo num coque e saio para a cozinha. O Scott me olha enquanto prepara o café da manhã.

— Bom dia, Elisabeth.

— Bom dia, Scott. — E quase dou um risinho ao perceber como minha voz está alegre. Eu, dando risinhos. Isso em si já é engraçado.

Ele me olha de novo enquanto sento no balcão, e o sorrisinho irritante de eu-sei-tudo se espalha de orelha a orelha.

— Não sei de que lado da cama você saiu hoje, mas devia sair por ele todos os dias.

— Engraçadinho.

Do outro lado da ilha, a Allison me analisa, mas não com o desprezo de sempre. Parece que ela está prestes a dizer alguma coisa, mas depois se concentra no jornal na sua frente.

O celular do Scott toca. Ele pega o telefone no bolso de trás e o prende entre a cabeça e o ombro para atender, ao mesmo tempo em que vira as batatas na frigideira.

— Alô.

Seu rosto fica sério, e ele empurra a frigideira para um queimador apagado antes de desligar o fogão. Então se vira, e seus olhos azuis perturbados me encontram. Minha esperança escorrega para longe.

— A gente está indo para aí — ele termina.

RYAN

Ouço um buchicho baixo de conversas quando o auditório se enche. O dia de hoje vem sendo ao mesmo tempo empolgante e torturante. Conheci professores universitários que me deram ótimas opiniões sobre "George e Olivia". Ouvi palestras sobre escrever, aprendi novas técnicas e passei o dia todo suando até este momento.

Eu preferiria um dia chuvoso e frio na base de arremesso a isso — vestir minha melhor roupa de domingo enquanto espero para saber se o meu conto é bom o suficiente ou não. Eu me inclino para frente na cadeira dobrável do auditório, com as mãos entrelaçadas. Meus pés não param de se mexer. As únicas coisas que me impedem de enlouquecer são as memórias da noite passada. No instante em que eu sair daqui, vou comprar duas dúzias de rosas e vou direto até a Beth. Quero mostrar a ela que não sou nem um pouco como o canalha que terminou com ela no dia seguinte. Sou o cara que vai estar por perto para sempre.

A sra. Rowe arranca a placa de lugar reservado da cadeira ao meu lado e se joga.

— Nervoso?

Olho para ela em resposta e esfrego as mãos. É assustador como eu quero isso. É ainda mais apavorante pensar no que vai acontecer se eu ganhar. Se eu perder, já sei o meu caminho: beisebol profissional. Se eu ganhar... as possibilidades se abrem. Possibilidades de eu ser bom em outras coisas além de jogar bola, de eu ser bom em escrever também. E aí eu vou ter que escolher.

— É uma pena os seus pais não estarem aqui — diz ela. — Aposto que eles estão morrendo por estarem longe.

— É. — Possivelmente morrendo por estarem tão perto um do outro. Não tenho tantas esperanças de que uma semana de férias possa resolver todos os problemas entre os dois. Divórcio não é uma opção, especialmente porque o meu pai está pensando em se candidatar a prefeito. Talvez eu devesse ser grato, mas não sei se ainda aguento esse silêncio indiferente.

— Tenho certeza de que eles se orgulham de você — continua ela.

— Claro. — Embora eles não tenham a menor ideia de que eu estou aqui.

Mais alto que o barulho do ambiente, uma mulher de terno preto pede silêncio ao público. Enquanto ela agradece pelas inscrições, a sra. Rowe se inclina na minha direção.

— Não importa o resultado, Ryan, foi uma grande honra chegar à final.

Faço que sim com a cabeça, mas o que ela não entende é que eu não gosto de perder.

— ... então, com isso, estamos prontos para anunciar os vencedores.

Inspiro profundamente para acalmar os nervos. Cinquenta autores chegaram à última etapa. Todos nos inscrevemos na final, são só três chances de ganhar e, para ser sincero, só estou interessado no primeiro lugar.

— O terceiro lugar vai para Lauren Lawrence.

A multidão aplaude, e eu me recosto na cadeira, mais impaciente que antes. A garota anda inacreditavelmente devagar, e leva mais tempo ainda para as pessoas que estão no palco lhe darem o prêmio.

A anfitriã limpa a garganta antes de recomeçar.

— O segundo lugar vai para...

Parte de mim quer ouvir o meu nome e outra parte não. Primeiro lugar é melhor. Primeiro lugar é o que eu desejo, mas, pela primeira vez na vida, acho que ficaria feliz com o segundo.

— ... Tonya Miles.

Todo mundo aplaude de novo. Pelo menos, essa garota é mais rápida. Eu me inclino para frente de novo, me perguntando como seria enfrentar uma perda desse tipo. Eu teria ficado feliz com o segundo lugar. Talvez com o terceiro. Então percebo finalmente que eu não quero o caminho fácil... Quero a escolha. Quero ter a possibilidade de ir para a faculdade.

Ou não. Não sei. Mas sei que quero essa vitória.

— ... e o primeiro lugar vai para... — Ela faz uma pausa dramática. Abaixo a cabeça e minhas entranhas se contraem. E se eu não for bom o bastante? — Ryan Stone.

A adrenalina corre pelas minhas veias, e eu levanto a cabeça para encarar o palco. A multidão aplaude, e a sra. Rowe faz um sinal para que eu vá até o palco, dizendo palavras que eu não entendo. Tropeço para frente, me perguntando se ouvi direito. Isso está acontecendo? Eu realmente ganhei?

No palco, a mulher me cumprimenta e me oferece uma placa e um certificado. Os dois parecem pesados nas minhas mãos — pesados e fantásticos. Eu consegui. Ganhei o concurso literário.

A sra. Rowe está em pé. Alguns professores universitários que leram o meu conto também. E, apesar de curtir o aplauso deles, um bolo se forma na minha garganta e afunda. Meus pais não estão aqui. E, mesmo que soubessem do concurso, não estariam.

Aceno com a cabeça para a multidão, depois viro em direção aos degraus. O aplauso morre, exceto um, muito alto, vindo do fundo da sala. Um grito muito alto e profundo chama minha atenção, e a parte de mim que estava afundando de repente voa mais alto.

Faço uma pausa no palco, e o Mark sorri. Ele coloca as mãos ao redor da boca e grita:

— Mandou bem, Ry!

Como eu pude ser tão cego? Ele nunca me abandonou. Meu irmão — ele nunca foi embora.

BETH

Existem memórias na minha mente tão claras que, se eu me concentrar nelas, poderia reviver praticamente tudo. O céu estava azul da cor do mar e dois pombos estavam pousados no telhado do trailer do meu avô quando o Scott me ensinou a jogar bola. A mão cheia de calos do pai da Lacy estava fria no dia em que ele me conduziu até a parte de trás do seu carro de polícia. Minha mãe comprou um cupcake da Hostess na primeira noite que passamos sozinhas em Louisville.

O que marcou esses momentos foi que, quando os vivi, eu sabia que ia me lembrar deles para sempre. Quando o Scott me ensinou a jogar beisebol, o tempo perdeu todo significado. Eu segurei a bola por mais tempo do que precisava, para poder me lembrar da sensação das costuras da bola. Eu demorei quando o pai da Lacy me mandou entrar no carro, porque queria tirar uma foto mental do nosso trailer. Passei meia hora lambendo a cobertura do cupcake antes de morder, sabendo que a minha mãe havia gastado todo o dinheiro que tinha com o aluguel.

A sala de emergência parece rodar em câmera lenta quando atravesso as portas deslizantes. O Scott passa correndo por mim e fala com uma enfermeira no posto. Meu coração bate alto nos ouvidos. Um servente passa e encara a minha cabeça. Não penteei o cabelo. Não fiz nada.

A enfermeira levanta os olhos do computador e faz um sinal em direção às portas fechadas da sala de emergência. Letras enormes em cartazes grandes me avisam para ficar de fora, mas, se é lá que a minha mãe está, ninguém pode me impedir. Minha mão dói quando eu soco a porta vai e vem, e mal registro meu nome sendo chamado atrás de mim. Os dois lados do corredor estão cheios de áreas separadas por cortinas. Máquinas apitam, e pessoas sussurram com suavidade.

Andando pelo corredor, a figura maciça que atormenta os meus sonhos vira uma esquina. Sigo atrás dele. Trent. A raiva me atravessa e me impulsiona para frente. Passo pelas camas, pela enfermeira que pergunta se eu preciso de ajuda, por qualquer coisa que seja racional.

No fim de um corredor longo e desolado, ele entra num quarto. Os outros quartos ao redor estão vazios. Não tem enfermeira nem médico tomando conta. O Trent está em pé ao lado da cama da minha mãe. Ele não me vê, nem vê o punho que golpeia e atinge o cara no maxilar.

— Vai se foder!

Meus dedos latejam, e a dor atravessa o meu pulso, mas não me faz parar. Tudo está borrado. Minhas mãos o golpeiam várias vezes. O Trent me dá um tapa na cara, puxa o meu cabelo, e eu grito quando um joelho atinge o meu estômago. Ele me joga como uma boneca de pano, e o ar escapa dos meus pulmões quando eu bato na parede.

Tento me concentrar e ir atrás dele de novo. Se eu der tempo suficiente, ele vai me bater e eu vou cair. Ficar no chão com o Trent é péssimo. Ele gosta de chutar. Ouço um barulho de soco seguido da visão do Trent tropeçando no chão.

— Elisabeth, você está bem? — O Scott está de costas para mim. Ele mantém os braços ligeiramente abertos na lateral, esperando a revanche. — Elisabeth!

— Estou. — Afasto o torpor com uma sacudida. — Estou bem.

O sangue escorre pelo nariz do Trent. Boa, Scott. Quebrou o nariz dele. O Trent me olha com raiva, fazendo o Scott dar um passo em direção a ele.

— Se tocar na minha sobrinha de novo, eu te mato.

O Trent ignora o Scott, e o babaca careca continua me encarando.

— Eu sei que você está tentando levar o que é meu. Se colocar essas ideias na cabeça dela de novo, os médicos não vão conseguir salvar essa mulher na próxima vez.

— Seu filho da puta do inferno. — Dou um pulo para frente, e o Scott envolve a minha cintura com os braços, praticamente me levantando do chão para me impedir de espancar o Trent. — Eu devia ter te batido com aquele taco quando tive chance. — Eu queria ter batido. — Queria que você estivesse morto.

— Sai daqui antes que eu chame a segurança! — grita o Scott para o Trent.

Os olhos do Trent ficam vazios, e ele meio que sorri quando passa por nós. O Scott me segura com mais força quando eu tento ir atrás do cara. O Trent não vai me perdoar por tentar fugir com a minha mãe. Ele vai querer vingança e, se não conseguir se vingar em mim, vai usar a minha mãe como pagamento.

O Scott me solta e bloqueia a porta.

— Que diabos está acontecendo?

Minha mão dá um pulo e aponta para o corredor.

— Ele bate nela. Ele bate em mim. Ele é uma porra de traficante que usa a minha mãe e, se não fosse você e suas regras idiotas e sua chantagem infeliz, ela não estaria aqui, porque eu estaria lá pra proteger a minha mãe.

Uma enfermeira aparece na porta, e eu viro de costas para os dois

— Temos algum problema aqui? — pergunta ela baixinho e rápido, num tom que indica que ela sabe que todo mundo neste quarto é fodido.

— Está tudo bem — diz o Scott.

Ele fala mais, mas a voz dele e a da enfermeira ficam abafadas enquanto eu encaro a criatura patética na cama. Poucas horas atrás, meu mundo todo estava certo. O Ryan me abraçava, e eu convenci a mim mesma que tudo ia dar certo. É isso que acontece quando você tem esperança. O carma aparece para destruir tudo.

Eu sento na cama e toco nos dedos frios da minha mãe. Essa é a sensação da morte.

— Ela morreu?

A conversa atrás de mim para.

— Ela parou de respirar — responde a enfermeira. — Mas os médicos deram naloxona, que combate os efeitos da heroína.

Heroína. Meu coração para e meus pulmões doem. Heroína.

Meus dedos seguem a linha da intravenosa, mas eu pulo intencionalmente as marcas nos seus braços.

— Há quanto tempo ela está usando?

O aparelho de medir pressão solta o ar fazendo barulho. A enfermeira limpa a garganta.

— Não sabemos.

— Quando ela pode ir pra casa?

— Agora ela está dormindo. O médico vai dar uma olhada nela quando acordar e, se ela ainda estiver bem, vai ser liberada. — Ela sussurra alguma coisa para o Scott, e este sussurra de volta.

— Elisabeth — diz ele —, vou preencher uma papelada.

Significa que ele vai pagar as contas. Por enquanto. Como eu não percebi as marcas nos braços dela antes?

— Tá.

O quarto fica muito silencioso, exceto pelo ritmo constante do monitor cardíaco da minha mãe. Desde o momento em que a tia Shirley ligou para o Scott, eu me senti girando num brinquedo do parque de diversões. Se eu pudesse, esqueceria tudo e desapareceria. Estou cansada, e tudo o que eu quero é sair desse brinquedo maldito.

— Qual de vocês socou o Trent? — pergunta a Shirley atrás de mim.

— Nós dois. Você fez um bom trabalho tomando conta da sua irmã. — Entrelaço os dedos com os da minha mãe. Será que ela sabe que eu estou aqui? Provavelmente não. Minha mãe nem percebe que estou com ela quando está minimamente coerente. — Por onde você andou?

— Fui fumar. — A Shirley dá uma tossida de fumante, e minha mãe se encolhe dormindo. — Quem você acha que encontrou a sua mãe e arrastou ela pra rua antes de ligar pra emergência? Se a polícia fosse ao apartamento dela, a gente estaria muito mais encrencada do que agora.

Minha mãe se mexe, e eu desejo que ela acorde e me diga que sente muito.

— Obrigada por ligar pro Scott.

— Ele tem dinheiro. Vê se faz ele usar pra pagar as contas. — Os passos leves da Shirley se aproximam da cama, e ela coloca a mão no meu ombro. Mantenho os olhos na minha mãe, com medo de desviar o olhar e ela sumir.

— Dois dias atrás, a sua mãe me contou uma história engraçada. Do tipo que poderia começar com "era uma vez" — diz a Shirley. — Ela disse que você logo ia fugir com ela. A parte triste é que ela contou pro bar todo, e alguém de lá contou pro Trent. Ele ficou meio puto.

Meio puto? Manchas roxas cobrem o lado direito do rosto da minha mãe. Conhecendo a minha mãe, ela tomou heroína para esquecer da surra, para aliviar a dor.

— Você sabe que eu não acredito em contos de fadas. — Eu nunca devia ter deixado a minha mãe. Nunca. Eu devia ter encontrado um jeito de fugir semanas atrás. Isso tudo é culpa minha.

— É uma pena — diz ela. — Porque eu pagaria pra ver esse.

Levanto a cabeça para olhar para ela.

— Em dinheiro — diz a Shirley. — Ela não vai durar muito do jeito que está. A decisão é sua. Ela é sua responsabilidade.

A Shirley sai do quarto. Tento inspirar, mas é quase impossível com esse fardo pesando nas minhas costas. Desde os oito anos, a responsabilidade sobre a minha mãe era minha. Eu cuidei dela, mudei de casa com ela, a alimentei, garanti que ela trabalhasse ou arrumasse emprego. Mas, agora, o que eu quero mais do que tudo é que a minha mãe tome conta de mim. Cansei de ser a adulta. Por alguns minutos, eu quero ser a filha. Quero a minha mãe. Só quero a minha mãe.

Um toque leve passa pela minha mão.

— Não fica triste, Elisabeth — minha mãe murmura.

Eu fungo.

— Não estou triste.

— Eu sonhei com você. Com você e com o seu pai. Sinto falta dele. — Seus dedos apertam meu pulso de leve. — Sinto falta de você. Você era um bebê lindo.

— Por quê? — Um emaranhado de raiva, tristeza e felicidade passeia pela minha alma e estrangula o grito que se esforça para sair da minha garganta. Ela está viva, mas quase morreu. — Por que você tem que tornar tudo tão difícil?

— Vem cá. Eu gosto mais de você triste. Detesto quando você está com raiva. — Ela puxa o meu pulso e ignora a minha pergunta. — Quero segurar o meu bebê.

Sinto como se tivesse cinco anos quando me arrasto pela cama e apoio a cabeça entre a curva do seu braço e o seu peito. Seus dedos pegam meu cabelo muito de leve.

— Você nasceu numa terça-feira.

Fecho os olhos e desejo que a dor vá embora, mas ela não vai. Ela me perfura várias vezes. Estou tão cansada. Muito, muito cansada. Não quero pensar no Trent, nem em heroína, nem em fugir, nem na responsabilidade que eu achei que poderia abandonar.

— Era um dia terrivelmente quente. Você era tão linda e tão pequenininha. O médico não me deixou te pegar durante três semanas, porque você nasceu prematura. O seu pai te amava, naquela época. Ele foi ao hospital duas vezes antes de a sua avó levar a gente pra casa. O Scott ficou empolgado por segurar um bebê pela primeira vez.

Seus dedos ossudos relaxam na minha cabeça, e eu desejo que ela diga que me ama, porque eu amo a minha mãe. Ela pode ser drogada e alcoólatra, e provavelmente uma piranha, mas é minha mãe. Minha mãe.

— Eu adorava te levar no shopping. As pessoas me paravam e me diziam que você era um bebê lindo. Eu deixava elas te segurarem, e elas tentavam adivinhar o seu nome. Você era tão fofa, nunca chorava. Era minha bonequinha.

Eu a abraço e me encolho quando sinto suas costelas espetando a pele. Minha mãe suspira e continua:

— Eu te dei o nome da minha mãe, esperando que ela mudasse de ideia e amasse a gente. Minha mãe me abandonou, Elisabeth, mas eu nunca te abandonei. Nunca.

Não, minha mãe nunca me abandonou, e é por isso que eu devo a ela. Eu cresci sabendo o sacrifício que ela fez por mim. Prendo a respiração para impedir que o meu corpo trema com os soluços. Minha mãe precisa de mim, e eu não posso mais ser boazinha. Eu fiz isso com ela. Eu a deixei para trás.

— Você ainda vai me buscar, né, Elisabeth? Na segunda-feira?

RYAN

Com uma camisa polo amassada e calça jeans, o Scott está encostado na parede, no fundo da sala de emergência. Ele levanta uma sobrancelha quando me vê, mas depois abaixa, como se estivesse cansado demais para se importar.

— Como você descobriu que ela estava aqui?

— Sua esposa me falou. — Fui direto do concurso para a casa do Scott, para contar as novidades e dar as flores para a Beth. Meu mundo caiu quando a Allison disse as palavras: a mãe da Beth sofreu uma overdose.

Dou uma olhada para dentro do quarto e imediatamente desvio o olhar. A visão da Beth aninhada na cama com a mãe é íntima demais para alguém testemunhar, inclusive eu.

— Há quanto tempo ela está aqui?

— Um tempo. — O Scott esfrega os olhos com os pulsos, exatamente como a Beth faz quando está sobrecarregada. Vejo muito da Beth nele.

— Como foi o concurso literário?

E, assim como a Beth, ele evita o elefante ensanguentado no quarto.

— Eu ganhei.

Se ele não estivesse tão cansado, seu sorriso teria parecido natural.

— Parabéns. Como o seu time se saiu contra o time da Eastwick?

— Eles ganharam também. — Eu sabia que eles iam ganhar. É um ótimo time, e eu me orgulho de fazer parte dele.

— Ótimo.

A diferença entre mim e os Risk? Não tenho problemas em discutir os elefantes.

— Como está a mãe da Beth?

— Está viva.

Faço uma pausa.

— Como está a Beth?

O Scott balança a cabeça. Um silêncio cai entre nós, mas levantamos a cabeça em direção ao quarto quando ouvimos um soluço abafado. A Beth está partindo o meu coração e, pela dor que rasga o rosto do Scott, está fazendo a mesma coisa com ele. Mais silêncio entre nós. Uma fungada vem do quarto, e meus dedos coçam para abraçar a Beth e, de alguma forma, consertar o mundo dela. Não vou deixar que ela use isso como desculpa para fugir. Vou falar com ela e fazer com que ela perceba que agora é o momento certo para envolver o Scott.

— A Elisabeth disse que você está tentando decidir entre a faculdade e a liga profissional — ele diz.

Faço que sim com a cabeça. A escolha é mais difícil, agora que eu ganhei o concurso.

— Posso te dar um conselho mesmo sem você pedir? — ele pergunta.

Levanto a cabeça de repente.

— Eu adoraria um conselho seu.

— Decida o que o beisebol significa pra você, porque, se você for jogar pra ganhar dinheiro, vai ficar muito desapontado. Só um percentual pequeno dos jogadores convocados acaba na liga nacional, e você ganharia mais trabalhando no McDonald's do que jogando na liga secundária.

Uma enfermeira passa entre nós, e deixo a parte de trás da cabeça bater na parede.

— Você foi pra liga profissional.

— Quando eu tinha dezoito anos, o beisebol era minha única opção. Pelo que a Elisabeth diz, você tem muitas opções. Se o beisebol for o que você deseja mais que tudo, vai valer o sacrifício. Mas, se ir pra liga profissional for um meio pra chegar a um fim, vou te dizer que as chances estão contra você.

Então o Scott fica com aquele brilho maluco no olhar. O brilho que eu entendo.

— Se o beisebol for a sua vida, o ar que você respira e algo pelo qual você morreria, vou te dizer que você vai precisar da adrenalina de entrar correndo naquele campo. Eu nunca experimentei algo parecido.

— Obrigado — digo a ele. Seus comentários são bem recebidos, mas não são úteis. Não estou nem perto de tomar uma decisão. Pelo canto do olho, espio para dentro do quarto. Os olhos da Beth encontram os meus.

— Fique um tempo com ela — diz o Scott. — Mas a Elisabeth volta pra casa comigo.

BETH

A mão do Scott nas minhas costas me impulsiona para frente enquanto eu observo a tia Shirley ir embora com a minha mãe. É tarde, eu acho. O sol se pôs. Estrelas brilham no céu. O Ryan veio e foi, apesar de eu ter percebido que ele não queria ir embora. Ele me ama. Eu sei disso. De alguma forma, eu me pergunto se o amor dele é a única coisa que me impede de enlouquecer.

— Vamos pra casa — diz o Scott.

Para casa. Para o meu quarto, com as minhas roupas e a minha caixa de Lucky Charms na despensa. Casa. Pode ser a minha casa se o Scott ajudar a minha mãe. As luzes traseiras vermelhas do carro da Shirley desaparecem quando ela vira à esquerda na rua principal.

Expiro todo o ar do meu corpo e viro para o Scott.

— A gente precisa conversar.

Ele acena com a cabeça, concordando, e passa um braço sobre o meu ombro. Três meses atrás, eu teria batido nele por tocar em mim. Agora, eu gosto do abraço. Com a exaustão enfraquecendo meus joelhos, eu me inclino em direção ao meu tio.

— A gente conversa amanhã. — Ele continua me conduzindo até o carro. — Você está morta de cansaço.

Estamos a meio caminho do carro dele quando um momento de déjà-vu me atinge. Como se eu estivesse vendo uma coisa que eu já vi antes — uma lembrança em câmera lenta. Viro a cabeça para a direita e percebo que não é uma lembrança, é real.

Eu paro de repente, e o Scott para comigo.

— O que aconteceu?

— Isaiah — digo, não para o Scott, mas para mim. Meu melhor amigo está aqui.

Encostado no capô do Mustang preto, o Isaiah olha para mim e para o Scott de longe. Ele abaixa a cabeça quando me vê olhando. Dou um passo em direção a ele, e o Scott agarra o meu braço.

— Não, Elisabeth.

Minha cabeça vira de repente.

— Só por um segundo. Um segundo. Por favor.

Ele diminui o aperto quando ouve *por favor*. Quando finalmente me solta, eu balanço. Estou esgotada, física e emocionalmente, mas busco forças. Preciso falar com o Isaiah.

Ele fica onde está, sem vir me encontrar no meio do caminho, e fala antes de eu me aproximar.

— A Shirley me contou da sua mãe. Você está bem?

A pergunta me para à distância de um carro. A dor inunda os olhos dele, e todos os músculos da minha barriga se contraem. Minha proximidade realmente provoca dor nele, e isso é um tapa na minha cara.

— Estou — respondo, depois penso. — Não. Ela está viciada em heroína.

O Isaiah desvia o olhar, e uma bola de chumbo cai no meu estômago.

— Você sabia.

Ele encontra o meu olhar de novo.

— Ela é encrenca, Beth. Você não vai mudar a sua mãe.

Ela vai mudar. O Scott vai me ajudar. Eu sei.

— Como você está?

— Sobrevivendo. — Ele avalia o céu noturno, depois se afasta do carro. — Tenha uma boa vida.

— Isaiah... — digo, sem saber como fazer para a gente ficar bem. — Isso não é um adeus.

— É — ele responde, enquanto destrava a porta do lado do motorista. — É, sim.

— Se você acreditasse nisso, não estaria aqui agora. — Minhas energias são renovadas quando minhas palavras são absorvidas. — Somos amigos. Pra sempre.

Ele esfrega a mão no rosto antes de entrar no carro, fechar a porta e dar partida no motor com um rugido raivoso. O breve surto de energia se esgota em mim, começando pela minha cabeça e descendo até os dedões do pé. Machuca saber que eu provoquei dor no Isaiah, mas um dia ele realmente vai se apaixonar e descobrir que nós dois somos apenas amigos.

Abro os olhos e xingo. É a segunda vez que fiquei patética, caí no sono e o Scott teve que me carregar para dentro de casa. Exatamente como na primeira noite nesta casa, uma manta me cobre e meus sapatos estão muito alinhados perto da cama. Está escuro, e eu não me preocupo em olhar para o relógio. Jogo a coberta para o lado, saio da cama e vou até o vestíbulo.

Na cozinha, o Scott está sentado na ilha, encarando a superfície do balcão. Eu me jogo no sofá de couro confortável. Moro nessa casa há três meses e nunca sentei aqui.

— Que sofá legal.

— Já era hora de você experimentar — diz o Scott. Ele está usando uma camiseta dos Yankees e calça jeans. Às vezes o Scott parece tão adulto que eu esqueço que ele ainda nem tem trinta anos. Ele sai do banco e se junta a mim na sala de estar. — Quer me falar do Trent?

— Não.

— Vou reformular a frase. Me fala do Trent.

O Scott bateu no cara. Afasto o sono dos olhos e tento encontrar a explicação mais simples e mais rápida.

— O maldito babaca parece filho do diabo. Alguém precisa atingir o coração dele, destruir o cara em pedacinhos e tacar fogo em tudo.

— Ou dar uma pancada na cabeça dele com um taco de beisebol?

— Ou isso. — Sorrio um pouco, e o Scott me dá o mesmo sorriso fraco de volta. Eu falei para o Ryan que ia ficar. Passo o dedo no tecido macio da fita amarrada no meu pulso. — Por que você abandonou a gente? Você não abandonou só a mim. Também abandonou a minha mãe.

— Você está pronta pra discutir isso com calma ou está procurando uma briga cheia de gritos?

— Conversar. — Acho.

— Quando eu saí de Groveton, eu estava falando sério. Eu realmente pretendia voltar pra te buscar. Sei que eu era jovem, mas eu te amava como se você fosse minha filha.

E eu o amava como se ele fosse o meu pai. Levanto os joelhos e os envolvo nos braços.

— Então, por que você não voltou?

— Porque... — Ele começa e para várias vezes, com as palavras engasgadas na boca. — Porque eu não teria conseguido. Eu não podia te levar comigo na estrada, e, se eu escolhesse você, teria que abandonar o beisebol. Se eu ficasse em Groveton, sem dúvida teria ficado igual ao meu pai. O seu pai jurou que nunca seria como o meu pai, e, no dia em que se formou no ensino médio, ele se transformou no mesmo canalha que o nosso pai era. Eu não queria estacionamentos de trailers, não queria garotas drogadas e não queria passar o resto da vida machucando as pessoas que eu dizia que amava. Se eu ficasse, teria me tornado uma pessoa igual ao meu pai, e um dia acabaria te machucando.

Balanço a cabeça. O Scott nunca teria me machucado. Ele não era capaz disso.

— Eu tinha tanto medo que, quando comecei a correr, não consegui parar. Tive medo de te encarar de novo. Medo de te ver, resolver ficar e me transformar no meu pai.

O Scott xinga e junta as mãos como se estivesse rezando. Mordo o lábio quando a voz dele treme.

— Quando você veio pra cá, toda vez que eu te olhava eu via o velho. Via a raiva dele saindo pelos seus olhos. Via a amargura do seu pai guardada dentro de você. Por mais que eu tenha me odiado por ter te deixado pra trás, eu não me arrependo. Se eu tivesse ficado, eu nunca teria me libertado, e toda essa raiva e amargura que eu vejo em você estariam dentro de mim.

Eu conheço a raiva e a amargura de que ele está falando. São as correntes que pesam sobre mim e ameaçam acabar comigo todos os dias — pelo menos até eu conhecer o Ryan. Mas essas correntes voltaram com um telefonema da Shirley e estão se apertando na minha garganta.

— Que ótimo pra você. Você se libertou e eu me fodi.

O Scott se inclina para frente.

— Eu sei que parece isso, mas eu me libertei por você também. Eu estraguei tudo. Eu devia ter voltado quando assinei o contrato com os Yankees e te arrastado pra Nova York comigo. Não fiz isso e me arrependo, mas estou aqui agora e esta... — Ele estende as mãos e aponta para a casa. — Esta é a sua vitória, garota. Este é o seu beisebol. Tudo que você precisa fazer é confiar em mim e pegar tudo. Tudo que você quiser vai ser seu, mas você precisa deixar o passado pra trás.

O Scott está falando de esperança, e a esperança é um mito. Ele age como se fosse fácil deixar a minha mãe. Como se eu conseguisse abrir mão dos demônios nos meus pesadelos e, de alguma forma, com uma varinha mágica, tudo ficasse bem.

— E a minha mãe?

Ele não responde imediatamente. Em vez disso, encara uma pequena cicatriz na mão direita, onde ele me falou que o meu avô tinha cortado com uma faca quando ele era criança.

— Ela não é minha responsabilidade, e também não é sua.

— Não. É aí que você se engana. Minha mãe é minha responsabilidade. Ela está assim por minha culpa.

— Você está errada.

— Não importa. Eu andei pensando, talvez você pudesse dar um dinheiro pra ela. A gente podia colocar ela numa daquelas clínicas de reabilitação e, quando ela estiver limpa, deixar ela morar num lugar mais legal. Minha mãe costumava trabalhar, e a gente podia conseguir outro emprego pra ela. Ela está mal há muito tempo, e eu sei que ela só fica com o Trent porque ele tem dinheiro. Se você ajudar, tenho certeza que ela pode melhorar.

— Não posso.

Minha cabeça dá um salto para trás, como se ele tivesse me dado um tapa.

— Como assim, não pode? — Eu consegui. Pedi ajuda para ele. Estou confiando nele, e ele está jogando isso na minha cara?

— Eu fiz muitas promessas pra mim mesmo e pra Allison quando a gente se mudou para Groveton e, mais importante, quando eu te trouxe de volta para minha vida. Sua mãe é um limite que eu não posso atravessar.

Não, não, não, não. NÃO! Não era assim que a nossa conversa devia se desenrolar.

— Mas você precisa. — A sala de repente se torna pequena, e eu me levanto. Preciso sair. Para todo lado que eu viro tem uma janela ou uma entrada para outra sala. Não tem uma porcaria de porta para o lado de fora nesse maldito cômodo enorme.

— Elisabeth — diz o Scott bem devagar —, por que você não senta de novo?

— Você precisa ajudar a minha mãe! — Porque eu não posso, e essa percepção destrói a minha sanidade. — Mandar ela pra uma clínica de reabilitação. Deixar ela limpa. Ela vai melhorar assim. Você não entende. Ela nunca teve uma chance. Nós nunca tivemos nada. Ninguém nunca ajudou a gente.

— Eu mandei dinheiro pra ela — diz o Scott suavemente.

Minha cabeça lateja, e eu congelo no meio de um passo. Estou na cozinha, e não tenho ideia de como cheguei até aqui.

— O que foi que você disse?

O Scott vem até a ilha.

— Mandei dinheiro pra sua mãe todos os meses. Abri uma conta bancária pra ela e todo mês ela gastava tudo. Eu não era homem o bastante pra te ligar, mas era homem o bastante pra pagar pelos meus erros. A Allison descobriu a conta alguns meses atrás e achou que eu estava tendo um caso. Eu trouxe ela até aqui, até Groveton, pra provar que eu não estava mentindo sobre você nem sobre a sua mãe. Quando cheguei aqui, não gostei do que vi. Por isso nós ficamos, mas eu prometi à Allison que a sua mãe já não seria mais problema meu. Ela obviamente não estava usando o dinheiro pra ajudar nenhuma de vocês duas.

— Você está mentindo. — Eu soco o balcão. — Você está mentindo, porra! — Ele tem que estar.

— Se você quiser, posso te mostrar os extratos do banco.

Não consigo respirar. Não consigo...

— Elisabeth — diz o Scott —, senta.

Tento respirar, mas meus pulmões não se expandem. Agarrada na lateral do balcão, eu me inclino para frente em busca de ar. O Scott está errado. Ele tem que estar errado. Minha mãe nunca faria isso comigo. Nunca. Por que eu não consigo respirar, porra?

— Elisabeth! — O Scott joga um banco para o lado para tirar do caminho e me pega quando eu caio no chão. Ele senta do meu lado, e eu abaixo o rosto até as mãos.

— Respira — ele ordena.

Minha respiração parece um assobio, e eu sinto que a minha mente está se dividindo ao meio.

— Está tudo bem — o Scott me diz.

Mas não está. Nada está bem.

RYAN

A Beth não apareceu ontem à noite. Não estou surpreso. Meus pais voltaram, e ela passou o dia e uma parte da noite no hospital no sábado e precisava de um dia para descansar. Mas eu esperava que ela viesse. Eu só a vi no sábado por alguns segundos e, mesmo assim, na frente do Scott. Ela parecia arrasada. Preciso abraçá-la e dizer a ela que a amo. E preciso ouvir isso dela também.

Vou pegá-la antes que as aulas comecem e passar o dia tentando colocar um sorriso no rosto dela. A Lacy, o Chris e o Logan vão querer ajudar. Nós quatro vamos conseguir distraí-la.

Abro a geladeira, puxo um Gatorade, pego as chaves no balcão e desvio para evitar passar por cima da minha mãe.

— Desculpa. Te vejo no jogo mais tarde.

E oficialmente apresento a Beth como minha namorada para os meus pais. De jeito nenhum eles vão querer fazer uma cena em público.

— É cedo. Senta. — Minha mãe passa raspando por mim. Ela está pronta para o dia. Calça social. Casaquinho de linha. Pérolas. Minha mãe vai estar no clube até a hora do almoço. Meu pai entra na cozinha, vindo da sala de jantar, e mal olha para a minha mãe. As férias deviam ter salvado o casamento deles. Na noite passada, os dois dormiram em quartos separados.

As chaves balançam na minha mão.

— Tenho umas coisas pra resolver antes da aula. A gente pode conversar mais tarde?

Minha mãe senta numa cadeira da mesa e faz um sinal para eu fazer o mesmo. Em vez disso, apoio o quadril no vão da porta.

— Ótimo. — Minha mãe abre a mão direita e, como um acordeão, minhas camisinhas voam para cima da mesa. — Você se importa de explicar isso?

As chaves se enterram na minha mão enquanto tento manter a raiva sob controle.

— Você fuçou no meu quarto?

— Somos seus pais. Temos esse direito.

Analiso o meu pai, e ele pacientemente me encara do outro lado do cômodo. O pânico se combina com o enjoo e a adrenalina, mas eles não vão ver isso no meu rosto de jeito nenhum. Até que ponto eles vasculharam? Será que eles encontraram a placa da vitória no concurso literário? Será que eles ligaram o meu computador? Será que encontraram os meus contos? Foi exatamente assim que eles trataram o Mark quando ele voltou para casa pela primeira vez no verão. Pouco antes de ele contar que era gay.

— Eu contei — diz a minha mãe. — Está faltando uma.

Eu nunca odiei a minha mãe antes, mas, neste momento, odeio.

— O que você quer?

— Quem é a garota?

— Não vou dizer. — Porque a minha mãe vai diminuir a Beth à garota com quem eu usei uma camisinha. Minha mãe vai pegar algo que foi lindo e transformar numa coisa suja.

— É uma garota? — pergunta o meu pai.

Aperto o Gatorade com mais força.

— O que está errado com vocês?

Meu pai se afasta do vão da porta com os músculos tensos. Minha mãe dá um pulo da cadeira e entra diretamente no caminho entre mim e o meu pai.

— Ouvimos um boato ontem quando fomos jantar. Eu sei que não é verdade porque você nunca iria contra a nossa vontade. Eu teria conversado sobre isso ontem com você, mas você tinha saído. Eu fiz o que tinha que fazer para conseguir algumas respostas.

— Você devia ter me esperado, mãe. Não devia ter fuçado nas minhas coisas.

— Você está namorando a Beth Risk? — ela exige saber.

— Ou ela é a garota com quem você está experimentando? — pergunta o meu pai.

Minha mãe vira de repente.

— Andrew!

— Algumas garotas são pra namorar, outras pra transar. Os garotos fazem isso.

— Conheço bem o seu comportamento no ensino médio — diz a minha mãe. — Mas o meu filho não vai dormir com uma garota e namorar outra em público. A Gwen merece mais do que isso. Eu merecia mais do que isso!

— Para! — Estou cansado dessa briga.

— Foi uma noite, Miriam! — grita o meu pai. — Vinte e cinco anos atrás.

Jogo o Gatorade que está na minha mão do outro lado da sala. O vidro da cristaleira se espatifa, e a minha mãe coloca as mãos na cabeça.

— Vocês pelo menos se escutam? Alguma vez vocês se importaram de ouvir o Mark? Vocês me escutam? Não vou namorar a Gwen, e deixem a Beth fora disso!

— Ryan! — grita o meu pai, mas a minha mãe levanta a mão para silenciá-lo.

— Ryan — ela diz devagar, brincando com as pérolas ao redor do pescoço. — A Beth Risk não é quem você pensa. A Gwen ficou preocupada quando você continuou a namorar a Beth na escola mesmo depois de termos proibido, então foi até os pais dela... de novo.

Xingo entre os dentes. A Gwen não entende o mal que causou.

Minha mãe continua:

— Não fica bravo com a Gwen. Ela se preocupa com você e fez a coisa certa. Sabe, o pai dela conhece a verdade sobre a Beth. Ela não se mudou pra Nova York com o Scott muitos anos atrás. O pai dela foi preso, e a mãe dela se mudou com a Beth pra Louisville. A mãe da Gwen conhece o funcionário da secretaria da antiga escola da Beth em Louisville. Sinto muito, Ryan, mas às vezes os filhos estão destinados a ser iguais aos pais. A Beth é uma drogada. Ela foi presa, e a reputação dela com os garotos na antiga escola...

Não espero para ouvir mais nada.

— A Gwen sabe disso tudo? — Porque ela não sabia antes. Se soubesse, teria me contado para eu terminar com a Beth.

— Sabe. Ela estava lá quando os pais dela nos contaram ontem.

Com as chaves apertadas na mão, viro de costas para ela.

— Ryan! — Minha mãe grita da cozinha. — Volta aqui!

Tarde demais. Eu corro até a garagem, dou partida no jipe e saio. Se a Gwen sabe, isso significa que ela vai contar para todo mundo na escola.

BETH

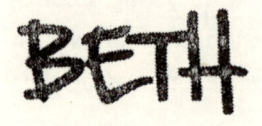

O Scott entra numa vaga perto da entrada da escola e coloca o carro em ponto morto. Chegamos cedo. Nenhum de nós falou muito durante o café da manhã. Eu não comi. Ele também não.

— Tem certeza que quer ir à aula hoje? — ele pergunta pela décima vez. — Eu entendo se quiser faltar. A Allison e eu ouvimos você andando pela casa de madrugada, por isso eu sei que você não tem dormido ultimamente. Ela está preocupada com você, e eu também.

Estou cansada demais até para revirar os olhos com a mentira de que a Allison está preocupada comigo. Minha mãe e eu íamos embora hoje. Eu ia matar aula e pegar um táxi até Louisville. E eu e a minha mãe teríamos fugido. Minhas entranhas estão atormentadas, destruídas e machucadas. Meio como se o Trent tivesse controle total sobre os meus órgãos. A pior sensação é a pressão nos pulmões, a sensação de me afogar.

Toco a fita no meu pulso.

— Não, eu quero ir pra escola.

Preciso ver o Ryan. Ele disse que eu tinha raízes aqui. Preciso ouvi-lo dizer isso de novo. Preciso rir com a Lacy. Quero sorrir com o Logan e o Chris provocando um ao outro. Quero encarar a prova de anatomia na aula de ciências. Quero saber que não estou cometendo o pior erro da minha vida deixando minha mãe para trás.

Minha mochila está no chão do carro, e eu seguro o livro de ciências contra o peito. Sou boa em ciências. Muito boa. Minha professora gosta de mim. Em vez de gritar comigo quando eu xinguei sem querer enquanto dava uma resposta, ela riu e piscou. Depois da aula, ela me disse para tomar cuidado com a porra do jeito como eu falo. Ganhei um B no último relatório, e na semana passada a professora me disse que estou perto de um A. Eu, Beth Risk, posso conseguir um A.

— Eu nunca quis te contar sobre o dinheiro.

Balanço a cabeça, e o Scott para de falar. Prefiro não pensar nisso. Ainda dói demais. Tento afastar os pensamentos da minha mãe e do dinheiro, e de deixá-la para trás com o Trent. Em vez disso, tento me concentrar na Lacy. Ela me chamou de melhor amiga e me pediu para dormir na casa dela no próximo fim de semana. Desde que eu saí de Groveton, aos oito anos, eu nunca dormi na casa de uma amiga. Ela disse que a gente ia comer cobertura de bolo e ver filmes. Eu tenho uma melhor amiga.

— Você não me parece bem.

Eu bati no Trent no sábado, o que significa que ele vai bater nela. Sufoco ao tentar respirar. Como eu posso fazer isso? Não posso deixá-la para trás.

— Minha mãe me jurou que nunca ia usar heroína.

— Sinto muito — ele diz, de um jeito simples. Meio como quando uma criança descobre que o Papai Noel ou o Coelhinho da Páscoa não existe. Ele está triste porque a fantasia acabou, mas feliz porque eu entrei no mundo real.

Minha mãe não reage quando o Trent bate nela. Eu devia ir a Louisville.

— Meu pai injetava heroína. E também vendia.

O Scott desliga o carro.

— Eu não sabia.

Estou deixando minha mãe para trás, mas tenho uma dívida com ela. Ela nunca me abandonou.

— Ele não era mau quando injetava. Dormia a maior parte do tempo. As agulhas me assustavam. Minha mãe ficava muito nervosa quando eu brincava perto delas.

— O que aconteceu?

Por que a minha mãe não contou para ele? Ou para a Shirley? Por que eu tenho que contar?

— Meu pai não me queria.

— Seu pai era jovem. Ele não sabia o que queria. Não tinha nada a ver com você.

Verdade. Meu pai tinha dezessete anos quando eu nasci. Minha mãe tinha quinze. Meu pai sabia que queria a minha mãe. Ele me fez com ela. Mas o Scott não está entendendo.

— Ele me disse isso pessoalmente, porque eu, hum... cometi um erro. — Eu sou um erro.

O Scott me encara com aqueles olhos azuis muito mais gentis que os do meu pai e muito mais cheios de vida que os da minha mãe. Eu não quero a raiva e a amargura nos meus olhos.

— Quando eu estava na terceira série, um cara foi até o trailer, e no começo estava tudo bem, mas ele e o meu pai começaram a discutir. O cara botou a mão pra trás e tirou uma arma da calça.

Um tremor passa pelo meu corpo, e meus olhos disparam para frente. Vejo minha mochila, o chão e o rádio do carro, mas meu corpo reage como se eu estivesse de novo no trailer.

— Ele apontou a arma pro meu pai e, quando o meu pai riu, apontou a arma pra mim. Ele estava tão perto. — Muito perto. Perto o suficiente para que eu sentisse o metal na testa. Minha mãe gritou, e a urina quente escorreu pelas minhas pernas até o chão.

— Elisabeth — encoraja delicadamente o Scott.

— Eles discutiram um pouco mais, e o cara engatilhou. — Era um som assustador: *clique, cliti*. Esfrego o arrepio que se forma nos meus braços. Eu sabia que ia morrer e me lembro de rezar para Deus para não doer. Minha mãe gritava sem parar. — Meu pai jogou um saco de dinheiro pro cara. Ele destravou a arma e abaixou. — Eu corri. Passei pela minha mãe, que estava caída no chão, chorando. Passei pelo meu pai, que xingava o homem e o mandava sair. Passei pelo banheiro e entrei no quarto da minha mãe e do meu pai. — Eu me escondi debaixo da cama e chamei a polícia.

O Scott balança a cabeça e encara a entrada da escola através do para-brisa.

— Quanta heroína tinha na casa?

— Não sei — sussurro. — Minha mãe me encontrou no telefone e percebeu o que eu tinha feito. Meu pai ainda estava tentando jogar a heroína na privada quando o pai da Lacy colocou as algemas nos pulsos dele. — Minha mãe também foi algemada e chorou tanto que seu corpo sacudia. Enquanto eles vasculhavam a casa, meus pais estavam de joelhos na sala.

— Elisabeth — ele implora, mas não sei bem o que espera de mim.

— A Elisabeth morreu, Scott. Por favor, para de me chamar assim. — Eu me lembro do olhar de raiva do meu pai quando o pai da Lacy passou comigo por eles. Eu morri para ele naquele momento. — Minha mãe ficou em liberdade condicional, e meu pai ficou preso por seis meses. Quando saiu, foi até Louisville pra me ver. Ele se ajoelhou, olhou nos meus olhos e disse que eu era a pior coisa que tinha acontecido com ele. — Daí ele se levantou, encarou a minha mãe e perguntou se ela ia junto. Mas minha mãe decidiu ficar comigo. — E ele foi embora.

A minha mãe não foi, porque ela me escolheu. Apesar de amar o meu pai, ela ficou. Eu tenho uma dívida com ela.

O Scott liga o carro.

— Vou te levar pra casa.

— Não! — Preciso conseguir um A em ciências. Preciso ver o Ryan, ir ao jogo dele e saber que estou tomando a decisão certa. Tenho uma vida aqui em Groveton e preciso aceitar a ideia de abandonar a minha mãe. — Tenho uma prova hoje, e o jogo do Ryan depois da aula. Preciso ficar.

— Se é isso que você quer, tudo bem. Mas vamos conversar sobre essas coisas quando você chegar em casa.

Casa. Não tenho ideia do que essa palavra realmente significa.

O sinal toca quando eu entro no prédio, e eu ando em zigue-zague pelo corredor cheio de alunos. Minha pele parece estranha no meu corpo. Quase como se estivesse apertada demais e precisasse ser arrancada. Durante anos eu me concentrei em matar aula, e hoje eu lutei para ir para a escola. O que está errado comigo?

Uma garota esbarra no meu ombro e ri no instante em que percebe em quem esbarrou.

— É ela — sussurra alto a amiga.

O cabelo da minha nuca se arrepia. Sou eu. O que isso significa? Continuo pelo corredor, e um grupo de caras para de falar e observa quando eu passo. Agarro o livro de ciências como um escudo. Eu não chamei tanta atenção nem no meu primeiro dia.

Foda-se todo mundo. Quero encontrar o Ryan e ir para a aula de ciências. Ele ganhou o concurso literário e tem um último jogo hoje à tarde. Ainda não dei parabéns para ele direito. Viro a esquina e paro no instante em que vejo uma multidão de pessoas perto do meu armário.

Um aluno do primeiro ano acena com a cabeça na minha direção.

— Ela chegou.

Os sussurros e as risadas acabam, e as pessoas se distanciam de mim e do meu armário. O medo obriga toda a esperança a abandonar o meu corpo. Escrita no meu armário está a palavra de que eu mais tenho medo: *piranha*.

Piranha.

Eu dormi com o Ryan na sexta à noite.

Piranha.

Mas ele foi ao hospital no sábado. Ele mandou mensagem de texto e ligou no domingo, mas eu estava cansada demais para ligar de volta. O Ryan se importa.

Piranha.

Eu viro sobre o calcanhar e tento escapar pelo corredor — para longe do meu armário, para longe dos sussurros e risadas. Viro uma esquina e dou de cara com uma amiga da Gwen.

— Olha quem está aqui. Beth Risk. É verdade que você foi presa em Louisville?

A única pessoa para quem eu contei isso foi o Ryan.

— Vai pro inferno.

As amigas riem, e ela sorri.

— A Gwen tentou te avisar. O Ryan e os amigos dele levam os desafios muito a sério. O que te fez pensar que você era mais do que isso?

O Ryan me deu um frasco de chuva. Ele disse que me amava. Ele não ia contar para as pessoas que a gente dormiu junto nem que eu fui presa em Louisville. Ele não ia me chamar de piranha.

— Não sou um desafio.

— Sério? Então por que os pais do Ryan não sabiam que vocês estavam namorando? Na verdade, a mãe dele falou pra minha mãe que eles proibiram o Ryan de te namorar há várias semanas.

A facada direta no meu coração me deixa sem fala. Dou um passo para trás, mas meu recuo não é suficiente. Ela olha para as amigas, depois estreita os olhos na minha direção.

— Você não era só um desafio, também era o segredinho sujo do Ryan.

RYAN

Estaciono o jipe atrás da caminhonete do Chris e salto. Preciso encontrar a Beth e a Gwen. Vou deixar a corte para a Gwen. Vou dizer a ela que a Beth e eu vamos desistir, desde que ela guarde os segredos da Beth. O Chris e o Logan estão encostados na caçamba e sorriem quando me veem. Hoje pode ser um pesadelo para a Beth, e eu vou precisar da ajuda deles.

— Vocês viram a Beth?

Os dois sacodem a cabeça.

— Você viu a Lacy? — pergunta o Chris. — Era pra ela me encontrar aqui.

Dou uma olhada pelo estacionamento e vejo a Lacy saindo depressa pelas portas laterais.

— Ela tá ali.

O Chris se endireita quando vê a Lacy correr até a gente.

— Tem alguma coisa errada.

Ela passa pelo Chris, estende a mão e me dá um tapa na cara. A dor é ruim, mas o pior são as lágrimas que escorrem pelo rosto dela.

— Como você pôde? — ela engasga.

A Lacy nunca me bateu antes. Ela nunca bateu em ninguém antes.

O Chris se coloca entre mim e a Lacy, enquanto o Logan incita as pessoas que andam devagar para ver o espetáculo a continuarem em frente.

— Que diabos está acontecendo, Lace? — pergunta o Chris.

Ela o empurra, e o empurrão está assustadoramente perto de ser uma pancada.

— O quê? — ela grita de volta. — Que diabos está acontecendo com você? Você devia ser amigo dela.

Por trás da Lacy, o Logan puxa suas mãos para as laterais.

— Calma, Lace. Conta pra gente o que está errado.

As lágrimas transbordam dos olhos dela enquanto ela me encara.

— Você me prometeu que não ia machucar a garota. Você me prometeu que ela não era mais um desafio.

Beth. Ela está falando da Beth.

— E não era. Quer dizer, ela foi, mas você sabe que eu desisti do desafio.

Ela arranca os braços das mãos do Logan, mas ele fica perto, para o caso de ela decidir atacar de novo.

— Todo mundo está dizendo que o Chris e o Logan te desafiaram a transar com ela. Estão dizendo que você ganhou quando levou a Beth pro bosque na última festa ao ar livre. Estão dizendo que você transou com ela e que ela te contou sobre o passado. Todo mundo sabe o que aconteceu com ela em Louisville. Todo mundo sabe.

Gwen. Soco a lateral da caminhonete do Chris.

— Você viu a Beth?

A Lacy balança a cabeça.

— Me diz que você não fez isso. Por favor.

O Chris toca o rosto dela de um jeito hesitante.

— Não, baby. O desafio acabou na noite em que o Ryan se apaixonou por ela.

Ela seca as lágrimas do rosto.

— Alguém escreveu *piranha* no armário dela.

O Logan passa as duas mãos pelo rosto, e o Chris xinga. O pesadelo começou.

Procuro a Beth nos corredores e não a encontro. O primeiro sinal de alerta toca e, do outro lado do corredor, a Lacy balança a cabeça. Droga. Eles também não a encontraram. O Logan dá um tapinha no meu ombro.

— Ela acabou de entrar na sala de aula.

Finalmente. Saio pelo corredor e entro na sala quando o sinal de atraso toca. A Lacy, o Chris e o Logan me seguem. O Chris segura as minhas costas, e nós três vamos até a nossa cadeira. Alguém pede silêncio e ri enquanto todo mundo me observa. Analiso a Beth. Ela está sentada na cadeira no canto da sala, em vez de ao meu lado, que ela pegou semanas atrás.

Assim como no primeiro dia de aula, o cabelo dela está escondendo o rosto, e ela rabisca no caderno. Minha fita não está mais no seu pulso.

Um adulto que eu não conheço pigarreia. Acho que hoje temos um substituto.

— Você se importa de sentar?

A Beth levanta o olhar para mim, depois imediatamente olha para baixo. É como se eu tivesse engolido facas. Ela ouviu os boatos e acredita neles.

Perfeição. É isso que todo mundo espera de mim. Sentar. Fazer o trabalho. Ir aos treinos. Jogar bola. Guardar tudo e deixar a parte de dentro apodrecer, desde que a parte de fora pareça perfeita.

— Beth.

Ela mantém a cabeça baixa, e o substituto aparece na minha linha de visão.

— Ou você se senta ou vai pra detenção hoje à tarde.

— Ryan — diz o Chris —, o jogo.

O jogo contra o time da Northside. Eu prometi ao Chris que não ia perder outro jogo, e a detenção me impediria de manter essa promessa. Relutante, eu me sento e viro para encarar a Beth, desejando que ela me olhe.

— A gente fala com ela depois da aula — sussurra o Chris para mim do outro lado do corredor.

O sinal toca, e é uma corrida para saber quem consegue sair mais rápido. A Beth sai pela porta primeiro, e seu tamanho possibilita que ela se abaixe e passe pela massa de corpos no corredor lotado. Minha próxima aula é na direção oposta de onde ela foi, mas não me importo.

Ela desce pelo corredor de história, e eu agarro o braço dela pouco antes de ela entrar na segurança da sala de aula. Eu me inclino para perto e olho direto nos olhos dela.

— Você sabe que eu te amo.

Seus olhos avaliam o meu rosto, e ela parece tão arrasada quanto dois dias atrás no hospital.

— Você me comeu pra ganhar um desafio?

Luto contra a vontade de sacudir a garota.

— Eu não te comi, eu fiz amor com você. Não faz isso, Beth. Não deixa que uma coisa linda que aconteceu entre a gente se torne feia.

As lágrimas enchem seus olhos, e meu coração se divide em um milhão de pedaços. A Beth não é de chorar, e eu a estou fazendo chorar. Achei que fazer amor com ela ia provar quanto eu a amo. Provar que ela pode confiar em mim. E está me matando saber que justamente isso pode ser o que está nos afastando.

— Eu te dei minha palavra de que o desafio tinha acabado. Quando foi que eu menti pra você?

— Nos degraus da entrada da casa do Scott, você me prometeu que eu não seria um segredo.

Estou aqui quebrando as regras da escola sobre distância física por segurar a Beth perto de mim. Como ela pode acreditar que eu menti?

— Eu contei pra todo mundo na escola. Levei você nos jogos. Levei você nas festas.

— Me diz que você contou pros seus pais. Me diz que, quando os seus pais te perguntaram sobre nós, você disse que a gente era um casal.

Solto o aperto, e ela puxa o braço para longe. Como ela pode saber disso? Sobre o ombro da Beth, eu vejo a Gwen à espreita no fim do corredor. Ela me olha, depois imediatamente desvia o olhar. Droga.

A Beth massageia os olhos.

— Eu me apaixonei pelo atleta de novo. A pior parte é que eu te ensinei a me manipular. Você me convenceu de que me amava e eu fui pra cama com você. Sou muito burra, porra.

O sinal de alerta toca, e eu observo, em choque, a Beth virar. Não. Ela não pode acreditar nisso.

— Mas eu te amo de verdade...

A Beth para no vão da porta, e eu rezo para ela dizer que acredita em mim.

— Não ama, não. Você não quer se sentir mal por ganhar o desafio. — Ela entra na sala, e o sinal de atraso toca.

A professora do segundo tempo da Beth me analisa.

— Vai pra sua aula. — Depois fecha a porta na minha cara.

Entorpecido, viro na direção da minha próxima aula. Eu fiz amor com a Beth e a perdi. Engulo em seco, e meus olhos ardem. Foi cedo demais. Ela não confiava em mim o bastante. O que fizemos juntos foi demais, rápido demais. Passo a mão na cabeça e tento entender como tudo saiu do controle.

— Ryan! — grita a Gwen atrás de mim. — Ryan! Por favor, espera!

A raiva corre pelas minhas veias enquanto eu viro e me elevo sobre ela.

— Está feliz finalmente, Gwen? Parabéns, você conseguiu a corte do baile. Espero que tenha valido a pena.

Seus olhos se arregalam, e ela dá um passo para trás.

— Eu não fiz isso pela corte do baile.

— Então por quê? Por que você me magoou desse jeito?

Ela pisca.

— Te magoar? Eu não disse nada sobre você.

— Se você magoou a Beth, me magoou. Eu amo essa garota.

O rosto da Gwen fica pálido.

— Você acha que ama. Eu só... eu só contei pra algumas pessoas. O suficiente pra história chegar aos seus ouvidos, porque eu sabia que você não ia me escutar. Eu não sabia que iam chamar a garota de piranha. Eu não sabia do armário. Eu juro, Ryan. Eu me sinto péssima. De verdade. Eu não tinha ideia de que as coisas seriam assim.

Quando eu inclino o corpo para longe dela, ela tenta me alcançar com a mão.

— Por favor, você tem que acreditar em mim. Ryan...

Saio do alcance, e seus dedos pairam no ar por um segundo.

— Ela é toda errada pra você. Achei que, se você soubesse, talvez por outras pessoas, veria o que ela realmente é, e aí você...

Um enjoo sobe pela minha garganta.

— O quê? O que você achou que eu ia fazer?

As lágrimas se acumulam em seus olhos, e ela dá de ombros.

— Voltar pra mim.

Estalo o pescoço, tentando aliviar a tensão, mas isso não ajuda em nada.

— A gente terminou muito antes de a Beth vir pra essa escola. Se você não consegue entender isso, tenta entender o seguinte: é ela que eu amo, Gwen. *Ela*.

Viro de costas e vou em direção à minha próxima aula. Essa escola não é tão grande e, por isso, a Beth não vai conseguir se esconder de mim por muito tempo.

BETH

Eu sabia essa matéria na semana passada. Eu sei que sim. Estudei todas as noites, e o Scott me testou quase todos os dias de manhã. Mas estou tendo um branco. As palavras se embolam quando eu leio, o que significa que a minha prova está intacta. O sinal toca.

— Por favor, me entreguem as provas — diz a sra. Hayes.

A mão que segura o lápis está suando. Eu escrevi o meu nome. Só isso. Minha cabeça cai para frente. Eu fracassei. De novo. É isso que estou destinada a ser.

— Beth — diz a sra. Hayes. Ela vem até a minha cadeira depois que todo mundo entrega as provas e sai. — Você está bem?

— Não. — Sou uma piranha e uma burra. Pego a mochila e deixo a prova em branco sobre a mesa. — Não estou.

Saio em disparada da sala de aula. Groveton é um erro. Eu sou um erro. O Ryan mentiu para mim. Ele me usou. Eu era um desafio. Não sou nada além de uma piranha burra que comete um erro atrás do outro. Assim como a minha mãe.

As pessoas riem quando eu passo. Elas estão me julgando, e seu julgamento é correto. Eu não pertenço a este lugar. Nunca pertenci. Não posso ir almoçar e não posso nem pensar na ginástica. Não quero ouvir o Ryan mentir para poder se sentir melhor, nem a risada da Gwen dizendo que eu sou o lixo que ela quer que eu seja, nem os apelos da Lacy para eu falar com ela.

O Ryan vira a esquina, e eu me agacho até o corredor onde eu vi o Isaiah no meu primeiro dia de aula. Meu Deus, eu fodi com tudo. Perdi meu melhor amigo porque me apaixonei por um atleta idiota que não me ama. Meus dedos se enroscam no cabelo, e eu os puxo com força para causar dor. Burra, burra, burra.

Por que eu não consigo fazer uma coisa certa na vida? Se eu tivesse ido embora com a minha mãe, nada disso teria acontecido.

Paro de respirar. Ainda posso ir embora. Guardei o resto do dinheiro e uma muda de roupa na minha mala na semana passada. A mochila está me atrasando. Posso largar os livros no armário. As outras coisas que eu guardei como lembranças também podem ficar para trás, mas não aqui. Eu sei exatamente onde posso deixar tudo no caminho para sair da cidade.

RYAN

Ploft. A bola bate na minha luva. Fim da sexta e o jogo está empatado. Agito os dedos da mão que faz os arremessos para impedir que eles fiquem duros com o frio. Fim de outubro e é o dia mais frio do ano. Jogos nas estações frias provocam sensações estranhas. O vento queima o meu rosto e os meus dedos, mas o suor se forma pelo calor preso embaixo da gola rulê falsa do meu uniforme.

— Vamos lá, Ryan! — grita o meu pai na arquibancada. Fazendo o papel de esposa e mãe perfeita, minha mãe está sentada ao lado dele com uma manta de microfibra cobrindo as pernas. Meus olhos vasculham de novo a arquibancada. A Beth não está aqui e não vai aparecer.

Um apito agudo vem da base principal. O novo rebatedor está enrolando para o terceiro arremesso, no que me parece uma tentativa de me congelar. O Logan sai do retângulo do rebatedor e faz sinal para eu arremessar a bola. Ele quer me manter em movimento para os músculos continuarem aquecidos. Estou distraído e lancei no pior jogo da minha vida. Meu braço gira para trás, solta, e eu xingo quando a bola voa a sessenta centímetros à esquerda da luva do Logan.

O Logan levanta a máscara do receptor até o alto da cabeça e anda em direção à base de arremesso.

— A gente vai encontrar a Beth — diz o Chris, ao se aproximar de mim pela direita. — A Lacy já está procurando ela e, depois do jogo, eu, você e o Logan vamos fazer tudo que for necessário pra ela ouvir.

A Beth matou aula. Eu devia ter ido atrás dela naquela hora, mas o treinador me impediria de jogar.

— Não consigo me concentrar.

— Consegue, sim — diz o Chris. — Você tem sangue-frio quando arremessa. Vamos lá que vai dar certo.

Como vou explicar que eu nunca tive sangue-frio quando arremesso? Que tem sempre uma pressão ardente e constante que ameaça destruir meu arremesso mesmo quando eu não estou distraído?

— Seu arremesso não está direcionado — começa o Logan quando chega à base. — Não perde o foco e você vai chegar até ela mais rápido.

Ele está certo. Vou mesmo. O Chris xinga entre os dentes, e eu sigo seu olhar perturbado até a grade da primeira base. A Lacy está em pé no lado de lá com a mochila da Beth pendurada no ombro.

O Logan fica perto do meu rosto.

— Um arremesso. Mais um arremesso.

— Temos mais uma entrada — protesta o Chris.

O Logan lança um olhar furioso para ele.

— Um arremesso.

Eles voltam aos seus lugares, e o rebatedor enfia as travas da chuteira na terra. Esse é para a Beth. O Logan me mostra dois sinais de paz seguidos. Faço que sim com a cabeça, olho por cima do ombro esquerdo e vejo uma sombra de movimento. Cruzando o braço direito sobre o esquerdo, jogo a bola para o jogador da primeira base e ouço a palavra doce que sai da boca do juiz principal:

— Fora!

A multidão aplaude, e eu corro para fora do campo, entro no banco dos jogadores e saio pelo outro lado. Os olhos da Lacy estão arregalados de pânico, e ela me dá a mochila da Beth.

— Não sei o que significa.

Abro a mochila, e a Lacy continua falando.

— Passei na casa dela, mas não tinha ninguém lá. Aí eu dirigi pela cidade e não encontrei nada. Fui pra casa, esperando que talvez ela tivesse passado lá ou ligado pro telefone fixo, e encontrei isso.

A pressão que sempre me ameaça explode, e eu jogo a mochila no chão. Minha mão agarra o frasco de chuva com as fitas amarradas. Inspiro antes de abrir o bilhete enfiado nas fitas: *Achei que eu conseguia, mas não consigo.*

Droga. A mãe dela. Ela foi atrás da mãe, e teve tempo suficiente para encontrar um jeito de chegar a Louisville. Corro de volta para o banco dos jogadores e agarro minha mochila de tacos.

— Ryan? — chama o treinador, do outro lado do banco dos jogadores.

— Sinto muito. Tenho uma emergência. Coloca o Will no meu lugar.

Enfio o frasco de água na mochila e jogo sobre o ombro. O Chris envolve o meu braço com a mão firme.

— Aonde você vai? Temos mais uma entrada, e o jogo está empatado. O Will não consegue segurar esses rebatedores como você.

— A Beth vai fugir. Se eu não impedir, vou perder a garota.

Ele aperta com mais força.

— Você me prometeu que nunca mais ia desistir de um jogo.

O sangue-frio pelo qual o Chris rezou finalmente entra nas minhas veias.

— Me solta antes que eu arranque a sua mão do meu braço.

— Você vai escolher a Beth em vez de nós?

O Logan se inclina entre mim e o Chris.

— Deixa ele ir, Chris. Ele nunca ia te encher se você escolhesse a Lacy no lugar de um jogo.

— É diferente — o Chris grita. — Eu amo a Lacy.

— Olha pra ele. — O Logan aponta para mim. — Ele está apaixonado pela Beth. Você e a Lacy não são donos desse sentimento.

O Chris me olha, e eu vejo a guerra dentro dele. Ele arranca o boné da cabeça e vira de costas para mim. Estou decepcionando o meu amigo, mas decepcionei a Beth antes. O Logan acena para mim com a cabeça, e eu aceno de leve para ele em agradecimento.

A multidão se agita quando eu saio do banco dos jogadores. Mantenho a cabeça abaixada, ignoro as pessoas me encarando e até os eventuais protestos. O Stone perfeito está fazendo uma coisa muito imperfeita, e eu não dou a mínima para o que os outros estão pensando. Ouço um barulho alto de pés batendo na arquibancada de metal. Se eu tiver sorte, consigo me apressar até o jipe antes que o meu pai chegue ao estacionamento.

Mas, como em tudo no dia de hoje, não tenho sorte.

— Ryan!

Não tenho tempo para isso. Abro a porta do jipe e jogo a mochila na parte de trás, mas meu pai agarra a porta.

— O que você está fazendo? Você tem mais uma entrada pra jogar, e o jogo está empatado.

— A Beth está com problemas, e eu vou atrás dela.

— Não vai, não. Você vai terminar esse jogo. — O rosto do meu pai fica vermelho, e ele coloca as mãos nos quadris. Daqui a vinte e cinco anos, eu vou ser um clone dele se continuar desse jeito. Durante minha vida inteira, tudo o que eu desejei foi ser igual a ele. É engraçado como a vida muda.

— Se eu não for atrás dela, ela vai fugir.

— Deixa ela ir. Ela precisa ir embora. Desde que ela entrou na sua vida, você perdeu o foco em tudo que é importante. Você está deixando seu time na mão, Ryan. Você está destruindo sua carreira no beisebol por conta própria. Tudo pelo que eu trabalhei tanto!

Uma mistura estranha de gelo e calor luta nas minhas veias quando eu fico bem perto do meu pai.

— Você não trabalhou muito por isso! Eu trabalhei. A vida é minha, não sua. Se eu quiser jogar beisebol, vou jogar. Se eu quiser ir pra faculdade, vou pra faculdade. Se eu quiser falar com o meu irmão, vou falar. Se eu quiser ir atrás da Beth, eu vou. Você não vai mais tomar decisões por mim.

Ele cospe enquanto grita:

— Você vai destruir a sua vida por causa de uma garota perdida e drogada?

Uma força sobe dentro de mim, e o meu punho atinge o rosto dele. A adrenalina me faz tremer, e eu observo o meu pai tropeçar para trás.

— Nunca mais fala assim dela.

Pulo para dentro do jipe, ligo o motor e aperto o acelerador. Eu não perco, e não vou perder a Beth.

BETH

Esfrego as mãos e sopro nelas possivelmente pela trigésima vez. Escondida no beco atrás do bar, eu encaro o apartamento da minha mãe. O Trent entrou logo depois que eu cheguei, e está lá dentro há três horas. Não tenho escolha a não ser esperar. Ele vai me matar se me vir de novo.

A porta do apartamento se abre, e o babaca careca finalmente sai tropeçando. Que merda. Ele está sob efeito de anfetamina, o que significa que está no modo de chutar bebês. Sempre preferi um usuário pesado de heroína a um usuário de anfetamina.

Apoiando o peso na porta do carro, o Trent apalpa as chaves, deixa cair e se abaixa para pegar. É, seu babaca, você realmente devia dirigir. Espero que você bata num muro e morra.

O carro não dá partida imediatamente. O motor geme, e ele tenta duas vezes. Vamos lá. Na terceira vez, o motor ruge e liga. O carro treme quando ele dá ré e sai para a rua principal.

Corro pelo estacionamento e bato na porta da minha mãe enquanto giro a maçaneta. Ela não cede, mas ouço minha mãe destravando as correntes do outro lado. Ela abre a porta e estremece quando me vê.

— Elisabeth.

Eu forço a entrada.

— Você fez as malas?

— Não — ela responde. — Não tinha certeza se a gente ia embora.

Meu Deus, esse cara é um nojento. As roupas dele estão espalhadas, assim como os pacotinhos vazios de metanfetamina. Pego um saco de lixo e vou até o banheiro.

— Do que você precisa?

Ela me segue e esfrega os braços nus. Eu me lembro do meu pai fazendo isso. Significa que ela precisa de uma injetada. A abstinência dela vai ser escrota.

— O Trent cuidou de mim depois que eu voltei do hospital. Ele disse que sente muito pelo modo como me trata e que quer começar de novo.

— O Trent é um imbecil. — Coloco no saco de lixo a escova de dentes, de cabelos e paro quando percebo uma sacola de papel pardo atrás dos absorventes da minha mãe. — O que é isso?

— Não sei. — Sua mão sobe e desce pelos braços de novo. — A Shirley colocou aí quando me trouxe pra casa.

Abro a sacola.

— Achei que você tinha dito que o Trent cuidou de você quando você veio pra casa.

— Eu quis dizer que ele veio aqui hoje de manhã.

Dentro da sacola marrom tem um rolo de notas de cinquenta e um frasco do remédio para a minha mãe se desintoxicar da heroína. *Obrigada, Shirley.* Tento não pensar no que ela vendeu ou no que fez pelo dinheiro. O dinheiro está aqui, eu preciso dele, e isso basta por enquanto. Jogo tudo dentro do saco de lixo e vou até o quarto dela. As opções são poucas no departamento de roupas, e eu jogo as menos manchadas e rasgadas dentro do saco.

— Elisabeth — minha mãe diz num lamento. — Talvez seja melhor a gente adiar por um ou dois dias.

— Não vamos adiar por um ou dois dias, nós vamos embora. Onde estão as chaves do carro?

— Eu... não... sei. — O que significa que ela sabe, sim.

Balanço o saco de lixo cheio de coisas e derrubo as garrafas de bebida da mesa de cabeceira. O vidro se espatifa na parede.

— É isso que o Trent vai fazer com a sua cabeça um dia desses. A gente vai embora daqui!

Frustrada, saio do quarto e dou uma olhada rápida no outro. A porta está aberta pela primeira vez, e eu congelo

— Você está brincando comigo, porra.

Apoio a cabeça no vão da porta — estou tonta demais de decepção para ficar em pé por conta própria. Sobre uma velha mesa de centro que eu encontrei perto de uma caçamba alguns anos atrás, há vários sacos de pó branco. Saquinhos menores e balões estão no chão. Eu mal consigo sussurrar as palavras.

— Você está vendendo heroína.

Minha mãe me tira do caminho e fecha a porta com força.

— Não. É o Trent. Eu permitia que ele deixasse aqui de um dia pro outro às vezes, mas, depois da noite em que você quebrou as janelas dele, a polícia ficou enxerida, por isso ele trouxe tudo pra cá de vez. Era o mínimo que eu podia fazer.

Meus dedos se abrem e se fecham.

— *Você* quebrou as janelas do carro do Trent. Eu assumi a culpa pra você não ser presa.

— Finge que não viu nada, Elisabeth. O Trent vai ficar maluco, você sabe. Ele acha que você dedurou ele pra polícia.

— O que tem de errado com você, porra? — grito na cara dela. — Você não se lembra do resultado da nossa última experiência com heroína? — Formo uma arma com os dedos e aponto para a minha cabeça. — Ele ia me matar, mãe. Eu tinha oito anos! Ele colocou a arma na minha cabeça e engatilhou.

Minha mãe balança a cabeça rápido demais e não para.

— Não, ele não ia fazer isso. Seu pai disse que ele só estava tentando assustar a gente. Seu pai disse que você estava segura o tempo todo. Ele jurou.

Como ela pode mentir para si mesma com tanta facilidade? Como ela consegue não ver a verdade repetidas vezes? Minha mãe esfrega o braço. Eu tropeço para trás e bato na parede. Meu Deus, eu não sou diferente. Todos os sinais de uma usuária de heroína estavam ali, durante semanas ou mais, e eu ignorei todos eles.

Mas não vou mais ignorar a verdade. Entro na sala e começo a jogar para o alto as coisas que estão sobre o balcão da cozinha para encontrar as chaves. Vou arrastar minha mãe pelos cabelos, se for necessário. A maçaneta da porta da frente gira, e meu coração se contrai e afunda. Demorei demais, e o Trent vai me matar.

RYAN

A Beth pisca rápido quando eu entro. Em pé numa cozinha minúscula, ela segura um saco de lixo. Eu nunca fiquei tão aliviado de ver alguém na minha vida. Nem tive tanta vontade de sacudir alguém.

— Vai a algum lugar? — Eu me concentro em continuar calmo. A Beth não reage muito bem a ameaças, a raiva ou a qualquer pessoa no caminho dela quando vai fazer alguma coisa.

Ela vira de costas para mim e joga papéis e lixo no chão.

— Sai.

— Tudo bem. Vamos. Já viemos a Louisville duas vezes pra jantar e ainda não conseguimos aquele encontro.

A Beth sai da cozinha e vasculha uma mesa de jogo. As mãos tremem, e o rosto está pálido demais em contraste com o cabelo preto.

— Não estou brincando, Ryan. Minha mãe e eu vamos embora hoje. Esse era o plano desde sempre, lembra?

— Era. — Meus olhos disparam pela sala apertada tentando identificar a ameaça que a está deixando apavorada. A adrenalina pulsa no meu sangue, me preparando para um ataque invisível. — Mas você mudou de ideia no sábado.

Uma mulher entra na sala. Magra demais, com o cabelo loiro ralo. É a primeira vez que eu vejo a mãe da Beth de perto.

— Quem é você? — ela pergunta.

Eu me obrigo a olhar em seus olhos vazios. São da mesma cor dos da Beth, mas sem o brilho.

— Sou o Ryan, namorado da Beth.

Os lábios dela se esforçam para sorrir de um jeito fraco.

— Você tem um namorado, Elisabeth?

A Beth joga no chão uma garrafa de dois litros de plástico vazia.

— Ex-namorado. Ele me comeu e depois falou pra mamãe e pro papai que me odiava. Onde estão as malditas chaves, mãe?

Minha calma chega ao limite.

— Eu não fiz isso com você. Se me der uma chance, eu explico sobre os meus pais.

— Mãe! — a Beth grita, e a mãe dela se encolhe. — As chaves. Agora!

— Tá bom — ela responde, e sai pelo corredor.

A Beth vira, e suas narinas estão distendidas.

— Sai daqui, Ryan.

— Não sem você.

Seus punhos se fecham, e ela bate nas pernas enquanto fala.

— Minha. Mãe. É. Alcoólatra. E viciada em heroína. O passatempo favorito do namorado dela é dar surras em mim, e, quando eu não estou por perto, ele não tem problemas em agredir a minha mãe. Talvez eu só tenha alguns minutos pra tirar ela daqui antes de ele voltar e matar todos nós.

Uma calma assustadora passa por mim. Ninguém machuca a minha namorada.

— Ele te bate?

— Sim, Ryan. Ele me bate e me chuta e me dá tapas. Sou o videogame violento pessoal dele. Se eu não tirar a minha mãe daqui, ele vai matar ela, e, se não for ele, vai ser a heroína.

Cada palavra que a Beth diz provavelmente é verdade, mas eu não me importo com a mãe dela. Minha única preocupação é a Beth.

— O que vai acontecer se eu deixar você sair por essa porta com a sua mãe? Você realmente acha que entrar num carro e dirigir até uma cidade diferente vai melhorar as coisas?

BETH

— Sim — respondo automaticamente, mas uma voz no fundo da minha mente grita que não. — Tem que melhorar.

Parecendo deslocado no uniforme de beisebol, o Ryan ocupa quase a sala toda com seu corpo enorme.

— Sabe o que eu acho?

— Acho que você mentiu pra mim. — Ele mentiu, e eu tento desesperadamente me segurar a isso.

— Eu estraguei tudo. Não sou perfeito. Menti pros meus pais sobre nós dois, mas confessei que estava te namorando. Eles sabem que eu te amo.

São as palavras certas, mas...

— É tarde demais.

— Mentira! — A raiva brilha em seus olhos. — Durante meses eu achei que você era a pessoa mais corajosa que eu conhecia. Você nunca pediu desculpas por ser você mesma, mas, te vendo aí em pé agora, percebo que você é uma covarde. Você tem tanto medo de sentir alguma coisa que prefere abrir mão de tudo que é bom em Groveton pra se sentir segura.

Minha cabeça se inclina para o lado, e meus olhos se estreitam.

— Segura? Estou aqui nessa porra de buraco de drogas tentando salvar a minha mãe de um namorado que vai ficar muito feliz de me matar e depois torturar ela. Não tem nada de segurança nisso.

— Isso é a sua segurança. Você prefere sofrer nessa vida do que morar em Groveton. — Ele dá uma olhada na imundície do apartamento. — Em Groveton, você *sente*. Aqui, você não precisa sentir nada, e isso te torna uma covarde.

Solto o saco de lixo e levanto a mão trêmula até a testa. Ele está errado. Tem que estar. Não é por isso que eu estou fugindo. Preciso salvar a minha mãe porque, se eu não fizer isso, quem vai fazer?

O Ryan diminui a distância entre nós. Meu coração gagueja quando ele coloca a mão na minha cintura.

— Eu queria poder dizer que você está fugindo por minha causa, mas não é. Não tenho esse poder. Você tem fugido desde o instante em que eu te conheci, e aposto que estava fugindo antes disso. Você é muito parecida com aquele pássaro no celeiro. Tem tanto medo de ser enjaulada pra sempre que não consegue ver a saída. Você se bate contra a parede várias vezes. A porta está aberta, Beth. Para de correr em círculos e sai.

A outra mão do Ryan afasta o cabelo do meu rosto, e meu lábio inferior começa a tremer.

— Se eu deixar a minha mãe, ela vai morrer. — Minhas entranhas se reviram e meus olhos queimam.

Ele envolve o meu rosto, e eu me rendo ao toque. O Ryan sempre consegue fazer isso: me deixar confortável.

Ele continua:

— Se você ficar, isso vai te matar. Talvez não fisicamente, mas você vai morrer por dentro. Se você não me quiser, eu vou embora, mas você construiu tanta coisa em Groveton além de mim. Desista de nós, se precisar fazer isso, mas não desista de você mesma.

Meu instinto me diz para fugir. Em vez disso, agarro os braços dele. O medo está me atacando, e eu não gosto de como ele me faz sentir nua.

— Estou com medo.

O Ryan abaixa a testa até a minha.

— Eu também, mas vou ficar com menos medo quando a gente sair daqui.

A porta da frente se abre. A luz clara do sol passa pela porta, e um vento gelado anuncia a entrada do diabo. A figura gigantesca do Trent entra na sala. Perco o controle do meu corpo e sinto minhas mãos desabarem e meu coração pular até a garganta. O Ryan coloca o corpo na frente do meu.

O Trent bate a porta com força e dá um risinho quando me vê. Seus olhos correm até o saco de lixo perto do meu pé.

— Você devia ter ficado longe.

Atrás de mim, ouço os pés suavemente arrastados da minha mãe.

— A Elisabeth estava de saída.

O Ryan pressiona a mão nas minhas costas, me conduzindo em direção à porta. Minha mente grita *corre*, mas meus pés ficam cimentados no chão. Não faz diferença se eu sair correndo ou ficar parada. O Trent não vai me deixar sair por aquela porta de novo.

— Deixa o Ryan ir — digo meio que implorando, e o Trent me dá um sorriso. É a primeira vez que eu peço alguma coisa a ele, e o canalha adora.

Ele abre um maço de cigarros, coloca um na boca e acende. Dá um trago longo e sopra a fumaça enquanto me encara. Eu estremeço ao ver as cinzas ardentes. Na última vez, ele adorou me ver gritando enquanto queimava buracos nos meus braços.

— Vai em frente, garoto. Pode sair. Meu problema não é com você.

— Não saio sem a Beth. — A raiva faz a voz do Ryan tremer.

Apesar de tudo, eu amo o Ryan, e, se não fosse por mim, ele não estaria aqui. Bato com as mãos no peito dele e o empurro para longe.

— Vai!

O Ryan avalia o tamanho do Trent, e o Trent faz o mesmo com ele.

— Sai pela porta, Beth — diz o Ryan. — Ele não vai tocar em você.

O Trent ri. O Ryan é robusto, forte e jovem. O Trent é maior, mais velho e um canalha maligno. No ano passado, o Isaiah e o Noah o enfrentaram, e os dois sobreviveram porque o meu tio ameaçou o Trent com uma arma. Meu tio não está aqui, e eu não tenho a sorte de ter uma arma.

O Ryan se aproxima de mim e da porta aos poucos. Seus olhos continuam encarando os do Trent.

— Vamos.

Minha pulsação lateja nos ouvidos. Talvez a gente consiga escapar.

— Mãe?

— Não ouse se mexer, Sky — diz o Trent.

Estendo a mão para ela.

— Vem com a gente.

O Ryan grita o meu nome, e seus braços voam na minha frente. A dor retalha a minha cabeça. O chão corre em direção ao meu rosto. Uma combinação de escuridão e luz pisca atrás das minhas pálpebras fechadas. Os barulhos se misturam num zumbido agudo enquanto um líquido quente escorre de cima da minha sobrancelha até o alto do meu nariz. Passo a língua nos lábios e me encolho ao sentir o gosto salgado de sangue.

Minhas pálpebras se agitam, e eu me esforço para manter os olhos abertos. A sala se mexe e gira. Obrigo meus olhos a focalizar e vejo os pedaços espalhados da luminária de mesa da minha mãe no chão perto de mim.

O zumbido some, e eu viro a cabeça em direção ao som de uma luta. O Ryan empurra o Trent contra a porta da frente e atinge o cara na cintura. O Trent responde rapidamente socando o Ryan no estômago.

Cerâmica corta a minha mão, e eu engatinho na direção deles.

— Para.

Minha voz sai fraca e rouca. O Ryan tropeça, mas consegue bloquear um golpe e, alguns segundos depois, soca o Trent no maxilar. Tento levantar, mas não consigo.

Sentada em posição fetal do outro lado da sala, minha mãe se balança de um lado para o outro no chão. Engulo em seco e obrigo as palavras a saírem da minha garganta.

— Ajuda o Ryan, mãe.

— Não posso.

— Ele vai matar a gente!

Minha mãe abaixa a cabeça até os joelhos e continua se balançando.

— Mãe! — eu grito. — Por favor!

Ela cantarola alto de boca fechada, e meu coração se parte. Ela nunca vai mudar. Não importa o que eu faça. Não importa quanto eu tente. Minha mãe sempre vai ser esse pobre e patético desperdício de vida. Não vou ser como ela. Não posso. Agarro uma cadeira virada e me obrigo a ficar em pé. O Trent ataca o Ryan, e os dois caem no chão quebrando tudo.

— Deixa ele em paz!

O Trent fica de joelhos e soca a cara do Ryan, que cai de novo. O pânico me destrói. Ele vai matar o Ryan na minha frente. O canalha desgraçado vai tirar de mim tudo o que eu amo.

Eu me lanço contra ele, e soco, e bato, e arranho. Ele dobra meu pulso e meu braço de um jeito que não é possível fisicamente. Os ossos do meu braço estalam e quebram. Um grito rasga o meu corpo, e a dor me deixa cega.

Ele me solta, e eu caio de joelhos em agonia. Meu grito fica silencioso quando o Trent aperta os dedos ao redor do meu pescoço. Fico enjoada e tento respirar. Nada acontece. Pensamentos brilham na minha cabeça num ritmo frenético. Preciso de ar. Ele vai me matar. Minhas mãos vão até os dedos que apertam o meu pescoço, mas não consigo arrancá-los dali.

Ele é mais forte do que eu e vai ganhar.

O Trent se sacode e afrouxa os dedos. O Ryan está segurando o Trent num golpe de gravata enquanto eu caio no chão e puxo o ar para dentro dos pulmões em chamas. Minhas mãos se agitam perto do meu pescoço e cobrem onde os dedos dele marcaram a minha pele.

— Meu bebê! — A mão da minha mãe se junta à minha na garganta. — Você está bem?

Tonta, eu faço que sim com a cabeça.

Minha mãe agarra o meu braço e me puxa, num esforço de me tirar do chão.

— Vamos.

O Ryan xinga, e eu me esforço para me levantar, sem sucesso.

— Ajuda ele, mãe.

O Ryan prende o outro braço ao redor do pescoço do Trent e grita:

— Vai, Beth!

O Trent luta contra o aperto do Ryan, e o rosto do Ryan fica tenso enquanto ele luta para manter o aperto.

Minha mãe balança a cabeça.

— Vamos embora. Agora. Ele vai me machucar.

O Trent dá uma cotovelada no estômago do Ryan, gira e soca o seu rosto. O Ryan cai.

— Não! — Gritos e apelos voam pela minha boca. O sangue cobre o rosto do Ryan. O Trent se levanta e o chuta no estômago. Eu grito de dor quando me apoio no braço esquerdo. — Ajuda ele, mãe!

— A gente precisa ir agora, Elissssabeth. — Minha mãe murmura calmamente o meu nome. — Quero ir embora. Vou com você agora.

Viro a cabeça e encaro a imagem assustadora da minha mãe. Seus olhos cansados com as pupilas contraídas me olham como se eu fosse uma sombra, e não sua filha. Ela aperta minha mão de novo. Pela primeira vez, ela não está esfregando o braço.

Encolho o braço esquerdo para perto do corpo, me apoio na mesa e me levanto.

— Você se injetou?

Quando eu me levanto, minha mãe cai no chão. De vergonha? De cansaço? Chapada demais? Não sei.

Ela cobre a cabeça com os braços e se balança de novo, recusando-se a ver o Ryan morrer e a fazer contato visual comigo.

O sangue escorre pelo meu olho, e minha visão oscila enquanto meu corpo cai para o lado. Meus dedos acidentalmente atingem o telefone sem fio perto da ponta da mesa.

Heroína.

Essa droga me destruiu nove anos atrás, e um telefonema me custou o meu pai.

Heroína.

Se eu ligar, minha mãe vai para a cadeia.

Heroína.

Meus dedos deslizam pelos números e, como nove anos atrás, eu ouço o telefone tocar uma, duas, três vezes. O mundo fica preto, depois reaparece num túnel confuso. Meus joelhos ficam fracos, e eu forço a consciência por mais alguns segundos.

— 911, qual é a emergência?

RYAN

Ajusto o celular para o toque mais alto possível e coloco sobre o peito antes de descansar a cabeça no travesseiro. A Beth deve sair do hospital hoje e, por isso, recusei o medicamento para dor. Quero ouvir a voz dela do outro lado da linha e sei que ela está só a um quilômetro e meio de distância, e não a trinta minutos, em Louisville.

Assim, pela primeira vez em mais de uma semana, posso dormir profundamente.

Meu corpo é apenas uma dor lenta e latejante. Cada ponto de pressão lateja com a minha pulsação. Costelas quebradas, hematomas e ferimentos. Mas cada machucado valeu para salvar a Beth.

— Você pode me dizer por quê? — A voz do meu pai entra no quarto. Meus olhos se abrem de repente. Eu viro a cabeça e o vejo encostado na porta, com o olhar preso ao chão. São as primeiras palavras que ele me dirige depois que eu bati nele. Ele tem estado por perto. Presente, mas sem falar. Não me sinto mal por isso, porque eu também não falei com ele... até agora.

— Por que o quê?

— Por que você arriscou tudo por aquela garota?

— Porque eu a amo. E o nome dela é Beth.

Nenhuma resposta. Às vezes eu me pergunto se o meu pai sabe o que é amor.

— O Scott ligou — ele diz, sério. — Ele queria te lembrar que agora existem regras. Ele está com raiva de vocês dois e não vai deixar ela sair de casa tão cedo.

Volto meu foco para o teto. Consigo lidar com regras, desde que eu tenha a Beth. O Scott tem sido uma mistura de grato e puto da vida. Pensando bem, talvez eu devesse ter ligado para ele quando encontrei o bilhete da Beth, mas acho que ela não teria dado ouvidos a ele. Ela precisava de mim.

— Acho que você não devia continuar se encontrando com ela — diz o meu pai.

— Não me lembro de ter perguntado.

Há um silêncio e, quando olho pelo canto do olho, meu pai sumiu. Quem sabe se vamos conseguir consertar o que foi quebrado.

Meu celular vibra, e meu estômago afunda quando vejo o nome da Beth. Ela prometeu ligar.

> Amigos, certo?

Dou um risinho. Foi a primeira mensagem de texto que ela me mandou.

> Sempre

A campainha toca, e eu esfrego os olhos. Estou exausto demais para visitas, mas elas continuam chegando: amigos, o time de beisebol, treinadores, professores, amigos dos meus pais.

O tom de voz ligeiramente elevado da minha mãe e do meu pai indica que eles estão discordando por algum motivo, e eu não me importo o suficiente para descobrir qual é o assunto. Espero que eles continuem a discussão, mas o que eu não espero é a voz da minha mãe na porta do meu quarto.

— Porque eu falei que sim.

Ela lança um olhar furioso para o corredor antes de falar comigo.

— Ryan, você tem visita.

Antes que eu consiga perguntar quem é, a Beth entra no meu quarto com o braço esquerdo pendurado numa tipoia. O fôlego escapa do meu corpo. Ela está aqui. Eu me esqueço dos ferimentos e corro para me sentar — e faço uma cara de dor. O cheiro de rosas me inunda, eu levanto o olhar e vejo a Beth do meu lado.

— Você está péssimo. Tem descansado?

O lado direito da minha boca se curva para cima.

— É bom te ver também.

— Estou falando sério. — A Beth não lida bem com a preocupação, e a dor no rosto dela me incomoda.

Pego a mão que ela usa para tentar me empurrar de volta para a cama, levo até os lábios e beijo a palma. Meu Deus, como eu senti saudade dela.

Ouço um pigarro e percebo o Scott em pé, ao lado da minha mãe na porta.

— Alguns minutos, Beth, depois vamos pra casa.

Ela faz que sim com a cabeça, e eu observo a reação da minha mãe ao ver uma garota no meu quarto. Ela nos analisa, quase como se estivesse vendo um quadro que não entende muito bem. Não tem malícia na expressão dela, só curiosidade.

— Vou deixar a porta aberta.

— Obrigado — digo, e falo sério. Minha mãe está tentando, agora; não só comigo, mas com o Mark, e eu tenho que agradecer ao Chris por isso. Ele ligou para o meu irmão quando os médicos me levaram para a sala de emergência. O Mark e a minha mãe conversaram pela primeira vez quando eu estava na radiografia. Os dois não falam sobre a conversa que tiveram, mas estão se falando de novo. É um começo.

O Scott inclina a cabeça para dentro do quarto quando a minha mãe sai e encara diretamente a Beth.

— Se comporta.

Ela revira os olhos.

— Porque no instante em que você sair a gente vai se agarrar como dois animais selvagens. Por favor. — Ela aponta para o braço. — Ossos quebrados e manchas roxas são muito atraentes.

Ele balança a cabeça enquanto segue a minha mãe até a sala de estar, e a Beth imita os movimentos dele. Será que eles têm ideia de como são clones um do outro?

A Beth afunda na cama e vira a cabeça na minha direção. Não gosto de ver como ela está. Além dos cortes no rosto, na cabeça e das manchas roxas, ela está pálida demais e com olheiras profundas. Eu me pergunto se estou sonhando, estendo a mão e aliso o cabelo dela entre os dedos. É sedoso e real. Deixo as mechas caírem e encontro seu olhar.

— Como você está?

Detesto o modo como ela franze a testa e a dor que pesa na sua expressão. Ela fecha os olhos por um breve instante.

— Sinto muito. É culpa minha ele ter te machucado.

— Não, não vou ouvir essas coisas. — Agarro a mão da Beth e a puxo de leve, para ela deitar comigo na cama.

Ela resiste.

— Mas a sua mãe...

— O que ela vai dizer? Estou machucado. Você está machucada. Ficamos cansados e deitamos. Quero te abraçar, então, pela primeira vez na vida, você pode não lutar contra mim?

— Uau. Alguém está de mau humor.

— Estou mesmo, caramba. — Mas os nós que apertam minhas entranhas começam a se desfazer quando eu me deito e a Beth envolve seu corpo cuidadosamente no meu. Ela está hesitante, testando as áreas antes para confirmar se o contato não vai me provocar dor, e eu tenho cuidado ao colocar o braço ao redor dela para não dar um solavanco no seu braço.

Quando nos ajeitamos, eu expiro e fecho os olhos. Sonhei com isso durante sete dias. Quem sabe, talvez eu esteja sonhando agora. Se estiver, a Beth vai fazer uma coisa difícil para ela: talvez ela me dê algumas respostas.

— Por que você acreditou na Gwen, e não em mim?

BETH

Eu me ajeito, me aninhando mais no Ryan, mas ligada nos sinais de que eu machuquei o cara. Ouço seu coração agora, e sua respiração. Se eu não estivesse tão cansada, poderia chorar. Achei que tinha perdido o Ryan no apartamento da minha mãe.

Ele passa a mão no meu cabelo, e eu passo a língua nos lábios, buscando coragem. Ele merece uma resposta. Se não for por ter arriscado a vida para me salvar, que seja porque eu amo o cara

— Eu não confiava em você.

Seu coração bate várias vezes antes de ele falar de novo.

— Por quê?

Porque eu era burra.

— Eu não sei... — Não tenho o jeito do Ryan com as palavras. Elas são difíceis para mim. Problemáticas. Pelo menos as palavras que contêm emoções. — Acho que era mais fácil acreditar que você tinha me usado do que acreditar que você me amava. Pra ser sincera... eu não entendo. Por que alguém como você ia querer ficar com alguém como eu?

O Ryan levanta o meu queixo para que eu olhe nos olhos dele.

— Porque eu te amo. Beth, você é tudo que eu quero ser. Você está viva e não precisa viver pedindo desculpas. Eu nunca teria feito amor com você se achasse que você não confiava em mim... ou não me amava. E eu nunca teria feito isso se não confiasse em você e te amasse.

Eu me apoio no cotovelo, e meu coração é praticamente arrancado do peito pela dor nos olhos dele.

— Eu te amo de verdade, e quero confiar em você... É só que... eu tento... e...

Droga. Dou um soco na cama. Por que não consigo explicar? Por que tenho tanta dificuldade?

— Ei. — A autoridade do tom me faz encontrar seu olhar. Meu coração para quando o Ryan acaricia o meu rosto com um dedo e, sob o toque dele, minha pele fica vermelha. Senti falta disso. Senti falta dele. Talvez eu não esteja estragando tudo.

— Respira — ele instrui. — Está tudo bem. Vai devagar, mas continua... Pode falar.

Pode falar. Mostro a língua para ele, revoltada, e o Ryan se esforça para não sorrir. Se ele não estivesse tão debilitado, eu daria um soco no braço dele. Solto uma lufada de ar e tento de novo.

— Eu não sei... Eu simplesmente não... confio... em mim. — Eu pisco e o Ryan também, e parece meio assustador e revelador ter falado algo tão profundo. Ele esfrega o meu braço, me incentivando a continuar, e eu não sei como. Mentira. Eu simplesmente não quero. Mas isso vai além do que eu quero. Trata-se de mim e do Ryan.

— Não quero mais fazer escolhas ruins. — Olho para ele, esperando que eu esteja falando coisas que façam sentido, porque não tenho certeza se estou. — E eu meio que acho que todas as escolhas são ruins, porque sou eu que estou decidindo, e aí eu te conheço e você é ótimo e você é maravilhoso e você me ama e eu te amo, e eu tenho um medo dos infernos de estragar tudo...

Fecho os olhos, e meu lábio inferior treme.

— E eu fiz isso. Estraguei tudo de novo.

O Ryan envolve o meu rosto com a mão. Eu me inclino e abro os olhos.

— Estou feliz por tudo que aconteceu — **ele** diz.

— Achei que tinham feito uma tomografia na sua cabeça.

Seus olhos riem.

— Fizeram. Mas me diz o seguinte: antes de o Trent chegar, você ia embora comigo?

Engulo em seco e faço que sim com a cabeça antes de responder.

— Ia.

— Por quê?

Meus olhos se estreitam, e eu tento entender a pergunta.

— Não, Beth. Não pensa. Simplesmente me dá a primeira resposta que vem à cabeça. Por que você ia embora comigo?

Meus olhos disparam até os olhos dele, e minha boca se abre. Não, não é possível, porque, se for, essa é a primeira vez para mim.

A mesma esperança que eu vi um milhão de vezes no Ryan aparece no seu rosto. Será possível que ele já sabia?

— Diz, Beth.

— Eu te amo. — Essas palavras costumavam ser difíceis, mas agora são mais fáceis. Expiro, e o ar treme ao sair da minha boca.

— Boa tentativa — ele diz. — A outra coisa. Fala.

— Ryan... — Minha garganta seca, e o suor se forma na minha testa. — Estou com medo.

— Eu sei. — Ele coloca meu cabelo atrás da orelha. — Mas está tudo bem.

Seus dedos traçam meu braço lentamente, sobre a tipoia, e ele pousa os dedos nos meus. Um calor aumenta dentro de mim, começando no meu coração e fluindo pelo meu sangue. Isso cria uma sensação de correntes se abrindo e se libertando. É quase como se eu estivesse flutuando.

— Eu confio em você — digo. — Eu ia embora com você porque eu confio em você.

O Ryan fica em silêncio, mas o sorrisinho pacífico no rosto dele me faz sorrir também. Eu me pergunto se o meu sorriso parece com o dele. Eu confio nele. Ryan. É meio assustador, mas não tanto quanto eu achei que seria. Talvez seja isso; talvez esse seja o começo sobre o qual o Scott falou durante meses: a ficha limpa.

— Foi muito difícil? — ele pergunta.

— Foi.

O Ryan toca o meu cabelo de novo. É como se ele precisasse do contato para confirmar que eu não sou um fantasma.

— Você precisa aprender a confiar em si mesma.

Eu caio na cama, e a minha cabeça descansa no travesseiro ao lado dele. O Ryan demora para se mexer. Nossos rostos ficam muito próximos. Meu braço começa a doer, e eu tenho a sensação de que o Scott vai aparecer em breve, porque ele colocou um alarme no celular dele para a hora em que eu tenho que tomar meu remédio para dor.

— Você se importa se eu sarar antes de enfrentar outras questões emocionais antigas que resolveram vir à tona? — ele pergunta. Então inclina a cabeça, e eu xingo em silêncio. Aparentemente, ainda não terminamos.

— Você está brincando, né?

— O Scott disse que o Isaiah foi ao hospital — ele começa.

Faço que sim com a cabeça, preferindo não falar disso agora... nem nunca. O Noah me visitou várias vezes quando eu estava no hospital — uma vez com a Echo e duas vezes sozinho. Ele me contou que o Isaiah ficou andando de um lado para o outro na sala de espera até ouvir que eu ia ficar bem, depois foi embora. Meu melhor amigo foi embora.

— Acho que a gente devia conversar sobre isso.

Os dedos da minha mão esquerda tentam se fechar, mas a explosão de dor me impede de fechar o punho. Eu assobio por causa da dor, e o Ryan se aproxima um pouco.

— Você está bem?

— Estou — solto. — É só que... eu já te falei que não sou assim com ele.

— Eu acredito em você.

Minha sobrancelha começa a levantar, e eu paro quando os pontos na testa repuxam. Droga, eu nunca vou conseguir me mexer de novo.

— Então, por que falar desse assunto?

O Ryan inspira, e eu percebo que essa conversa o está deixando tão perturbado quanto eu.

— Você vai ver o Isaiah de novo?

Não. Sim.

— Se ele deixar. Mas ele saiu do hospital sem falar comigo. Não sei o que isso significa. — Foda-se isso. — Sim, é claro que eu vou ver o

Isaiah de novo. Ele é meu amigo e vai ter que entender isso, mesmo que eu precise bater com uma madeira na cabeça dele.

Ele parece dividido entre um sorriso e um suspiro.

— E você se pergunta por que eu me preocupo.

— O que isso quer dizer?

— Você tem que admitir que a vida que você levava em Louisville é diferente da que tem agora. Tenho medo de você fugir se tiver pra onde ir, pra quem pedir ajuda quando as coisas ficarem difíceis. — O Ryan estica os dedos da minha mão esquerda, que tinham começado a encolher de novo. — Sempre vai ter alguma dúvida entre nós, Beth, e eu não posso entrar nessa se você estiver sempre fugindo.

— Não vou mais fugir. Eu juro. — É quase doloroso pisar no meu orgulho para dizer o resto. — Você estava certo... em Louisville... sobre eu ter uma vida em Groveton. Eu tenho você... mas também tenho o Scott, e a Lacy, e a escola. Eu gosto de quem eu sou aqui.

— Eu também — ele diz, como se quisesse provar o que disse.

— Mas o Isaiah e eu temos história demais pra eu abandonar o cara. Eu estou aqui. De coração. Alma. Corpo. Groveton é o meu lar, mas eu nunca vou abandonar um amigo, especialmente o meu melhor amigo. — Encaro o edredom embaixo de nós. — Preciso que você aceite isso, porque eu não vou mudar de ideia a respeito dele.

Depois de alguns instantes de silêncio, eu arrisco uma olhada. O Ryan acaba cedendo.

— Tudo bem. Ele é seu amigo. Se você vai confiar em mim, eu também vou confiar em você.

Eu tiro os sapatos e esfrego o dedão no pé dele. É o melhor que eu posso fazer, com o braço numa tipoia.

— Combinado. Eu te amo e... — Engulo o medo e continuo. — Confio em você.

— Ótimo. — Os músculos do Ryan relaxam visivelmente, e suas pálpebras se agitam.

— Ótimo — repito, me permitindo relaxar com ele. — Você sabe que eu quero ouvir de novo.

O Ryan se aproxima, envolve um braço protetor na minha cintura e fecha os olhos.

— Eu confio em você.

— Boa tentativa. — Finjo cutucá-lo com o cotovelo engessado, e seu peito se mexe quando ele dá um risinho. É tão bom provocar o Ryan de novo. — A outra coisa. Fala.

— Eu te amo.

Aproveitando seu calor e sua força, eu me derreto nele e fecho os olhos.

— De novo.

— Eu te amo — ele sussurra.

— De novo. — Mas, dessa vez, minha mente flutua quando ouço a declaração suave. Quero exigir as palavras de novo, mas minha cabeça encontra o peito dele. Seu coração bate com firmeza no meu ouvido, e eu tenho a resposta. Então nos soltamos um no outro e dormimos.

RYAN

Um ano atrás, minha vida estava completamente mapeada. Acontece que ninguém sabe o futuro. Deslizo os braços pelo paletó e ajeito os ombros para ajustá-lo adequadamente no meu corpo. As manchas roxas e os cortes diminuíram, mas minhas costelas ainda doem no fim do dia. Especialmente quando eu forço muito a barra.

— Sua gravata está torta. — Minha mãe encosta um dos ombros no vão da porta e acena de um jeito desaprovador ao olhar para o meu pescoço. — Vem cá.

Eu me afasto da cômoda, e ela desfaz o nó.

— Você está bonito — ela diz.

— Exceto pela gravata.

Os lábios da minha mãe se curvam para cima, e ela desliza a gravata para medi-la no meu peito.

— Exceto pela gravata. Como se sente?

— Bem.

Rugas marcam a preocupação em seus olhos, e ela se esforça para manter o sorriso.

— Eu sei que o médico te liberou pra começar a treinar, mas acho que você devia esperar mais uma ou duas semanas. Só pra garantir que está tudo completamente curado.

Minha mãe faz um nó experiente na minha gravata e me encara por um segundo antes de deixar a mão tocar no meu rosto — um raro contato físico para nós dois.

— Estou feliz por você estar bem. — E recua. — Falei com o seu irmão de novo hoje de manhã. Ele perguntou como você está.

O Mark sabe como eu estou. Temos conversado por telefone desde que eu recebi alta do hospital. Ele ainda deve se sentir estranho ao conversar com a minha mãe e, por isso, procura a conversa mais fácil. Eu me ocupo abotoando os punhos da camisa.

— O que você disse a ele?

— Que você é teimoso como o seu pai e não me diz quando está com dor.

— Estou bem, mãe.

Ela remexe nas pérolas.

— Se a gente tivesse te ouvido naquela manhã... Se a gente tivesse te ouvido semanas antes... Se eu tivesse enfrentado o seu pai quando o Mark nos contou... nada disso teria acontecido.

— Está tudo bem.

Eu queria que eles tivessem me ouvido na manhã em que a Beth fugiu. Eu queria que eles tivessem me ouvido semanas antes, quando eu disse que me importava com ela. Eu queria que a minha mãe tivesse enfrentado o meu pai e mantido o Mark na nossa família, mas nada disso aconteceu. Mesmo que tivesse acontecido, não tem como saber se isso impediria o pesadelo que estava por vir. A Beth fugiu porque morar em Groveton a apavorava. Ela teria fugido apesar do que aconteceu entre nós e, como eu a amo, eu a teria seguido.

Minha mãe suspira e entra no modo social.

— O Mark vem jantar aqui em casa no domingo. Acho que podemos deixar as coisas acontecerem de um modo bem simples. Só eu, você, o Mark... espero que o seu pai também.

— Parece ótimo.

Mas nós dois sabemos que o meu pai vai para a cidade enquanto o Mark estiver em casa. Ele ainda se recusa a reconhecer que o filho mais velho existe. Pouca coisa mudou no casamento dos meus pais. Minha mãe está escolhendo o Mark e eu, e o meu pai desistiu da ideia de se candidatar a prefeito. Mas ele ainda está em casa, e os dois ainda estão frequentando a terapia de casais. Como eu disse, quem sabe o que o futuro pode trazer.

— Não se esquece da flor. — Minha mãe sai do quarto.

Pego as chaves do carro e a pulseira com a rosa vermelha e saio para a garagem. Pelo canto do olho, vejo o meu pai sentado atrás da mesa de trabalho no escritório. Não nos falamos desde aquele dia no meu quarto, e acho que hoje não é o dia em que um de nós vai quebrar o silêncio.

Quando abro a porta do jipe, ouço o gemido da sua cadeira e os passos no chão de cimento. Meu pai vai até a bancada de ferramentas e remexe nas caixas de porcas e parafusos.

— Sua mãe me disse que você assinou uma carta de intenção para jogar na Universidade de Louisville.

Meus músculos ficam tensos, preparados para uma briga. A carta exigia a assinatura de um dos pais, e eu pedi ajuda à minha mãe.

— Sim, senhor.

— Ela disse que você planeja jogar com o time por um ano, depois reavaliar se vai ou não para a liga profissional.

Eu me sinto nu sem o boné e esfrego a nuca. Eu poderia seguir pelo caminho fácil e responder com um simples sim, mas cansei de dizer ou fazer o que for necessário para acalmar o meu pai.

— No fim do primeiro ano, vou decidir se sou bom o suficiente pra liga profissional. E vou me formar em escrita criativa. Eu adoro escrever e adoro beisebol, e quero dar uma chance aos dois.

Meu pai fecha uma gaveta cheia de pregos e acena com a cabeça.

— Você comprou uma pulseira de flores para ela? As garotas gostam de flores.

Estou segurando a caixa transparente.

— É — digo, e levanto a caixa para ele ver. — Você me ensinou isso.

BETH

O quarto do Scott e da Allison é muito exagerado para o meu gosto. As cortinas são de seda azul e tem coisas enfeitadas que parecem flores, e quadros também de motivos florais decoram todos os espaços disponíveis. A cama é mais do que gigantesca. O Scott e a Allison não precisam ir para quartos separados se brigarem; eles podem rolar para o lado algumas vezes e ficar em códigos postais diferentes.

Eu sento na cadeira excessivamente acolchoada na frente da penteadeira da Allison e observo enquanto ela prende o meu cabelo. Odeio o penteado, mas não posso reclamar. Uma hora atrás, ela tingiu seis mechas de tinta temporária preta no meu cabelo. Agora ele tem quatro centímetros de loiro-dourado nas raízes, o preto cai sobre os meus ombros e mechas pretas equilibram tudo.

— O Scott vai ficar puto.

— Vai — ela diz. — Mas eu cuido disso.

Meus lábios se curvam e, quando a Allison percebe isso no espelho, ela também sorri. Tivemos uma trégua desconfortável desde que eu voltei do hospital e, às vezes, tenho medo de dizer alguma coisa errada e irritá-la.

— Por que você está sendo legal comigo?

A Allison levanta o babyliss de novo e me lança um olhar furioso quando eu me mexo. Ela curva algumas mechas que se recusam a fazer parte do seu plano.

— Porque o Scott te ama.

Ele me amava antes, mas isso não impediu que ela odiasse cada célula do meu corpo. Não que eu tenha ajudado.

— Me desculpa por ter te acusado de dar o golpe nele.

O babyliss puxa as raízes do meu cabelo, e eu mordo o lábio. Ela solta o cabelo, e pequenos cachos dançam na minha nuca. Tudo bem, eu mereço o puxão — e os cachos. Talvez agora a gente fique quite.

A Allison guarda o babyliss de volta na penteadeira.

— Me desculpa por... Bom, só me desculpa. Eu não queria você aqui.

Eu pisco. Isso foi direto, mas sincero.

— O Scott me contou do passado dele, mas era fácil fingir que era só uma história até você entrar em cena. Eu prefiro a vida limpa e simples. Você complicou o Scott.

— Ele já era complicado.

Ela passa laquê no meu cabelo.

— Agora eu sei disso.

O Scott pigarreia, e eu e a Allison viramos e o vemos entrando no quarto. Eu me levanto, e ele abre um sorriso largo quando me vê no vestido preto tomara que caia na altura dos joelhos. Ele franze a testa de novo quando vê o meu cabelo.

— Fui eu que fiz isso — diz a Allison sem uma pitada de culpa.

Os olhos do Scott se arregalam.

— Você fez isso?

— Semana passada você disse que ela podia usar esses sapatos horrorosos com o vestido, e eu avisei que você ia se arrepender.

Eu me remexo no meu All Star original.

— Estou usando meia-calça. — Essa foi uma grande concessão.

— Você devia usar um suéter — o Scott diz.

— Ela não vai usar um suéter — a Allison ataca. — Ia ficar um horror.

— Não me importa como ela vai ficar. Eu me importo com a quantidade de pele aparente.

A Allison se inclina para frente, e o Scott beija seus lábios. Eu desvio o olhar. Eles fazem isso com mais frequência desde que eu voltei do hospital. Não só beijar, mas beijar com sentimento. Beijar porque eles realmente se amam. Ela sai do quarto, e o Scott enfia as mãos nos bolsos.

Controlo a vontade de coçar minha testa em recuperação.

— Ela cobriu o corte com maquiagem.

— Eu percebi. — Ele aponta para minha mão esquerda. — Como está?

Dou de ombros.

— Tudo bem. — O gesso preto é temporário. O Trent estilhaçou meus ossos da mão, do pulso e do braço. Vou ter que passar por outra cirurgia daqui a duas semanas. Meus dedos saudáveis batucam na perna. Achei que ia conseguir viver sem perguntar, mas não consigo. — Como foi a audiência da minha mãe no tribunal?

Minha mãe e o Trent deram depoimentos preliminares ontem. Eu disse ao Scott que não queria saber o que aconteceu, mas a curiosidade está me corroendo.

— Não tem problema você querer saber. — Ele encontra os meus olhos, e eu luto contra as centenas de emoções que me arrastam em direções diferentes.

Aceno com a cabeça, e ele continua:

— Ela aceitou o acordo e vai cumprir seis anos. O Trent alegou inocência, apesar das recomendações do advogado dele. O promotor acha que conseguem prender o cara por quinze anos.

Uma bola de medo se forma no meu estômago, e eu afundo de novo na cadeira.

— Então vai ter julgamento.

O Scott abaixa a cabeça. Todos nós queríamos evitar isso.

— Vai.

O Ryan e eu vamos ter que enfrentar o Trent de novo na hora de testemunhar. Respiro fundo para me acalmar.

— Você falou com a minha mãe? — pergunto.

Ele balança a cabeça, e eu não sei muito bem como me sinto em relação a isso. Não sei como me sinto em relação à minha mãe. Seis anos. Minha mãe vai para a cadeia por seis anos, e fui eu que a coloquei lá.

— Você fez a coisa certa, garota.

— Eu sei — digo baixinho. Eu realmente sei, mas isso não significa que é menos ruim. A campainha toca, e o medo começa a perder força. O Ryan chegou.

Um sorriso simpático se instala no rosto do Scott.

— E o Príncipe Encantado está te esperando.

— Ei, Scott.

Ele faz sinal para que eu continue.

— Como você conseguiu manter segredo sobre a heroína? Quer dizer, é um puta segredo. Eu sei que você queria ter alguma coisa pra me chantagear, mas era heroína.

Ele coça atrás da orelha.

— Eu estava contratando detetives particulares pra te encontrar quando a sua tia me ligou. Quando eu cheguei à delegacia, de jeito nenhum você iria pra casa com outra pessoa que não fosse eu. Uma olhada na sua mãe, e eu soube que as coisas estavam mal.

Ele suspira.

— Ela estava tão nervosa perto dos policiais que imaginei que estava escondendo algo. Eu teria dito qualquer coisa pra manter você. Mas eu nunca usei a palavra *heroína* com você nem com a sua mãe e nunca entrei no apartamento dela. Achei que ela tinha um segredo e blefei.

E eu meio que me sinto uma idiota. Uma idiota feliz, mas idiota do mesmo jeito.

— Boa jogada.

Ele dá um sorriso forçado.

— Acho que sim.

No sinal de dois minutos, minhas mãos começam a suar, inclusive a que está engessada. O verão fora de hora no Kentucky tem um jeito esquisito de fazer o mês de novembro parecer o mês de julho. Enquanto entramos no campo aberto atrás do placar, o Ryan segura a minha mão e não parece se importar se está fria e úmida. As pessoas gritam e berram na arquibancada, e o apresentador anuncia à multidão que o nosso time está na primeira e na décima — seja lá o que isso significa.

Os outros casais nomeados para a corte do baile ficam mais perto do poste de luz, mas eu hesito e fico um pouco para trás, e o Ryan me acompanha.

— A Gwen não vai te perturbar — ele diz.

— Eu sei. — Ele está certo. Não vai. Desde que eu e o Ryan voltamos para a escola, ela tem estado menos arrogante, mais quieta e retraída. Ela pediu desculpas para mim e para o Ryan. Eu aceitei, mas isso não significa que eu tenho que gostar nem ficar perto dela. Com um penteado perfeito, a Gwen se destaca do grupo. Eu meio que me sinto mal por ela. Culpa é um sentimento terrível. Eu sei bem.

— A gente podia falar com a Carly e o Brent — provoca o Ryan. — Ela é sua fã.

Reviro os olhos.

— A Carly e eu fomos nomeadas pra dupla no laboratório, hoje.

— Viu, já são melhores amigas. A Lacy vai ficar puta da vida de alguém invadir o território dela.

— É exatamente isso que vai acontecer — digo com sarcasmo.

— A Carly é legal.

— Ela é animada.

— Mesma coisa.

— Legal é legal. Animada é chato.

— A gente devia sair com eles como casal.

Meus olhos quase saem pulando da cabeça.

— Você está brincando comigo? Estou prestes a entrar nesse campo de futebol americano e fazer papel de boba e você quer que eu pense em sair com o sr. e a sra. Animadinhos como casal? Você perdeu a cabeça?

O Ryan dá um risinho, depois pisca.

— Eu só queria te ver irritadinha.

Enrugo o nariz.

— Você é irritante.

Ele solta a minha mão, passa os braços na minha cintura e me puxa mais para perto do seu corpo forte.

— Você é linda.

Os cantos da minha boca se curvam para cima, e eu coloco o braço direito no pescoço dele.

— Sinto falta de tocar em você com as duas mãos.

— É estranho ver a fita no seu outro pulso — ele diz.

Eu estremeço quando o Ryan acaricia a pele sensível acima do gesso e esfrega a minha nuca. Um calor alegre e sorrateiro se espalha pelo meu corpo.

— Eu nunca tiro.

— Sinto falta de você na minha cama — ele murmura, e só eu consigo ouvir.

Meu sorriso aumenta, e o rosto do Ryan fica vermelho.

— Não foi isso que eu quis dizer. Quis dizer dormir com você.

Eu sei o que ele quis dizer.

— É meio difícil sair pela janela com a mão quebrada.

Ele abaixa a cabeça até a minha e me aperta com mais força.

— Me desculpa por não ter te protegido melhor.

— Ryan, não. Eu teria morrido se não fosse você.

— Acabou — ele sussurra na minha boca.

Separo os lábios na expectativa do beijo.

— É, acabou.

— Sr. Stone e srta. Risk — chama o diretor-assistente. — Um pouco mais de espaço entre vocês e muito mais atenção. É hora de vocês entrarem no campo.

Eu solto o ar e coloco a mão no braço dobrado do Ryan, para que ele me conduza sob as luzes brilhantes. Eu queria que ele me beijasse. Precisava que ele me beijasse.

No sistema de alto-falantes, nossos nomes são anunciados, e o Ryan me leva até a linha central do campo. As pessoas gritam e berram, sendo que a torcida mais barulhenta vem da seção onde deixamos a Lacy, o Chris e o Logan.

— Quando você ganhar — diz o Ryan —, não esqueça que você disse que ia manter a tiara na sua cabecinha linda a noite toda.

Meus olhos se arregalam quando eu percebo como posso conseguir exatamente o que eu quero. Paramos no meio do campo e eu viro para ele.

— Me beija. Não um selinho. Um beijo de verdade.

O Ryan olha ao redor, em direção à arquibancada cheia, com centenas de pessoas.

— Como é?

— Eu, Beth Risk, desafio você em dobro a me beijar na frente de todas essas pessoas.

Os olhos do Ryan se iluminam, e o sorriso arrogante que faz o meu coração tropeçar em si mesmo se espalha pelo seu rosto.

— Você está esquecendo da regra dos desafios? Você tem que desafiar primeiro, antes de poder desafiar em dobro.

Eu reviro os olhos.

— Ótimo. Eu te desafio a me beijar.

— E se eu te beijar?

— Se eu ganhar a corte do baile, e eu não vou ganhar, eu uso a maldita tiara a semana toda.

Ele envolve o meu rosto com as duas mãos. Seus lábios sussurram contra os meus, e eu anseio que ele me beije. Minha mente choraminga que ele não vai conseguir, mas aí ele mordisca meu lábio inferior. Sua boca se abre, e nós nos beijamos de um jeito faminto.

Entre lufadas de ar, nossos nomes são chamados como os vencedores. Sinto os lábios do Ryan virarem um sorriso antes de ele dizer uma palavra:

— Consigo.

Playlist de *No limite da ousadia*

Tema geral:
- "Dirt Road Anthem", Jason Aldean
- "F**kin' Perfect", Pink

Desafio na Taco Bell:
- "Summertime", Kenny Chesney
- "U + Ur Hand", Pink

Mãe de Beth no bar:
- "Farmer's Daughter", Crystal Bowersox

Beth acorda na casa de Scott:
- "Heart Like Mine", Miranda Lambert

Ryan na cidade:
- "Back Where I Come From", Kenny Chesney

Isaiah se oferece para fugir com Beth:
- "Somewhere with You", Kenny Chesney

Isaiah trai Beth, afastando-a da mãe:
- "Hurt", Nine Inch Nails

Ryan leva Beth para a festa ao ar livre:
- "My Kinda Party", Jason Aldean

Ryan dança com Beth:
- "Just a Dream", Nelly

Beth passa a noite com Ryan:
- "Don't You Wanna Stay", Jason Aldean e Kelly Clarkson

Beth canta para a mãe dormir:
- "Free Bird", Lynyrd Skynyrd

Beth tenta afastar Ryan com a verdade:
- "Don't Let Me Get Me", Pink

Ryan ensina Beth a boiar:
- "Broken Arrow", Rod Stewart

Beth e Ryan ficam felizes por um tempo:
- "Teenage Dream", Katy Perry

Confronto final de Beth com a mãe:
- "25 to Life", Eminem

Músicas escritas para o livro por Angela McGarry:
- "Ribbons and Bows"
- "We Weren't Meant to Be"

Ouça as músicas em: www.reverbnation.com/AngelaMcGarryMusic